YO-AZE-785

BASTEI
LÜBBE

DESMOND BAGLEY
Schnee-tiger

Aus dem Englischen von
Susan und Manfred Meurer

BASTEI LÜBBE

BASTEI-LÜBBE-TASCHENBUCH
Band 17 029

Der Titel der bei William Collins Sons & Co. Ltd., London, Glasgow,
erschienenen Originalausgabe lautet: THE SNOW TIGER

Copyright © 1975 by L. J. Jersey Ltd.

1. Auflage 1979
2. Auflage 1980
3. Auflage 1982
4. + 5. Auflage 1984
6. Auflage 1985

Copyright © 1977 by Marion von Schröder Verlag GmbH, Düsseldorf
Lizenzausgabe: Gustav Lübbe Verlag GmbH, Bergisch Gladbach
Printed in Western Germany 1985
Einbandgestaltung: Roberto Patelli
Gesamtherstellung: Ebner Ulm
ISBN 3-404-01186-4

Der Preis dieses Bandes versteht sich einschließlich
der gesetzlichen Mehrwertsteuer

Für Joan, zu ihrem Geburtstag.
Ich habe es versprochen und – gehalten.

Die Handlung dieses Buches ist frei erfunden, jedoch weitgehend auf Tatsachen gegründet. Viele der genannten Organisationen existieren in Wirklichkeit, aber es ist nicht meine Absicht, sie in irgendeiner Weise zu verunglimpfen. Sollte es trotzdem den Anschein haben, so bitte ich um Entschuldigung.

Ohne die Hilfe und das Fachwissen vieler Männer hätte ich das Buch unmöglich schreiben können. Mein Dank gilt Ken Parnell, ehemals Bergführer im Mount Cook Nationalpark, Bob Waterhouse und Philip Brewer von der Cold Regions Research und dem Engineering Laboratory des US Army Terrestrial Sciences Centre, Dr. med. Barrie Murphy, Lt.-Comdr. F. A. Prehn und Lt.-Comdr. Thomas Orr von der Antarctic Development Squadron Six (VXE-6), Operation Deep Freeze.

Mein Dank gilt auch den Mitarbeitern von William Collins Ltd. (Neuseeland) und dem Bibliothekar und den Mitarbeitern des New Zealand House, London, für ihre unendliche Geduld angesichts einer Flut von Fragen. Ich habe viele dumme Fragen gestellt und kein einziges Mal eine dumme Antwort erhalten.

Desmond Bagley

Schnee ist nicht ein Wolf im Schafspelz –
er ist ein Tiger im Lammfell.
Matthias Zdarsky

Geistesgegenwart schön und gut – besser
wäre man gar nicht dabeigewesen.
anonym

Prolog

Die Lawine war nicht besonders groß; aber eine Lawine muß auch nicht sonderlich groß sein, um einen Menschen zu töten. Daß Ballard überlebte, war nur der Tatsache zu verdanken, daß Mike McGill auf der Lawinenschnur bestanden hatte. So wie ein Mann mit der entsprechenden Ausrüstung im Ozean überleben, aber in dreißig Zentimeter tiefem Wasser ertrinken kann, wäre Ballard in einem unbedeutenden Rutsch umgekommen, der sogar in der lawinenbewußten Schweiz unbeachtet geblieben wäre.
McGill war ein guter Skiläufer – was man in Anbetracht seines Berufes erwarten konnte –, und er hatte den Anfänger unter seine Fittiche genommen. Sie hatten sich beim Après-Ski in der Skihütte kennengelernt und waren sich auf Anhieb sympathisch gewesen. Obwohl sie gleichaltrig waren, schien McGill der Ältere zu sein, vielleicht aufgrund seines wechselvolleren Lebens. Trotzdem hatte er sich für Ballard interessiert, der ihm auf anderen Gebieten, die nichts mit Schnee und Eis zu tun hatten, einiges bieten konnte. Sie ergänzten sich, und das war kein ungewöhnlicher Ausgangspunkt für eine Freundschaft zwischen Männern.
Eines Morgens kam McGill mit einem neuen Vorschlag. »Wir müssen dich mal von der Piste wegkriegen«, sagte er, »in Tiefschnee. Nichts ist so schön wie seine eigene Spur durch unberührten Schnee zu ziehen.«

»Ist das nicht schwieriger als Piste fahren?« wandte Ballard ein.
McGill schüttelte entschieden den Kopf. »Der Irrtum der Anfänger. Das Schwingen ist nicht ganz so einfach, aber das Traversieren ist ein Kinderspiel. Es wird dir gefallen. Schauen wir uns mal die Karte an.«
Sie fuhren mit dem Sessellift hoch. Anstatt die Piste abzufahren, wandten sie sich in südliche Richtung und überquerten ein Plateau. Nach einer halben Stunde erreichten sie den Rand eines freien Hanges, den McGill auf Rat der Einheimischen ausgesucht hatte. Er blieb stehen, stützte sich auf die Skistöcke und schätzte den Hang ab. »Sieht ganz gut aus, aber wir wollen kein Risiko eingehen. Hier werden wir die Leinen anbringen.«
Er zog den Reißverschluß seiner Anoraktasche auf und brachte zwei Knäuel roter Schnur zum Vorschein. Eine davon reichte er Ballard. »Binde ein Ende um deine Taille.«
»Warum?«
»Das ist eine Lawinenschnur – eine einfache Vorrichtung, die verdammt viele Menschenleben gerettet hat. Sollte sich eine Lawine auslösen und dich verschütten, dann wird ein Stückchen roter Schnur auf der Oberfläche des Schnees sichtbar sein. Das zeigt an, wo du dich befindest, damit man dich schnell wieder ausbuddeln kann.«
Ballard blickte den Abhang hinunter. »Besteht denn Lawinengefahr?«
»Soviel ich weiß, nicht«, antwortete McGill gut gelaunt. Er knotete die Schnur um seine Hüfte.
»Ich habe noch niemanden mit so einem Ding gesehen.«
»Weil du immer nur auf der Piste warst.« McGill fiel Ballards Zögern auf. »Eine Menge Jungs tragen keine Schnur, weil sie meinen, sie sähen idiotisch damit aus. Wer will schon mit einer roten Leine hinter sich einen Hang herunterfahren, sagen sie. Meiner Meinung nach sind sie Idioten, wenn sie sie *nicht* tragen.«

»Aber Lawinen!« meinte Ballard.
»Hör zu«, fuhr McGill geduldig fort und zeigte auf den Abhang, »wenn ich wirklich ernsthaft dort unten mit Lawinengefahr rechnete, würden wir überhaupt nicht runterfahren. Ich habe mich nach den letzten Schneeberichten erkundigt, bevor wir losgezogen sind, und es ist wahrscheinlich genauso sicher wie der Idiotenhügel. Aber jede Schneemenge an jedem Abhang kann gefährlich werden – nicht nur in der Schweiz. Sogar in den South Downs in England sind Leute von einer Lawine verschüttet worden. Die Schnur ist nur eine Vorsichtsmaßnahme, sonst nichts.«
Ballard zuckte die Achseln und begann sich die Schnur umzubinden. McGill redete auf ihn ein: »Wir sollten deine Ausbildung fortsetzen. Weiß du, was du tun mußt, wenn der Schnee zu rutschen anfängt?«
»Beten?«
McGill grinste. »Du kannst viel mehr tun. Wenn es überhaupt zu rutschen anfängt, geht es unter deinen Skiern oder direkt hinter dir los. Anfangs geht es nicht sehr schnell, und deswegen hast du Zeit zu überlegen, was du tun kannst – aber nicht allzuviel Zeit, merk dir das! Wenn es unter den Brettern losgeht, hast du vielleicht gerade noch Zeit zu einem Sprung hangaufwärts. In dem Fall bist du fein raus. Wenn es aber hinter dir losgeht und auf dich zurollt, denk dran – du kannst nicht davonfahren. Ich würde es vielleicht noch schaffen, aber du nicht.«
»Was muß ich also tun?«
»Als erstes mußt du deine Hände aus den Schlaufen der Stöcke nehmen. Schmeiß die Stöcke weg und mach schnell die Sicherheitsbindung auf. Sie soll zwar bei einem Sturz automatisch aufgehen, aber verlaß dich lieber nicht darauf. Wenn der Schnee dich überrollt, mußt du anfangen, gegen den Strom zu schwimmen und versuchen, den Kopf an die Oberfläche zu bringen. Halt den Atem an und paß auf, daß der Schnee dir nicht den Mund verstopft. Wenn du merkst, daß du nicht mehr kannst, leg den Arm vors Gesicht, nicht

zu nah – damit hast du eine Luftlücke zum Atmen, und vielleicht kannst du rufen, damit dich jemand findet.« Er lachte über Ballards Gesichtsausdruck und fügte gelassen hinzu. »Mach dir keine Sorgen, es wird vielleicht nie passieren. Los! Ich fahre vor, nicht zu schnell, und du folgst. Mach alles genau nach.«

Er stieß sich ab, in den Hang hinein. Ballard folgte und erlebte die berauschendste Abfahrt seines Lebens. Wie McGill gesagt hatte, war das Schwingen im Neuschnee nicht so leicht, und seine Fußgelenke begannen zu schmerzen; aber das Schußfahren war die reinste Freude. Der kalte Wind brannte auf seinen Wangen und pfiff messerscharf in seinen Ohren. Aber abgesehen davon und dem Zischen seiner Skier, die ihre Spur in den unberührten Schnee hineinschnitten, war kein Laut zu vernehmen.

Am Fuß des Abhangs sah er McGill, wie er mit einem Schwung zum Stehen kam. Als er ihn einholte, pustete er voller Begeisterung: »Das war phantastisch! Können wir es gleich nochmal probieren?«

McGill lachte und deutete auf die Strecke. »Wir haben einen weiten Weg zum Sessellift zurück, er ist auf der anderen Seite des Berges. Vielleicht können wir es uns für heute nachmittag noch mal vornehmen.«

Gegen drei Uhr nachmittags erreichten sie wieder ihren auserwählten Hang, und McGill machte Ballard auf die zwei Spurpaare aufmerksam. »Hier war niemand außer uns. Das ist es eben, was mir daran so gefällt – es ist nicht der Massenbetrieb der Piste.« Er reichte Ballard die Lawinenschnur. »Diesmal fährst du vor. Ich will mir deinen Stil mal ansehen.«

Während er die Schnur um seine Hüfte band, betrachtete er kritisch den Abhang. Die winterliche Sonne des späten Nachmittags warf schon lange Schatten, die über den Schnee krochen. McGill empfahl: »Bleib in der Mitte des Hanges! Fahr nicht in die schattigen Bereiche!«

Während der letzten Worte fuhr Ballard los. McGill folgte

ihm langsam und behielt den weniger erfahrenen Skiläufer im Auge. Er merkte sich die Fehler, um ihn korrigieren zu können. Alles ging gut, bis ihm auffiel, daß Ballard immer weiter nach links kam, auf steileres Gelände zu, das schon im Schatten lag. Er erhöhte sein Tempo und rief Ballard zu: »Bleib mehr rechts, Ian! Bleib auf dem Hang!«
Noch während er rief, sah er, wie Ballard anscheinend stolperte, ein leichtes Zögern in der sanften Abwärtsbewegung. Dann fing der ganze Hang an zu rutschen und nahm Ballard mit. McGill kam mit einem Seitrutscher zum Stehen. Sein Gesicht war blaß, seine Augen hafteten wie gebannt auf Ballard, der die Kontrolle über seine Bewegungen verloren hatte und abstürzte. Er sah, wie Ballard den rechten Stock wegwarf und dann unter einem Wirbel von Pulverschnee verschwand. Ein Dröhnen, einem leisen Donnern ähnlich, erfüllte die Luft.
Ballard hatte sich der Stöcke entledigt. Er fand sich in einer wie verrückt taumelnden Welt. Es gelang ihm noch, den rechten Ski abzuschnallen, aber dann stürzte er kopfüber und begann haltlos zu rotieren. Er fuchtelte kräftig mit den Armen und unterdrückte mit aller Macht die aufsteigende Panik. Er versuchte, sich an McGills Worte zu erinnern. Plötzlich spürte er einen überwältigenden Schmerz im linken Oberschenkel. Sein Fuß wurde unerbittlich nach außen gedreht; es fühlte sich an, als würde sein Bein von der Hüfte losgeschraubt.
Vor Schmerzen verlor er fast das Bewußtsein, aber dann ließ der Schmerz ein wenig nach. Er hörte auf zu purzeln, und er erinnerte sich an das, was McGill gesagt hatte: Eine Luftlücke um den Mund herum schaffen. Er legte die linke Hand über sein Gesicht. Dann hörte alle Bewegung auf. Ballard verlor das Bewußtsein.
Das alles hatte nur wenig länger als zehn Sekunden gedauert, und Ballard war nicht weiter als etwa dreißig Meter mitgerissen worden. McGill wartete, bis die Schneebewegungen aufhörten. Dann fuhr er zum Rand der Narbe von

aufgewühltem Schnee. Er überblickte schnell die Fläche, stach seine Stöcke in den Schnee und schnallte die Skier ab. Einen Ski und einen Stock tragend, betrat er vorsichtig den Lawinenbereich und fing an, ihn systematisch zu durchstreifen. Er wußte aus Erfahrung, daß von diesem Augenblick an jede Minute kostbar war. In Gedanken sah er das Diagramm, das man ihm vor einigen Tagen in der Parsenndienst-Station gezeigt hatte: die Zeitdauer des Verschüttetseins in Relation zu den Überlebenschancen.
Er brauchte eine halbe Stunde, um den Bereich zu durchforschen, fand aber nichts außer Schnee. Wenn er Ballard nicht aufspürte, mußte er ohne viel Aussicht auf Erfolg anfangen, gründlich zu suchen. Ein Mann allein konnte das Gebiet in der verfügbaren Zeit nicht untersuchen, und das beste schien zu sein, einen Spezialtrupp mit Spürhund zu holen.
Er erreichte den unteren Rand der Lawinenzunge und blickte unentschlossen hoch. Dann gab er sich einen Ruck und begann noch einmal durch die Mitte des Rutsches aufzusteigen. Er wollte noch einen schnellen Versuch von fünf Minuten riskieren, und wenn er, ohne etwas zu finden, oben angelangt wäre, würde er zur Skihütte fahren.
Er stieg langsam auf, seine Augen streiften von links nach rechts und zurück, und dann erspähte er etwas – ein winziges blutrotes Fleckchen im Schatten eines Schneeklumpen. Es war kaum größer als der Nagel von McGills kleinem Finger, aber das genügte. Er ließ sich auf ein Knie fallen und scharrte im Schnee, bis er ein Stück der roten Schnur in der Hand hielt. Er zog in einer Richtung und hatte gleich darauf das freie Ende in der Hand. Dann zerrte er in der anderen Richtung.
Die Schnur, die aus dem Schnee zum Vorschein kam, führte ihn sieben Meter bergabwärts, bis er Widerstand spürte und die Schnur senkrecht hochragte. Er grub mit beiden Händen. Der Schnee war weich und pulvrig und leicht wegzuschaffen. Ein wenig tiefer als ein Meter stieß er

auf Ballard.
Er räumte vorsichtig den Schnee um Ballards Kopf, vergewisserte sich, daß er atmete, und sorgte dafür, daß er weiterhin genügend Luft bekam. Mit Erleichterung stellte er fest, daß Ballard seine Anweisungen befolgt hatte und den Arm vor seinem Gesicht hielt. Als er die untere Hälfte von Ballard freigelegt hatte, wußte er, daß das Bein – in einer unmöglichen Haltung – gebrochen war, und er sah auch, warum. Ballard war es nicht gelungen, den linken Ski loszuwerden. Durch das heftige Wirbeln des Schnees hatte die Hebelkraft des Skis Ballards Bein verdreht, bis es gebrochen war.
Er entschied sich dagegen, Ballard zu bewegen, da es mehr schaden als nützen konnte. Er zog seinen Anorak aus und legte ihn eng um Ballards Körper, um ihn warmzuhalten. Dann schnallte er die Skier an und machte sich auf den Weg zu der Straße weiter unten. Glücklicherweise kam gerade ein Wagen, den er anhalten konnte. In weniger als zwei Stunden lag Ballard im Krankenhaus.
Sechs Wochen später mußte Ballard immer noch das Bett hüten, und er langweilte sich. Das gebrochene Bein brauchte viel Zeit zum Heilen, nicht so sehr wegen des Bruches als wegen der Muskeln, die gerissen waren und mehr Zeit brauchten, zusammenzuwachsen. Er war auf einer Liege nach London geflogen worden, wo seine Mutter ihn sich geschnappt und in ihr Haus gebracht hatte. Normalerweise wohnte er, wenn er in London war, in seiner eigenen kleinen Wohnung, aber selbst er hatte ihren überzeugenden Argumenten nachgeben und sich ihrer Pflege überlassen müssen. So war er also im Hause seiner Mutter ans Bett gefesselt, langweilte sich und ärgerte sich über jede Minute seines Aufenthaltes.
Eines Morgens, nach einer trübsinnigen Visite seines Arztes, der ihm weitere Wochen Bettruhe prophezeite, hörte er laut streitende Stimmen in der Etage unter ihm. Die hellere gehörte seiner Mutter, aber die tiefere Stimme

konnte er nicht identifizieren. Eine Viertelstunde lang blieben die Stimmen in feindseligem Auf und Ab entfernt, bis sie anschwollen, als die Streitenden die Treppe heraufkamen.
Die Tür ging auf, und seine Mutter betrat das Zimmer, mit verkniffenen Lippen und umwölkter Stirn. »Dein Großvater besteht darauf, dich zu sprechen«, erklärte sie kurz. »Ich habe ihm gesagt, daß es dir nicht gutgeht; aber er besteht trotzdem darauf – er ist unvernünftig wie eh und je. Ian, wenn ich dir einen Rat geben darf: hör ihn dir gar nicht an! Natürlich liegt die Entscheidung bei dir – du hast schon immer das gemacht, was dir paßt.«
»Mir geht's doch gut – bis auf das Bein.« Er musterte seine Mutter und wünschte sich – nicht zum ersten Mal –, daß sie sich modischer und nicht so schlampig anziehen würde. »Läßt er mir denn überhaupt eine Wahl?«
»Er sagt, wenn du ihn nicht sehen willst, wird er gehen.«
»Das sagt er? Tatsächlich? Dann muß ihn ein Engel geküßt haben! Ich hätte fast Lust, die Probe aufs Exempel zu machen.« Den Tag, an dem man Ben Ballard von der Tür weisen könnte, müßte man im Kalender rot vermerken. Ian seufzte: »Es ist besser, du läßt ihn rein.«
»Das ist mir gar nicht recht.«
»Laß ihn rein, Mutter. Mir fehlt nichts.«
»Du bist genauso stur wie er«, brummte sie, ging aber zur Tür. Ian hatte den alten Ben seit anderthalb Jahren nicht gesehen, und die Veränderung bei dem Mann schockierte ihn. Sein Großvater war immer dynamisch gewesen und hatte nur so gestrotzt vor Energie, aber jetzt sah man ihm seine siebenundachtzig Jahre an. Er kam langsam ins Zimmer, schwer auf seinen Schwarzdornstock gestützt. Die Wangen waren eingefallen, und die Augen saßen tief in ihren Höhlen, was ihm mit seinem ohnehin finsteren Gesichtsausdruck das Aussehen eines Totenschädels gab. Immer noch lag ein Anflug seiner alten Autorität in seiner Stimme, als er sich umwandte und herrisch sagte: »Hol mir

einen Stuhl, Harriet.«

Sie schnaubte ärgerlich, stellte aber einen Stuhl ans Bett und blieb daneben stehen. Ben ließ sich ächzend auf den Stuhl fallen, pflanzte den Stock zwischen den Knien auf und stützte sich mit beiden Händen darauf. Er betrachtete Ian; seine Augen wanderten langsam über die ganze Länge des Bettes, von Kopf bis Fuß und zurück. Ein ironisches Grinsen erschien auf seinem Gesicht. »Ein Playboy, was? Einer von diesen Jet-Setters! Schätzungsweise warst du in Gstaad.«

Ian ließ sich nicht provozieren. Er kannte die Methoden des alten Herrn. »Nicht ganz so feudal.«

Ben grinste über das ganze Gesicht. »Erzähl mir nur noch, du hättest in der Jugendherberge übernachtet!« Er zeigte auf das Bein. »Ist es schlimm, mein Junge?« Er zitterte leicht.

»Es hätte schlimmer kommen können – womöglich hätten sie es abhacken müssen!«

»Mußt du denn so etwas sagen?« Harriets Stimme klang gequält. Ben lachte leise in sich hinein. Dann wurde seine Stimme wieder hart. »Du bist also Ski gefahren – und das nicht einmal ordentlich. War das während der Arbeitszeit?«

»Nein«, antwortete Ian ruhig. »Das weißt du ganz genau. Es war mein erster Urlaub seit fast drei Jahren.«

»Hmmm! Aber du liegst während der Arbeitszeit im Bett.« Ians Mutter war außer sich. »Du bist herzlos!«

»Halt den Mund, Harriet«, sagte der alte Mann, ohne sich ihr zuzuwenden. »Und mach, daß du wegkommst. Vergiß nicht, die Tür hinter dir zu schließen.«

»Ich laß mich in meinem eigenen Haus nicht rumkommandieren.«

»Du tust, was ich sage, Weib. Ich habe mit diesem Mann etwas Geschäftliches zu besprechen.«

Ian Ballard fing den Blick seiner Mutter auf und nickte kurz. Sie schnaubte und stürmte aus dem Zimmer. Die Tür

knallte hinter ihr zu. »Deine Manieren sind auch nicht gerade besser geworden«, bemerkte Ian trocken.
Ben schüttelte sich vor Lachen. »Deswegen gefällst du mir, mein Junge. Kein anderer hätte sich getraut, mir so etwas ins Gesicht zu sagen.«
»Man hat es oft genug hinter deinem Rücken gesagt.«
»Was kümmert mich, was die Leute sagen? Nur die Taten zählen.« Einen Augenblick lang faßte Ben den Stock etwas fester. »Was ich eben sagte – du lägst während der Arbeitszeit im Bett – das habe ich eigentlich gar nicht gemeint, denn das tust du wirklich nicht. Wir konnten nicht warten, bis du wieder in Form bist. Du bist ersetzt worden.«
»Gefeuert!«
»Sozusagen. Sobald es dir wieder gutgeht, habe ich auch wieder einen Job für dich. Ich finde ihn sogar besser, aber ich bezweifle, daß du meine Meinung teilen wirst.«
»Kommt ganz drauf an, worum es geht«, sagte Ian vorsichtig.
»Vor fast zwei Jahren haben wir ein Bergwerk in Neuseeland in Betrieb genommen – Gold. Jetzt, wo der Goldpreis gestiegen ist, fängt es an, ohne Verlust zu arbeiten, und die Aussichten sind ganz gut. Der Direktor ist ein alter Schwachkopf namens Fisher, der den Einheimischen zuliebe eingestellt wurde; aber er wird nächsten Monat pensioniert.« Er stieß den Stock hart auf den Boden. »Der Mann ist mit fünfundsechzig schon senil – kannst du dir so etwas vorstellen?«
Ian Ballard war skeptisch. Die ganze Sache sah nach einem trojanischen Pferd aus. »Und?«
»Nun, willst du die Stelle oder nicht?«
Die Sache mußte einen Haken haben! »Vielleicht. Wann muß ich dort sein?«
»So bald wie möglich. Ich schlage vor, daß du mit dem Schiff fährst. Du kannst dein Bein an Bord eines Schiffes genauso gut schonen wie hier.«
»Würde ich die alleinige Verantwortung tragen?«

»Der Direktor ist dem Aufsichtsrat unterstellt – das weißt du.«

»Ja, ich kenne die Ballard-Organisation. Der Aufsichtsrat tanzt nach der Pfeife, die in London geblasen wird. Ich habe keine Lust, den Laufburschen für meine verehrten Onkels zu spielen. Ich verstehe sowieso nicht, warum du ihnen so freie Hand läßt.«

Die Hände des alten Mannes, die den Knauf des Stockes umklammerten, wurden weiß. »Du weißt genau, daß ich bei der Ballard-Holding-Gesellschaft nichts mehr zu sagen habe. Als ich die Treuhand einrichtete, verzichtete ich auf jegliche Kontrolle. Das, was deine Onkels jetzt tun, ist einzig und allein ihre Sache.«

»Und trotzdem hast du einen Direktoren-Posten zu verschenken?«

Bens Gesicht zierte wieder das Haifischgrinsen. »Deine Onkels sind nicht die einzigen, die von Zeit zu Zeit die Pfeife blasen können. Allerdings gelingt mir das nur hin und wieder.«

Ian dachte darüber nach. »Wo ist diese Mine?«

»Auf der Südinsel.« Bens Stimme klang gewollt beiläufig. »Ein Ort namens Hukahoronui.«

»Nein!« entfuhr es Ian unwillkürlich.

»Was ist denn los? Hast du Angst, dorthin zurückzugehen?«

Bens Oberlippe stülpte sich nach oben und entblößte die Zähne. »Wenn das der Fall ist, dann bist du nicht von meinem Blut.«

Ian atmete tief ein. »Ist dir klar, was das bedeutet? Zurückzukehren? Du weißt, wie sehr mir dieser Ort verhaßt ist.«

»Na wenn schon, du warst dort halt unglücklich – das ist schon lange her.« Ben beugte sich vor und lehnte sich auf den Stock. »Wenn du dieses Angebot ausschlägst, wirst du nie wieder glücklich sein – das kann ich dir versprechen. Und das wird nicht etwa daran liegen, daß ich etwas unternähme, denn ich meinerseits werde dir keine Vor-

würfe machen. Das Problem liegt in dir selbst. Es ist das, womit du leben mußt, was dir den Rest geben wird. Für den Rest deines Lebens werden deine Fragen unbeantwortet bleiben.«
Ian starrte ihn an. »Du bist teuflisch!«
Der alte Mann stieß ein tiefes gurgelndes Lachen hervor. »Das könnte schon sein. Mein lieber junger Ian, nun hör *du* mir mal zu. Ich habe vier Söhne gehabt, und drei davon sind das Pulver nicht wert, sie ins Jenseits zu befördern. Sie sind gerissen, sie sind skrupellos, und sie sind richtige Gauner. Sie richten mit der Ballard-Holding einen Mordskrach in der Londoner Finanzwelt an.« Ben richtete sich auf. »Der Himmel weiß, ich war zwar auch kein Engel zu meiner Zeit. Ich war hart und unnachgiebig, ich bin mächtig rangegangen. Und vielleicht habe ich, wo nötig, hier und da ein paar Ecken abgeschnitten, aber das lag an den Zeiten damals. Aber niemals hat jemand Ben Ballard beschuldigt, unehrlich gewesen zu sein, und es hat noch niemand erlebt, daß ich nicht zu meinem Wort gestanden hätte. Bei mir genügten ein Wort und der Handschlag, und das wurde in der Geschäftswelt als eherner Vertrag angesehen. Aber niemand gibt etwas auf das Wort deiner Onkels – nicht mehr. Jeder, der geschäftlich mit ihnen zu tun hat, muß ein Regiment von Anwälten anheuern, um das Kleingedruckte zu studieren.«
Er zuckte die Achseln. »Aber so ist es. Sie geben jetzt den Ton an bei der Ballard-Holding. Ich bin ein alter Mann, und sie haben das Kommando übernommen. Das liegt in der Natur der Dinge, Ian.« Seine Stimme wurde etwas milder. »Aber ich hatte einen vierten Sohn, von dem ich mir eine Menge versprochen hatte, aber eine Frau hat ihn ruiniert, und dich hätte sie fast auch ruiniert, wenn ich nicht Verstand genug gehabt hätte, dich aus diesem Tal in Neuseeland herauszuholen.«
Ians Stimme nahm einen scharfen Ton an: »Lassen wir meine Mutter aus dem Spiel.«

Ben hob beschwichtigend die Hand. »Ich schätze deine Loyalität, Ian, auch wenn ich finde, daß sie falsch am Platz ist. Du bist kein schlechter Sohn deines Vaters, genauso, wie er eigentlich kein schlechter Sohn von mir war. Das Problem ist nur, daß ich die Sache damals schlecht angepackt habe.« Er schien ziellos in die Vergangenheit zu schauen. Dann schüttelte er gereizt den Kopf. »Aber das ist nun vorbei. Hauptsache, ich habe dich aus Hukahoronui herausgeholt. Habe ich wenigstens damit richtig gehandelt?«

Ian sprach sehr leise. »Dafür habe ich dir nie gedankt. Ich habe dir überhaupt weder dafür noch für etwas anderes gedankt.«

»Ach ja, du hast deinen Abschluß gemacht, und du hast die Hochschule für Bergbau in Johannesburg besucht, und von dort bist du nach Colorado gegangen. Danach hast du Betriebswirtschaft in Harvard studiert. Du hast ein kluges Köpfchen, und das wollte ich nicht vergeudet sehen.« Er lachte wieder in sich hinein. »Ich habe gesät, mein Junge, ich habe gesät.« Er beugte sich vor: »Siehst du, Junge. Und jetzt will ich mir die Ernte ansehen.«

Ian spürte, wie sich sein Hals zusammenschnürte. »Wie meinst du das?«

»Du machst einem alten Mann eine Freude, wenn du diese Stelle in Hukahoronui annimmst. Du mußt sie nicht annehmen – du bist ein freier Mensch. Aber deine Zusage würde mich sehr freuen.«

»Muß ich mich sofort entscheiden?«

Bens Stimme klang wieder ironisch. »Willst du das mit deiner Mutter besprechen?«

»Du hast sie nie gemocht, nicht wahr?«

»Sie war eine quengelige, weinerliche Paukerin, voll Angst vor der Welt. Sie hat aus einem anständigen Mann einen Schlappschwanz gemacht. Und jetzt ist sie eine quengelige, weinerliche Frau, die vorzeitig alt geworden ist, weil sie immer nur Angst vor der Welt und vor dem Leben gehabt

hat, und versucht das gleiche bei einem anderen Mann.«
Bens Ton wurde schroff: »Warum meinst du, nenne ich dich ›Junge‹, wo du schon ein erwachsener Mann von fünfunddreißig Jahren bist? Weil du genau das noch bist. Verdammt noch mal, triff einmal in deinem Leben eine eigene Entscheidung!«
Ian schwieg. Schließlich sagte er: »Also gut, ich gehe nach Hukahoronui.«
»Allein – ohne sie?«
»Allein.«
Ben drückte keinerlei Freude aus. Er nickte nur ernsthaft mit dem Kopf und fuhr fort: »Es ist ein ansehnliches kleines Städtchen geworden. Ich bezweifle, daß du es erkennen würdest, so sehr ist es gewachsen. Ich war vor ein paar Jahren dort, bevor mein verdammter Arzt mir das Reisen verbot. Es hat jetzt sogar einen Bürgermeister. Der erste Bürgermeister hieß John Peterson. Die Petersons haben einen ziemlich großen Einfluß in der Gemeinde.«
»Scheiße!« fluchte Ian. »Sind die noch da?«
»Was hast du eigentlich erwartet? Natürlich sind sie noch da. John, Erik und Charlie – sie sind noch da.«
»Aber nicht Alec.« Ian schien mit seinen Handrücken zu reden.
»Nein – Alec nicht«, bestätigte Ben.
Ian blickte auf. »Du hast dir das wirklich fein ausgedacht, nicht wahr? Was zum Teufel erwartest du eigentlich von mir? Du weißt ganz genau, daß einen Ballard nach Huka zu schicken etwa dasselbe bedeutet, wie eine Zündkapsel in Dynamit zu stecken.«
Ben zog die Augenbrauen hoch. »Wobei die Petersons das Dynamit sind, nehme ich an.« Er beugte sich wieder vor. »Ich werde dir sagen, was ich will. Ich möchte, daß du das verdammte Bergwerk besser führst, als es bis jetzt geführt worden ist. Das ist keine einfache Aufgabe, die ich dir da aufgehalst habe. Erstens hatte dieser alte Narr, Fisher, nichts unter Kontrolle, und zweitens ist Dobbs, der techni-

sche Leiter, wie ein Strohhalm im Wind. Und das dritte Problem ist Cameron, der Werksingenieur, ein abgetakelter Amerikaner, der seine große Zeit längst hinter sich hat und sich mit den Fingerspitzen jetzt festkrallt, weil er weiß, daß er nie wieder eine andere Stelle findet. Vor lauter Angst, daß er sie verlieren könnte, macht er sich fast in die Hose. Du mußt ein bißchen Schwung in die Bande bringen.«

Ben lehnte sich zurück. »Natürlich«, fuhr er nachdenklich fort, »werden die Petersons dich nicht gerade mit offenen Armen empfangen. Jedenfalls ist es nicht sehr wahrscheinlich, wo es schon zu ihrer Familientradition gehört, zu behaupten, daß ihnen die Mine geklaut worden sei. Der reinste Unsinn, natürlich, aber sie glauben fest daran – und, Ian, denk immer daran, daß Menschen nicht von Tatsachen geleitet werden, sondern von dem, was sie glauben.« Er nickte. »Ja, ich nehme an, daß du mit Petersons Schwierigkeiten haben wirst.«

»Du kannst mit der Stichelei aufhören«, unterbrach ihn Ian. »Ich habe ja schon zugesagt.«

Der alte Mann wollte gerade aufstehen, blieb aber dann doch sitzen. »Nur noch eins. Sollte irgend etwas Ernstes passieren – der Ballard-Holding-Gesellschaft oder mir –, dann setz dich mit Bill Stenning in Verbindung.« Er dachte kurz nach. »Ach, wenn ich mir's recht überlege, das ist nicht nötig. Bill wird sich schon schnell genug mit dir in Verbindung setzen.«

»Worum geht es?«

»Mach dir keine Sorgen, vielleicht wird es nie notwendig sein.« Ben stand langsam auf und ging auf die Tür zu. Auf halbem Weg blieb er stehen und hielt den Schwarzdornstock in die Luft. »Ich glaube, ich muß mich mal von diesem Ding trennen. Ich werde ihn dir morgen schicken. Du wirst ihn brauchen. Wenn du ihn dann nicht mehr brauchst, schick ihn mir nicht zurück – schmeiß ihn einfach weg.«

Er blieb vor der Tür stehen und hob die Stimme. »Du kannst jetzt hereinkommen, Harriet. Du brauchst nicht mehr am Schlüsselloch zu horchen.«

REGIERUNG VON NEUSEELAND

Hearing der Untersuchungskommission über das Unglück in Hukahoronui

Vorsitzender: Dr. H. A. Harrison
Sachverständige:
Prof. J. W. Rolandson, Mr. F. G. French
Schriftführer: Mr. J. Reed

In der Landeskammer Canterbury
CHRISTCHURCH, SOUTH ISLAND

Das Hearing
Erster Tag

I. Kapitel

Die große Halle war überraschend prachtvoll, wenn auch etwas überladen. Sie wurde Mitte des neunzehnten Jahrhunderts gebaut, als die Neugotik in Mode war. Der Architekt war ein direkter Nachfahre von Simon de Montfort. Mit dieser Halle war ein Stück mittelalterliches England in die südliche Erdhälfte und in die 150prozentig englische Stadt Christchurch geraten. Hochaufragend, mit gewölbter, bemalter und geschnitzter Decke, trug sie eine Fülle von Blumenkörben, Säulen, Spitzbögen und Holzvertäfelungen zur Schau, und jede Fläche, die sich nur irgendwie zum Schnitzen eignete, war mit Schnitzerei ausgefüllt. Es gab auch eine Menge bunter Glasfenster.

Dan Edwards, dem Doyen der Presse von Christchurch, war das Widersprüchliche der Szene gar nicht bewußt, denn er hatte dies schon zu oft gesehen. Ihm fiel lediglich auf, daß der Fußboden entsetzlich knarrte. Die Gerichtsdiener eilten geschäftig unter der Pressegalerie hin und her und legten Notizblocks und Bleistifte bereit. »Die Akustik ist lausig«, sagte er. »Und dieser verdammte Fußboden aus Kauriholz macht die Sache nur noch schlimmer.«

»Kann man ihn denn nicht ölen oder sonst was tun?« fragte Dalwood, der von Auckland kam.

»Man hat schon alles mögliche versucht, aber es scheint nichts zu nutzen. Übrigens – was halten Sie davon, wenn wir gemeinsame Sache machen? Wenn mir irgend etwas

entgeht, notiere ich es von Ihnen – und umgekehrt.«
Dalwood zuckte die Achseln. »Okay.« Er blickte über den Rand der Galerie auf das Podium direkt unter sich. Drei Stühle mit hoher Rückenlehne standen hinter dem Pult, und auf jedem Platz lag ein nagelneuer Schreibblock, links davon zwei Kugelschreiber und rechts zwei frisch gespitzte Bleistifte. Zusammen mit den Wasserkaraffen und den Trinkgläsern hatte das Ganze Ähnlichkeit mit einem feierlich gedeckten Eßtisch.
Edwards folgte dem Blick des anderen und nickte in die Richtung der schon voll besetzten Zuschauergalerie und der Nordseite der Halle. »Die haben hier ein gefundenes Fressen.«
Dalwood stupste ihn an und wies auf die Tür unter der Zuschauergalerie. »Da kommt der junge Ballard. Er hat eine ganze Armee von Rechtsberatern mitgebracht.«
Edwards betrachtete den jungen Mann, der einer Reihe älterer, unauffällig gekleideter Männer vorausging. Edwards schürzte die Lippen. »Die Frage ist nur, ob sie ihn oder das Unternehmen vertreten. An Ballards Stelle würde ich ganz schön auf der Hut sein.«
»Ein Opferlamm?«
»Ein Lamm für die Schlachtbank«, stimmte Edwards zu. Er sah auf das Podium hinunter. »Es geht gleich los.«
Das Summen im Saal erstarb, als drei Männer an die Stühle hinter dem Podium traten. Einer der zwei Stenographen blickte hoch und hielt die Hand startbereit über die Tasten seiner Maschine. Ein Rascheln entstand, als alle Anwesenden aufstanden.
Die drei Männer nahmen Platz. Ein vierter kam hinzu und setzte sich an den Schreibtisch vor dem Podium. Er legte ein Bündel Papiere vor sich hin und beschäftigte sich mit dem obersten Dokument. Der Mann über ihm, der in der Mitte saß, war älter. Er hatte weißes Haar und ein faltenreiches Gesicht. Er betrachtete den unberührten Schreibblock vor sich. Dann schob er ihn zur Seite. Als er das Wort

ergriff, redete er leise und mit ruhiger Stimme.
»Im Winter dieses Jahres, am achtzehnten Juli, geschah in der Gemeine Hukahoronui auf der Südinsel Neuseelands ein Unglück, bei dem vierundfünfzig Menschen ihr Leben verloren. Die Regierung von Neuseeland ernannte eine Untersuchungskommission, deren Vorsitz ich führe. Ich heiße Arthur Harrison und bin Rektor der Universität Canterbury.«
Er nahm die Hände auseinander. »Mir assistieren zwei Sachverständige, die aufgrund ihres Sachwissens und ihrer Erfahrung besonders qualifiziert sind für diese Kommission. Zu meiner Linken sitzt Herr Professor J. W. Rolandson von der Fakultät für Wissenschaft und industrieller Forschung.« Harrison hielt inne. »Der Einfachheit halber werden wir in Zukunft seine Abteilung FWIF nennen.«
Rolandson lächelte und nickte zustimmend.
»Zu meiner Rechten sehen Sie Mr. F. G. French vom neuseeländischen Bergbauministerium. Der Herr direkt unter mir ist Mr. John Reed, Anwalt. Er ist Schriftführer der Kommission.«
Harrison schaute auf die Tische in der Halle. »Mehrere betroffene Personen sind anwesend. Vielleicht sollten sie sich von rechts nach links vorstellen.«
Der wohlgenährte Mann in mittleren Jahren, der neben Ballard saß, erhob sich. »John Rickman, Anwalt. Ich vertrete die Interessen der Hukahoronui-Bergbau-Gesellschaft.«
Es entstand eine lange Pause, bis der Mann am nächsten Tisch aufstand. Edwards flüsterte: »Ballard hat keinen persönlichen Anwalt dabei.«
»Michael Gunn, Anwalt. Ich vertrete die Neuseeländische Gewerkschaft für Bergbau und die Angehörigen ihrer Mitglieder, die bei dem Unglück ihr Leben verloren.«
»Alfred Smithers, Anwalt. Ich vertrete das Ministerium für Zivilschutz.«
»Peter Lyall, Anwalt. Ich vertrete Charles Stewart Peter-

son und Erik Parnell Peterson.«
Ein Ton der Überraschung lief durch den Raum, eine Mischung aus spontaner Bewegung und empörtem Schnaufen. Edwards blickte von seinen Notizen auf. »Wieso glauben sie nur, juristischen Beistand zu brauchen? Das klingt vielversprechend.«
Harrison wartete, bis sich die Unruhe gelegt hatte. »Wie ich sehe, sind wir reich an juristischem Beistand. Ich muß daher die anwesenden Herren Juristen davor warnen, uns als Gericht zu betrachten. Es ist eine Untersuchungskommission, die ermächtigt ist, ihre eigenen Verfahrensvorschriften festzulegen. Wir werden hier Zeugenaussagen hören, die vor einem Gericht nicht unbedingt zulässig wären. Das Ziel der Kommission liegt darin, die Wahrheit zu erfahren über die Ereignisse, die zu der Lawine in Hukahoronui geführt haben, und über das, was danach geschehen ist.«
Er lehnte sich in seinem Stuhl zurück. »Prozeßtaktik, wie sie vor Gerichten alltäglich ist, wird bei uns nicht gern gesehen. Wir möchten die Wahrheit finden, ungehindert von juristischen Spitzfindigkeiten. Der Grund, weshalb wir die Wahrheit suchen, ist der, daß wir dafür sorgen wollen, daß sich ein solches Unglück nicht wiederholt. Diese Erwägung ist so zwingend, daß die Kommission hiermit bestimmt, daß von allem hier aufgenommenen Belastungsmaterial bei allen zukünftigen Gerichtsverfahren kein Gebrauch gemacht werden darf, es sei denn, es handle sich um solches von Kriminalität, möglicherweise als Folge der Lawine in Hukahoronui. Der zukünftige Schutz von Leben ist weit wichtiger als die Bestrafung derjenigen, die man vielleicht einer ausgeführten oder unterlassenen Handlung für schuldig befinden möchte, die dem Unglück entsprungen ist. Die Kommission ist gesetzlich ermächtigt, eine solche Entscheidung zu treffen. Ich mache hiermit Gebrauch davon.«
Gunn stand hastig auf. »Herr Vorsitzender, finden Sie

nicht, daß Sie eine eigenmächtige Entscheidung treffen? Es werden Fragen des Schadensersatzes auftauchen. Wenn betroffenen Parteien versagt wird, von ermittelten Beweisen in zukünftigen Gerichtsverfahren Gebrauch zu machen, so wird dies gewiß Ungerechtigkeiten zur Folge haben.«
»Mr. Gunn, ich zweifle nicht daran, daß die Regierung ein Schiedsgericht ernennen wird, das die Erkenntnisse dieser Kommission untersuchen und die notwendigen Anordnungen treffen wird. Stellt Sie diese Erklärung zufrieden?«
Gunn nickte bejahend mit einem Ausdruck von Befriedigung. »Voll und ganz, Herr Vorsitzender.«
Dalwood murmelte Edwards zu: »Kein Wunder, daß er zufrieden ist. Hier wird eine Menge los sein – ein blutiges Standgericht, bei dem alles erlaubt ist.«
Edwards brummte: »Dem alten Harrison kann er nicht viel vormachen.«
»Und nun kommen wir zu den Zeugen. Einige Mitbürger sind freiwillig zu uns gekommen, um hier auszusagen, andere wurden von der einen oder von mehreren der Parteien vorgeladen.« Harrison runzelte die Stirn. »Ich – und auch die anderen Mitglieder der Kommission – habe mich stark mit der Frage beschäftigt, wie die Beweisführung vor sich gehen sollte, und wir zu dem Schluß gekommen, daß sie soweit wie möglich in chronologischer Reihenfolge vorgenommen werden sollte. Daher kann es sich ergeben, daß ein Zeuge gebeten wird, den Zeugenstand zu verlassen, bevor seine Aussage vollständig ist, falls wir es für nötig befinden, Fehlendes zu ergänzen. Daraus folgt, daß alle Zeugen sich jederzeit während der Sitzungen der Kommission bereithalten sollten.«
»Herr Vorsitzender!«
Rickman war aufgesprungen. Harrison sagte: »Bitte, Mr. Rickman?«
»Eine solche Bedingung dürfte für den einen oder anderen Zeugen eine Behinderung bedeuten. Einige von ihnen sind vielbeschäftigte Männer mit Pflichten, die außerhalb dieses

Raumes liegen. Diese Untersuchung wird sicherlich lange dauern, und ich finde nicht, daß eine solche Bedingung ganz fair ist.«

»Wenn Sie auf den einen oder anderen Zeugen verweisen, darf ich annehmen, daß es sich um Mr. Ballard handelt?« fragte Harrison trocken.

»Mr. Ballard ist einer dieser Zeugen«, gab Rickman zu. »Mit Rücksicht auf ihn fände ich es besser, wenn er seine Aussage machen und sich zurückziehen könnte.«

»Ist Mr. Ballard neuseeländischer Staatsbürger?«

»Nein, Herr Vorsitzender, er ist Staatsbürger des Vereinigten Königreichs.«

»Und würde er sich aus diesem Saal bis nach England entfernen?«

Rickman beugte sich vor und sprach leise mit Ballard, der in ebenso ruhigem Ton antwortete. Rickman richtete sich auf. »Es stimmt, daß es gewisse Angelegenheiten in England gibt, die der unverzüglichen Aufmerksamkeit von Mr. Ballard bedürfen.«

Harrisons Stimme war eiskalt. »Wenn ich annehmen müßte, daß Mr. Ballard die Absicht hätte, während der Dauer dieser Untersuchung Neuseeland zu verlassen, würde ich die zuständige Behörde bitten, ihm seinen Paß abzunehmen. Diese Untersuchung ist eine ernste Sache, Mr. Rickman.«

»Ich bin überzeugt, daß Mr. Ballard nicht die Absicht hat, die Autorität des Komitees zu mißachten«, erwiderte Rickman schnell. Er beugte sich wieder hinab, wechselte einige Worte mit Ballard und sagte: »Mr. Ballard beabsichtigt nicht, Neuseeland zum gegenwärtigen Zeitpunkt zu verlassen.«

»Ich würde das lieber von Mr. Ballard selbst hören.« Harrison lehnte sich vor. »Stimmt das Mr. Ballard?«

Ballard erhob sich und bestätigte mit leiser Stimme: »Das stimmt, Sir. Ich stehe der Kommission jederzeit zur Verfügung.«

»In diesem Fall werden Sie wohl nichts dagegen haben, wie die anderen Zeugen den Sitzungen dieser Untersuchung beizuwohnen. Vielen Dank.«

In der Pressegalerie stellte Edwards fest: »Mein Gott! Wen auch immer Rickman vertritt, Ballard ist es mit Sicherheit nicht. Er hat diesen Verweis regelrecht für ihn herausgefordert.«

Harrison fuhr fort: »Diese Untersuchung wird zwar nicht mit der Förmlichkeit eines Gerichtes geführt, soll aber auch nicht in einer verbalen Rauferei ausarten. Die Vertreter der beteiligten Parteien können die Zeugen nach Ermessen des Vorsitzenden ansprechen. Es ist außerdem nicht notwendig, Ihre Wirbelsäule dadurch zu strapazieren, daß Sie jedesmal aufstehen. Es genügt, die Hand zu heben. Die Sachverständigen dürfen den Zeugen Fragen über ihr jeweiliges Sachgebiet stellen.«

Er legte die Hände zusammen. »Da wir Informationen in chronologischer Reihenfolge sammeln, ist es notwendig, zu entscheiden, an welchem Punkt wir anfangen wollen. Aus Protokollen, die der Kommission vorgelegt wurden, entnehme ich, daß es das Erscheinen von Mr. Ballard in Hukahoronui war, das zu einer Reihe von Begebenheiten führte, die vielleicht, aber vielleicht auch nicht, Bedeutung haben für das, was viele Wochen später passierte. Das muß diese Untersuchungskommission entscheiden. Wie auch immer, ich bin der Meinung, daß Mr. Ballard unser erster Zeuge sein sollte.«

Reed, der Schriftführer, bat Ballard: »Mr. Ballard, würden Sie bitte vortreten und dort Platz nehmen?« Er zeigte auf einen reich geschnitzten Stuhl, der rechts vom Podium stand. Er wartete, bis sich Ballard gesetzt hatte, und fragte: »Sie heißen Ian Dacre Ballard?«

»Ja, Sir.«

»Und Sie sind Geschäftsführer der Hukahoronui-Bergbau-Gesellschaft?«

»Nein, Sir.«

Ein Summen, wie von einem aufgescheuchten Bienenschwarm, füllte den Raum. Harrison wartete, bis wieder Ruhe eingekehrt war, und sagte: »Alle Anwesenden mögen sich während der Befragung der Zeugen bitte ruhig verhalten.« Er lehnte sich vor. »Vielen Dank, Mr. Reed, ich werde fortfahren. Mr. Ballard, waren Sie zum Zeitpunkt der Lawine Geschäftsführer der Gesellschaft?«
»Jawohl.«
»Können Sie mir vielleicht den Grund nennen, warum Sie diese Position nicht mehr innehaben?«
Ballards Stimme war ausdruckslos. »Ich wurde meiner Position vierzehn Tage nach dem Unglück enthoben.«
»Ich verstehe.« Harrison nahm aus dem Augenwinkel eine erhobene Hand wahr. »Bitte, Mr. Gunn.«
»Könnte der Zeuge uns sagen, wem die Hukahoronui-Bergbau-Gesellschaft gehört?«
Harrison nickte Ballard zu, der antwortete: »Sie ist eine hundertprozentige Tochter der Neuseeland-Mineral Holding-Gesellschaft.«
»Und diese Firma ist nur ein Aushängeschild, das aus juristischen und finanziellen Gründen gegründet wurde, nicht wahr? Und wem gehört sie?«
»Sie gehört weitgehend der International-Mining Investment-Corporation.«
»Und wer besitzt die Mehrheit der International-Mining Investment-Corporation?«
»Herr Vorsitzender!« warf Rickman ein. »Ist es in Ihren Verfahrensvorschriften vorgesehen, Einspruch zu erheben?«
»Selbstverständlich, Mr. Rickman. Welchen Einspruch wollen Sie erheben?«
»Ich verstehe nicht, was diese Art Beweisführung mit einer Lawine zu tun hat.«
»Das verstehe ich auch nicht«, räumte Harrison ein. »Aber Mr. Gunn kann uns gewiß darüber aufklären.«
»Ich glaube, daß die Antwort auf meine letzte Frage alles

klären wird«, antwortete Gunn. »Ich habe gefragt, wer die Mehrheit der International-Mining Investment-Corporation besitzt.«
Ballard hob den Kopf und sagte deutlich: »Die Ballard Holding-Gesellschaft, im Handelsregister der Stadt London eingetragen.«
Gunn lächelte. »Vielen Dank.«
»So so!« murmelte Edwards, der sich hastig Notizen machte. »Er ist also einer von den Ballards.«
Dalwood lachte leise. »Und Gunn hat es auf Rickman abgesehen. Es lebe der Arbeiter, nieder mit dem internationalen Kapital. Er riecht Geld.«
Harrison klopfte leicht mit seinem Hammer, und der Saal wurde wieder ruhig. »Mr. Ballard, besitzen Sie Aktien – oder eine Beteiligung irgendwelcher Art – von Ballard Holding? Oder von den anderen genannten Gesellschaften?«
»Nein.«
»Besitzt ein Mitglied Ihrer Familie eine solche Beteiligung?«
»Ja, meine drei Onkels und einige meiner Vettern.«
»Ihr Vater nicht?«
»Er ist tot.«
»Wie kam es dazu, daß Sie zum Geschäftsführer der Hukahoronui-Bergbau-Gesellschaft ernannt wurden?«
Ballard zuckte die Achseln. »Die Firma ist ein altes Familien-Unternehmen, und ich nehme an, daß...« »Würde der Zeuge seine Qualifikationen für die Position beschreiben?« Harrison wandte ruckartig den Kopf, um den Urheber dieser Unterbrechung ausfindig zu machen. »Seien Sie so freundlich, Mr. Lyall, nicht mehr in den Saal zu rufen. Und noch etwas, Sie dürfen einen Zeugen nicht unterbrechen.« Etwas milder gestimmt, fügte er hinzu: »Die Frage ist jedoch sachdienlich, und der Zeuge darf antworten.«
»Ich bin Diplom-Berbau-Ingenieur. Ich habe an der Universität Birmingham studiert. In Südafrika und in den

Vereinigten Staaten habe ich mein Studium fortgesetzt.«
Lyall hatte diesmal den Arm gehoben. »Aber keine *praktische* Erfahrung als Bergbau-Ingenieur?«
Röte überzog Ballards Wangen, aber er schien sich in der Gewalt zu haben, als er sich an Harrison wandte: »Darf ich zuerst Mr. Lyalls *erste* Frage beantworten?«
»Natürlich.« Harrison blickte Lyall fest an. »Mr. Lyall, bitte unterbrechen Sie den Zeugen nicht und richten Sie alle Ihre Fragen an mich, bis Sie andere Anweisungen erhalten. Fahren Sie fort, Mr. Ballard.«
»Ich wollte gerade sagen, daß ich, abgesehen von meinen Ingenieur-Studien, zwei Jahre lang Betriebswirtschaft an der Harvard-Universität studiert habe. Und was die praktische Erfahrung als Bergbau-Ingenieur betrifft, sie wäre angebracht, wenn ich vorgäbe, Bergbau-Ingenieur zu sein, aber als Geschäftsführer war meine Tätigkeit mehr betriebswirtschaftlicher Natur.«
»Ein gültiges Argument«, bemerkte Harrison. »Ein Geschäftsführer braucht nicht die technische Fachkenntnis, der Mitarbeiter zu besitzen, die ihm unterstellt sind. Wenn das verlangt würde, wäre eine große Anzahl unserer Direktoren mit sofortiger Wirkung arbeitslos – und vielleicht auch untauglich.«
Er wartete, bis das Lachen nachließ, und redete dann weiter: »Ich sehe keinen Sinn darin, Mr. Lyall, diese Art von Beweisführung fortzusetzen.« Als Lyalls Hand hartnäckig erhoben blieb, fragte Harrison: »Haben Sie eine weitere – eine andere Frage?«
»Jawohl, Herr Vorsitzender. Ich weiß aus zuverlässiger Quelle, daß Mr. Ballard, als er in Hukahoronui ankam, nur mit Hilfe eines Stockes gehen konnte. Stimmt das?«
»Ist diese Frage von Belang, Mr. Lyall?«
»Ich glaube schon, Sir.«
»Der Zeuge darf die Frage beantworten.«
»Es stimmt.«
Lyall, die Hand noch erhoben, schwieg pedantisch, bis

Harrison kurz in seine Richtung nickte. »Können Sie uns den Grund dafür nennen?«
»Ich habe beim Skilaufen in der Schweiz mein Bein gebrochen.«
»Vielen Dank, Mr. Balard.«
»Ich kann nicht behaupten, daß ich irgendeinen Zusammenhang sähe«, bemerkte Harrison. »Aber das werden wir zweifellos mit der Zeit auch erfahren.«
»Es passierte in einer Lawine«, ergänzte Ballard.
In der Halle herrschte Totenstille.

2. Kapitel

Harrison schaute zu Lyall hinüber. »Der Zusammenhang entgeht mir immer noch«, sagte er. »Und da Mr. Lyall offensichtlich nicht beabsichtigt, dieses Thema fortzuführen, bin ich dafür, daß wir weitermachen. Mr. Ballard, wann sind Sie in Hukahoronui angekommen?«
»Am sechsten Juni – sechs Wochen vor der Lawine.«
»Sie waren also noch gar nicht lange dort. Entsprach Hukahoronui Ihren Erwartungen?«
Ballard runzelte nachdenklich die Stirn. »Mir fiel sofort auf, wie sehr sich alles verändert hatte.«
Harrison war sichtlich überrascht. »Verändert? Dann sind Sie schon früher dort gewesen?«
»Ich habe fünfzehn Jahre dort gelebt – von meiner Geburt bis kurz nach meinem sechzehnten Geburtstag.«
Harrison machte sich eine Notiz. »Fahren Sie fort, Mr. Ballard. Wie hatte sich Hukahoronui geändert?«
»Es war größer geworden. Das Bergwerk war natürlich neu, aber es gab auch mehr Häuser – viel mehr Häuser.« Er hielt inne. »Es gab auch viel mehr Schnee, als mir aus meiner Kindheit in Erinnerung war.«
Professor Rolandson von der FWIF bestätigte den Eindruck: »Es ist allgemein bekannt, daß der Schneefall in den

Neuseeländischen Alpen im letzten Winter ungewöhnlich stark war.«

Ballard war deprimiert gewesen, als er in einem Land-Rover der Firma von Christchurch nach Westen fuhr. Er kehrte an seinen Ausgangspunkt zurück, nach Hukahoronui, das an einem Ausläufer der Two Thumbs-Berge liegt, und das er nie wiederzusehen erwartet hatte.
Hukahoronui.
Ein tiefes Tal in den Bergen, das man durch eine enge Bergschlucht erreicht. Es wird von hohen Baumbeständen an den Hängen umrahmt. Ein Fluß, der vom Eiswasser der hohen Gipfel gespeist wird, windet sich durch das Tal. Die Häuser im Tal sind unregelmäßig um eine Kirche, einen Laden und eine Dorfschule gruppiert. Seine Mutter war dort Lehrerin gewesen.
Er haßte den Ort.
Bei Tiefschnee war er schwer zu erreichen. Es hatte heftig geschneit und trotz Schneereifen und Allradantrieb hatte Ballard Schwierigkeiten. Soweit er sich erinnern konnte, hatte es in dieser Gegend seit 1943 keine solchen Schneemengen gegeben. Aber seine Erinnerungen waren verständlicherweise etwas verschwommen – er war damals erst vier Jahre alt gewesen. Es gab jedoch einen besonderen Grund, weshalb er sich an die schweren Schneefälle jenes Jahres erinnern konnte.
Nach längerer Fahrt in niedrigem Gang erreichte er schließlich den Paß und fuhr auf einen Parkstreifen am Straßenrand, von wo er die Felsschlucht und Hukahoronui überblicken konnte.
Es hatte sich wahrhaftig verändert, genau wie der alte Ben gesagt hatte. Ein kleines Städtchen lag in der Ferne, wo es früher kein Städtchen gegeben hatte. Auf der einen Seite, am Westhang des Tales, stand eine Gruppe von Industriegebäuden, wahrscheinlich das Walzwerk und die Raffinerie, die zur Grube gehörte. Eine Wolke schwarzen Rau-

ches, der aus einem hohen Schornstein quoll, bildete einen häßlichen Fleck vor dem Weiß der Landschaft.
Das Städtchen erstreckte sich entlang dem Talboden. Die meisten Häuser standen auf dem Westufer des Flusses, den jetzt ein Brücke überspannte. Die Bewohner des Tals hatten jahrelang ergebnislos über eine Brücke diskutiert, und nun war sie schließlich unter der treibenden Kraft der Wohlstandswirtschaft gebaut worden. Wahrscheinlich war die Brücke das Positive an der Entwicklung. Um sie zu bekommen, mußte man das Bergwerk in Kauf nehmen.
Hinter dem Städtchen schien sich nicht viel geändert zu haben. In weiter Ferne erkannte Ballard Turis Haus unterhalb des großen Felsens, der Kamakamaru genannt wurde. Er fragte sich, ob der alte Mann noch lebte oder ob der Rauch aus dem fernen Schornstein vom Feuer eines anderen stammte. Turi war schon ein alter Mann gewesen, als Ballard das Tal verließ. Es war jedoch schwierig, das Alter eines Maori zu schätzen, insbesondere für einen sechzehnjährigen Jungen. Wenn man sechzehn war, waren alle Menschen über vierzig Tattergreise.
Aber da war etwas anderes, was ihm fremd vorkam an dem Tal, und er überlegte, was es sein konnte. Es war eine Veränderung, die nichts mit dem Bergwerk oder dem neuen Städtchen zu tun hatte. Er versuchte, seine sechzehn Jahre alten Erinnerungen mit der Wirklichkeit vor ihm in Zusammenhang zu bringen. Es hatte auch nichts mit dem Fluß zu tun, der, wie es schien, immer noch den gleichen Lauf nahm.
Plötzlich fiel es ihm auf. Der Hang auf der westlichen Talseite war jetzt fast völlig kahl. Die hohen Kiefern und Zedern, Kahikatea- und Kohekohebäume waren verschwunden – der Hang war fast nackt. Ballard betrachtete die oberen Hänge, wo der Schnee sich als eine einzige glatte und wunderschöne Fläche bis an den Fuß des Felsens erstreckte. Sie schienen ganz gut geeignet zum Skilaufen. Er startete den Motor und fuhr hinunter zu dem unbekann-

ten Städtchen. Aus der Nähe betrachtet, beeindruckte ihn die Planung sehr. Obwohl vieles unter dem Schnee verborgen lag, konnte er Flächen erkennen, die im Sommer schöne große Gärten sein mußten. Da war ein Kinderspielplatz, auf dem die unbenutzten Schaukeln und Rutschbahnen, Klettergerüste und Wippen in einen weißen Schneemantel gehüllt und mit Eiszapfen geschmückt waren.
Große Schneemassen lasteten auf den Hausdächern, doch die Straße lag frei und war offensichtlich vor nicht allzulanger Zeit geräumt worden. Im Ortszentrum passierte er einen Bulldozer mit heruntergelassenem Planierschild, der die Straße freimachte. Er trug eine Aufschrift: HUKAHORONUI BERGBAU-GESELLSCHAFT. Die Geschäftsführung der Grube schien sich für kommunale Probleme zu interessieren. Ballard konnte das nur gutheißen.
Entlang dem Steilufer, das in den Fluß hineinragte, standen Häuser. Als Ballard noch ein Kind war, hieß die Stelle »das Knie«. Dort hatten sie ihren Badeteich gehabt. Am Fuß des Felsens hatte früher Petersons Laden gestanden. Es dauerte eine Weile, bis Ballard ihn erkannte, doch er stand tatsächlich noch da. Zu seiner Zeit war er ein niedriger, einstöckiger Bau mit vorgezogenem Wellblechdach gewesen, das Schutz vor der Sommersonne bot. Damals hatten Stühle auf der Veranda gestanden. Es war ein bevorzugter Ort für Klatsch und Tratsch gewesen.
Jetzt war es zweigeschossig, mit einer falschen Fassade, die es noch größer wirken ließ. Der Laden hatte jetzt sogar große beleuchtete Schaufenster, aber keine Veranda mehr.
Er stellte seinen Land-Rover auf einem markierten Parkplatz ab und fragte sich ein wenig bitter, wann man dazu übergehen würde, Parkuhren aufzustellen. Die Sonne versank schon hinter den Westhängen des Tales und warf lange Schatten über das Städtchen. Das war einer der Nachteile von Hukahoronui; in diesem engen Tal, das von Norden nach Süden verlief, setzte die Dämmerung früh ein. Auf der anderen Straßenseite sah er ein halbfertiges Ge-

bäude aus rohem Beton, das sich »Hotel D'Archiac« nannte – ein Name, den man einem Berg abgeguckt hatte. Die Straße war verhältnismäßig belebt. Pkws und Lastwagen fuhren vorbei, und Frauen mit Taschen beeilten sich, ihre Einkäufe vor Ladenschluß zu tätigen. Früher war Petersons Laden das einzige Geschäft gewesen, aber von seinem Auto aus konnte Ballard drei weitere Geschäfte und an der Ecke eine Tankstelle sehen. Die Fenster der alten Schule, der zwei neue Flügel gewachsen waren, waren erleuchtet.
Ballard angelte sich den Stock vom Rücksitz und stieg aus dem Wagen. Er überquerte die Straße zum Hotel, wobei er sich stark auf den Stock stützte, da er das linke Bein noch immer nicht normal belasten konnte. Er nahm an, daß Dobbs, der technische Leiter des Bergwerks, ihn untergebracht hätte; aber es war spät, und er wollte keine unnötigen Umstände machen. Er hatte sich entschlossen, eine Nacht im Hotel zu verbringen und sich am nächsten Morgen den Mitarbeitern des Unternehmens vorzustellen.
Als er sich dem Hoteleingang näherte, kam ein Mann in großer Eile heraus und stieß Ballard an. Der Mann murmelte ein paar verärgerte Worte – keine Entschuldigung – und eilte über den Bürgersteig auf einen parkenden Wagen zu. Ballard erkannte ihn: Erik Peterson, der zweitälteste der drei Peterson-Brüder. Als er ihn das letzte Mal gesehen hatte, war Erik ein langer, schlacksiger Neunzehnjähriger gewesen. Jetzt hatte er sich zu einem breitschultrigen, kräftigen Mann entwickelt. Aber an seinen Manieren hatten die Jahre offensichtlich nichts geändert.
Ballard wandte sich wieder dem Hotel zu und sah sich plötzlich einer älteren Frau gegenüber, die ihn fragend anschaute. Er konnte ihr das allmähliche Wiedererkennen von den Augen ablesen. »Na, das ist doch Ian Ballard«, stellte sie fest, fügte aber unsicher hinzu: »Sie sind doch Ian, oder?«
Er kramte in seinem Gedächtnis, um ihr Gesicht einzuord-

nen, und suchte nach dem dazugehörigen Namen. Simpson? Nein – das war es nicht. »Guten Tag, Mrs. Samson«, sagte er dann.
»Ian Ballard«, wiederholte sie verwundert. »Also, was machen Sie hier – und wie geht es Ihrer Mutter?«
»Meiner Mutter geht es gut«, log er tapfer. »Sie hat mich ausdrücklich gebeten, Sie zu grüßen.« Er betrachtete kleine Lügen aus Höflichkeit als etwas wie Öl für einen reibungslosen Ablauf des gesellschaftlichen Mechanismus.
»Wie lieb von ihr«, sagte Mr. Samson warmherzig. Sie beschrieb einen vagen Halbkreis mit dem Arm. »Und was halten Sie von Huka? Es hat sich eine Menge geändert, seitdem Sie hier waren.«
»Ich habe nie damit gerechnet, daß die Zivilisation auch die Two Thumbs erreichen würde.«
»Das liegt natürlich an der Grube«, erklärte Mrs. Samson. »Sie hat den Wohlstand gebracht. Wußten Sie, daß wir jetzt sogar einen Gemeinderat haben?«
»Tatsächlich?« antwortete er höflich. Aus dem Augenwinkel nahm er wahr, wie Erik Peterson beim Aufschließen seines Wagens plötzlich erstarrte und zu ihm herübersah.
»Ja, wirklich«, fuhr Mrs. Samson unbeirrt fort. »Und ich bin Gemeinderätin, stellen Sie sich das vor! Wer hätte das gedacht. Aber was in aller Welt machen Sie hier, Ian?«
»Im Moment wollte ich ins Hotel und mir ein Zimmer nehmen.« Ihm wurde augenblicklich klar, daß Erik Peterson auf ihn zukam.
»Ian Ballard.« Petersons Stimme war matt und ausdruckslos.
Ballard wandte sich um. »Kennen Sie sich?« fragte Mrs. Samson. »Das ist Erik Peters...« Ihre Stimme erstarb, und sie nahm einen Ausdruck verstört-wachsamer Zurückhaltung an, das Aussehen eines Menschen, der im Begriff gewesen war, einen Fauxpas zu begehen. »Aber natürlich kennen Sie sich«, fügte sie langsam hinzu.
»Guten Tag, Erik.«

In Petersons mühsamem Lächeln lag alles andere als Freude. »Und was machen Sie hier?«
Es hatte keinen Sinn, der Frage auszuweichen. Ballard erklärte: »Ich bin der neue Geschäftsführer der Bergbau-Gesellschaft.«
Petersons Augen blitzten auf. »So, so!« bemerkte er mit gespieltem Erstaunen. »Die Ballards kommen also aus ihrem Versteck hervor? Was ist los, Ian? Sind Ihnen die faulen Firmennamen ausgegangen?«
»Eigentlich nicht«, erwiderte Ballard. »Wir haben einen Computer, der sie für uns erfindet. Und wie geht es Ihnen, Erik?«
Peterson musterte den Stock, auf den Ballard sich stützte. »Offensichtlich viel besser als Ihnen. Haben Sie Ihr Bein verletzt? Hoffentlich nichts Unbedeutendes.«
Mrs. Samson fielen plötzlich Entschuldigungen ein, sich zu entfernen, Gründe, die sie ausführlich und redselig erläuterte. »Aber wenn Sie hierbleiben, werden wir uns sicherlich wiedersehen«, schloß sie.
Peterson wartete, bis sie außer Hörweite war. »Verrückte alte Vogelscheuche! Sie ist das größte Ärgernis im Gemeinderat.«
»Gehören Sie auch dazu?«
Peterson nickte zerstreut – man konnte ihn fast denken hören. »Habe ich richtig gehört, daß Sie ein Zimmer im Hotel buchen wollen?«
»Ganz recht.«
Peterson nahm Ballards Arm. »Dann darf ich Sie dem Hoteldirektor vorstellen.« Während sie die Halle durchquerten, erklärte er: »Johnnie und ich sind zu je fünfzig Prozent Mitinhaber dieses Hauses, da finden wir bestimmt ein Zimmer für einen alten Freund wie Sie.«
»Es geht Ihnen offensichtlich ganz gut.«
Peterson grinste schief. »Die Mine wirft ein bißchen was ab, wenn es auch kein Gold ist.« Er blieb an der Rezeption stehen. »Jeff, darf ich Ian Ballard, einen alten Freund,

vorstellen. Sie würden doch auch sagen, daß wir Freunde sind, nicht wahr, Ian?«

Er ließ Ballard keine Gelegenheit zu einer Antwort. »Jeff Weston ist der Direktor hier und Mitinhaber zu fünfzig Prozent. Wir streiten uns ständig darüber, welche Hälfte nun ihm gehört. Er behauptet, die Hälfte mit der Bar, und genau das ist unser Zankapfel.«

»Sehr angenehm, Mr. Ballard«, sagte Weston.

»Ich bin sicher, Sie haben ein schönes Zimmer für Mr. Ballard.«

Weston zuckte die Achseln. »Kein Problem.«

»Gut!« Petersons Ton war jovial. »Geben Sie Mr. Ballard ein Zimmer – das beste, das wir haben.« Seine Augen wurden plötzlich hart wie Kieselsteine, seine Stimme eiskalt. »Für vierundzwanzig Stunden! Danach sind wir ausgebucht! Ich möchte nicht, daß Sie einen falschen Eindruck über Ihr Willkommensein hier gewinnen, Ballard. Lassen Sie sich nicht durch Mrs. Samson täuschen.«

Er drehte sich auf dem Absatz um und schritt davon. Weston stand mit offenem Mund da. »Erik war schon immer ein Witzbold«, sagte Ballard leicht dahin. »Soll ich das unterschreiben, Mr. Weston?«

An diesem Abend schrieb Ballard einen Brief an Mike McGill. Unter anderem folgendes:

»Soweit ich mich erinnere, hattest Du vor, dieses Jahr nach Neuseeland zu gehen. Warum kommst Du nicht ein bißchen früher – als mein Gast? Ich bin einem Ort namens Hukahoronui auf der Südinsel. Es liegt eine Menge Schnee hier. Geradezu ideal zum Skilaufen. Es hat sich vieles geändert, seitdem ich das letzte Mal hier war. Die Zivilisation ist eingefallen mit vielen neuen Entwicklungen. Aber *so* schlimm ist es wirklich nicht, und die Berge sind noch unberührt. Schreib mir, was Du von meinem Vorschlag hältst – ich würde Dich gern am Flughafen in Auckland abholen.«

3. Kapitel

Harrison nippte ein wenig von seinem Wasser und stellte das Glas wieder hin. »Mr. Ballard, zu welchem Zeitpunkt wurde Ihnen die Lawinengefahr bewußt?«
»Erst ein paar Tage vor dem Unglück. Ein Freund, Mike McGill, der mich besuchte, hatte mich darauf aufmerksam gemacht.«
Harrison zog eins der Papiere zu Rate. »Wie ich sehe, hat sich Dr. McGill freiwillig angeboten, hier als Zeuge aufzutreten. Ich finde es besser, wenn wir sein Beweismaterial aus seinem eigenen Munde hören. Sie dürfen den Zeugenstand verlassen, Mr. Ballard, unter der Voraussetzung, daß man Sie jederzeit wieder aufrufen kann.«
»Ja, Sir.« Ballard setzte sich auf seinen Platz.
»Dr. McGill, bitte in den Zeugenstand«, rief Reed aus.
McGill, mit einer schmalen Ledermappe unter dem Arm, ging auf das Podium zu. Er setzte sich. Reed begann: »Sie heißen Michael Howard McGill?«
»Ja, das stimmt.«
Harrison hörte einen transatlantischen Tonfall in McGills Stimme.
»Dr. McGill, sind Sie Amerikaner?«
»Nein, Sir. Ich bin Kanadier.«
»Ach so. Es ist doch sehr uneigennützig von Ihnen, freiwillig hierzubleiben und auszusagen.«
McGill lächelte. »Nicht der Rede wert. Ich muß ohnehin in Christchurch bleiben. Ich breche nächsten Monat in die Antarktis auf. Wie Sie vielleicht wissen, starten hier die Flüge der Operation Deep Freeze.«
Professor Rolandson meldete sich. »Sie gehen in die Antarktis und heißen McGill? Sind Sie der Dr. McGill, der eine Arbeit über die Statik und Verformung von Schneehängen geschrieben hat, die in der letzten Ausgabe des Antarktis-Journals erschienen ist?«

»Jawohl.«
Rolandson wandte sich an Harrison. »Ich schätze uns glücklich, Dr. McGill bei uns zu haben. Ich habe viele seiner Arbeiten gelesen. Seine Qualifikationen als sachverständiger Zeuge sind unzweifelhaft.«
»Tatsächlich.« Harrison zog die Augenbrauen hoch. »Aber ich finde, wir sollten seine Qualifikationen schriftlich festhalten. Würden Sie uns etwas zu Ihrer Person erzählen, Dr. McGill?«
»Gern.« McGill überlegte kurz. »Ich habe an der Universität Vancouver Physik studiert. Dann habe ich zwei Jahre bei der kanadischen FWIF in Britisch-Kolumbien verbracht. Von dort bin ich in die USA gegangen – Magister in Meteorologie an der Columbia-Universität und Doktorgrad in Glaziologie an der Hochschule Kaliforniens. Was meine praktische Erfahrung betrifft, so habe ich mich zweimal in der Antarktis aufgehalten, ein Jahr auf Grönland im Camp Century und zwei Jahre in Alaska. Und gerade habe ich einen einjährigen Studienurlaub zu theoretischen Studien in der Schweiz beendet. Zur Zeit arbeite ich als Zivil-Wissenschaftler beim Cold Regions Research and Engineering Laboratory des Terrestrial Sciences Centre der US-Armee.«
Es folgte ein Schweigen, das schließlich von Harrison unterbrochen wurde. Er hustete nervös. »Ja, sehr interessant. Wie würden Sie, ein bißchen vereinfacht, Ihre gegenwärtige Beschäftigung beschreiben?«
McGill grinste. »Man hat mich Schneemann genannt.«
Unterdrücktes Kichern im Saal. Rolandsons Lippen zuckten. »Ich sollte hinzufügen, daß ich mich mit praktischen und theoretischen Untersuchungen von Schnee und Eis beschäftige, die uns mehr Wissen über die Bewegung dieser Materie, insbesondere in bezug auf Lawinen, vermitteln sollen.«
»Ich stimme vollkommen mit Professor Rolandson überein«, sagte Harrison. »Wir haben großes Glück, einen so

qualifizierten Zeugen zu haben, der uns über die Begebenheiten vor, während und nach dem Unglück berichten kann. Wie sind Sie nach Hukahoronui gekommen, Dr. McGill?«
»Ich habe Ian Ballard in der Schweiz kennengelernt. Wir verstanden uns ganz gut. Als er nach Neuseeland ging, lud er mich ein, ihn zu besuchen. Er wußte, daß ich auf dem Weg in die Antarktis über Neuseeland mußte. Er schlug mir vor, etwas früher, als ursprünglich geplant, anzureisen. Er holte mich am Flughafen in Auckland ab, und wir fuhren zusammen nach Hukahoronui.«
Lyall hob die Hand und Harrison nickte ihm zu. »Wie lange kannte der Zeuge Mr. Ballard in der Schweiz?«
»Zwei Wochen.«
»Zwei Wochen!« wiederholte Lyall. »Kam es Ihnen nicht seltsam vor, daß trotz einer so kurzen Bekanntschaft Mr. Ballard eine so weite Reise unternahm, unter anderem einen Flug von der Südinsel zur Nordinsel, um Sie am Flughafen abzuholen?«
Harrison öffnete seinen Mund, um zu protestieren, aber McGill, dessen Miene vereiste, kam ihm zuvor. »Ich verstehe den Sinn dieser Frage nicht, aber ich werde sie beantworten. Mr. Ballard mußte an einer Aufsichtsratssitzung seines Konzerns in Auckland teilnehmen, die zeitlich mit meiner Ankunft zusammenfiel.«
»Auch ich verstehe die Absicht dieser Frage nicht, Mr. Lyall«, fügte Harrison ärgerlich hinzu. »Sind Sie mit der Antwort zufrieden?«
»Jawohl.«
»Wir kommen mit unserer Untersuchung schneller voran, wenn irrelevante Fragen auf ein Minimum reduziert werden«, bemerkte Harrison eisig. »Fahren Sie fort, Dr. McGill.«
In der Pressegalerie bemerkte Dan Edwards: »Da steckte doch irgendeine böse Absicht dahinter. Ich möchte zu gern wissen, welche Anweisungen Lyall von den Petersons er-

halten hat.«
McGill erzählte weiter: »Es lag viel Schnee auf dem Weg nach Hukahoronui...«

Fünfzehn Meilen vor Hukahoronui waren sie auf einen Volkswagen gestoßen, der in einer Schneeverwehung steckengeblieben war. Skier auf dem Dach verrieten ihnen den Grund der Reise. Im Wagen saßen zwei hilflose Amerikaner, vom Schnee belagert. Ballard und McGill halfen ihnen, den Wagen freizuschleppen. Die Männer, die Miller und Newman hießen, dankten ihnen überschwenglich. McGill betrachtete den Volkswagen und meinte: »Nicht gerade der beste Wagen für diese Verhältnisse.«
»Das kann man wohl sagen«, stimmte Newman zu. »Hier gibt's mehr Schnee als in Montana. Das habe ich wahrhaftig nicht erwartet.«
»Es ist auch außergewöhnlich viel«, erklärte McGill, dem die Wetterstatistik hier geläufig war.
Miller fragte: »Wie weit ist es bis nach Huka...« – er stolperte über das Wort, brachte es aber doch Silbe für Silbe hervor. »Hukahoro-nui?«
»Ungefähr fünfzehn Meilen«, antwortete Ballard. Er lächelte: »Sie können es nicht verfehlen, diese Straße führt nirgends sonst hin.«
»Wir wollen dort Ski laufen«, sagte Newman. Er lächelte, als Ballard in Richtung der Skier auf dem Wagendach nickte. »Aber das sieht man wohl.«
»Sie werden wieder steckenbleiben«, prophezeite Ballard ihm.
»Das ist unvermeidlich. Fahren Sie voraus, und ich folge, damit ich Sie wieder herausziehen kann.«
»Das finde ich aber richtig prima von Ihnen«, dankte Miller. »Wir nehmen Ihr Angebot gern an. Sie haben ein paar PS mehr als wir.«
Sie mußten dem VW fünfmal zu Hilfe kommen, bis sie Hukahoronui erreichten. Beim fünften Mal bemerkte New-

man: »Es ist sehr nett von Ihnen, daß Sie sich all diese Mühe machen.«
Ballard lächelte. »Sie würden sicherlich genauso handeln, wenn wir in Ihrer Lage wären.« Er zeigte ihnen die Schlucht. »Das ist der Paß – die Zufahrt zum Tal. Wenn Sie da durch sind, haben Sie das Schlimmste geschafft.«
Sie folgten dem Volkswagen bis zur Schlucht und sahen zu, wie er ins Tal hinunterfuhr. Ballard hielt am Straßenrand. »Nun, da wären wir.«
McGill überflog die Szene vor ihnen mit professionellem Blick. Instinktiv fiel sein Blick sofort auf die weiße Fläche des Westhanges, und er runzelte leicht die Stirn. »Ist das eure Grube dort unten?«
»Stimmt genau.«
»Weißt du, ich habe dich noch gar nicht gefragt, was ihr da rausholt.«
»Gold«, erklärte Ballard. »Gold in kleinen Mengen.« Er nahm ein Päckchen Zigaretten und bot McGill eine an. »Wir wußten schon lange, daß dort Gold liegt – mein Vater hat als erster Spuren von Gold gefunden –, aber es war nicht genug, um eine Investition zu riskieren, jedenfalls nicht, solange der Goldpreis auf fünfunddreißig Dollar pro Unze festgelegt war. Als der Preis freigegeben wurde, riskierte die Firma ein paar Millionen Pfund Sterling, um das Werk dort unten auszubauen. Im Moment sind wir bei plus minus null. Das Gold, das wir von dort holen, trägt das investierte Kapital. Aber die Ausbeute wird größer, seitdem wir auf eine Ader gestoßen sind, und wir hoffen auf mehr.«
McGill nickte abwesend. Durch das Seitenfenster betrachtete er die Felsen zu beiden Seiten der Schlucht. »Habt ihr Schwierigkeiten, die Straße an dieser Stelle freizuhalten?«
»Als ich vor einigen Jahren hier lebte, hatten wir keine Schwierigkeiten. Heute ist das anders. Die Stadt hat einige der Räumfahrzeuge der Firma mehr oder weniger langfristig geliehen.«

»Es wird noch schlimmer werden«, prophezeite McGill. »Vielleicht sogar noch *viel* schlimmer. Ich habe mich über die meteorologischen Bedingungen informiert. Es gibt viel Niederschlag dieses Jahr, und es wird noch mehr vorausgesagt.«
»Gute Nachricht für Skiläufer«, meinte Ballard. »Schlechte für den Bergbau. Wir haben Schwierigkeiten, unsere Ausrüstung hereinzubekommen.« Er legte den Gang ein. »Fahren wir runter!«
Er fuhr durch die Stadt und anschließend zum Büro des Bergwerkes. »Komm mit. Ich stelle dich den leitenden Angestellten vor«, schlug er vor, zögerte aber nachträglich. »Allerdings werde ich während der nächsten Stunde ziemlich viel um die Ohren haben.« Er grinste. »Zum Beispiel, wenn ich erfahre, daß man während meiner Abwesenheit ein Vermögen herausgewirtschaftet hat. Ich werde jemanden bitten, dich zu meinem Haus zu bringen.«
»Das ist in Ordnung«, meinte McGill.
Sie betraten das Verwaltungsgebäude, und Ballard öffnete eine Tür.
»Hallo, Betty. Ist Mr. Dobbs da?«
Betty deutete mit dem Daumen auf eine Tür. »Dort drinnen, mit Mr. Cameron.«
«Prima. Komm mit, Mike.« Er ging voraus in ein Büro, in dem zwei Männer über einer Skizze berieten, die auf einem Schreibtisch lag.
»Guten Tag, Mr. Dobbs, hallo, Joe. Ich möchte Ihnen einen Freund vorstellen, der eine Weile in Huka bleiben wird – Mike McGill. Das ist Harry Dobbs, technischer Leiter, und Joe Cameron, Werksingenieur.«
Dobbs, Neuseeländer, hatte ein schmales Gesicht mit einem mißmutigen Ausdruck. Er sah aus, als bekämen ihm die Kochkünste seiner Frau nicht. Cameron war ein breitschultriger Amerikaner, der auf die sechzig zuging und es nicht wahrhaben wollte. Sie schüttelten sich die Hände.
Ballard fragte: »Alles in Ordnung?«

Cameron schaute zu Dobbs, Dobbs blickte Cameron an. Dann gab Dobbs zögernd von sich: »Die Situation verschlechtert sich beständig.«

Cameron glruckste vor sich hin. »Er meint, wir haben noch immer Probleme mit diesem verdammten Schnee. Gestern ist ein Laster am Paß steckengeblieben. Wir brauchten zwei Bulldozer, um ihn rauszuholen.«

»Wenn der notwendige Nachschub nicht durchkommt, wird die Fördermenge abnehmen«, gab Dobbs zu bedenken.

»Ich fürchte, wir werden in dieser Jahreshälfte keinen Gewinn abwerfen«, meinte Ballard. »Mike sagt, daß es noch schlimmer wird, und er muß es eigentlich wissen – er ist Schneefachmann.«

»Betrachte das nicht als Evangelium«, protestierte McGill. »Ich habe mich auch schon mal geirrt.« Er schaute durchs Fenster. »Ist das die Grubeneinfahrt?«

Cameron folgte seinem Blick. »Ja, was Sie sehen, ist der Haupteingang. Die meisten Leute meinen, eine Grube müßte einen Schacht haben. Aber wir haben einfach einen Stollen waagerecht in den Berghang gebohrt. Innen hat er natürlich ein Gefälle, entsprechend der Ader, der wir folgen.«

»Das erinnert mich an einen Ort in Britisch-Kolumbien, Granduc.«

McGill blickte Cameron von der Seite an. »Kennen Sie ihn?«

Cameron schüttelte den Kopf. »Nie davon gehört.«

McGill schien seltsamerweise enttäuscht zu sein.

Dobbs erläuterte gerade: »...und Arthur-Paß war gestern zwölf Stunden lang gesperrt, und der Haast ist seit Dienstag geschlossen. Über den Lewis-Paß habe ich noch nichts erfahren.«

»Was haben die Pässe mit uns zu tun?« wollte Ballard wissen. »Unsere Lieferungen kommen aus Christchurch und müssen nicht über die Berge.«

»Das sind die Hauptpässe über die neuseeländischen Alpen«, erklärte Dobbs. »Wenn es der Regierung nicht gelingt, sie offenzuhalten, welche Chance haben dann *wir*? Sie werden jede verfügbare Maschine *dort* einsetzen, und kein Mensch wird eine Schneeraupe schicken, um den Weg nach Hukahoronui freizumachen – es ist eine Sackgasse.«
»Mr. Dobbs, wir werden halt unser Bestes tun müssen.« Zu McGill gewandt, sagte Ballard: »Wir wollen dich erst mal einquartieren, Mike.«
Mike nickte und sagte den Anwesenden auf Wiedersehen.
»Wir können uns ja mal treffen«, schlug Cameron vor. »Kommen Sie mal zum Essen zu mir. Meine Tochter ist eine großartige Köchin.«
Dobbs sagte nichts.
Sie gingen in das Vorzimmer zurück. »Betty zeigt dir, wo das Haus ist. Das Schlafzimmer hinten links gehört dir. Ich bin in spätestens einer Stunde da.«
»Laß dir Zeit«, verabschiedete sich McGill.
Ballard tauchte erst drei Stunden später auf. McGill hatte schon alles ausgepackt, war durch das Städtchen spaziert, was allerdings nicht viel Zeit in Anspruch genommen hatte, und war zum Haus zurückgekehrt, um ein dringendes Telefongespräch zu führen.
Müde und deprimiert kam Ballard nach Hause. Als er McGill erblickte, überkam ihn augenblicklich das schlechte Gewissen. »Verdammt noch mal, ich habe vergessen, Mrs. Evans Bescheid zu sagen, daß wir heute ankommen wollten. Jetzt haben wir nichts zu essen.«
»Kein Grund zur Panik«, beruhigte ihn McGill. »Ich hab' schon was im Ofen – McGills Antarktikklopse, wie man sie nur in den besten Restaurants südlich des sechzigsten Breitengrades findet. Wir werden schon satt werden.«
Ballard seufzte erleichtert. »Ich dachte schon, wir müßten im Hotel essen. Dort bin ich nicht gerade sehr populär.«
McGill überging die letzten Worte. »Nur eins kann ich nicht auftreiben – deinen Fusel.«

Ballard grinste: »Dann komm.«
Als sie ins Wohnzimmer gingen, erwähnte McGill: »Ich habe dein Telefon benutzt. Ich hoffe, du hast nichts dagegen.«
»Bitte, jederzeit.« Ballard öffente einen Schrank und nahm eine Flasche und zwei Gläser heraus.
»Ihr bekommt eure Lieferungen aus Christchurch. Ich weiß, daß ihr voll ausgelastet seid; aber ist es vielleicht trotzdem möglich, für mich ein Paket mitbringen zu lassen?«
»Wie groß?« McGill zeichnete mit seinen Händen die ungefähre Größe in den leeren Raum. Ballard meinte: »Größer nicht? Das schaffen wir.« Er blickte auf die Uhr. »Der Laster, der Cameron Ärger gemacht hat, verläßt jetzt Christchurch mit einer Ladung. Vielleicht erwische ich ihn noch, bevor er losfährt.«
Er durchquerte das Zimmer und nahm den Telefonhörer auf. »Tag, Maureen. Hier ist Ian Ballard. Können Sie mich mit unserem Büro in Christchurch verbinden?«
»Ich habe mich in der Stadt umgesehen«, erzählte McGill. »Es sieht alles ziemlich neu aus.«
»Ist es auch. Als ich noch hier lebte, war es ein Zehntel so groß wie heute.«
»Ganz gut geplant. Ist der größte Teil Besitz der Grube?«
»Auf jeden Fall eine Menge. Die Einfamilienhäuser für Ehepaare, die Einzelappartements und das Clubhaus für die Junggesellen. Dies ist mein Haus. Mein Vorgänger wohnte in einem der älteren Häuser, aber ich fühle mich hier wohler. Ich bin gern direkt an Ort und Stelle.«
»Wie viele Angestellte hat das Bergwerk?«
»Kürzlich waren es hundertvier – einschließlich der Büroangestellten.«
»Und die Einwohnerzahl von Huka?«
»Etwas über achthundert, schätze ich. Das Bergwerk hat ein bißchen Wohlstand hierhergebracht.«
»Hab' ich's mir doch gedacht!« kommentierte McGill.

Eine elektronische Stimme knisterte in Ballards Ohr. Er meldete sich: »Hier Ballard, vom Bergwerk. Ist Sam Jeffries schon losgefahren? Ich möchte ihn gern sprechen.« Eine kurze Pause entstand.

»Sam, Dr. McGill möchte Sie sprechen – Augenblick.«

McGill ging ans Telefon. »Hier McGill. Wissen Sie, wo das Hauptquartier der Operation Deep Freeze liegt? Ja...in der Nähe des Harewood-Flughafens. Gehen Sie zum Hauptquartier und fragen Sie nach Chief Petty Officer Finney...ja, mit F wie Fisch...bitten Sie ihn, Ihnen das Paket für mich mitzugeben...McGill. Richtig.«

»Worum ging's?« fragte Ballard.

McGill nahm das Glas, das Ballard ihm entgegenhielt. »Ich dachte nur, ich könnte mich während meines Aufenthaltes etwas beschäftigen.« Er wechselte das Thema. »Was ist mit dem guten Mr. Dobbs? Er sah aus, als hätte er gerade in eine Zitrone gebissen.«

Ballard lächelte müde und setzte sich. »Er ist sauer. Er ist der Meinung, er hätte in den Vorstand aufrücken und meine Position haben sollen. Statt dessen hat er mich bekommen. Und was die Sache noch schlimmer macht – ich heiße Ballard.«

»Was hat das damit zu tun?«

»Weißt du das nicht? Wenn du der Sache auf den Grund gehst, wirst du feststellen, daß das ganze Bergwerk den Ballards gehört.«

McGill verschluckte sich. »Da laust mich der Affe! Ich bin also auf du und du mit plutokratischen Kapitalisten und hab's nicht mal gewußt. So was nennt man Vetternwirtschaft! Kein Wunder, daß Dobbs sauer ist.«

»Wenn es sich um Vetternwirtschaft handelt – ich habe herzlich wenig davon«, erwiderte Ballard leicht verärgert. »Ich kriege keinen Pfennig außer meinem Gehalt als Direktor.«

»Keine Anteile an dem Konzern?«

»Keine Anteile an diesem oder einem anderen Unterneh-

men der Ballards – aber versuch mal, das Dobbs klarzumachen. Er würde dir kein Wort glauben. Ich habe es gar nicht erst versucht.«
»Was ist los, Ian? Gehörst du zur falschen Linie der Familie?« McGills Stimme war beruhigend.
»Eigentlich nicht.« Ballard stand auf, um sich einen zweiten Drink einzugießen. »Ich habe einen Großvater, der ein egoistisches Monstrum ist, und ich hatte einen Vater, der nicht mitgespielt hat. Papa hat dem Alten gesagt, er solle ihm den Buckel runterrutschen, und das hat der Alte ihm nie vergessen.«
»Die Sünden der Väter werden den Kindern heimgezahlt«, meinte McGill nachdenklich. »Und trotzdem bist du Angestellter eines Ballard-Unternehmens. Da muß doch irgend etwas dahinterstecken.«
»Sie zahlen mir nicht mehr, als ich wert bin – sie bekommen schon eine Menge für ihr Geld.« Ballard seufzte. »Aber glaub mir, ich könnte die Firma besser führen, als sie jetzt geführt wird.« Er schwenkte sein Glas. »Damit meine ich nicht diese Grube, diese lächerliche kleine Klitsche.«
»Du nennst ein Zwei-Millionen-Pfund-Unternehmen eine lächerliche kleine Klitsche?« fragte McGill höchst verwundert.
»Ich habe es einmal durchkalkuliert. Die Ballards kontrollieren einen Konzern mit einem Kapitalwert von zweihundertzwanzig Millionen Pfund. Die wirklich eigenen Anteile der Ballards belaufen sich auf zweiundvierzig Millionen Pfund. Und das war vor ein paar Jahren.«
»Donnerwetter!« entfuhr es McGill.
»Da gibt es drei habgierige alte Geier, die sich meine Onkels nennen, und ein halbes Dutzend Vettern, die ihnen in nichts nachstehen. Sie interessieren sich nur für ihren eigenen Geldbeutel, und mit vereinten Kräften bringen sie das Unternehmen an den Rand des Ruins. Sie sind wild aufs Fusionieren und bedienen sich rücksichtslos von der Substanz, die sie bis aufs Mark ausquetschen. Nehmen wir

die Grube zum Beispiel. In Auckland habe ich einen Finanzdirektor, der in London Bericht erstattet. Ich darf keinen Wechsel über tausend Dollar ohne seine Zustimmung ausstellen. Und ich soll hier der Direktor sein?«
Er atmete hörbar. »Als ich hierherkam, fuhr ich unter Tage. In der folgenden Nacht habe ich gebetet, daß uns der Bergbau-Inspektor keinen Besuch abstattet, bevor ich Gelegenheit dazu hatte, alles in Ordnung zu bringen.«
»Wollte jemand wieder einmal ein paar Groschen einsparen?«
Ballard zuckte die Achseln. »Fisher, der letzte Generaldirektor, war ein alter Narr und der Verantwortung nicht gewachsen. Ich glaube nicht, daß es böse Absicht war, aber Fahrlässigkeit, mit Geiz kombiniert, haben zu einer Situation geführt, die das Unternehmen in ernste Schwierigkeiten bringen könnte. Ich habe einen technischen Leiter, der keine Entscheidungen treffen kann und dem man immerzu das Händchen halten muß. Und der Werksingenieur ist jenseits von Gut und Böse. Na ja, Cameron ist schon in Ordnung, aber er ist halt alt und hat Angst.«
»Du hast dir ein schönes Päckchen eingehandelt«, sagte McGill.
Ballard prustete. »Dabei kennst du nicht mal die Hälfte. Ich habe dir noch nichts von den Gewerkschaften erzählt, von der Einstellung einiger Einheimischer ganz zu schweigen.«
»Das klingt, als ob du dein Brot sauer verdienst. Aber warum zum Teufel bleibst du bei diesem Ballard-Unternehmen, wenn es so steht?«
»Weiß ich nicht – wahrscheinlich die Überreste einer Loyalität gegenüber der Familie«, überlegte Ballard müde. »Immerhin, mein Großvater hat meine Ausbildung bezahlt, und die war nicht gerade billig. Irgendwie schulde ich ihm etwas dafür.«
McGill konnte Ballards niedergedrückte Stimmung und seine Müdigkeit nicht mehr übersehen, er wechselte des-

halb entschlossen das Thema. »Wir können jetzt essen. Ich erzähle dir ein bißchen über die Eiswürmer in Alaska.« Mit seiner höchst unwahrscheinlichen Geschichte gab er sich alle Mühe.

4. Kapitel

Der nächste Tag war klar und sonnig, und der Schnee, der während der ganzen Nacht gefallen war, ließ die Welt aussehen wie frisch geschaffen. Als Ballard, unausgeruht und mit Schatten unter den Augen, aufstand, entdeckte er in der Küche Mrs. Evans, die das Frühstück bereitete. »Sie hätten mir Bescheid sagen sollen, daß Sie zurückkommen. Ich habe es gestern abend zufällig von Betty Hargreaves erfahren«, schalt sie ihn.
»Tut mir leid«, antwortete er. »Ich hab's vergessen. Machen Sie das Frühstück für drei?« Mrs. Evans frühstückte gewöhnlich mit ihm; schließlich lebten sie in einer demokratischen Gesellschaft.
»Jawohl. Ihr Freund ist schon fortgegangen, aber er wird zum Frühstück zurück sein.«
Ballard blickte auf die Uhr und stellte fest, daß er sich um mehr als eine Stunde verschlafen hatte. »Ich brauche nur zehn Minuten.«
Nachdem er geduscht und sich angezogen hatte, fühlte er sich wohler. Im Wohnzimmer fand er McGill, der damit beschäftigt war, ein großes Paket auszupacken. »Es ist da«, erklärte er. »Dein Lkw ist durchgekommen.«
Ballard beobachtete interessiert, was aus dem Paket zum Vorschein kam. Er sah einen Rucksack, der nichts anderes zu enthalten schien als einen Satz Aluminiumröhren, die jede für sich in einer Segeltuchtasche steckten. »Was ist denn das?«
»Mein Werkzeug«, antwortete McGill. Mrs. Evans rief zum Frühstück, und er sagte: »Gehen wir. Ich habe einen Bä-

renhunger.«
Ballard schob das Frühstück auf dem Teller hin und her, während McGill seine Eier mit Speck hinunterschlang und Mrs. Evans erfreute, indem er um Nachschlag bat. Während sie sich in der Küche beschäftigte, sagte McGill: »Du hast mich zum Skilaufen hergebeten, warum nicht gleich heute. Was macht dein Bein?«
Ballard schüttelte den Kopf. »Dem Bein geht es gut, aber – tut mir leid, Mike – heute nicht. Ich gehöre zur arbeitenden Bevölkerung.«
»Du kommst besser mit.« Etwas in McGills Stimme beunruhigte Ballard. Er sah McGill, der sehr ernst dreinblickte, in die Augen.
»Du solltest mitkommen und dir ansehen, was ich tue. Ich möchte, daß ein unvoreingenommener Zeuge dabei ist.«
»Ein Zeuge wozu?«
»Zu dem, was auch immer ich finde.«
»Und was wird das sein?«
»Woher soll ich das vorher wissen?« Er sah Ballard zwingend an. »Ian, ich meine es ernst. Du weißt, was meine Arbeit ist. Ich werde eine sachgemäße Untersuchung durchführen. Du bist der Boß der Grube und daher der beste Zeuge. Du hast Befugnis.«
»Um Himmels willen!« rief Ballard. »Befugnis wozu?«
»Die Grube, falls erforderlich, schließen zu lassen; aber das hängt von dem ab, was ich finde, und das weiß ich wiederum nicht, bevor ich gesucht habe, nicht wahr?« Ballards Unterkiefer fiel herab. McGill erläuterte ihm: »Ich konnte gestern meinen Augen nicht trauen. Das, was ich gesehen habe, schien ein Unglück geradezu herauszufordern. Ich habe eine verdammt unruhige Nacht verbracht, und ich werde nicht eher Ruhe geben, bis ich es mir angesehen habe.«
»Wo?«
McGill stand auf und ging ans Fenster. »Komm her.« Er zeigte auf den steilen Abhang direkt oberhalb der Grube,

»Dort oben.«

Ballard betrachtete den weiten Schneegürtel, der blendendweiß im Sonnenlicht lag. »Meinst du...« Er brach den Satz ab.

»Ich meine gar nichts, bis ich so oder so Beweise erbringe«, antwortete McGill scharf. »Ich bin Wissenschaftler und kein Wahrsager.« Er schüttelte warnend den Kopf, als Mrs. Evans einen weiteren Teller mit Eiern und Speck hereintrug. »Iß dein Frühstück zu Ende.«

Sie setzten sich. »Ich nehme an, du kannst ein paar Skier für mich auftreiben.«

Ballard nickte, in Gedanken mit den Andeutungen beschäftigt, die McGill gemacht – oder nicht gemacht – hatte. McGill langte kräftig von seinem zweiten Teller zu. »Dann werden wir also Ski laufen«, sagte er leichthin.

Zwei Stunden später befanden sie sich fast tausend Meter über der Grube, auf halber Höhe des Hanges. Sie hatten nicht viel gesprochen, und als Ballard einen Anlauf dazu gemacht hatte, hatte McGill ihm geraten, sich die Puste für den Aufstieg zu sparen. Jetzt blieben sie stehen, und McGill streifte den Rucksack ab. Er legte einen der Riemen um einen Skistock, den er fest in den Schnee gerammt hatte.

Er schnallte die Skier ab und steckte sie ein paar Schritte oberhalb von ihnen aufrecht in den Schnee. »Eine weitere Sicherheitsmaßnahme«, erklärte er. »Sollte es einen Rutsch geben, wird irgend jemand an den Skiern merken, daß wir weggefegt worden sind. Und deswegen bindest du deine Lawinenschnur auch nicht ab.«

Ballard stützte sich auf seine Skistöcke. »Das letzte Mal, als du von Lawinen geredet hast, hat mich auch prompt eine erwischt.«

McGill grinste. »Mach dir nichts vor. Das war damals eine Lappalie – vielleicht dreißig Meter.« Er deutete über den Hang. »Wenn dieser Haufen abzischt, wird es was ganz anderes sein.«

Ballard war etwas mulmig zumute. »Du rechnest doch nicht wirklich mit einer Lawine, oder?«
McGill schüttelte den Kopf. »Im Augenblick nicht.« Er beugte sich über den Rucksack. »Ich werde ein bißchen auf den Busch klopfen, und du kannst mir dabei helfen. Schnall deine Skier ab.«
Er holte die Aluminiumröhren aus dem Rucksack und setzte sie zu irgendeinem Gerät zusammen. »Das ist ein Tiefenmesser – eine Weiterentwicklung der Haefeli-Ausführung. Es ist eine Art Taschenramme, die den Widerstand des Schnees mißt. Wir bekommen auch einen Bohrkern und Temperaturmessungen in Abständen von zehn Zentimetern, alle Daten, die man für einen Schneetest braucht.«
Ballard half beim Aufbauen, hatte aber den Verdacht, daß McGill diese Arbeit ohne ihn genauso schnell verrichtet hätte. Zu dem Gerät gehörte ein Fallgewicht, das über eine bestimmte Länge durch eine schmale Stange herunterfiel, bevor es auf die Aluröhre traf und diese in den Schnee rammte. Jedesmal, wenn das Gewicht herunterfiel, notierte McGill die Eindringungstiefe in ein Notizbuch.
Sie hämmerten mit dem Gewicht, steckten, wenn erforderlich, weitere Röhren auf und stießen bei 158 Zentimeter auf Grund. »Ungefähr in der Mitte liegt eine harte Schicht«, bemerkte McGill, während er einen Elektrostekker aus dem Rucksack nahm. Er verband diesen mit den Röhren und stöpselte das andere Ende in einen Kasten mit einem Meßinstrument. »Schreib die Temperaturmessungen auf. Es werden fünfzehn sein.«
Als Ballard die letzte Messung notierte, fragte er: »Wie kriegen wir das Ding jetzt raus?«
»Dazu haben wir ein Stativ und einen Mini-Flaschenzug.« McGill grinste. »Ich glaube, man hat dieses Ding den Bohrtürmen abgeguckt.«
Er stellte das Stativ auf und fing an, die Röhre hochzuziehen. Als der erste Abschnitt freikam, zog McGill ihn vor-

sichtig ab und schnitt mit einem Messer das Eis in der Röhre durch. Die Abschnitte waren jeweils siebzig Zentimeter lang, und alle drei waren schnell herausgeholt. McGill legte die Röhren mitsamt den Bohrkernen in den Rucksack zurück. »Wir werden sie uns ansehen, wenn wir wieder zu Hause sind.«
Ballard hockte sich auf die Hacken und blickte ins Tal. »Und nun?«
»Dasselbe noch mal und noch mal und noch mal und noch mal, den Abhang diagonal hinunter. Ich würde gern noch mehr machen, aber ich habe nicht mehr Röhren bei mir.«
Sie waren gerade mit der vierten Bohrprobe fertig, als McGill den Hang hinaufsah. »Wir kriegen Besuch.«
Ballard wandte den Kopf und sah drei Skiläufer, die in ihrer Richtung den Hang querten. Der Anführer fuhr sehr schnell und kam mit einem eleganten Stemmschwung zum Stehen, der den Schnee vor ihnen hochstieben ließ. Als er die blaugetönte Schneebrille hochschob, erkannte Ballard Charlie Peterson.
Peterson sah Ballard erstaunt an. »Ach so, Sie sind es! Erik hat mir erzählt, daß Sie wieder hier sind, aber ich habe Sie noch nirgends gesehen.«
»Hallo, Charlie.«
Die zwei anderen Skiläufer hatten sie erreicht und kamen etwas schwerfälliger zum Stehen – es waren die zwei Amerikaner, Miller und Newman. Charlie fragte: »Wie sind Sie hier raufgekommen?«
Ballard und McGill schauten einander fragend an. Dann zeigte Ballard wortlos auf die Skier. Charlie grunzte. »Früher hatten Sie Angst vor allem, was höher war als ein Billard-Tisch.« Er betrachtete neugierig den zerlegten Tiefenmesser. »Was machen Sie hier?«
McGill antwortete: »Wir sehen uns den Schnee an.«
Charlie wedelte mit dem Stock: »Was ist das für ein Ding?«
»Ein Gerät zum Prüfen der Schneefestigkeit.«
Charlie grinste Ballard an. »Seit wann interessieren Sie sich

für Schnee? Ihre Mami hat Sie früher nie rausgelassen, aus Angst, Sie könnten sich erkälten.«
Ballard erwiderte ruhig: »Seitdem interessiere ich mich für eine Menge Dinge, Charlie.«
Er lachte laut: »Tatsächlich? Wahrscheinlich sind Sie auch ganz schön hinter den Mädchen her.«
Newman unterbrach abrupt: »Fahren wir weiter!«
»Nein, einen Augenblick«, widersprach Charlie. »Das hier interessiert mich. Was machen Sie mit diesem Dingsda?«
McGill richtete sich auf: »Ich prüfe die Statik dieses Schneehanges.«
»Dieser Hang ist in Ordnung.«
»Wann haben Sie das letzte Mal soviel Schnee gehabt?«
»Im Winter gibt es immer Schnee.«
»Aber nicht soviel.«
Charlie grinste Miller und Newman an. »Um so besser – zum Skilaufen.« Er rieb sich das Kinn. »Warum kommen Sie hierher, um sich Schnee anzusehen?«
McGill bückte sich, um einen Riemen zuzuschnallen. »Aus dem üblichen Grund.«
Das Grinsen verschwand von Charlie Petersons Gesicht. »Und der wäre?« fragte er verständnislos.
»Weil hier welcher liegt«, erklärte McGill geduldig.
»Wie komisch!« sagte Charlie. »Sehr komisch. Wie lange wollen Sie hierbleiben?«
»Solange es dauert.«
»Das ist keine Antwort.«
Ballard trat einen Schritt vor. »Das ist die einzige Antwort, die Sie bekommen werden, Charlie.«
Charlie grinste wieder liebenswürdig. »Sie sind ganz schön widerborstig geworden, seitdem Sie weg sind. Ich kann mich nicht erinnern, daß Sie früher Widerworte gegeben hätten.«
Ballard lächelte. »Vielleicht habe ich mich geändert, Charlie.«
»Das glaube ich nicht«, antwortete er betont. »Leute wie

Sie ändern sich nie.«
»Es steht Ihnen frei, das herauszufinden.«
Newman unterbrach: »Charlie, laß das sein. Ich weiß nicht, was du gegen diesen Mann hast, und es interessiert mich auch nicht. Ich weiß nur, daß er uns gestern geholfen hat. Es ist sowieso nicht der richtige Ort, einen Streit vom Zaun zu brechen.«
»Das finde ich auch«, stimmte Ballard zu.
Charlie wandte sich an Newman. »Hast du das gehört? Er hat sich nicht geändert!« Er schwang herum und zeigte nach unten. »Wir traversieren den Hang – zuerst in dieser Richtung. Es ist ein prima Hang zum Stemmbogenüben.«
Miller meinte: »Sieht gut aus.«
»Einen Augenblick!« unterbrach McGill scharf. »Das würde ich nicht tun.«
Charlie wandte den Kopf. »Und warum nicht, zum Teufel?«
»Es könnte gefährlich werden.«
»Es könnte auch gefährlich sein, die Straße zu überqueren«, sagt er verächtlich. Er nickte Miller zu: »Auf geht's.«
Miller zog die Schneebrille über die Augen. »Klar.«
»Wartet«, meinte Newman. Er blickte auf den Tiefenmesser. »Vielleicht hat dieser Mann einen Grund.«
»Zum Teufel mit ihm.« Charlie lief los. Miller folgte wortlos. Newman blickte Ballard kurz an, zuckte vielsagend die Achseln und folgte den anderen.
McGill und Ballard sahen ihnen nach. Charlie, der vorfuhr, lief sehr angeberisch, Miller lief lässig, Newman konzentriert und mit sparsamen Bewegungen. Sie kamen unten an. Es war nichts passiert.
»Wer ist dieser Idiot?« fragte McGill.
»Charlie Peterson. Er spielt Skilehrer.«
»Er scheint dich zu kennen.« McGill blickte Ballard von der Seite an. »Und deine Familie.«
»Ja«, antwortete Ballard leichthin.
»Ich vergesse immer wieder, daß du hier aufgewachsen

bist.« McGill kratzte nachdenklich seine Wange. »Weißt du, du könntest mir von Nutzen sein. Ich würde gern jemanden finden, der seit langer Zeit im Tal lebt, dessen Familie schon sehr lange hier lebt. Ich brauche einige Auskünfte.«
Ballard überlegte einen Augenblick, dann deutete er lächelnd mit dem Skistock in die Ferne. »Siehst du den Felsen dort unten? Das ist der Kamakamaru. Ein Mann namens Turi Buck lebt in einem Haus auf der anderen Seite des Felsens. Ich hätte ihn schon längst aufsuchen sollen, aber ich hatte so verdammt viel um die Ohren.«
McGill hängte seinen Rucksack über einen Torpfosten vor Turi Bucks Haus. »Den nehmen wir besser nicht mit rein. Das Eis könnte schmelzen.«
Ballard klopfte an die Tür. Ein etwa vierzehnjähriges Maori-Mädchen öffnete mit einem freundlichen Lächeln.
»Ich suche Turi Buck.«
»Einen Augenblick bitte«, sagte sie und verschwand. Er hörte, wie sie laut rief: »Großpapa, hier ist jemand für dich.«
Nach einer Weile erschien Turi. Ballard war über die Gestalt vor ihm schockiert. Turis Haar war eine graue Krause, sein Gesicht war von Falten und Runzeln durchzogen, wie ausgewaschener Lehmboden. Seinen braunen Augen war kein Wiedererkennen abzulesen, als er fragte: »Was kann ich für Sie tun?«
»Nicht allzuviel, Turi«, antwortete Ballard. »Erkennen Sie mich nicht?«
Turi trat einen Schritt vor die Tür, heraus ins Licht. Er runzelte die Stirn und sagte unsicher: »Ich weiß nicht... meine Augen sind nicht so gut wie... Ian?«
»Ihre Augen sind noch ganz in Ordnung«, meinte Ballard.
»Ian!« freute sich Turi. »Ich habe schon gehört, daß Sie wieder hier sind – Sie hätten mich längst besuchen sollen. Ich dachte schon, Sie hätten mich vergessen.«
»Die Arbeit, Turi. Die Arbeit geht vor – das habe ich von

Ihnen gelernt. Darf ich Ihnen meinen Freund Mike McGill vorstellen.«
Turi strahlte sie an. »Kommt rein, kommt nur rein.« Er führte sie ins Haus, in einen Ballard vertrauten Raum. Über dem großen Kamin aus Feldstein hing der Wapitikopf mit dem riesigen Geweih. Im Kamin brannte ein Holzfeuer. An den Wänden hingen noch immer die Holzschnitzereien mit den schillernden Intarsien aus Schildpatt. Die *Mere* aus Grünstein – das Kriegsbeil der Maori – war noch da, und am Ehrenplatz sah er Turis wertvollsten Besitz, den *Whakapapa*-Stock, sehr verschnörkelt geschnitzt. Er war eine Art Stammbaum.
Ballard sah sich um. »Es hat sich nichts geändert.«
»Hier nicht«, meinte Turi.
Ballard blickte aus dem Fenster. »Da draußen hat sich vieles geändert, ich habe das Tal kaum wiedererkannt.«
Turi seufzte. »Viel zuviel Veränderungen – zu schnell. Aber wo haben Sie gesteckt, Ian?«
»So ziemlich überall. In der ganzen Welt.«
»Setzen Sie sich«, bat Turi. »Erzählen Sie mir etwas darüber.«
»Erzählen Sie mir zuerst von Ihnen. Hat diese hübsche junge Dame Sie Großpapa genannt?«
»Ich bin schon fünfmal Großvater.« Turi lachte leise. »Meine Söhne sind erwachsen und verheiratet. Meine beiden Töchter sind Mütter.«
»Und Tawhaki?« fragte Ballard. »Wie geht es Tawhaki?« Während Ballards Kindheit war er sein Spielkamerad gewesen und sein ständiger Gefährte, als sie heranwuchsen.
»Ihm geht es recht gut«, erzählte Turi. »Er hat die Universität in Otago besucht und einen guten Abschluß gemacht.«
»In welchem Fach?«
Turi lachte wieder. »Volkswirtschaft. Stellen Sie sich das vor! Ein Maori, der etwas von Volkswirtschaft versteht. Er hat eine Stelle im Finanzministerium in Auckland. Ich sehe ihn nicht sehr oft.«

»Sie müssen mir unbedingt seine Adresse geben. Ich möchte ihn gern besuchen, wenn ich das nächste Mal in Auckland bin.« Ballard bemerkte, wie Turi McGill mit Interesse beobachtete. »Mike interessiert sich sehr für Schnee. Er interessiert sich so sehr dafür, daß er noch in diesem Jahr in die Antarktis fährt.«
Ein bitteres Lächeln überzog Turis runzeliges Gesicht. »Dann gibt es auch hier etwas für Sie, Mike. Wir haben sehr viel Schnee. Seit 1943 nicht soviel, soweit ich mich erinnern kann.«
»Das habe ich gesehen.«
Ballard ging wieder ans Fenster. Auf der gegenüberliegenden Talseite hingen die Zedernzweige unter dem Gewicht des Schnees tief herab. Er wandte sich um und fragte: »Was ist mit den Bäumen auf dem Westhang passiert, Turi?«
»Oberhalb der Grube?«
»Ja. Der Hang ist völlig kahl.«
McGill spitzte die Ohren. »Der Hang hatte früher Baumbestand?«
Turu nickte und zuckte die Achseln. »Als die Grube gebaut wurde, brauchte man Stützbalken. Kahikatea gibt gutes Grubenholz ab.« Er blickte auf. »Das Land gehört den Petersons, sie haben einen hübschen Profit gemacht.«
»Das kann ich mir gut vorstellen«, sagte Ballard.
»Ihre Mutter hätte es ihnen nicht verkaufen sollen. Dann haben sie auch noch die Baumstümpfe gesprengt und Gras gesät – für Heu. In den Flußniederungen weiden sie Vieh, Herefords als Schlachtvieh und ein paar Milchkühe. Auch das wirft einen schönen Gewinn ab, seitdem die Stadt so gewachsen ist.«
Ballard fragte: »Hat denn keiner daran gedacht, was passieren würde, wenn der Schnee kam?«
»Aber sicher«, antwortete Turi, »ich.«
»Haben Sie nichts gesagt? Haben Sie keinen Einspruch erhoben, als der Grubenkomplex gebaut wurde? Als das Städtchen gebaut wurde?«

»Ich habe meine Bedenken geäußert, sehr laut sogar. Aber die Petersons waren lauter. Und wer hört schon auf einen alten Mann?«
Er verzog die Lippen. »Insbesondere einen lauten Mann mit brauner Haut?«
Ballard schnaubte wütend und blickte zu McGill, der langsam in Rage geriet: »Diese Dummköpfe! Diese blöden, geldgierigen Dummköpfe!« Er musterte den Raum. Dann wandte er sich an Turi. »Wann sind Sie ins Tal gekommen, Mr. Buck?«
»Ich heiße Turi und bin hier geboren.« Er lächelte. »Neujahr 1900. Ich bin so alt wie das Jahrhundert.«
»Wer hat das Haus gebaut?«
»Mein Vater – ich glaube, um 1880 herum. Es wurde an der Stelle von meines Großvaters Haus erbaut.«
»Und wann hat er sein Haus gebaut?«
Turi zuckte die Achseln. »Weiß ich nicht. Meine Familie lebt schon sehr lange hier.«
McGill nickte. »Hat Ihr Vater irgendeinen besonderen Grund gehabt, an derselben Stelle zu bauen? Direkt unter diesem Felsen?«
Turis Antwort war vieldeutig: »Er sagte, wer in Hukahoronui baut, muß Vorsorge treffen.«
»Da hat er ganz recht gehabt.« McGill wandte sich an Ballard. »Ich möchte unsere Proben möglichst bald untersuchen. Ich möchte auch wiederkommen und mich mit Ihnen unterhalten, Turi. Darf ich?«
»Ihr müßt beide wiederkommen. Kommt zum Essen. Da lernt ihr ein paar meiner Enkelkinder kennen.«
Während Turi sie zur Tür begleitete, stellte Ballard eine letzte Frage: »Sie halten nicht viel von der Grube, nicht wahr, Turi?«
»Zu viele Veränderungen.« Mit ironischer Geste fügte er hinzu: »Wir haben jetzt einen Supermarkt!«
»Sie wissen, daß ich nun Direktor der Grube bin, und mir gefällt sie auch nicht allzu gut. Aber ich glaube, aus ande-

ren Gründen. Sie werden noch mehr Veränderungen erleben, Turi, aber solche, die Ihnen, glaube ich, gefallen werden.«
Turi klopfte ihm leicht auf den Arm. »*He tamariki koe?* Sie sind jetzt ein Mann, Ian, ein richtiger Mann.«
»Ja«, meinte Ballard. »Ich bin erwachsen. Danke, Turi.«
Turi sah zu, wie sie die Skier anschnallten. Als sie den Hang überquerten, der von seinem Haus wegführte, winkte er und rief: »*Haere ra!*«
Ballard blickte über die Schulter. »*Haere ra!*« Sie schlugen die Richtung zum Bergwerk ein.

5. Kapitel

Die Spätnachmittagssonne fiel durch die bunten Fensterscheiben des Saales, die das Licht vielfarbig brachen. Farbflecken lagen über die Tische verstreut. Die Wasserkaraffe vor Ballard sah aus, als wäre sie mit Blut gefüllt.
Dan Edwards lockerte seine Krawatte und wünschte, er hätte jetzt ein kühles Bier vor sich. »Sie werden wohl bald vertagen«, sagte er zu Dalwood. »Ich wünschte, der alte Harrison würde ein bißchen Dampf dahinter machen. Dieses ganze Gerede von Schnee bringt mich noch mehr ins Schwitzen.«
Harrison goß sich Wasser ein und trank. Er setzte das Glas wieder ab und sprach weiter. »Sie nahmen also Proben von der Schneedecke auf dem Westhang, in Anwesenheit von Mr. Ballard. Wie sah Ihr Befund aus?«
McGill zog den Reißverschluß seiner Ledertasche auf und entnahm ihr ein Bündel Papiere. »Ich habe einen vollständigen Bericht über die Ereignisse in Hukahoronui geschrieben – von der technischen Seite, versteht sich. Ich lege der Kommission hiermit den Bericht vor.« Er reichte Reed die Papiere, der sie an Harrison weitergab. »Teil eins besteht aus dem Befund der ersten Serie von Schneestudien, die

dem Bergwerksvorstand und später dem Gemeinderat von Hukahoronui vorgelegt wurde.«

Harrison überflog die Seiten. Er runzelte die Stirn und gab den Bericht an Professor Rolandson weiter. Sie berieten einen Augenblick lang in gedämpftem Ton. Dann sagte Harrison: »Das ist alles schön und gut, Dr. McGill; aber Ihr Bericht scheint höchst technisch zu sein und besteht aus mehr mathematischen Formeln, als den meisten von uns geläufig ist. Es handelt sich hier letzten Endes um ein *öffentliches* Anhören. Könnten Sie nicht Ihre Feststellungen in einer Sprache zusammenfassen, die, neben Ihnen selbst und Professor Rolandson, auch der Allgemeinheit verständlich ist?«

»Selbstverständlich«, willigte McGill ein. »Genau das habe ich bereits für die Leute von Hukahoronui getan.«

»Fahren Sie fort. Sie sollten mit Fragen von Professor Rolandson rechnen – zum besseren Verständnis.«

McGill legte die Hände ineinander. »Schnee ist nicht so sehr Materie als vielmehr ein Prozeß, denn er verändert sich fortwährend. Es beginnt damit, daß eine Schneeflocke zur Erde fällt und zusammen mit anderen Flocken eine Schneedecke bildet. Jede Flocke ist ein hexagonaler Kristall, der nicht allzu stabil ist. Es setzt bald Sublimation ein – eine Art Verdunstung. Nach und nach wird aus dem Kristall ein kleines, rundes Körnchen. Dieser Prozeß, destruktive Metamorphose genannt, hat eine höhere Dichte zur Folge, da die Luft sozusagen herausgepreßt wird. Gleichzeitig bildet sich in der Schneemasse aufgrund des Verdunstungsvorganges Wasserdampf. Bei niedrigen Temperaturen neigen die einzelnen Körnchen dazu, sich durch Gefrieren miteinander zu verbinden.«

»Diese Verbindung ist nicht besonders haltbar, nicht wahr?« fragte Rolandson.

»Die Verbindung ist nicht sehr stark im Vergleich zu anderen Stoffen.« Rolandson nickte, und McGill fuhr fort. »Das nächste, das zu beachten ist, ist die Temperatur innerhalb der Schneedecke. Sie ist nicht überall gleich. Unten ist es wärmer als zur Oberfläche hin, so bildet sich eine Temperaturgradiente. Wenn wir die graphische Darstellung Nummer eins betrachten, sehen wir die Temperaturgradienten jener ersten fünf Proben.«

Rolandson blätterte in dem Bericht. »Keine sehr steile Gradiente – nicht mehr als zwei Grad Unterschied.«

»Sie genügt, um den nächsten Schritt des Prozesses einzuleiten. Es befindet sich noch viel Luft in der Schneedecke, und die relativ gesehen warme Luft unten fängt an zu steigen und nimmt Wasserdampf mit. Der Dampf schlägt sich auf den kälteren Körnchen zur Oberfläche hin nieder. Nun tritt ein Aufbauprozeß ein, der konstruktive Metamorphose genannt wird. Eine neue Form von Schneekristall bildet sich – zusammengesetzte Prismen oder Prismenaggregate.«

»Könnten Sie uns ein solches Prisma beschreiben, Dr. McGill?«

»Es ist konisch geformt und am stumpfen Ende hohl – wie ein Becher.«

»Und wie groß sind solche Prismen?«

»Starkentwickelte Prismen können bis zu einem Zentimeter groß sein, aber in der Regel sind sie halb so groß.«

McGill hielt inne, und als Rolandson keine Frage stellte, fuhr er mit seinen Erläuterungen fort. »Graphische Darstellung Nummer zwei zeigt die Tiefenmessungen, das heißt die Widerstandskraft des Schnees bei Belastungen.«

Rolandson betrachtete die Darstellung. »Das ist Widerstand in Kilogramm im Verhältnis zur Tiefe, nicht wahr?«

»Ganz richtig.«

»Wie ich sehe, gab es bei allen fünf Proben eine Diskontinuität zur Mitte hin.«

»Jawohl. Das ist eine Schicht Oberflächenharsch.« Harrison unterbrach: »Wieso Oberflächenharsch, wenn er nicht an der Oberfläche liegt?«

»Die Schicht *war* irgendwann die Schneeoberfläche. Wenn

69

die Schneeoberfläche kälter ist als die Luft, kommt es zu stärkerer Sublimation von Wasserdunst – so ähnlich wie Kondenswasser an einem Glas mit kaltem Bier.« (Dan Edwards auf der Pressegalerie seufzte gepeinigt und leckte sich die Lippen.) »Ich könnte mir vorstellen, daß er sich in diesem Fall in einer klaren, wolkenlosen Nacht gebildet hat, wenn sehr viel Strahlung abgegeben wird. Dabei kommt es zu Harsch oder Frost an der Oberfläche, es entsteht eine flache, dünne Eisschicht.«

Wieder war es Harrison, der um eine Erläuterung bat. »Aber diese Diskontinuität, wie Professor Rolandson es nannte, ist nicht auf der Oberfläche gewesen.«

»Nein«, stimmte McGill ihm zu. »Normalerweise verschwindet der Harsch, wenn die Sonne morgens darauf scheint. In diesem Fall könnte es so gewesen sein, daß der Himmel bei Sonnenaufgang bewölkt war und es heftig zu schneien angefangen hat. Die Harschschicht wurde zugedeckt und so konserviert.«

»Was hat das zur Folge?« wollte Rolandson wissen.

»Da gibt es mehrere Möglichkeiten. Die Schicht ist sehr hart, wie Sie aus den Tiefenmessungen ersehen können. Sie ist aber auch sehr glatt und könnte eine Gleitfläche für den darüberliegenden Schnee bilden. Zweitens: Eine Harschschicht besteht aus flachen Eisplatten, die sich verschmelzen – das heißt, sie ist verhältnismäßig luftundurchlässig. Das wiederum bedeutet, daß genau dort, unter dieser Harschschicht, die Bildung von Prismenkristallen am wahrscheinlichsten ist.«

»Sie betonen diese Prismenkristalle. Inwiefern sind sie gefährlich?«

»Sie sind gefährlich wegen ihrer runden Form und weil nur eine sehr leichte Bindung zwischen den einzelnen Kristallen besteht.« McGill zupfte an seinem Ohrläppchen. »Stellen Sie sich zur Veranschaulichung einen Boden vor, der locker mit Billardkugeln bedeckt ist. Er wäre nur schwer zu begehen. Um diese Art von Instabilität handelt es sich.«

»Gab es irgendwelche Hinweise dafür, daß sich zu jener Zeit Prismen gebildet hatten?«
»In Probe eins hatten sie begonnen, sich zu formen; das war die Probe, die ich am weitesten oben dem Hang entnommen hatte. Ich hatte Grund zu der Annahme, daß der Prozeß sich fortsetzen würde, was wiederum zu einer Verschlechterung der Stabilität führen würde.«
»Fahren Sie bitte fort, Dr. McGill.«
»Drittens: Der damalige Wetterbericht kündete weitere Schneefälle an – also auch mehr Belastung für den Hang. Alles in allem kam ich zu dem Schluß, daß die Schneedecke am Westhang des Hukahoronui-Tales verhältnismäßig instabil war und daher eine potentielle Lawinengefahr darstellte. Ich unterrichtete den Grubenvorstand dahingehend.«
»Meinen Sie damit Mr. Ballard?« fragte Harrison.
»Bei der Konferenz waren außer Mr. Ballard Mr. Dobbs, der technische Leiter, Mr. Cameron, Werksingenieur, und Mr. Quentin, der Vertreter der Gewerkschaft, anwesend.«
»Und Sie waren während der gesamten Konferenz anwesend?«
»Jawohl.«
»Dann bin ich der Meinung, daß wir Ihre Aussage als beste Beweisführung für das, was während der Konferenz passierte, anerkennen können, spätere Stellungnahmen vorbehalten. Jedoch, für heute ist es an der Zeit, zu vertagen. Wir werden uns morgen um zehn Uhr einfinden, und Sie, Dr. McGill, werden wieder aussagen. Die Verhandlung ist vertagt.«

6. Kapitel

Die Beobachter des Hearings strömten auf die Armagh Street und gingen allmählich auseinander. Dan Edwards, der es eilig hatte, an ein Bier zu kommen, blieb bei Dal-

woods Fragen stehen. »Wer ist die große Rothaarige, die sich mit Ballard unterhält? Die Frau mit dem Hund.«
Edwards verrenkte seinen Hals. »Du lieber Himmel! Was wird denn da gespielt?«
»Wer ist sie?«
»Liz Peterson, die Schwester von Charlie und Erik.«
Dalwood beobachtete Ballard, der den Schäferhund streichelte und dabei das Mädchen warm anlächelte. »Sie scheinen sich gut zu verstehen.«
»Ja... verdammt komisch, nicht wahr? Und Charlie würde Ballard wohl am liebsten umbringen, einen solchen Haß hat er auf ihn. Ich würde zu gern wissen, ob er weiß, daß Liz mit dem Feind fraternisiert.«
»Das werden wir gleich haben«, antwortete Dalwood. »Da kommen Charlie und Erik.«
Die zwei Männer traten mit ernster Miene aus dem Gebäude und tauschten ein paar vereinzelte Worte aus. Charlie blickte auf. Augenblicklich nahm sein Gesicht einen unheildrohenden Ausdruck an. Er schnauzte seinen Bruder an und bahnte sich mit den Ellbogen im Sturmschritt einen Weg durch die Menge vor dem Gebäude. In dem Moment fuhr ein Wagen vor, und Ballard stieg ein. Als Charlie seine Schwester erreichte, war Ballard schon weg. Er redete auf seine Schwester ein, und sie schienen keineswegs einer Meinung zu sein.
Edwards beobachtete die Szene und bemerkte: »Wenn er bis dahin nichts gewußt hat, weiß er es jetzt. Und es scheint ihm gar nicht zu gefallen.«
»Und der Hund mag Charlie überhaupt nicht. Schau dir das an.«
Der Hund knurrte und fletschte die Zähne. Liz hielt die Leine etwas fester und redete scharf auf ihn ein.
Edwards seufzte. »Ich möchte jetzt mein Bier haben. Werde das erste Glas herunterzischen.«
Mike McGill saß am Steuer des Wagens. Er sah aus den Augenwinkeln zu Ballard herüber und wandte dann seine

Aufmerksamkeit wieder der Straße zu. »Nun, wie findest du das Ganze?«
»Deine Aussage war ganz gut. Kurz und sachlich.«
»Rolandson hat dazu beigetragen. Er hat mir die passenden Stichworte geliefert, wie einstudiert. Du selbst hast nicht besonders gut abgeschnitten.«
»Ich werd' mich schon durchschlagen.«
»Ian, wach auf! Dieses Schwein Rickman wird dich mit Haut und Haar ausliefern, wenn du nichts unternimmst.«
»Laß mich in Ruhe, Mike«, erwiderte Ballard kurz angebunden.
»Ich bin einfach zu müde.«
McGill biß sich auf die Lippen und schwieg. Zehn Minuten später bog er von der Straße ab und stellte den Wagen auf dem Hof ihres Hotels ab. »Es wird dir bessergehen, wenn du ein kühles Bier gekippt hast«, meinte er. »Es war verdammt heiß im Gerichtssaal. Einverstanden?«
»Na gut«, willigte Ballard lautlos ein.
Sie gingen in die Hotelbar, wo McGill zwei Bier bestellte und sie an einen ruhigen Tisch trug. »Na denn prost!« Er trank das Glas aus und leckte sich genießerisch die Lippen. »Mann! Das war höchste Zeit.« Er füllte das Glas nach. »Das Gerichtsgebäude ist umwerfend – wer hat es entworfen? Eduard der Bekenner?«
»Das ist kein Gerichtsgebäude – es ist eine Art Landtagsgebäude. War es jedenfalls.«
McGill grinste. »Was mir am besten gefällt, sind die frommen Sprüche in den Glasfenstern. Möchte wissen, wer sie sich ausgedacht hat.« In demselben gleichmäßigen Ton fragte er: »Was wollte Liz Peterson?«
»Mir alles Gute wünschen.«
»So?« sagte McGill ironisch. »Wenn sie das wirklich ernst meinte, würde sie sich an ihrem Bruder mal die Krallen wetzen.« Er beobachtete, wie sich Kondenswasser auf dem Glas bildete. »Aber wenn ich's mir recht überlege, der Hund wäre auch nicht schlecht. Der Anwalt der Petersons

hat dich ganz schön aufs Korn genommen heute morgen.«
»Weiß ich.« Ballard nahm einen Schluck aus dem Glas. Er schien ihm gut zu tun. »Egal, Mike. Du weißt genau, daß die Beweise für uns sprechen.«
»Du irrst«, widersprach McGill kurz. »Beweise sind nur so gut wie der Anwalt, der sie vorbringt – und wo wir bei den Anwälten sind, was ist mit Rickman? Es ist dir hoffentlich klar, was er heute morgen mit dir gemacht hat? Er stellte es so hin, als wolltest du dich drücken. Verdammt noch mal, jedermann im Saal dachte, du wolltest dich aus dem Staub machen.«
Ballard rieb sich die Augen. »Kurz bevor das Hearing begann, habe ich Rickman etwas erzählt, und er hat es falsch verstanden. Mehr hat das nicht zu bedeuten.«
»Das ist alles? Da täuschst du dich, mein Lieber. Ein gerissener Kerl wie der wird im Gerichtssaal nichts falsch verstehen. Wenn er es falsch verstanden hat, dann wollte er es auch falsch verstehen. Was hast du ihm denn gesagt?«
Ballard zog seine Brieftasche heraus und entnahm ihr ein Stück Papier. »Als ich heute morgen das Hotel verließ, bekam ich dies hier.« Er reichte es McGill. »Mein Großvater ist tot.«
McGill faltete das Telegramm auseinander und las es. »Ian, das tut mir leid, es tut mir aufrichtig leid.« Eine Weile sagte er nichts.
»Diese Harriet – ist das deine Mutter?«
»Ja.«
»Sie wünscht, daß du nach Hause kommst?«
»Ja, das möchte sie«, antwortete Ballard bitter.
»Und das hast du Rickman gezeigt?«
»Ja.«
»Und er hat nichts Eiligeres zu tun, als den Eindruck zu erwecken, du wärst ein Feigling. Verdammt noch mal, Ian. Er vertritt doch nicht *dich*! Er vertritt die Firma.«
»Jacke wie Hose.«
McGill betrachtete Ballard eindringlich und schüttelte

dann langsam den Kopf. »Du verläßt sich wohl völlig darauf, was der Vorsitzende der Kommission sagte, nicht wahr? Daß sie nur die Wahrheit suchen. Nun, das mag für Harrison zutreffen, aber nicht für die öffentliche Meinung. Vierundfünfzig Leute sind umgekommen, Ian, und die Öffentlichkeit sucht einen Sündenbock. Der Generaldirektor eures Unternehmens weiß...«
»Der Aufsichtsratsvorsitzende.«
McGill machte eine abwehrende Bewegung mit der Hand. »Laß doch diese Haarspalterei. Der Vorsitzende eures Konzerns weiß das, und er sorgt auf jeden Fall dafür, daß nicht die Firma der Sündenbock wird. Deswegen hat man einen so cleveren Burschen wie Rickman engagiert; und wenn du ernsthaft glaubst, daß Rickman in deinem Interesse handelt, dann bist du nicht mehr ganz bei Trost. Wenn die Gesellschaft sich reinwaschen kann, indem sie dich opfert, wird sie es ganz gewiß auch tun.«
Er hämmerte auf den Tisch. »Ich könnte dir das Drehbuch jetzt schon liefern. ›Mr. Ballard war neu in unserer Firma. Mr. Ballard ist jung und unerfahren. Es ist nicht anders zu erwarten, als daß ein so junger Mann bedauerliche Fehler macht. Solche Fehlentscheidungen sind bei einem so unerfahrenen Menschen sicherlich zu entschuldigen.‹« McGill lehnte sich in seinen Stuhl zurück. »Und wenn Rickman fertig ist mit dir, dann wird er jeden einzelnen im Saal soweit haben, daß er glaubt, du hättest die verdammte Lawine eigenhändig ausgelöst. Und die Petersons und ihr hinterlistiger Anwalt werden sich gegenseitig überbieten, Rickman dabei zu helfen.«
Ballard lächelte schwach. »Mike, du hast eine lebhafte Phantasie.«
»Ach, du kannst mich mal!« erwiderte Mike verärgert. »Trinken wir lieber noch ein Bier.«
»Meine Runde.« Ballard stand auf und ging zur Bar. Als er zurückkam, sagte er: »Nun ist der Alte tot.« Er schüttelte den Kopf. »Weißt du, Mike, das hat mich mehr getroffen,

als ich gedacht hätte.«
McGill goß sich Bier nach. »Nach dem zu urteilen, was du von ihm erzählt hast, bin ich überrascht, daß sein Tod dich überhaupt trifft.«
»Na ja, er war ein streitsüchtiger alter Satan – stur und rechthaberisch – aber er hatte etwas...« Ballard schüttelte wieder den Kopf. »Ich weiß nicht.«
»Was passiert nun mit der Dachorganisation...wie heißt sie noch?«
»Ballard-Holding.«
»Was passiert mit Ballard-Holding, wo er jetzt tot ist? Ist sie jetzt Freibeute?«
»Ich glaube kaum. Der Alte hatte eine Stiftung oder etwas Ähnliches gegründet. Ich habe da nie ganz durchgeblickt, weil ich wußte, daß ich nichts damit zu tun hatte. Ich nehme an, alles wird beim alten bleiben. Onkel Bert und Onkel Steve und Onkel Ed werden sie weiterführen wie bisher. Was soviel heißt wie ziemlich schlecht!«
»Ich verstehe nicht, daß sich die Aktionäre das gefallen lassen.«
»Die Aktionäre haben nicht das geringste damit zu tun. Ich glaube, ich muß dich ein bißchen über die Finanzwelt aufklären, Mike. Man braucht nicht unbedingt einundfünfzig Prozent von einem Unternehmen zu besitzen, um es zu kontrollieren. Dreißig Prozent reichen voll und ganz, wenn die anderen Anteile in kleinen Aktienpaketen verstreut und die Firmen-Anwälte und Wirtschaftsprüfer gewitzt genug sind.« Ballard zuckte die Achseln. »Auf jeden Fall sind die Aktionäre nicht allzu unglücklich. Alle Ballard-Firmen werfen Gewinn ab, und die Leute, die heutzutage Anteile von Ballard kaufen, sind nicht solche, die gründlich untersuchen wollten, woher der Gewinn kommt.«
»Ja«, meinte McGill zerstreut. Das Thema interessierte ihn nicht sonderlich. Er beugte sich vor und änderte schlagartig das Thema: »Wir müssen uns ein bißchen über unsere Taktik einigen.«

»Wie meinst du das?«
»Ich habe mir Gedanken darüber gemacht, wie Harrison vorgeht. Er ist ein sehr logischer Mensch, und das ist ein Plus für uns. Ich soll morgen über die Konferenz mit dem Grubenvorstand aussagen. Warum ich?«
»Harrison hat gefragt, ob du während der ganzen Besprechung anwesend warst – und das warst du. Er hat dich dafür ausgesucht, weil du schon im Zeugenstand warst, und das ist praktischer, als einen neuen Zeugen aufzurufen. So sehe ich das jedenfalls.«
McGill schien zufrieden. »So sehe ich es auch. Harrison hat gesagt, die Beweisführung sollte chronologisch aufgenommen werden, und daran hält er sich. Nun sag mir, was nach der Sitzung gewesen ist.«
»Wir haben uns mit dem Gemeinderat beraten.«
»Und was wird Harrison mich fragen?«
»Er wird dich fragen, ob du während der ganzen Beratung dabei warst – und du mußt nein sagen, denn du bist nach der Hälfte gegangen. Also?«
»Also werde ich mir den nächsten Zeugen selbst aussuchen, und da ich mir Harrisons Gedankengänge ungefähr vorstellen kann, werde ich das wahrscheinlich auch so hinkriegen.«
»An wen denkst du?«
»An Turi Buck. Ich möchte, daß die ganze Geschichte von Hukahoronui schriftlich erfaßt wird, alles von Anfang an. Ich möchte, daß die unfaßbare Dummheit dieses verdammten Gemeinderates aktenkundig wird.«
Ballard brütete vor sich in. »Das tue ich Turi nicht gern an. Es würde ihm weh tun.«
»Er will es. Er hat sich schon freiwillig als Zeuge gemeldet. Er wohnt bei seiner Schwester hier in Christchurch. Morgen früh holen wir ihn ab.«
»Also gut.«
»Und hör zu, Ian. Turi ist ein alter Mann, den ein erbarmungsloses Kreuzverhör wahrscheinlich völlig durcheinan-

derbringen würde. Wir müssen dafür sorgen, daß die richtigen Fragen in der richtigen Reihenfolge gestellt werden. Wir müssen alles so gründlich durchkauen, daß keiner – weder Lyall noch Rickman – ein Schlupfloch finden kann.«
»Ich werde eine Liste mit Fragen für Rickman aufstellen«, schlug Ballard vor.
McGill warf die Augen gegen den Himmel. »Geht das denn nicht in deinen Dickschädel rein, daß es nur böse ausgehen kann, wenn Turi von Rickman ins Kreuzverhör genommen wird?«
Ballard erwiderte bissig: »Rickman vertritt mich, und er wird sich an meine Anweisungen halten.«
»Und wenn er es nicht tut?«
»Wenn er es nicht tut, dann weiß ich, daß du recht hast – und ich habe vollkommen freie Hand. Wir werden sehen.« Er trank sein Glas aus. »Ich bin total durchgeweicht. Ich geh mal unter die Dusche.«
Während sie die Bar verließen, sagte McGill: »Um noch einmal auf das Telegramm zurückzukommen – hast du vor, nach Hause zu fahren?«
»Du meinst wohl zurück zu Mami?« Ballard grinste. »Nicht, solange Harrison Vorsitzender der Kommission ist. Ich bin sicher, nicht einmal meine Mutter würde gegen Harrison den Sieg davontragen.«

Das Hearing
Zweiter Tag

7. Kapitel

Als McGill und Ballard am nächsten Morgen um halb zehn Turi Buck abholen wollten, erwartete er sie bereits vor dem Haus seiner Schwester. Obwohl es noch früh war, sah es aus, als ob der Tag unerträglich heiß werden würde. Ballard öffnete die Hintertür des Wagens und sagte: »Springen Sie rein, Turi.«
»Ich bin jenseits aller Sprünge, Ian«, erwiderte Turi trokken. »Aber ich werde danach trachten, es mir auf diesem Platz bequem zu machen.«
Turis Ausdrucksweise war manchmal etwas altmodisch. Ballard wußte, daß er zwar nie eine richtige Ausbildung gehabt hatte, aber viel las. Deshalb vermutete er, daß bei einigen der vornehmeren Redewendungen Sir Walter Scott Pate gestanden hatte.
»Nett, daß Sie gekommen sind, Turi.«
»Ich mußte kommen, Ian.«
Um genau zehn Uhr im Gerichtssaal klopfte Harrison leicht mit dem Hammer auf die Kanzel. »Wir werden jetzt die Untersuchung der Lawinen-Katastrophe in Hukahoronui fortsetzen. Dr. McGill war bei seiner Aussage. Würden Sie bitte wieder im Zeugenstand Platz nehmen?«
McGill ging zum Zeugenstand und setzte sich. Harrison fuhr fort: »Sie haben gestern eine Sitzung des Grubenvorstandes erwähnt, bei der Sie einen Bericht vorlegten. Können Sie uns etwas über diese Sitzung erzählen?«

McGill zupfte nachdenklich sein Ohr. »Ich stand vor dem Problem, meine Ergebnisse zu erläutern und die Herren zur Einsicht zu bringen. Mr. Ballard war bereits überzeugt. Mr. Cameron wollte sich die Zahlen etwas genauer ansehen, war aber zum Schluß auch soweit. Die anderen waren nicht so einsichtig. Es war so...«
Es war Cameron, der Techniker, der die Bedeutung der Schneeprismen wirklich begriff. »Könnten Sie uns ein solches Prisma aufzeichnen, Mike?«
»Sicher.« McGill nahm einen Stift aus der Tasche und machte eine Skizze. »Wie gesagt, sie haben eine konische Form – etwa so – und diese Aushöhlung am stumpfen Ende. Sieht ein bißchen wie ein Becher aus.«
»Die Aushöhlung macht mir weniger Sorgen.« Cameron sah sich die Skizze sehr genau an. »Was Sie hier gezeichnet haben, sieht fast aus wie ein spitz zulaufendes Rollenlager. Sie meinen, es ist wahrscheinlich, daß sich solche Prismen unter dieser Schicht Harsch bilden?«
»Richtig.«
»Das ist aber schlimm«, bemerkte Cameron. »Das ist sogar sehr schlimm. Wenn das ganze Gewicht der Schneemassen von oben durch die Schwerkraft vertikal nach unten gedrückt wird, entsteht auf dem Hang eine horizontale Gegenkraft nach beiden Seiten. Das heißt, der ganze Hang käme in voller Breite wie auf Lagern heruntergerollt.«
Cameron reichte die Skizze an Dobbs weiter, der sie betrachtete, während Quentin, der Mann von der Gewerkschaft, ihm über die Schulter blickte. »Sind schon solche Prismen-Dinger da?«
»Aus einer der Proben geht hervor, daß sie sich bilden. Ich schätze, der Vorgang hat bereits voll eingesetzt.«
»Dürfen wir Ihre Berechnungen über die Belastung einmal sehen.«
Cameron verzog das Gesicht, als er die Zahlenkolonnen durcharbeitete. »Ich bin gewohnt, mit schwereren Materialien als Schnee zu arbeiten.«

»Im Prinzip ist da kein Unterschied«, meinte McGill.
Dobbs reichte die Skizze an Ballard weiter. »Wollen Sie uns im Ernst erzählen, daß sich eine Lawine lösen wird, die dieses Bergwerk verschütten würde?«
»Nicht direkt«, sagte McGill vorsichtig. »In diesem Augenblick sage ich nur, daß eine potentielle Gefahr besteht, die wir im Auge behalten müssen. Ich glaube nicht an eine *unmittelbare* Gefahr – der Schnee wird nicht in der nächsten Stunde und nicht heute herunterkommen. Es hängt eine Menge von dem ab, was in den nächsten Tagen passiert.«
»Zum Beispiel?« fragte Ballard.
»Von den Temperaturen zum Beispiel. Von dem zu erwartenden Schneefall. Eine erhebliche Zunahme der Windstärke würde sich auch nicht gerade günstig auswirken.«
»Und die Wettervorhersage kündigt noch mehr Schnee an«, fügte Ballard hinzu.
McGill fuhr fort: »Wenn eine solche potentielle Gefahr besteht, muß man gewisse Vorsichtsmaßnahmen treffen. Zum Beispiel müssen wir den Grubeneingang absichern. Es gibt eine Stahlkonstruktion, ein Stützgewölbe, das ganz gute Dienste leistet. Sie wurde in Camp Century auf Grönland für solche Fälle entwickelt. Sie wird auch viel in der Antarktis verwendet.«
»Ist sie teuer?« fragte Dobbs. Seine Stimme verriet seine Bedenken.
McGill zuckte die Achseln. »Es kommt darauf an, wie hoch Sie ein Menschenleben in Ihrer Bilanz einsetzen.« Er wandte sich an Cameron. »Joe, erinnern Sie sich, daß ich Sie gefragt habe, ob Sie von Granduc in Britisch-Kolumbien gehört hätten?«
Cameron blickte von den Zahlen auf. »Ja. Hatte ich aber nicht.«
»Granduc hat eine auffallende Ähnlichkeit mit Ihrer Grube hier. Dort hat man so eine Stahlkonstruktion aufgebaut und damit einen überdachten Zugang zum Grubeneingang

geschaffen.« Er rieb sein Kinn. »Aber das war erst, nachdem das Kind schon in den Brunnen gefallen war. Das Gewölbe wurde 1966 gebaut – nach der Lawine von 1965, bei der sechsundzwanzig Männer ihr Leben verloren.«
Ein nachdenkliches Schweigen entstand, das Cameron erst nach einiger Zeit brach. »Sie haben sich ziemlich deutlich ausgedrückt.«
Ballard sagte: »Ich werde den Bericht dem Aufsichtsrat vorlegen.«
»Das ist noch nicht alles«, warf McGill ein. »Man muß die Situation auch auf lange Sicht sehen. Dieser Abhang ist gefährlich, hauptsächlich deswegen, weil der Baumbestand abgeholzt wurde. Der Hang muß wieder Halt bekommen, das heißt einen Lawinenschutz. Gute Lawinensperren kosten um die hundertachtzig Dollar pro laufenden Meter – ich glaube nicht, daß Sie mit weniger als einer Million Dollar auskommen.«
Dobbs zog hörbar entsetzt die Luft ein. »Dazu kommt eine Schneemauer am Fuß des Hanges«, fuhr McGill unerbittlich fort. »Das kostet auch etwas – vielleicht eine halbe Million. Das Ganze wird einen Batzen Geld kosten.«
»Der Aufsichtsrat wird kopfstehen«, stellte Dobbs fest. Ballard zugewandt, fuhr er fort: »Sie wissen, daß wir jetzt gerade unsere Unkosten rauskriegen. Die Herren werden das ganze Mehrkapital nicht investieren, wenn es nicht der Steigerung der Produktion dient. Das ist einfach nicht drin.«
Quentin meldete sich. »Wollen Sie die Grube schließen?«
»Das wäre eine Möglichkeit«, räumte Ballard ein. »Aber das kann nicht ich entscheiden.«
»Da hätten meine Leute ein Wörtchen mitzureden. Es stehen eine ganze Menge Jobs auf dem Spiel.« Quentin sah unfreundlich zu McGill herüber und deutete mit dem Finger auf ihn. »Woher wissen wir, daß er recht hat? Er kommt hier mit einer Weltuntergangsstimmung hereingeplatzt – wer ist er überhaupt?«

Ballard richtete sich auf. »Das wollen wir klarstellen«, sagte er. »Seit gestern ist Dr. McGill als Berater für unsere Firma tätig. Wir brauchen seinen Rat zur Lösung gewisser Probleme. Seine Qualifikationen stellen mich vollkommen zufrieden.«
»Sie haben gar nicht mit mir darüber gesprochen«, beklagte sich Dobbs.
Ballard wich seinem Blick nicht aus. »Mir war nicht bewußt, Mr. Dobbs, daß ich das tun müßte. Nehmen Sie es hiermit zur Kenntnis.«
»Weiß der Aufsichtsratsvorsitzende davon?«
»Er wird es wissen, wenn ich ihn informiere, was sehr bald der Fall sein wird.«
Quentin war ernst geworden. »Hören Sie, Mr. Ballard. Ich habe mir das alles genau angehört. Es hat noch keine Lawine gegeben, und Ihr Freund hat auch nicht behauptet, daß es eine geben wird. Er hat bis jetzt nur von Möglichkeiten geredet. Ich bin der Meinung, daß der Aufsichtsrat etwas mehr braucht, bevor er anderthalb Millionen rausrückt. Ich glaube nicht, daß diese Grube geschlossen wird – nicht auf solches Gerede hin.«
»Was wollen Sie eigentlich?« fragte McGill. »Zuerst die Lawine und dann die Sicherung?«
»Ich habe die Arbeitsplätze der Männer zu sichern«, erklärte Quentin. »Dafür werde ich schließlich bezahlt.«
»Tote Männer brauchen keine Arbeitsplätze«, stellte McGill brutal fest. »Und im übrigen möchte ich etwas klarstellen. Mr. Ballard hat Ihnen erklärt, daß er mich als Berater engagiert hat – und das stimmt; aber im Prinzip ist mir die Grube scheißegal.«
»Der Vorsitzende wird sich freuen, das zu hören«, meinte Dobbs spitz. Er wandte sich an Ballard: »Ich glaube, hiermit wäre die Sitzung beendet.«
»Weiter, Mike«, widersprach Ballard ruhig. »Erzähl ihnen den Rest. Sag ihnen, was dir wirklich Sorge macht.«
McGill sagte: »Ich fürchte für die Stadt.«

Atemlose Stille zehn Herzschläge lang, bis Cameron sich schließlich räusperte: »Es schneit wieder«, bemerkte er, keineswegs vom Thema ablenkend.

»Damit war die Sitzung so gut wie beendet«, nahm McGill den Faden wieder auf. »Es wurde beschlossen, daß sich der Grubenvorstand, wenn möglich, noch am gleichen Nachmittag mit dem Gemeinderat beraten sollte. Dann sollte sich Mr. Ballard telefonisch mit dem Direk... – dem Aufsichtsratsvorsitzenden des Unternehmens in Verbindung setzen.«
Gunn hob die Hand, bis Harrison fragte: »Bitte, Mr. Gunn?«
»Herr Vorsitzender, darf ich dem Zeugen eine Frage stellen?« Harrison nickte zustimmend. »Dr. McGill, die von Ihnen beschriebene Sitzung fand vor sehr langer Zeit statt, nicht wahr?«
»Die Sitzung fand am fünften Juli statt. An einem Freitagmorgen.«
»Wir haben jetzt Dezember – fast fünf Monate sind vergangen. Würden Sie sagen, Dr. McGill, daß Sie ein gutes Gedächtnis haben?«
»Guter Durchschnitt, würde ich sagen.«
»Guter Durchschnitt! Ich bin der Meinung, daß Ihr Gedächtnis weit über dem Durchschnitt ist.«
»Wie Sie meinen.«
»Das meine ich in der Tat. Als ich Ihrer Aussage zuhörte – wie Sie wortwörtlich die Gespräche der anderen wiedergaben –, mußte ich an eine Veranstaltung denken, die ich vor kurzem sah. Dabei verblüffte ein sogenanntes Gedächtnis-Genie das Publikum mit seinen Fähigkeiten.«
»Mr. Gunn«, unterbrach Harrison. »Ironie und Sarkasmus sind in einem Gerichtssaal vielleicht angebracht, vielleicht auch nicht. Hier jedenfalls sind sie vollkommen fehl am Platz. Unterlassen Sie das bitte.«
»Jawohl, Herr Vorsitzender.« Gunn schien nicht im gering-

sten berührt zu sein. Er war sicher, daß man ihn verstanden hatte. »Dr. McGill, Sie haben ausgesagt, daß Mr. Quentin, der gewählte Gewerkschaftsvertreter der Hukahoronui-Grube, *anscheinend* – ich sage absichtlich *anscheinend* – mehr daran interessiert war, das Portemonnaie seiner Kameraden zu füllen als ihr Leben zu schützen. Mr. Quentin ist leider nicht in der Lage, sich selbst zu verteidigen – er ist bei der Katastrophe in Hukahoronui ums Leben gekommen. Und da ich die Gewerkschaft vertrete, muß ich Mr. Quentin verteidigen. Ich frage Sie, ob Ihre Erinnerung an diese vor so langer Zeit abgehaltene Sitzung nicht fehlerhaft sein könnte.«
»Nein, Sir, sie ist nicht fehlerhaft.«
»Aber, Dr. McGill, es ist Ihnen vielleicht entgangen, daß ich gesagt habe, Ihre Erinnerung *könnte* fehlerhaft sein. Sie verlieren bestimmt nicht Ihr Gesicht, wenn Sie zugeben, daß Sie sich geirrt haben könnten.«
»Meine Aussage stimmt.«
»Einen Toten zu verleumden schickt sich nicht, Herr Doktor. Sie kennen zweifellos den Spruch ›*De mortuis nil nisi bonum*‹.« Gunn machte eine pathetische Geste mit dem Arm. »Die braven und weisen Männer, die diese Halle bauen ließen, fanden es passend, Aphorismen in diese Fenster einzufügen, die ihnen bei ihren Überlegungen als Leitsätze dienen sollten. Ich möchte Ihre Aufmerksamkeit auf den Text in dem Fenster unmittelbar über Ihnen lenken, Dr. McGill. Dort steht: ›Sei kein Heuchler im Angesicht der Menschen, und sage Gutes, wenn du redest.‹«
McGill schwieg. Gunn forderte ihn auf: »Nun, Dr. McGill?«
»Hatten Sie mir eine Frage gestellt?« fragte McGill ruhig. Harrison rutschte unruhig hin und her und wollte sich gerade einschalten, als Gunn mit ausladender Geste fortfuhr. »Wenn Sie der Überzeugung sind, ein weit besseres Gedächtnis als andere zu haben, muß ich das wohl akzeptieren, nicht wahr?«

»Mein Gedächtnis ist guter Durchschnitt, Sir. Aber ich führe Tagebuch.«

»Ach so!« Gunn war auf der Hut. »Regelmäßig?«

»So regelmäßig wie erforderlich. Ich bin Wissenschaftler, und ich erforsche den Schnee, der eine dahinschwindende, sich ständig verändernde Substanz ist. Deswegen bin ich gewohnt, mir an Ort und Stelle Notizen zu machen.«

»Wollen Sie damit sagen, daß Sie sich während der Sitzung tatsächlich Notizen gemacht haben von dem, was gesagt wurde?«

»Nein.«

»Aha! Dann muß also etwas Zeit vergangen sein zwischen der Sitzung und der Niederschrift Ihrer Eindrücke. War es nicht so?«

»Jawohl. Eine halbe Stunde. Ich habe die Eintragung in mein Tagebuch eine halbe Stunde nach Beendigung der Sitzung vorgenommen. Und heute morgen habe ich mein Tagebuch durchgeblättert, um meine Erinnerungen aufzufrischen.«

»Und Sie bestehen nach wie vor auf Ihrer Aussage, was Mr. Quentin betrifft?«

»Jawohl.«

»Wissen Sie eigentlich, wie Mr. Quentin gestorben ist?«

»Ich weiß es sehr gut.«

»Keine weiteren Fragen«, schloß Gunn empört. »Ich bin ganz und gar fertig mit diesem Zeugen.«

McGill warf Harrison einen Blick zu. »Darf ich etwas hinzufügen?«

»Soweit es etwas mit der Untersuchung zu tun hat.«

»Das glaube ich schon.« McGill schaute zur Saaldecke hinauf, dann schweifte sein Blick zu Gunn hinüber. »Auch ich habe die Texte in den Fenstern studiert, Mr. Gunn, und einen beherzige ich besonders. Er steht in einem Fenster ganz in Ihrer Nähe und lautet: ›Lauert man auf deine Fehler, so wäge deine Worte wohl.‹«

Brüllendes Gelächter ertönte im Saal und löste die Span-

nung. Sogar Harrison mußte lächeln, während Rolandson geradeheraus schallend lachte. Harrison klopfte mit dem Hammer und erreichte ein bißchen Ruhe.
McGill fuhr fort: »Und was Ihren lateinischen Spruch betrifft, Mr. Gunn, so habe ich nirgends gefunden, daß Latinität Dummheit zur Tugend erklärt, und deswegen halte ich es nicht für richtig, daß man nie Nachteiliges über Tote sagen sollte. Ich glaube an die Wahrheit, und wahr ist, daß die Liste der Toten des Unglücks von Hukahoronui viel länger ist als vielleicht nötig war. Der Grund dafür ist in den Handlungsweisen, Reaktionen und Untätigkeiten vieler Männer zu suchen, die mit einer nie dagewesenen Situation konfrontiert wurden, die ihren Verstand überforderte. Mr. Quentin gehörte auch zu diesen Männern. Ich weiß, daß er bei der Katastrophe umgekommen ist, ich weiß, daß er heldenhaft gestorben ist. Trotzdem muß die Wahrheit ausgesprochen werden, damit in Zukunft andere Männer, wenn sie sich in einer ähnlichen Lage befinden, das Richtige tun.«
»Herr Vorsitzender!« Gunn fuchtelte mit dem Arm, aber Rickman war ihm zuvorgekommen. Er war schon aufgestanden und hielt einen Finger hoch. »Das ist unerhört! Darf ein Zeuge Reden halten und uns über unsere Pflicht belehren?! Darf er...«
Harrisons Hammer fuhr auf das Pult nieder und schnitt Rickman das Wort ab. »Mr. Rickman, darf ich Sie erneut darauf aufmerksam machen, daß wir uns *nicht* im Gerichtssaal befinden, und daß das Verfahren ganz und gar nach meinem Ermessen zu gestalten ist. Dr. McGill hat soeben nur den Gegenstand und die Absicht dieser Untersuchungskommission neu formuliert, und zwar in Worten, die besser ausgewählt und treffender sind als meine eigenen gestern während der Eröffnung dieses Hearings. Ich habe bei den Juristen die bedauerliche Neigung zu feindseligen Taktiken festgestellt. Praktiken, vor denen ich Sie gewarnt habe. Ich will nichts mehr davon hören.«

Tödliches Schweigen herrschte im Saal.
Dan Edwards schrieb eifrig. »Mannomann! Endlich passiert was!« Er riß ein Blatt ab und reichte es einem Jungen, der hinter ihm saß. »Bring das in die Redaktion, so schnell du kannst!«
Harrison legte seinen Hammer wieder beiseite. »Dr. McGill, Sie sagten, der Grubenvorstand hatte am Freitag nachmittag des fünften Juli mit dem Gemeinderat eine Beratung.«
»Nein, Sir. Ich sagte, daß man auf der Sitzung am Vormittag diesen Entschluß gefaßt hatte. Im Verlauf des Tages erwies sich das jedoch als undurchführbar.«
»Warum?«
»Drei der Gemeinderäte waren an dem Tag nicht in der Stadt, und es war unmöglich, eine beschlußfähige Anzahl von Mitgliedern aufzutreiben. Die Konferenz fand am nächsten Morgen statt – am Samstagvormittag.«
»Eine Verzögerung von einem halben Tag.«
»Jawohl.« McGill zögerte einen Augenblick. »Mr. Ballard und ich berieten, ob wir mit den zwei Gemeinderäten, die in der Stadt waren, sprechen sollten, kamen aber zu dem Schluß, daß eine so wichtige Sache dem Gemeinderat als Ganzes mitgeteilt werden mußte. Wir wollten eine so komplizierte Geschichte auch nicht zweimal erzählen.«
»Sie trafen sich also Samstag?«
»Ja, Sir. Es war auf meinen Wunsch hin noch jemand anwesend.«
»So? Wer war das?«
»Mr. Turi Buck. Ich muß Ihnen dazu sagen, daß ich nicht während der ganzen Besprechung anwesend war. Ich bin nach der Hälfte weggegangen.«
Harrison lehnte sich vor und fragte Reed: »Ist Mr. Buck anwesend?«
»Jawohl, Herr Vorsitzender.« Reed wandte sich um. »Würden Sie bitte vortreten, Mr. Buck?«
Turi Buck trat vor und blieb vor der Tribüne stehen.

»Waren Sie, Mr. Buck, während der ganzen betreffenden Besprechung anwesend?« fragte Harrison.
»Ja, Sir, das war ich«, antwortete Turi mit kräftiger Stimme.
»Würden Sie Dr. McGills Platz im Zeugenstand bitte einnehmen?«
McGill erhob sich und ging auf seinen Platz zurück. Im Vorbeigehen zwinkerte er Ballard zu.

8. Kapitel

Harrison setzte die Beweisaufnahme fort. »Mr. Buck, sind Sie mit dem berühmten Angehörigen Ihrer Rasse, Sir Peter Buck, verwandt?«
Ein kleines Lächeln huschte über Turis faltenreiches Gesicht.
»Nein, Sir.«
»Ach so.« Harrison zog den Notizblock näher heran. »Können Sie uns sagen, wer bei dieser Beratung anwesend war?«
»Da war Ian... Mr. Ballard und Mr. Cameron von der Grube. Dr. McGill war auch dabei. Und Mr. Houghton, der Bürgermeister, und Mr. Peterson – das heißt John Peterson – und Erik Peterson, Mr. Warrick und Mrs. Samson.«
»Die fünf zuletzt Genannten waren die Gemeinderäte?«
»Jawohl.«
Harrison blickte auf eine Liste. »War Mr. Quentin nicht anwesend?«
»O doch, er war da. Ich habe ihn vergessen.«
»Nun, Mr. Buck, könnten Sie uns vielleicht erzählen, was während der Besprechung geschehen ist?«
Turi runzelte die Stirn nachdenklich. »Es begann damit, daß Dr. McGill von seinen Ergebnissen berichtete. Nach dem zu urteilen, was ich hier bis jetzt gehört habe, würde ich sagen, daß er das gleiche wie bei der Besprechung im

Bergwerk am Freitag gesagt hat. Er erzählte uns von der Lawinengefahr und erklärte auch, warum.«
»Wie war die allgemeine Reaktion darauf?«
»Sie haben ihm nicht geglaubt.«
Lyall hob den Arm. »Herr Vorsitzender.«
»Ja, Mr. Lyall?«
»Ich kann nicht umhin, festzustellen, daß von zehn Menschen, die bei der Besprechung anwesend waren, nur vier dieser Untersuchung beiwohnen können. Und ich sollte hinzufügen, daß von den fünf Gemeinderäten nur Mr. Erik Peterson bei diesem Hearing dabeisein kann.«
Harrison sah ihn verständnislos an. »Nun, nachdem Sie mir das mitgeteilt haben – und ich sollte hinzufügen, daß mir dies bereits bekannt und nur allzu bewußt ist –, was soll ich mit dieser Information anfangen?«
»Mit Verlaub, Sir, man könnte annehmen, daß Mr. Erik Peterson besser geeignet wäre, über die Reaktion des Gemeinderates auszusagen.«
»Wünscht Mr. Peterson, eine Zeugenaussage zu machen?«
»Das wünscht er.«
»Dann wird er zu einem späteren Zeitpunkt die Möglichkeit haben. Im Moment hören wir uns die Aussage von Mr. Buck an.«
»Mit Verlaub, Herr Vorsitzender, darf ich darauf hinweisen, daß von dem ursprünglichen Grubenvorstand nur Mr. Ballard anwesend ist. Mr. Dobbs und Mr. Quentin sind tot, und Mr. Cameron befindet sich im Krankenhaus. In Hukahoronui ist es wohlbekannt, daß Mr. Ballard und Mr. Buck langjährige Freunde sind, und wir haben hier zur Kenntnis nehmen können, daß auch Mr. Ballard und Dr. McGill befreundet sind. Man könnte den Eindruck gewinnen, daß die Beweisaufnahme etwas zu – sagen wir – *einseitig* geführt wird.«
Harrison lehnte sich in seinem Stuhl zurück. »Es ist offensichtlich, Mr. Lyall, daß Sie eins von zwei Dingen bezwecken. Entweder Sie zweifeln an der Integrität dieser Kom-

mission, oder Sie stellen Mr. Bucks Aufrichtigkeit in Frage. Vielleicht auch beides. Habe ich Sie richtig verstanden?«
»Ich zweifle nicht an der Integrität der Kommission, Sir.« Turi, der sich von seinem Sitz erhob, war sichtlich betroffen. Ian Ballard zappelte auf seinem Platz. Er stieß Rickman mit dem Ellbogen in die Rippen und zischte wütend: »Dieses Schwein! Dieses Dreckschwein! Erheben Sie Einspruch und setzen Sie mit der Befragung ein, so wie ich sie Ihnen gegeben habe.«
Rickman schüttelte den Kopf. »Das wäre sehr unklug. Das wäre nicht im Interesse der Firma.« Er sah zu Lyall hinüber. »Sehen Sie nicht, wie er alles aufwühlt.«
»Aber verdammt noch mal, er macht aus uns eine Verschwörerbande.«
Rickman blickte ihn ungerührt an. »Mit der die Firma jedoch nicht das geringste zu tun hat«, gab er scharf zurück. Turi Buck hob hilflos die Arme. Sie zitterten, während er seine Bitte an Harrison richtete. »Darf ich mich aus dem Zeugenstand entfernen, Sir?«
»Nein, das dürfen Sie nicht, Mr. Buck.« Harrison wandte den Kopf. »Ja, bitte, Mr. Ballard?«
Ballard ließ die Hand fallen. »Ich würde Mr. Buck gern befragen.«
Harrison runzelte die Stirn. »Ich dachte, Mr. Ballard, Sie hätten juristischen Beistand. Ich habe zu Anfang dieses Hearings zu verstehen gegeben, daß ich nicht zulassen werde, daß aus dieser Untersuchung ein allgemeines Geplänkel wird.«
Ballard erklärte: »Seit dreißig Sekunden vertritt Mr. Rickman mich nicht mehr. Er wird natürlich weiterhin das Unternehmen vertreten.«
Aufgeregtes Tuscheln breitete sich im Saal aus. Den Lärm übertönend, rief Rickman: »Sie verdammter Narr! Was zum Teufel wollen Sie damit erreichen?«
»Sie sind entlassen«, erwiderte Ballard kurz angebunden. Harrison machte hemmungslos Gebrauch von seinem

Hammer, und nach einiger Zeit herrschte wieder Ruhe in der Halle. »Wenn es noch einmal zu solcher Unruhe kommt, lasse ich den Saal räumen!« verkündete er laut. »Diese Verhandlung wird ruhig und diszipliniert geführt werden.« Er wartete, bis außer dem Knarren des alten Holzfußbodens kein Laut mehr zu vernehmen war. Dann richtete er das Wort an Ballard: »Wollen Sie um eine Vertagung bitten, damit Sie sich um einen neuen juristischen Berater bemühen können?«
»Nein, Sir. Ich bin, jedenfalls für heute, zufrieden, wenn ich mich selbst vertreten kann. Ich lege es nicht darauf an, die kostbare Zeit des Ausschusses zu vergeuden.«
Harrison erlaubte sich ein frostiges Lächeln. »Sehr lobenswert. Ich sähe es gern, wenn die Herren Juristen Ihrem Beispiel folgen würden. Und Sie möchten Mr. Buck befragen?«
»Ja, Sir.«
»Einspruch!« sagte Rickman. »Abgesehen davon, daß es eine persönliche Beleidigung bedeutet, wenn ich in so arroganter Weise und in aller Öffentlichkeit enthoben werde, halte ich das Vorgehen für höchst unkorrekt.«
Harrison seufzte. »Mr. Rickman, ich habe Ihnen schon mehrmals gesagt, daß die Verfahrensbestimmungen für diese Kommission einzig und allein nach meinem Ermessen festzusetzen sind. Selbst im Gerichtssaal ist es nicht ungewöhnlich, daß ein Beteiligter sich selbst vertritt, daß er es vorzieht, ohne die Hilfe eines Anwaltes oder sonst jemandes auszukommen. Daher habe ich keinen Einwand.« Er hob warnend eine Hand. »Und ich werde keine weitere Diskussion zu diesem Thema dulden. Bitte fahren Sie fort, Mr. Ballard.«
Ballard lächelte Turi zu. »Ich werde kein Wort über die hier abgegebenen Bemerkungen verlieren, sondern an dem Punkt fortfahren, wo Sie aufgehört haben. Mr. Buck, Sie haben gesagt, daß die Gemeinderäte Dr. McGill nicht geglaubt haben, als er ihnen von der Lawinengefahr berich-

tete. Was waren ihre Gründe, ihm nicht zu glauben?«
»Sie sagten, im Tal hätte es nie Lawinen gegeben.«
»Haben sie das gesagt? Herr Vorsitzender, wäre es möglich, eine Landkarte des Tales aufzustellen?«
»Das ist schon vorgesehen. Mr. Reed, würden Sie sich bitte darum kümmern.«
Kurz darauf wurde hinter dem Zeugenstand eine große Karte auf einer Staffelei aufgestellt. Harrison bemerkte: »Da diese Karte auch eine Art Beweis darstellt, müssen wir uns vergewissern, daß sie den Beweis erbringt. Mr. Reed, würden Sie bitte den technischen Zeugen ausrufen.«
»Mr. Wheeler bitte!«
Wheeler war Ballard neu, und er betrachtete ihn mit Interesse. Sein Blick fiel wieder auf die Karte, und er kniff plötzlich die Augen zusammen. Reed fragte: »Ihr voller Name?«
»Harold Herbert Wheeler.«
Harrison unterbrach: »Es ist nicht erforderlich, daß Sie sich in den Zeugenstand begeben, Mr. Wheeler. Ihre Aussage ist technischer Natur und dauert nicht lange. Was ist Ihr Beruf?«
»Ich bin Kartograph beim Vermessungsamt der neuseeländischen Regierung.«
»Und Sie haben diese Karte extra für diese Untersuchung anfertigen lassen?«
»Ja, das stimmt, Sir.«
»Was wird auf dieser Karte dargestellt?«
»Wir sehen eine Darstellung des Hukahoronui-Tales einschließlich des Städtchens Hukahoronui. Der Maßstab beträgt eins zu zweitausendfünfhundert, also ungefähr fünfundzwanzig Zoll pro Meile.«
»Zeigt sie das Tal vor oder nach dem Unglück?«
»Vor dem Unglück. Die Karte wurde nach den letzten Informationen angefertigt, die dem topographischen Amt zur Verfügung stehen.«
»Vielen Dank, Mr. Wheeler. Das ist alles.«

Ballard warf ein: »Könnte Mr. Wheeler sich für eventuelle weitere Fragen bereit halten?«
Harrison kniff die Augenbrauen zusammen. »Warum nicht, Mr. Ballard. Sie werden doch weiterhin zur Verfügung stehen, Mr. Wheeler?«
Ballard betrachtete eingehend die Karte. »Mr. Buck, zeigen Sie uns doch bitte auf dieser Karte Ihr Haus.« Turi stand auf und zeigte mit dem Finger auf einen Punkt der Karte. »Und nun Petersons Laden.« Turis Hand beschrieb einen Halbkreis und zeigte auf einen weiteren Punkt. »Und mein Haus. Danke. Und nun noch den Grubeneingang.«
»Mir entgeht der Sinn der Sache«, wandte Rickman ein.
»Der Sinn ist der, zu zeigen, daß Mr. Buck eine Karte genauso gut lesen kann wie jeder andere«, antwortete Ballard freundlich. »Mr. Buck, bei der Beratung mit dem Gemeinderat, lag da auch eine Karte vor?«
»Ja, aber nicht so groß wie diese.«
»Und wurden Sie gebeten, verschiedene Orte auf der Karte zu zeigen?«
»Ja.«
»Nun bitte ich Sie, sehr genau nachzudenken. Ich möchte nicht, daß Sie aufgrund meiner Befragung etwas sagen, was bei der Gemeinderatssitzung nicht gesagt wurde. Verstehen Sie mich?«
»Ja.«
»Warum sind Sie zu der Sitzung gegangen?«
»Weil Dr. McGill mich darum gebeten hat.«
»Wissen Sie, warum er Sie darum gebeten hat?«
»Er sagte, daß ich über die Geschichte von Hukahoronui mehr wüßte als alle anderen, die ihm begegnet waren.«
»Sie sagten, die Antwort des Gemeinderates war, daß es bis dahin noch nie eine Lawine im Tal gegeben hätte. War das die Reaktion aller Räte?«
»Ja – zu Anfang.«
»Dann haben einige also ihre Meinung geändert. Ich möchte gern wissen, warum, Mr. Buck. Sie sind Maori,

nicht wahr? Verstehen Sie die Maori-Sprache?«
»Ja.«
»Würden Sie uns den Namen Hukahoronui übersetzen – ganz frei, wenn Sie wollen.«
»Natürlich. Es bedeutet ›der große Schneerutsch‹.«
Ein leises Murmeln entstand hinter Ballard. »Würden Sie uns auf der Karte noch einmal Ihr Haus zeigen, Mr. Buck. Zwischen Ihrem Haus und dem Berg liegt ein großer Felsen, nicht wahr? Wie heißt dieser Felsen?«
»Kamakamaru.«
»Kamakamaru«, wiederholte Ballard. »Würden Sie uns bitte auch das übersetzen?«
»Es bedeutet ›Schützender Felsen‹.«
Wieder Laute der Überraschung im Saal. »Wann wurde Ihr Haus gebaut, Mr. Buck?«
»Es wurde von meinem Vater um 1880 gebaut, aber es stand schon vorher ein Haus dort, das mein Großvater gebaut hatte.«
»Wir möchten einiges klarstellen. Ihre Familie hat nicht vor dem Eindringen der weißen Siedler in Neuseeland in Hukahoronui gelebt?«
»Vor dem Pakeha? Nein, meine Familie stammt von der Nordinsel.« Turi lächelte. »Es heißt, daß wir auf die Südinsel flüchteten, um dem Pakeha zu entkommen.«
»Hat Ihre Familie dem Tal und dem Felsen die Namen gegeben?«
»Nein, sie hießen schon so. Einige meiner Stammesangehörigen lebten in der Nähe. Nicht im Tal selbst, aber in der Nähe.«
»Hat Ihr Vater das Haus Ihres Großvaters vielleicht ersetzt, weil es, sagen wir, von einer Lawine beschädigt worden war?«
»Nein. Er hat es ersetzt, weil es in schlechtem Zustand war und weil die Familie immer größer wurde.«
Ballard schwieg eine Weile, während der er auf seine Notizen schaute. Schließlich hob er den Kopf und fragte

leise: »Mr. Buck, wissen Sie aus eigener Erfahrung von irgendwelchen Lawinen im Tal von Hukahoronui?«
»Ja, 1912 gab es eine Lawine, als ich noch ein Junge war. Eine Familie namens Bailey hatte, nicht weit von uns, ein Haus gebaut, aber nicht im Schutz des Kamakamaru. Mein Vater hatte die Baileys gewarnt, aber sie hörten nicht auf ihn. Die Lawine im Winter 1912 fegte das Haus der Baileys weg. Die ganze Familie kam dabei um – alle sieben.« Er sah Ballard an und sagte mit Bestimmtheit: »Ich war dabei – ich habe geholfen, die Leichen auszugraben.«
»Der Fels also – Kamakamaru – wirkte wie ein Spaltkeil. War es so?«
»Der Schnee lief um Kamakamaru herum, und unser Haus war sicher.«
»Aber das Bailey-Haus wurde zerstört. Gab es sonst irgendwelche Lawinen?«
»Eine im Jahre 1918.« Turi zögerte kurz. »Ich war nicht dabei, ich war in der Armee. Ich bekam einen Brief von meinem Vater, in dem er von der Lawine erzählte.«
»Wieder am Westhang?«
»Ja. Es gab keine Toten und keinen Sachschaden, aber der Schnee blockierte den Ablauf des Flusses, und es kam zu einer Überschwemmung. Die Farmer verloren eine Menge Vieh dabei.«
»Ein Abstand von sechs Jahren. Weitere Lawinen?«
»1943 gab es eine Lawine.«
»Haben Sie mit eigenen Augen gesehen, wie sie herunterkam?«
»Nein, aber ich erinnere mich, daß sie viele Bäume am Westhang mitriß. Später konnte ich dort viel Brennholz sammeln.«
»Ja«, sagte Ballard. »Es gab eine Menge gutes Brennholz dort während der nächsten zwei oder drei Jahre. Gab es irgendwelche Toten bei der Lawine von 1943?«
Turi riß die Augen weit auf. »Aber natürlich, Ian. Ihr Vater kam ums Leben.«

Turi blickte verständnislos drein, erklärte dann: »Wegen der Bäume natürlich.«
Ballard seufzte hörbar und ließ Lyall sich seine eigene Grube graben. Lyall fuhr fort: »Die Bäume! Ach, Sie meinen diesen Baumbestand, der auf dem Westhang eingezeichnet ist?«
Turi wandte sich wieder der Karte zu. Er betrachtete sie einen Augenblick lang und erklärte schließlich: »Aber die Karte stimmt überhaupt nicht!«
Ballard erhob seine Hand. »Herr Vorsitzender – da es hier um Beweismaterial geht, bitte ich darum, daß Mr. Wheeler noch einmal aufgerufen wird. Es scheint also nicht zuzutreffen, daß die Karte das bestmögliche Beweismaterial darstellt.«
Harrison, mit zusammengekniffenen Augenbrauen, schien bestürzt. »Mr. Lyall?«
Lyall runzelte die Stirn, willigte aber ein. »Kein Einwand.«
Wheeler wurde wieder herbeigeholt, und Ballard fragte: »Mr. Wheeler, schauen Sie sich bitte die Karte genau an. Sehen Sie diesen Baumbestand am Westhang des Tales?«
»Jawohl.«
»Ich könnte fünfhundert Zeugen hier vorführen, die beschwören könnten, daß das Gebiet vor der Lawine nicht bewaldet war. Was haben Sie dazu zu sagen?«
Wheeler wußte nicht, was er sagen sollte. Er zuckte eine Zeitlang nervös, sagte schließlich: »Die Informationen, die zur Anfertigung dieser Karte vorlagen, entstammen den neuesten verfügbaren Quellen.«
»Aber nicht neu genug. In bezug auf ein sehr wichtiges Beweisstück zum Beispiel – dem fehlenden Baumbestand am Westhang – stimmt die Karte nicht. Habe ich recht?«
Wheeler zuckte die Achseln. »Wenn Sie meinen. – Ich selbst bin noch nie in Hukahoronui gewesen.«
»Es ist nicht meine Sache, das festzustellen«, erklärte Ballard. »Wir können aber Mr. Buck fragen. Wann wurden die Bäume gefällt?«

Im Saal war es sehr ruhig gewesen während Turis Aussage, und nun machten sich aufgestaute Emotionen im Publikum lautstark Luft. Harrison ließ die Erregung abklingen, bevor er wieder für Ruhe sorgte.

Ballard fragte weiter: »Können Sie mir die Stelle auf der Karte zeigen, wo mein Vater starb?«

Turi streckte die Hand aus. »Dort«, zeigte er. »Genau dort, wo heute die Grubenverwaltung steht.«

»Woher wissen Sie, daß es genau dort war?«

»Weil Sie es mir drei Tage später gezeigt hatten. Sie hatten es gesehen.«

»Wie alt war ich damals, Mr. Buck?«

Turi überlegte einen Moment. »Vielleicht vier Jahre alt.«

»Mr. Buck, Sie haben uns eine Menge Informationen gegeben. Wurde den Gemeinderäten bei der Sitzung die gleiche Information vermittelt?«

»Ja.«

»Vielen Dank, Mr. Buck.«

Ballard setzte sich und sah aus den Augenwinkeln zu Lyall hinüber, der seine Hand schon erhoben hielt. »Ich möchte Mr. Buck ein oder zwei Fragen stellen.«

Harrison nickte zustimmend. »Bitte schön.«

»War die Lawine von 1943 sehr groß?«

Turi überlegte, nickte dann nachdrücklich mit dem Kopf. »Sehr groß – größer als die von 1912.«

Lyall schien mit der Antwort zufrieden. »Ich verstehe. Könnten Sie uns vielleicht anhand der Karte zeigen, welche Stelle auf dem Hang die Lawine erreichte?«

»Nur bis an den Fuß des Hanges. Hier kam Mr. Ballards Vater ums Leben. Viel weiter kam sie nicht.«

»Die Lawine erreichte den Peterson-Supermarkt also nicht?«

»Sie kam nicht einmal in die Nähe von Petersons Laden.«

»Wie interessant! Nun sagen Sie mir, Mr. Buck, wenn Petersons Supermarkt durch die große Lawine von 1943 nicht zerstört wurde, warum dann dieses Jahr?«

»Man fing mit dem Abholzen an, als das Bergwerk eröffnet wurde. Das Holz wurde für den Grubenbau und zum Hausbau verwendet.«
»Das war vor vier Jahren?«
»Ja. Man hat zwei Jahre lang abgeholzt. Dann war der Hang so gut wie leer.«
Rolandson meldete sich und richtete eine Frage an Ballard. »Mr. Ballard, sollen wir Sie so verstehen, daß Sie das Abholzen des Baumbestandes als einen der Faktoren betrachten, die zur Auslösung der Lawine führten?«
Ballard zögerte: »Ich bin kein Experte, was Lawinen anbelangt, Sir. Mir wäre es lieber, wenn Sie die Frage an Dr. McGill richten würden.«
»Das werde ich auch tun«, brummte Rolandson. Dann beriet er sich ein paar Minuten mit Harrison. Sie blickten beide Wheeler an, der unruhig mit den Füßen scharrte.
»Sie waren noch nie in Hukahoronui, und trotzdem legen Sie diese Karte als Beweismaterial vor?« fragte Harrison ungläubig. »Das haben Sie doch gesagt, nicht wahr?«
»Ja«, gab Wheeler kleinlaut zu.
Nachdem Harrison mit ihm fertig war und ihn wegschickte, war er völlig eingeschüchtert. Als Lyall gefragt wurde, ob er noch weitere Fragen habe, winkte er ab. Ballard meldete sich wieder. »Ich würde Mr. Buck gern noch eine Frage stellen.«
»Also gut.«
»Mr. Buck, wie war die unmittelbare Reaktion der Gemeinderäte auf Ihre Eröffnung in bezug auf die Lawinen in Hukahoronui?«
Turi Buck erstarrte. Mit leiser Stimme antwortete er: »Das möchte ich lieber nicht sagen.«
»Mr. Buck – ich muß Ihnen diese Frage stellen.«
Turi schüttelte den Kopf. »Ich werde nicht antworten.«
»Sie müssen die Frage beantworten, Mr. Buck«, ermahnte ihn Harrison. Aber Turi schüttelte wieder nur stumm den Kopf.

Harrison sah Ballard fragend an, aber Ballard zuckte nur die Schultern. In die Stille des Saals hinein war unvermutet eine Stimme zu hören: »Ich kann diese Frage beantworten.«
Harrison wandte ruckartig den Kopf. »Dr. McGill, ich finde es ziemlich ungehörig von Ihnen.«
McGill trat vor. »Herr Vorsitzender, es gibt nur vier Menschen, die diese Frage beantworten können. Mr. Buck weigert sich aus Gründen, die ich gut verstehen kann. Mr. Erik Peterson wird nicht antworten, ebenfalls aus Gründen, die ich verstehen kann. Es wäre gegen die Regel, wenn es Mr. Ballard täte – denn er vernimmt Mr. Buck. Er kann nicht gleichzeitig als Zeuge und als Vernehmender auftreten. Bleibe nur noch ich, der ich bei der Sitzung anwesend war.«
Harrison seufzte: »Also gut, beantworten Sie bitte die Frage. Würden Sie sie bitte wiederholen, Mr. Ballard?«
»Wie war die unmittelbare Reaktion der Gemeinderäte auf Mr. Bucks Aussage?«
McGill zurrte den Reißverschluß seiner Tasche auf und entnahm ihr ein schmales Notizheft. »Wie es meine Gewohnheit ist, habe ich mir direkt nach der Sitzung Notizen gemacht. Ich kann Ihnen den genauen Wortlaut vorlesen.« Er schlug eine Seite auf und fixierte Erik Peterson, der neben Lyall saß. »Mr. Erik Peterson sagte wortwörtlich: ›Turi Buck ist ein ungebildeter alter Schwarzer. Er weiß nichts – er hat nie etwas gewußt und wird nie etwas wissen.‹«
Auf der Pressegalerie entstand ein Tumult.
Im Saal brach lautes Stimmengewirr los, und Harrison hämmerte vergeblich auf sein Pult. Seine Hammerschläge gingen in dem Getöse unter. Als er nach langer Zeit endlich zu Wort kam, verkündete er wütend: »Dieses Hearing wird bis auf weiteres vertagt – bis sich die Anwesenden unter Kontrolle haben.«

9. Kapitel

»Turi Buck ist ein ungebildeter alter Schwarzer. Er weiß nichts – er hat nie etwas gewußt und wird nie etwas wissen.«

Die Worte lasteten schwer auf dem peinlichen Schweigen im Aufenthaltsraum des Hotel D'Archiac, der als Konferenzraum fungierte. Schließlich räusperte sich Matthew Houghton nervös und sagte: »Das wäre nicht nötig gewesen, Erik, so etwas zu sagen.«

Ballard kochte. »Das kann man wohl sagen!«

John Peterson, der stand, hatte eine Hand auf die Schulter seines Bruders gelegt. »Erik, wenn du nichts Gescheites zu sagen hast, solltest du dein großes Maul halten. Du fängst an, dich wie Charlie zu benehmen.« Er wandte sich Turi zu: »Entschuldigung.«

»Ich fände es besser, wenn Erik selbst sich entschuldigte«, meinte Ballard knapp.

Erik wurde rot, sagte aber nichts. John Peterson ignorierte Ballard und wandte sich an McGill. »Sie haben also frühere Lawinen ausgegraben und meinen, daß es deshalb wieder eine geben muß.«

»Das habe ich nicht gesagt.«

»Was wollen Sie denn sagen?« wollte Houghton wissen.

McGill spreizte die Hände. »Wen kümmert es schon, wenn ein paar tausend Tonnen Schnee von einem Berg herunterrutschen? Das passiert in den Neuseeländischen Alpen ständig. Aber wenn jemand darunter steht, ist es ausgesprochen gefährlich. Das ist die Lage hier im Augenblick. Sie müssen mit dieser Gefahr rechnen.«

»Aber nicht mit einer akuten Gefahr?« fragte John Peterson.

»Das kann ich Ihnen erst sagen, wenn ich eine weitere Probereihe abgeschlossen habe. Aber das eine kann ich Ihnen jetzt schon sagen – die Gefahr wird nicht geringer.«

»Das scheint mir alles ein bißchen an den Haaren herbeige-

zogen. Ich habe den Eindruck, Sie zielen darauf ab, daß wir eine Menge Geld wegen etwas ausgeben sollen, was vielleicht nie eintritt.«
»Da ist etwas, was ich nicht so recht verstehe«, unterbrach Houghton. »Wenn es schon früher Lawinen gegeben hat, wieso wurden dann die Häuser nicht weggefegt? Mein Haus wurde als zweites im Tal gebaut. Mein Großvater hat es 1850 gebaut, zwei Jahre nach der Otago-Siedlung.«
Ballard schlug vor: »Schauen wir uns die Karte an.« Er schob Houghton die Karte über den Tisch. »Matt, denken Sie einmal weit zurück – sagen wir zwanzig Jahre – bevor die ganzen Häuser gebaut wurden, als die Grube angelegt wurde. Markieren Sie doch einmal alle Häuser, an die Sie sich erinnern.« Er reichte Houghton einen Stift.«
»Mal sehen, da haben wir mein Haus, und Turi Bucks Haus – aber wir wissen, warum sein Haus noch steht. Und dann das Haus der Cunninghams, und das der Pearmans...«
»...und das von Jackson, und das alte Haus von Fisher«, fügte Mrs. Samson hinzu.
Houghton markierte alle genannten Häuser und lehnte sich dann zurück. Ballard sagte: »Vergessen Sie nicht die Kirche und die Schule – und Petersons Laden.«
Houghton kritzelte einige Kreuze mehr auf die Karte. Ballard nahm den Stift und erklärte: »Sehen Sie sich das an. Alle Gebäude liegen weit auseinander, und wenn man das Gelände genau betrachtet, sieht man, daß jedes einzelne Haus vor Lawinen vom Westhang her mehr oder weniger geschützt ist. Wir wissen aber wohl, wo sich ein weiterer Bau befand – das Haus der Baileys.« Er markierte die Stelle. »Das ist jetzt weg.«
Mrs. Samson fragte: »Was wollen Sie damit sagen?«
»Die ersten Siedler, die kamen, gegen Mitte des letzten Jahrhunderts, gaben sich nicht damit ab, irgend etwas schriftlich festzuhalten; deswegen wissen wir nichts von zerstörten Häusern. Nur von Turi wissen wir vom Haus der Baileys. Ich bin der Meinung, daß die von Matt angekreuz-

ten Häuser nur die übriggebliebenen sind.«
Phil Warwick stimmte ihm zu. »Das leuchtet mir ein. Wenn jemandem das Haus verschüttet wird, wird er es nicht an der gleichen Stelle wieder aufbauen. Jedenfalls nicht, wenn er ein bißchen Verstand hat.«
»Wenn er überlebte«, fügte McGill hinzu. »Die Baileys zum Beispiel haben es nicht überlebt.« Er legte die Hand flach auf die Karte. »Diese Häuser sind erhalten geblieben, weil die Erbauer Glück hatten oder etwas davon verstanden. Aber jetzt haben Sie eine ganze Gemeinde hier – nicht nur ein paar verstreute Häuser. Da fängt die Gefahr an.«
»Was erwarten Sie also von uns?« wollte John Peterson wissen.
»Ich erwarte, daß Sie die Tatsache akzeptieren, daß Lawinengefahr besteht – das ist der erste Schritt, und alles andere folgt. Sie werden also die notwendigen Vorsichtsmaßnahmen treffen müssen, zuerst kurzfristige und später langfristige. Sie müssen die zuständige Behörde außerhalb des Tales von dieser Gefahr in Kenntnis setzen. Dann müssen Sie sich auf den Fall vorbereiten. Sie müssen an sicheren Stellen Rettungsausrüstungen unterbringen, die man im Falle eines Unglücks leicht erreichen kann. Und Sie müssen Männer ausbilden, die mit der Ausrüstung umgehen können. Und auf alle Fälle müssen Sie für den Notfall einen Evakuierungsplan aufstellen. Ich kann Ihnen bei einigen Vorbereitungen helfen.«
Erik Peterson war nicht überzeugt. »Mein Bruder hat recht. Mir kommt es so vor, als verlangten Sie, daß wir eine Menge Geld ausgeben zum Schutz vor etwas, was vielleicht nie geschehen wird. Wenn wir Männer ausbilden müssen, müssen wir sie auch bezahlen. Wenn wir Ausrüstung brauchen, müssen wir sie auch kaufen. Woher das Geld nehmen und nicht stehlen?«
Quentin lachte bitter. »Das ist noch gar nichts. Warte, bis er dir von den langfristigen Maßnahmen erzählt.« Er zeigte mit dem Finger auf McGill. »Wenn es nach ihm geht, wird

die Grube geschlossen.«
»Wieso denn!« John Peterson warf Ballard einen wütenden Blick zu. »Was soll der Quatsch!«
»Frag McGill, wieviel es kosten würde, die Grube zu sichern«, meinte Quentin. »Beim letzten Treffen sprachen sie von Millionen – und wir wissen genau, daß die Firma das ablehnen wird.«
»Nicht, um die Grube zu sichern«, fuhr ihn Ballard an. »Um die Stadt zu sichern! Und in einem solchen Fall bekommt man einen Zuschuß von der Regierung.«
Erik Peterson lachte auf: »Jeder weiß, daß ein Regierungszuschuß nicht alle Kosten deckt – bei weitem nicht. Das haben wir erfahren, als wir die Schule vergrößerten. Und Sie haben von Millionen, nicht Tausenden von Dollar gesprochen.« Er sah zu seinem Bruder auf. »Kannst du dir vorstellen, wie hoch ungefähr nächstes Jahr die Steuern sein werden, wenn wir diesen Humbug mitmachen?«
Ballard fragte: »Wieviel ist Ihr Leben wert, Erik?«
»Das ist eine ziemlich dumme Frage, aber ich werde Ihnen eine Antwort geben. Mein Leben ist soviel wert wie das des eines meiner Brüder – so viel und nicht mehr.«
»Das gehört nicht hierher«, meinte Houghton.
»Nun, er hat es angeschnitten«, erwiderte Erik. »Auf jeden Fall bin ich seiner Darstellung nach in Sicherheit.« Er klopfte auf die Karte. »Unser Laden steht noch.«
»Nicht mehr lange«, widersprach Ballard. »Nicht, seitdem die Bäume am Westhang gefällt wurden. Warum haben Sie das gemacht, Erik?«
»Was zum Teufel hat das hiermit zu tun?«
»Der einzige Grund dafür, daß der Laden 1943 stehenblieb, waren die Bäume. Jetzt, wo sie weg sind, steht nichts mehr zwischen Ihnen und dem Schnee. Da haben Sie einen schlechten Tausch gemacht.«
Erik stand auf. »Ich kann Ihnen darin nur beipflichten, daß ich einen schlechten Tausch gemacht habe, oder vielmehr mein Vater. Sie wissen verdammt gut, daß Ihre Mutter, als

sie ihm das Land verkaufte, ihn um seine Abbaurechte betrog. O ja, sie war verdammt gerissen und clever, nicht wahr? Sie behielt sogar das Stückchen Land am Fuß des Berges, wo heute die Grube steht – gerade genug Land für ein Mahlwerk, in dem das Erz aus *unserem* Land verarbeitet werden kann.«

Ballard rieb sich die Augen. »So war das nicht, Erik. Es war mein Vater, der die Abbaurechte von dem Landbesitz trennte. Das hat er in seinem Testament verfügt. Ihr Vater hat das Land erst fünf Jahre später gekauft, 1948, nicht wahr?«

»Verflucht noch mal!« platzte Erik. »Sie bekommt das Gold!«

»Nein, tut sie nicht«, korrigierte ihn Ballard. »Sie besitzt nicht die Abbaurechte.«

»Versuchen Sie's mal mit 'ner anderen Leier«, sagte Erik spöttisch. »Ich seid alle Ballards.«

Matt Houghton trommelte mit den Fingern auf den Tisch. »Mir scheint, wir sind vom Thema abgekommen.« Er blickte Erik unruhig an.

»Ja«, stimmte McGill zu. »Ich weiß nicht, was das alles bedeutet, aber ich bin sicher, daß es kaum etwas mit dem Schnee am Hang zu tun hat. Etwas anderes ist es mit den gefällten Bäumen. Jetzt ist nichts mehr da, um dem Schnee Einhalt zu gebieten.«

Erik zuckte die Achseln und setzte sich wieder. »Es ist sowieso ein beschissenes Stück Land. Viel zu steil für das Vieh, und dieses Jahr konnte ich nicht mal das Heu ernten.«

McGill riß den Kopf hoch. »Welches Heu?« fragte er scharf.

»Was geht denn Sie das an?«

»Es ist besser, Sie sagen es mir! Was wurde aus Ihrer Heuernte?«

John Peterson rollte die Augen. »Ach, du lieber Himmel, Erik! Befriedige seine Neugier. Vielleicht kommen wir

dann noch heute nach Hause. Ich hab' zu tun.«
Erik erklärte: »Zuerst kam der Regen – das Getreide war naß, wir konnten nicht ernten. Ich rechnete mit einer Trockenperiode, die blieb aber aus – es regnete bis in den Winter hinein, also gab ich es auf. Es verfaulte sowieso auf dem Feld.«
»Und Sie haben es einfach liegen lassen«, stöhnte McGill. »Und es liegt noch ungeschnitten da. Ist es so?«
»Es ist so«, antwortete Erik und fügte beleidigt hinzu, »aber was geht Sie das an, das möchte ich jetzt endlich mal wissen.«
McGills Blick schien ihn aufspießen zu wollen. »Sie haben die Bäume abgeholzt – das war schon schlimm genug. Dann lassen Sie ungeschnittenes Gras liegen – das ist noch schlimmer. Langes, nasses Gras auf einem Hang ist so ungefähr das rutschigste Zeug, das es gibt. Die Wahrscheinlichkeit einer Lawine ist soeben um einiges größer geworden.«
Warrick meldete sich: »Es war rutschig, das weiß ich. Ich habe selbst versucht, bei Regen dort hinaufzukommen. Nach dem dritten Versuch habe ich's aufgegeben.«
»Was wollt ihr aus mir machen? Eine Art Staatsfeind?« brauste Erik auf. »Wer zum Teufel ist überhaupt dieser Witzbold, daß er mit solchen Beschuldigungen kommt?«
»Ich beschuldige niemanden wegen irgend etwas, außer vielleicht der Kurzsichtigkeit«, erwiderte McGill. »Wenn *ein* Terrain gefährlich ist, dann ist es ein Berg mit Schnee. Ihr habt einen solchen vor der Haustür; aber niemand scheint ihn bemerkt zu haben.«
»Dr. McGill hat recht«, meinte Ballard.
Erik Peterson sprang auf. »Jeder, der den Namen Ballard trägt, wäre der letzte, der mir etwas vorwerfen dürfte«, brüllte er aufgebracht. »Jeder, der so feige...«
»Das reicht«, unterbrach Mrs. Samson mit Bestimmtheit. »Was vorbei ist, ist vorbei.«
»Worum geht es denn?« fragte Warrick, der abwechselnd

Ballard und Erik Peterson betrachtete. Er machte einen sehr verwirrten Eindruck, wie ein Mann, der das Offensichtliche nicht mitkriegt.
Matt Houghton sah bedrückt aus. »Das ist eine alte Geschichte. Sie hat nichts mit dem Thema hier zu tun.«
McGill erhob sich. »Meine Herren, Sie haben meinen Bericht. Er liegt vor Ihnen auf dem Tisch und ist in technischer Sprache verfaßt. Ich habe in einfachen Worten erklärt, was er bedeutet. Mehr kann ich nicht tun. Ich werde Sie Ihren Beratungen überlassen.«
»Wo gehen Sie hin?« wollte Houghton wissen.
»Arbeiten.«
»Wo können wir Sie finden für den Fall, daß wir weitere Informationen brauchen?«
»Bei Mr. Ballard«, antwortete McGill. »Oder oben auf dem Westhang – es sind noch weitere Untersuchungen nötig. Aber schicken Sie besser keinen dort hinauf, mich zu suchen. Man sollte überhaupt ab sofort verbieten, den Hang zu betreten. Es ist verdammt gefährlich.«
Er verließ den Raum.

10. Kapitel

Ian Ballard legte noch eine Länge des Schwimmbeckens zurück, bevor er schließlich aus dem Wasser stieg. Er ging zu dem Segeltuchstuhl, auf dem er sein Handtuch deponiert hatte, und rieb sich hastig trocken. Die Entspannung tat gut nach den stundenlangen Untersuchungen. Er goß sich ein Bier ein und warf einen Blick auf die Uhr, bevor er sie wieder ums Handgelenk legte.
Mike McGill kam über den Rasen geschlendert und hielt Ballard einen Briefumschlag hin. »Es geht weiter. Der alte Harrison muß wohl seinen Koller überwunden haben. Das wird dein Bescheid sein, dich wieder bei der Untersuchung blicken zu lassen. Ich habe meinen auch schon.«

Ballard öffnete den Umschlag. McGill hatte recht. Der Brief war von Reed, dem Schriftführer der Kommission, unterzeichnet. Er ließ ihn neben den Stuhl auf das Gras fallen und meinte: »Es geht also weiter. Was kommt als nächstes bei der Beweisführung?«

»Die erste Lawine, nehme ich an.« McGill grinste und breitete eine Zeitung vor Ballard aus. »Erik wird sich in der Zeitung wiederfinden.«

Ballard las die schwarze Schlagzeile, die quer über die erste Seite gedruckt war:

»UNGEBILDETER SCHWARZER« VERSPOTTET

Er schüttelte den Kopf. »Er wird ganz schön sauer sein.«

McGill lachte leise. »Meinst du, er geht jetzt mit der Pistole auf mich los?«

»Nicht Erik – aber vielleicht Charlie«, meinte Ballard ernst. »Verrückt genug ist er.«

McGill lachte und setzte sich auf den Rasen. »Hast du einen Anwalt gefunden?«

»Nein.«

»Dann würde ich langsam anfangen zu suchen.«

»Ich habe ein unvermutetes Talent in mir entdeckt«, sagte Ballard. »Ich kann mich ganz gut selbst verteidigen.«

»Mit Turi hat es gut geklappt, und Lyall hast du ganz schön aufs Glatteis geführt. Reingefallen ist er dann von alleine. Nicht schlecht für einen Anfänger.«

»Mr. Ballard?« Ballard blickte auf und sah einen jungen Mann von der Hotelleitung vor sich. »Ein Telegramm für Sie. Ich habe gedacht, vielleicht ist es wichtig, deshalb bringe ich's Ihnen gleich hier heraus.«

»Vielen Dank.« Ballard riß den Umschlag auf. »Ein Telegramm aus England.« Er überflog es und runzelte die Stirn. »Aber wieso denn...?«

»Schwierigkeiten?«

»Eigentlich nicht.« Ballard reichte McGill das Telegramm. »Warum sollte jemand um die halbe Welt fliegen, um mich zu sprechen?«

»Wer ist Stenning?«
»Ein Freund meines Großvaters.« Ballard blickte abwesend in das Schwimmbecken.
McGill fing an zu rechnen. »Er schreibt, er nimmt den Nachtflug. Ganz egal, ob er östlich oder in westlicher Richtung fliegt, er braucht vierzig Stunden bis Auckland. Dann muß er noch einen Inlandflug erwischen, um hierher zu kommen. Sagen wir zwei volle Tage – also Samstag nachmittag.«
»Am Samstag wird die Kommission nicht tagen. Ich werde Stenning am Flughafen abholen.«
»Dann schickst du ihm am besten eine Nachricht nach Auckland. Sonst verpaßt du ihn vielleicht.«
Ballard nickte. »Der alte Ben erwähnte Stenning, als ich ihn das letzte Mal sah. Er sagte, wenn ihm oder dem Unternehmen irgend etwas zustoßen sollte, sollte ich mich mit Stenning in Verbindung setzen. Dann meinte er, ich brauchte es nicht zu tun, denn Stenning würde sich schon schnell genug mit mir in Verbindung setzen. Sieht aus, als hätte er das ernst gemeint.«
»Wer ist Stenning, abgesehen davon, daß er ein Freund deines Großvaters ist?«
»Er ist Anwalt.«
»Dann kommt er wie gerufen«, meinte McGill. »Den kannst du gut gebrauchen.«
Ballard schüttelte den Kopf. »Er ist nicht der richtige Anwalt für mich. Er ist Industrieanwalt für Steuerfragen.«
»Ach so, einer von denen.« McGill lachte. »Wahrscheinlich will er alles beichten – daß er die Erbschaftssteuer ein bißchen verschlampt hat, und statt drei Millionen kriegst du nur noch dreitausend von dem alten Herrn.«
Ballard grinste: »Ich kriege nicht mal drei Cent. Ben hat mir das schon angedroht. Er sagte, er würde für meine Ausbildung aufkommen, und dann müßte ich auf eigenen Füßen stehen, wie er es in meinem Alter auch hätte tun müssen. Ich habe dir ja gesagt, sein Geld hängt in irgendei-

ner Stiftung oder etwas Ähnlichem.« Er reckte sich. »Mir wird's allmählich kalt. Laß uns reingehen.«
»In der Bar ist es wärmer«, stimmte McGill ihm zu.

Das Hearing
Dritter Tag

11. Kapitel

Die Pressegalerie war gerammelt voll, als Harrison Erik Peterson zur Beweisaufnahme vernahm. Dan Edwards hatte sich auf dreiste Weise Platz verschafft, indem er zwei Jungreporter mitgebracht und sie dann nach Hause geschickt hatte, bevor die Verhandlung anfing. Aber es nutzte ihm wenig, denn die lautstarken Proteste der anderen Reporter zwangen ihn, die Plätze wieder freizugeben. Edwards mußte auf ebenso engem Raum mitstenografieren wie die anderen.
Harrison machte sich eine Notiz und blickte dann wieder zu Peterson. »Wir waren also an dem Punkt angelangt, wo Dr. McGill weggegangen war, nachdem er seine schlechten Nachrichten übermittelt hatte. Was ist danach gewesen, Mr. Peterson?«
Erik Peterson zuckte die Achseln. »Die Sitzung dauerte noch lange. Ich muß ganz offen gestehen, daß einige von uns nicht von dem Ernst der Situation überzeugt waren. Sie müssen bedenken, es war für uns alle etwas völlig Neues, wir sind regelrecht überrumpelt worden, wenn Sie so wollen. Stellen Sie sich vor, es kommt einer auf Sie zu und sagt: ›Der Weltuntergang steht unmittelbar bevor!‹, dann würden Sie erst mal handfeste Beweise dafür sehen wollen.«
»Ich kann Ihren Standpunkt gut verstehen«, sagte Harrison. »Können Sie uns bestimmte Beispiele geben für die Ansichten einiger Gemeinderäte?«

»Nun ja, mein Bruder war der Meinung, daß wir selbst dann, wenn McGill nur halbwegs recht haben sollte, keine Panik aufkommen lassen wollten. Ich war derselben Meinung. Matt Houghton, der Bürgermeister, auch. Phil Warrick schien überhaupt keine Meinung zu allem zu haben. Er hängte die Segel einfach nach dem Wind und gab jedem recht. Mrs. Samson war dafür, die Vorbereitungen zur Evakuierung auf der Stelle in Angriff zu nehmen.«
»Welchen Standpunkt vertrat der Grubenvorstand?«
»Mr. Ballard war mit Mrs. Samson einer Meinung. Mr. Quentin sagte, er glaube nicht an eine Gefahr – er sagte, es wäre alles ein bißchen dick aufgetragen. Mr. Cameron schien auf Mr. Ballards Seite zu stehen.« Peterson legte die Hände ineinander. »Sie müssen verstehen, jede Entscheidung in bezug auf die Gemeinde muß vom Gemeinderat gefaßt werden. Es war nicht Sache des Grubenvorstandes, der Gemeinde irgend etwas vorzuschreiben. Dr. McGill hatte uns gesagt, daß keine unmittelbare Gefahr vom Westhang drohte, und einige von uns sahen keinen Sinn darin, sich für eine Sache verrückt zu machen, die die Gemeinde eine Menge Geld kosten und vergeudete Zeit bedeuten konnte.«
»Und ein paar Stimmen verlieren, falls nichts passierte«, bemerkte Edwards zynisch.
»Nun ja, wie ich schon sagte, es wurde viel geredet, wir drehten uns im Kreis. Schließlich machte Matt Houghton einen brauchbaren Vorschlag. Er meinte, McGill hätte vielleicht nicht ganz unrecht, und er würde gern eine zweite Meinung dazu hören. Er wollte sich telefonisch mit Christchurch in Verbindung setzen und sich Rat holen.«
»Mit wem wollte er sprechen?«
»Das war eben der Haken. Er wußte es nicht und wir auch nicht. Mr. Cameron schlug vor, daß er mit jemandem von der Forstwirtschaft sprechen konnte – er meinte, die würden wahrscheinlich etwas über Lawinen wissen. Ein anderer, ich habe vergessen, wer es war, schlug das Ministerium

für Zivilschutz vor. Es wurde beschlossen, beides zu versuchen. Mrs. Samson war dafür, auch die Polizei zu benachrichtigen, und wir stimmten dem zu.«

»Hat der Grubenvorstand irgendwelche konkreten Vorschläge gemacht?«

»Er hat Transporthilfe angeboten – Lastwagen und so weiter. Auch Bulldozer.«

»Wer machte das Angebot?«

Peterson sah Ballard von der Seite an. Er zögerte mit der Antwort.

»Ich weiß nicht mehr. Vielleicht war es Mr. Cameron.«

Ballard lächelte schwach.

»Und wie ging's weiter?«

»Die Sitzung wurde abgebrochen. Wir beschlossen, uns um elf Uhr am nächsten Morgen zu treffen, obwohl das ein Sonntag war.«

»Gut.« Harrison blickte um sich. »Hat irgend jemand weitere Fragen an Mr. Peterson?«

Smithers hob die Hand. »Ich vertrete das Ministerium für Zivilschutz. Hat ein Telefongespräch mit diesem Amt tatsächlich stattgefunden?«

»Soweit ich weiß, nicht.«

»Warum nicht?«

»Ich habe nach der Sitzung mit Matt Houghton gesprochen. Er war noch unentschlossen. Er sagte, er würde das tun, was er vor solchen Entscheidungen immer täte. Er wollte darüber schlafen.«

»Und die Polizei? Wurde sie verständigt?«

»Das war etwas schwierig. Arthur Pye war nicht da. Er war am anderen Ende des Tales, um einem Fall von Mißhandlung von Schafen nachzugehen.«

»Wer ist Arthur Pye?«

»Unser Polizist. Hukahoronui ist ein kleines Nest – wir hatten nur den einen Polizisten.«

»Wollen Sie damit sagen, daß Sie, als es hieß, man sollte die Polizei informieren, lediglich Wachtmeister Pye benach-

richtigen wollten?« fragte Smithers ungläubig.
»Nun ja, er würde schon gewußt haben, wie das an seine Vorgesetzten weiterzugeben war«, verteidigte sich Peterson.
»Also wußte niemand außerhalb Hukahoronui von der Lage?«
»Ich nehme an.«
»Und in Hukahoronui wußte nur eine Handvoll Leute von der Gefahr?«
»Jawohl.«
Smithers blickte auf sein Notizheft. »Sie sagten, als beschlossen wurde, ein zweites Gutachten zu Dr. McGills Diagnose der Situation hinzuzuholen, wußte niemand, wen man da konsultieren konnte.« Er hob den Kopf und sah Peterson mit einem Ausdruck des Unglaubens an. »Liest denn keiner von den Gemeinderäten die Richtlinien, die von meiner Behörde ausgegeben werden?«
»Wir bekommen eine Menge Zeugs von der Regierung.« Peterson zuckte die Achseln. »Ich persönlich habe auch nicht alles gelesen.«
»Anscheinend hat sie keiner vom Gemeinderat gelesen.« Smithers atmete tief ein. »Mr. Peterson, Sie waren Gemeinderat und in verantwortlicher Position. Würden Sie dem zustimmen, daß es ganz offensichtlich an Vorkehrungen auf eine Krise in Ihrer Gemeinde mangelte? Ich spreche da nicht nur von Lawinen – wir leben schließlich in einem Land, in dem Erdbeben nicht unbekannt sind. Das ist einer der Hauptgründe für die Existenz des Amtes für Zivilschutz.«
»Einspruch«, rief plötzlich Lyall.
Harrison blickte von seinen Notizen auf. »Welchen Einspruch haben Sie?«
»Ich möchte gern darauf hinweisen, daß die Gemeinde von Hukahoronui relativ jung ist. Die Bevölkerung besteht hauptsächlich aus Leuten, die erst in den letzten Jahren ins Tal gekommen sind. Bei einer solchen Situation wäre das

Engagement für die Gemeinde naturgemäß etwas geringer als in einer länger bestehenden Ortschaft.«
»Mr. Lyall, ist das Ihr Einspruch? Sie scheinen für den Zeugen antworten zu wollen.«
»Das ist nicht mein Einspruch, Herr Vorsitzender. Ich erhebe Einspruch, weil es unzulässig ist, daß Mr. Smithers Mr. Peterson Suggestivfragen stellt. Er maßt sich die Aufgabe dieser Kommission an, die zu entscheiden hat, ob dieser Tatbestand, der aus seiner Frage herauszuhören war, nun tatsächlich zutrifft.«
»Ein strittiger Punkt, aber nichtsdestoweniger berechtigt«, gab Harrison zu. »Es wäre besser gewesen, Sie hätten Ihre Begründung sofort gegeben. Mr. Smithers, Ihre letzte Frage wird gestrichen. Haben Sie weitere Fragen?«
»Keine, die ich gern diesem Zeugen stellen würde«, erwiderte Smithers kurzangebunden.
»Dann sind Sie vorerst entlassen, Mr. Peterson; aber man wird Sie eventuell wieder aufrufen.«
Peterson verließ mit sichtlicher Erleichterung den Zeugenstand. Harrison beugte sich vor und wechselte ein paar Worte mit Reed. Dann richtete er sich auf und sagte: »Mr. Cameron, der Ingenieur der Bergwerks-Gesellschaft von Hukahoronui, liegt seit mehreren Monaten im Krankenhaus auf Grund der Verletzungen, die er bei dem Unglück davongetragen hat. Er hat die Kommission aber wissen lassen, daß er sich gut genug fühlt, seine Aussage zu machen. Er ist jetzt anwesend. Würden Sie bitte vortreten, Mr. Cameron?«
Ein leises Murmeln entstand, als Cameron hinkend die Halle durchquerte, wobei er sich auf den Arm eines Pflegers stützte. Er hatte eine Menge Gewicht verloren und war nun fast völlig abgemagert. Seine Wangen waren eingefallen, und das Haar, das vor dem Unglück graumeliert gewesen war, war nun völlig weiß. Er sah aus wie ein alter Mann. Er nahm im Zeugenstand Platz, der Pfleger zog sich einen Stuhl heran und setzte sich direkt hinter ihn. Reed fragte:

»Wie ist Ihr voller Name?«
»Joseph McNeil Cameron.«
»Und Ihr Beruf, Mr. Cameron?«
»Ich war Bergwerksingenieur«, antwortete Cameron knapp. »Genauer gesagt, ich habe diese Funktion bei der Hukahoronui Bergwerks-Gesellschaft zu der bewußten Zeit ausgeübt, die von dieser Kommission untersucht wird.« Seine Stimme war kräftig, wenn er auch sehr langsam sprach.
»Mr. Cameron«, begann Harrison, »wenn Sie sich irgendwann zu schwach fühlen, um weiterzumachen, sagen Sie uns bitte sofort Bescheid.«
»Vielen Dank, Herr Vorsitzender.«
»Soweit ich weiß, wollen Sie eine Aussage machen über die Ereignisse an dem Abend des Tages, an dem der Gemeinderat zusammengekommen war. Das wäre also der Samstagabend, nicht wahr?«
»Jawohl«, bestätigte Cameron. »An diesem Abend gab es im Hotel D'Archiac Tanz. Ich hatte Mr. Ballard und Dr. McGill zum Essen eingeladen. Meine Tochter Stacey war auch dabei. Sie war auf Urlaub aus den USA gekommen und sollte in der folgenden Woche wieder zurück. Man ging ziemlich viel von Tisch zu Tisch und machte Konversation, und dabei erfuhr ich, daß der Bürgermeister die Telefongespräche noch nicht geführt hatte. Das, zusammen mit einem neuen und weit beunruhigenderen Bericht von Dr. McGill, machte uns Sorge.«
»Könnten Sie uns das etwas genauer schildern?« bat Harrison.
»Aber ja. Wir wollten gerade das Essen bestellen...«
McGill studierte die Karte. »Kolonialgans«, sagte er. »Klingt gut.«
Ballard lachte leise. »Aber erwarte nur nicht Geflügel!«
»Das wollte ich auch bestellen«, sagte Stacey Cameron. Sie war groß, schlank und dunkelhaarig, eine junge Frau mit dem typischen gepflegten Aussehen der Amerikanerinnen.

McGill hatte sie mit Kennerblick abgeschätzt und den langbeinigen amerikanischen Schönheiten kalifornischer Bauart zugeordnet. Sie fragte: »Was ist es denn, wenn es kein Vogel ist?«
»Texas-Nachtigall ist auch kein Vogel, mein Schatz«, neckte Cameron. »Das ist ein Esel. Kolonialgans ist ein ähnlicher neuseeländischer Scherz.«
Stacey war entsetzt. »Du meinst... Pferdefleisch?«
»Nein«, beruhigte Ballard sie. »Es ist Jährling mit Farve.«
»Jetzt verstehe ich wirklich Bahnhof«, beklagte sich McGill. »Was ist Jährling?«
»Ein Mittelding zwischen Lamm und Hammel. Es gibt Millionen von Schafen in Neuseeland und fast ebenso viele Rezepte für ihre Zubereitung. Kolonialgans ist ein Witz aus der Kolonialzeit, schmeckt aber nicht schlecht.«
»Eine Falle für leichtgläubige Touristen«, meinte McGill. »Übrigens – wann fliegen Sie in die Staaten zurück, Stacey?«
»Nur noch zehn Tage«, seufzte sie.
»Ich habe versucht, sie zu überreden, hierzubleiben«, sagte Cameron.
»Warum nicht?« fragte Ballard.
»Das würde ich gerne«, antwortete sie bedauernd. »Schon um mich um diesen verrückten Mann zu kümmen.« Sie beugte sich vor und tätschelte die Hand ihres Vaters. »Aber mein Chef in San Francisco braucht mich – ich möchte ihn nicht im Stich lassen.«
Cameron meinte: »Niemand ist unentbehrlich. Wie lange würdest du brauchen, um dort loszukommen?«
Sie dachte nach. »Vielleicht sechs Monate.«
»Wie wär's also?«
»Ich werde es mir durch den Kopf gehen lassen«, versprach sie, »ganz bestimmt!«
Cameron erzählte beim Essen von den technischen Schwierigkeiten, die sie erwartet hatten, als sie das Bergwerk errichteten. »Die größten Schwierigkeiten hatten wir aber

mit der Bevölkerung. Die Leute hier waren zuerst nicht allzu begeistert. Sie waren in ihren alten Lebensgewohnheiten verwurzelt, und Neuerungen gefielen ihnen nicht. Außer dem alten Peterson, natürlich, der die Chancen erkannte.«

»Ach, übrigens, was ich schon lange fragen wollte«, sagte McGill. »Was ist mit den Petersons? Wie viele gibt es denn von denen, du meine Güte?«

»Drei Brüder«, erklärte Ballard. »John, Erik und Charlie. Der Alte ist letztes Jahr gestorben.«

Cameron fuhr fort: »John hat das Köpfchen, Erik die Energie, und Charlie hat die Muskeln und sonst herzlich wenig. Wenn Charlie-Boy doppelt soviel Intelligenz hätte wie jetzt, wäre er immer noch ein Halbidiot. Den Petersons gehört der Supermarkt und die Tankstelle, und zur Hälfte das Hotel. Sie haben auch ein paar Farmen – und ähnliches. Charlie möchte Huka zu einem Wintersportplatz machen, aber das haut nicht so hin. Seine Brüder meinen, die Zeit sei noch nicht reif dafür. Der alte Peterson hat die Möglichkeiten erkannt, und seine Jungs machen dort weiter, wo er aufgehört hat.«

»Du hast Liz vergessen«, unterbrach Stacey. »Dort sitzt sie – am vierten Tisch dort drüben.«

Ballard wandte den Kopf. Er hatte Liz Peterson seit seiner Rückkehr ins Tal nicht gesehen, und er hatte sie noch als sommersprossiges, schlaksiges Mädchen mit Zöpfen und aufgeschürften Knien in Erinnerung. Der Anblick, der sich ihm jetzt bot, war etwas völlig anderes. Es verschlug ihm den Atem.

Liz Peterson war so etwas wie eine Rarität – eine wirklich schöne Frau, deren Schönheit nicht der Unterstützung durch kosmetische Mittel bedurfte. Ihre Schönheit lag tiefer als nur auf der Hautoberfläche – im Knochenbau ihres Kopfes, in dem Glanz ihrer Jugend und ihrer ausgezeichneten Gesundheit, in den geschmeidigen, beherrschten Bewegungen ihres Körpers. Sie war schön, wie ein gesundes

Jungtier schön ist, und sie hatte etwas von dem unbewußten Hochmut, den man bei einem Vollblut-Rennpferd oder einem exzellenten Jagdhund beobachten kann.
»Mich laust der Affe«, entfuhr es ihm. »Die ist erwachsen geworden!«
Cameron lachte in sich hinein. »So was kommt öfter vor.«
»Wieso habe ich sie noch nicht gesehen?«
»Sie war zu Besuch auf der Nordinsel und ist diese Woche erst zurückgekommen«, erklärte Cameron. »Montag war sie zum Abendessen bei uns. Sie hat Stacey ganz schön imponiert, und das will etwas heißen.«
»Liz gefällt mir«, sagte Stacey. »Sie weiß, was sie will.«
Ballard konzentrierte sich auf seinen Teller. »Sind die Petersons eigentlich schon verheiratet?«
»John ist verheiratet – Erik verlobt.«
»Charlie?«
»Nein – mußte er nicht – noch nicht; aber nach dem, was ich gehört habe, hätte es ihn ein- oder zweimal fast erwischt. Was Liz betrifft, sie wäre wohl schon längst verheiratet; aber Charlie hat so eine Art, den Bewerbern Angst einzujagen. Er paßt auf seine Schwester auf wie eine Henne auf ihre Küken.«
»Die Petersons mögen dich nicht, Ian. Worum ging es heute morgen?« wollte McGill wissen.
»Ein alter Streit«, erklärte Ballard wortkarg. Er sah Cameron an. »Kennen Sie die Geschichte, Joe?«
»Ich habe so etwas gehört, daß die Ballards die Petersons um ihre Grube betrogen hätten«, antwortete Cameron.
»Das ist die Version, die die Petersons gern erzählen«, stimmte Ballard zu. »John nicht – er ist zu vernünftig. Aber Erik reitet gern darauf herum. Es war so: Mein Vater hatte sich mit meinem Großvater zerstritten und wanderte nach Neuseeland aus. Obwohl er sich von seiner Familie getrennt hatte, war er immer noch Ballard genug, sich für Gold zu interessieren, als er welches auf seinem Land fand. Er wußte, daß es nicht genug war, um es ernsthaft abzubau-

en, wo der Goldpreis so niedrig lag. Als er aber sein Testament machte, bevor er zur Armee ging, hinterließ er meiner Mutter den Boden, die Abbaurechte aber meinem Großvater.«
»Obwohl sie sich zerstritten hatten?« fragte McGill.
»Er war ein Ballard. Was sollte meine Mutter mit den Abbaurechten machen? Jedenfalls mußte meine Mutter nach seinem Tod das Land verkaufen, sie konnte es allein nicht bewirtschaften. Das meiste – das heißt den Westhang – verkaufte sie an den alten Peterson, der es versäumte, sich nach den Abbaurechten zu erkundigen. Ich weiß nicht, ob er überhaupt Wert darauf legte; aber als mein Großvater den Rest des Landes von meiner Mutter kaufte – das Stückchen am Fuß des Berges – und anfing, von den Abbaurechten unter Petersons Boden Gebrauch zu machen, war hier die Hölle los. Die Beschuldigungen, daß alles unter Verschleierung von Tatsachen und in böser Absicht arrangiert gewesen wäre, nahmen kein Ende. Die Petersons waren immer fest davon überzeugt, daß es sich um ein wohlüberlegtes Komplott von seiten der Ballards handelte. Es war natürlich nichts dergleichen; aber weil ich Ballard heiße, bleibt alles an mir hängen.«
»Wenn man es von der Seite hört, klingt es nicht so schlimm«, meinte Cameron. »Aber trotzdem, es überrascht mich nicht, daß die Petersons aufgebracht sind.«
»Ich finde nicht, daß sie Grund dazu hätten«, widersprach Ballard. »Die einzigen, die von der Grube profitieren, sind die Petersons. Die Grube hat den Wohlstand ins Tal gebracht, und die Petersons sahnen da ganz schön ab. Die Ballards haben weiß Gott keinen Gewinn davon. Joe, Sie kennen doch die Betriebskosten, und Sie wissen, daß wir gerade die Rentabilitätsgrenze erreichen.« Er schüttelte den Kopf. »Ich weiß nicht, was sein wird, wenn wir für einen großangelegten Lawinenschutz sorgen müssen. Ich habe den ganzen Tag versucht, Crowell zu erreichen, aber er ist nicht zu sprechen.«

»Wer ist das?« wollte McGill wissen.
»Aufsichtsratsvorsitzender. Er wohnt in Auckland.«
»Ich habe über den Lawinenschutz nachgedacht«, sagte McGill nachdenklich. »Ich habe einige Zahlen für Sie, Joe. Wenn Sie den lawinengeschützten Stollen über dem Grubeneingang entwerfen, müssen Sie mit einem Staudruck von neunzig Tonnen pro Quadratmeter rechnen.«
Cameron fuhr zusammen. »Was – *soviel?*« fragte er ungläubig.
»Ich habe mit Leuten gesprochen, die die Lawine von 1943 erlebt haben. Nach ihren Berichten handelte es sich um eine Staublawine; 1912 ebenso, wie Turi Buck sagt. Die nächste ist vielleicht genauso.«
»Staublawine? Was ist das?«
»Im Augenblick habe ich keine Lust, einen Vortrag über Lawinendynamik zu halten. Sie brauchen nur zu wissen, daß sie sehr schnell kommt, und zwar mit unvorstellbarer Gewalt.«
Ballard sagte: »Die Lawine von 1943 hat hundert Morgen Wald in Brennholz verwandelt.«
Cameron legte seine Gabel hin. »Jetzt verstehe ich, warum Sie sich um die Gemeinde Sorgen machen.«
»Ich wünschte nur, der Gemeinderat würde sich halb soviel Sorgen machen«, meinte McGill bedrückt.
Cameron blickte auf. »Da kommt Matt Houghton. Wenn Sie ihm das erzählen, was Sie mir gerade gesagt haben, wird er vielleicht genausoviel Angst bekommen wie ich.« Als Houghton mit seiner funkelnden Glatze auf sie zukam, zog Cameron einen Stuhl heran. »Setz dich, Matt. Was haben die Leute vom Zivilschutz gesagt?«
»Houghton ließ sich auf den Stuhl fallen. »Ich habe noch keine Zeit gehabt, mit ihnen zu sprechen. Wir werden Schilder an den Hängen anbringen. Bobby Fawcetts Pfadfinder werden sie anfertigen und morgen aufstellen. Hast du irgendwelche Pfosten, die wir dazu nehmen könnten, Joe?«

»Sicher«, antwortete Cameron, aber seine Gedanken waren woanders. Er blickte McGill an.
Ballard lehnte sich vor. »Was soll das heißen, Matt – Sie haben keine Zeit gehabt? Ich denke, wir sind übereingekommen...«
Houghton winkte ab. »Es ist Samstag, Ian«, erklärte er in kläglichem Ton. Er zuckte die Achseln. »Morgen ist Sonntag. Wir werden sie wahrscheinlich erst Montag erreichen können.«
Ballard schien verwirrt. »Matt, glauben Sie wirklich, daß das Amt für Zivilschutz übers Wochenende dicht macht? Sie brauchen sich nur an das verdammte Telefon zu hängen!«
»Beruhigen Sie sich, Ian. Ich habe mit den Petersons schon genug am Hals. Charlie ist der Meinung, daß niemand ihn daran hindern kann, auf seinem eigenen Grund und Boden zu gehen – oder Ski zu laufen.«
»Um Gottes willen! Ist er denn total übergeschnappt?«
Houghton seufzte. »Sie kennen Charlie. Er kann diese uralte Geschichte nicht vergessen.«
»Was zum Teufel habe ich mit dem Kauf oder Verkauf von Abbaurechten zu tun? Ich war damals ein Kind!«
»Darum geht es nicht, es geht um das andere. Charlie war schließlich Alecs Zwillingsbruder.«
»Aber das liegt nun fast fünfundzwanzig Jahre zurück.«
»Langes Gedächtnis, Ian, langes Gedächtnis.« Houghton rieb sein Kinn. »Das, was Sie uns über Ihre Ausbildung erzählt haben – Sie wissen schon, Johannesburg und Harvard. Erik will das nicht so recht glauben.«
»Er hält mich also nicht nur für einen Feigling, sondern auch für einen Lügner«, stellte Ballard bitter fest. »Was meint er wohl, braucht man, um einem solchen Unternehmen vorzustehen?«
»Er sprach von einem reichen Großvater«, erwiderte Houghton sarkastisch.
Er senkte den Blick, als Ballard ihn geradeheraus anstarrte.

Nach einer Weile sagte Ballard: »Ich erwarte einen Anruf vom alten Crowell. Sie können selbst mit ihm reden, wenn Sie wollen. Er wird meine Qualifikationen bestätigen.« Sein Ton war eiskalt.
»Immer mit der Ruhe – ich glaub's Ihnen. Sie haben Erfolg, das ist alles, was zählt.«
»Nein, das stimmt nicht, Matt. Was zählt, ist der verdammte Schnee über dieser Stadt. Ich möchte nicht, daß uns jetzt Geschichten aus grauer Vorzeit im Weg sind. Ich werde dafür sorgen, daß das Richtige getan wird, und wenn die Petersons sich dagegenstellen, werde ich keinen Bogen um sie machen. Ich werde über sie hinweggehen. Ich werde sie niederwalzen.«
Houghton schaute erschrocken auf. »Mein Gott, haben Sie sich verändert!«
»Turi Buck hat es schon festgestellt – ich bin erwachsen«, meinte Ballard etwas müde.
Verlegenes Schweigen herrschte am Tisch. McGill, der sich alles ruhig und aufmerksam angehört hatte, brach das Schweigen: »Mr. Houghton, ich weiß nicht, worum es eben ging, aber das eine kann ich Ihnen sagen. Die Situation ist noch gefährlicher, als ich sie heute morgen geschildert habe. Ich habe weitere Proben von den Hängen gemacht: Die Stabilität nimmt ab. Ich habe mich auch mit einigen Leuten über die früheren Lawinen unterhalten. Die Konsequenz daraus war, daß ich Mr. Cameron soeben mitteilen mußte, daß er sich darauf vorbereiten soll, daß es die Grube ziemlich hart treffen wird. Ich muß Ihnen sagen, daß das gleiche auch für die Stadt gilt.«
Houghton war beleidigt. »Warum haben Sie sich heute morgen nicht genauso ausgedrückt, anstatt sich wie eine Katze um den wissenschaftlichen Zahlenbrei zu drehen? Heute morgen sagten Sie, die Gefahr wäre potentiell.«
McGill war am Ende seiner Geduld. »Manchmal frage ich mich, ob wir die gleiche Sprache sprechen«, fuhr er ihn an. »Die Gefahr ist immer noch potentiell und wird auch so

bleiben, bis etwas passiert, und dann ist das Unglück da, und es ist verdammt noch mal zu spät, etwas zu tun. Was erwarten Sie von mir? Daß ich auf den Hang klettere und die Lawine auslöse, nur um zu beweisen, daß es passieren kann?«
Ballard ergriff das Wort: »Gehen Sie zurück zu Ihrem Gemeinderat und sagen Sie, sie sollten aufhören, Politik zu spielen. Und sagen Sie den Petersons von mir, Tote bekommen keine Stimmzettel.« Seine Stimme war stahlhart. »Sie können ihnen außerdem ausrichten, daß ich, wenn Sie bis morgen mittag nichts Definitives unternommen haben, über ihre Köpfe hinweg handeln werde – ich werde eine öffentliche Versammlung einberufen und die Bürger direkt aufklären.«
»Und rufen Sie das Amt für Zivilschutz an, sobald Sie können«, fügte McGill hinzu.
Houghton holte tief Luft und stand auf. Sein Gesicht war rot und glänzte vor Schweiß. »Ich werde alles tun, was ich kann«, versprach er und ging weg.
Ballard schaute ihm nach. »Ich habe das Gefühl, dies ist der richtige Zeitpunkt, sich zu betrinken.«

12. Kapitel

»Hat Mr. Ballard an dem Abend viel getrunken?« wollte Lyall wissen.
Cameron preßte die Lippen zusammen und dachte nach. »Nicht mehr als die anderen.« Entspannt erzählte er weiter. »Es war eine Party, müssen Sie wissen. Er hat zum Beispiel nicht soviel getrunken wie ich.« Offensichtlich nachträglich fiel ihm ein: »Oder wie Ihre Mandanten dort.«
Lyall erwiderte wütend: »Ich protestiere. Es steht dem Zeugen nicht zu, unaufgefordert Anspielungen dieser Art von sich zu geben.«
Harrison versuchte erfolglos, ein Lächeln zu unterdrücken.

»Mir scheint, Mr. Cameron versuchte nur, das Trinkverhalten von Mr. Ballard im richtigen Verhältnis darzustellen. Was es nicht so, Mr. Cameron?«
»Es war eine Party in einer Kleinstadt«, erklärte Cameron. »Klar, es wurde eine Menge getrunken. Einige der Jungs von der Grube waren ganz schön blau. Einige der guten Bürger ebenso. Zum Schluß war ich auch ein bißchen angeheitert. Aber Mr. Ballard war alles andere als betrunken. Ich glaube nicht, daß er ein richtiger Trinker ist, aber ein paar Gläser hatte er schon intus.«
»Ich meine, das genügt als Antwort auf Mr. Lyalls Frage. Fahren Sie fort, Mr. Cameron.«
»Gegen halb zwölf an dem Abend nahm sich Mr. Ballard wieder den Bürgermeister vor und fragte, ob er mit irgend jemandem telefoniert hätte – mit dem Zivilschutz oder sonst jemandem. Houghton sagte, hätte er noch nicht. Er meinte, auf ein paar Stunden käme es wohl nicht an, und er wollte keinen Narren aus sich machen, indem er mitten in der Nacht anrief und vielleicht irgendeinen Hausmeister erreichte und ihm saublöde Fragen stellte.«
Harrison warf einen kurzen Blick zu Ballard hinüber. »Mr. Cameron, es wäre ungehörig, Sie zu fragen, warum Mr. Ballard zu diesem Zeitpunkt nicht selbst telefonierte. Mr. Ballard ist hier und kann die Frage selbst beantworten, was er sicherlich tun wird. Aber wenn die Situation so dringlich war, warum haben *Sie* nicht angerufen?«
Cameron war verlegen. »Man hatte uns ziemlich deutlich zu verstehen gegeben, daß wir unsere Nase nicht in Gemeindeangelegenheiten stecken sollten. Und bis zu dem Zeitpunkt glaubten wir, der Anruf sei erledigt. Als wir feststellten, daß dies nicht der Fall war, schien uns die Wahrscheinlichkeit, jemanden vom Zivilschutz zu erreichen, der uns das sagen konnte, was wir wissen wollten, ziemlich gering. Zum anderen hoffte Mr. Ballard immer noch, daß der Gemeinderat kooperieren würde. Wenn er angerufen hätte, hätten die Gemeinderäte ihm vorgewor-

fen, er hätte über ihre Köpfe hinweg gehandelt in einer Sache, die eine Gemeindeangelegenheit war. Die Beziehungen zwischen der Gemeinde und der Grube wären auf immer gespannt gewesen.«
»Was hielt Dr. McGill davon?«
»Er war gerade nicht da. Er wollte sich nach dem Wetter erkundigen. Aber hinterher sagte er, Mr. Ballard sei ein verdammter Narr.« Cameron kratzte seine Wange. »Er sagte, ich sei auch ein verdammter Narr.«
»Dr. McGill scheint der einzige zu sein, der ungeschoren aus dieser Sache kommt«, bemerkte Harrison. »Es haben sich viele gedrückt, aus Gründen, die recht unwichtig erscheinen, wenn man das Ausmaß der Katastrophe betrachtet.«
»Ich bin ganz Ihrer Meinung«, gab Cameron offen zu. »Aber nur Dr. McGill hatte eine Vorstellung von dem Ausmaß der Schwierigkeiten, die uns bevorstanden. Als er mir sagte, ich sollte mich auf einen Staudruck von neunzig Tonnen pro Quadratmeter einstellen, dachte ich, er trüge ein bißchen zu dick auf. Ich habe sein Urteil zwar akzeptiert, aber insgeheim habe ich nicht wirklich daran geglaubt. Ich glaube, dasselbe trifft auch für Mr. Ballard zu, und wir sind beide Techniker.«
»Und da die Gemeinderäte keine Techniker waren, sind Sie der Meinung, daß diese Tatsache ihre Verzögerungstaktik entschuldigt?«
»Nein«, sagte Cameron schwer. »Wir haben alle mehr oder weniger schuld. Es entschuldigt unser Verhalten nicht, aber vielleicht trägt es zu einer Erklärung bei.«
Harrison schwieg einige Minuten. Dann sagte er ruhig: »Mr. Cameron, ich verstehe, was Sie meinen. Wie ist es dann weitergegangen?«
»Mr. Ballard und ich blieben an unserem Tisch sitzen. Wir unterhielten uns und tranken etwas. Wenn Mr. Ballard überhaupt an dem Abend mehr getrunken hat, dann war es zu dem Zeitpunkt. Bis dahin hatte er nur zwei Gläser

getrunken.«
Cameron unterhielt sich einige Zeit mit Ballard, vielleicht zwanzig Minuten, dann gesellte sich Stacey Cameron zu ihnen. Ballard blickte auf die Tanzfläche. Zu vorgerückter Stunde waren die hektischen Rockklänge von schummrigem Blues abgelöst worden. »Haben Sie Lust zu tanzen?« fragte er.
Stacey zog eine Grimasse. »Vielen Dank, aber ich kann wirklich nicht mehr. Ich habe mir fast schon die Füße zertanzt.« Sie setzte sich hin und spreizte die Zehen. Dann schaute sie auf: »Liz Peterson möchte gerne wissen, ob Sie glauben, sie hätte die Pocken.«
Ballard blinzelte: »Was?«
»Sie hat den Eindruck, daß Sie einen Bogen um sie machen. Ganz unrecht hat sie vielleicht nicht.«
Ballard lächelte schwach. »Bis heute abend hatte ich vergessen, daß es sie gibt.«
»Nun wissen Sie es aber. Warum fordern Sie nicht Liz auf? Im Moment tanzt sie nicht.«
Ballard fiel vor Schreck die Kinnlade herab, dann grinste er. »Verdammt noch mal, warum nicht?« Er leerte sein Glas und fühlte, wie ihm der Whisky die Kehle hinunterrieselte. »Auf in den Kampf!« Er verließ den Tisch und steuerte auf die Tanzfläche zu.
»Bist du verrückt?« brauste Cameron auf. »Weißt du nicht, daß Ballard und die Petersons wie Katze und Hund miteinander sind? Was hast du eigentlich vor – einen Krieg anzuzetteln?«
»Irgendwann müssen sie anfangen, vernünftig miteinander zu reden«, sagte Stacey. »Huka ist nicht groß genug, als daß sie sich in alle Ewigkeit ignorieren könnten.«
Cameron war nicht überzeugt. »Hoffentlich weißt du, was du tust.«
»Papa, was hat es mit diesem Gerede von einer Lawine auf sich?«
»Was für eine Lawine?«

»Red mit mir bitte nicht wie mit einem Halbidioten«, warnte Stacey. »Die Lawine, über die ihr beim Essen geredet habt.«
»Ach so, die meinst du«, antwortete Cameron mit schlecht gespielter Überraschung. »Das ist nichts Besonderes. Nur ein paar Vorsichtsmaßnahmen, die McGill uns empfiehlt.«
»Vorsichtsmaßnahmen...«, sagte sie nachdenklich. »So habe ich das aber nicht verstanden, nicht so, wie Ian Houghton in die Mangel nahm.« Sie blickte an ihrem Vater vorbei. »Da kommt Mike. Was macht das Wetter, Mike?«
»Heftiger Schneefall angekündigt.« McGill sah auf die Uhr. »Fast Mitternacht. Wie lange dauert so ein Schwof?«
»Punkt Mitternacht endet der Tanz«, erklärte Cameron. »Diese Neuseeländer sind ganz schön fromm. Sonntags nie.«
McGill nickte. »Mich reizt das Bett sowieso mehr.« Er reckte sich. »Was haben die Leute vom Zivilschutz zu sagen gehabt?«
»Houghton hat nicht angerufen.«
»Er hat was?!!« McGill packte Camerons Arm. »Und was haben *Sie* deswegen unternommen? Hat Ian es versucht?« Cameron schüttelte den Kopf. »Dann ist er ein verdammter Narr – und Sie auch. Wo ist das Telefon?«
»Eins steht in der Empfangshalle«, antwortete Cameron. »Hören Sie, Mike, mitten in der Nacht wird niemand da sein, der in der Lage ist, eine Auskunft zu geben.«
»Was Sie nicht sagen – Teufel noch mal«, fluchte McGill. »Ich werde Ihnen Bescheid sagen! Ich werde Alarm schlagen!«
Er ging hastig davon. Cameron folgte ihm auf den Fersen. Als sie um die Tanzfläche herumgingen, hörten sie einen lauten Ausruf, dem eine plötzliche Unruhe folgte. McGill warf den Kopf herum und sah Charlie Peterson, der eine Hand auf Ballards Schulter gelegt hatte. »Au weia, das hat uns gerade noch gefehlt«, sagte er wütend. »Kommen Sie mit, Joe!« Er bahnte sich einen Weg über die Tanzfläche zu

der Stelle, wo sich die zwei Männer gegenüberstanden.
Ballard tanzte gerade mit Liz Peterson, als er das Gewicht von Charlies fleischiger Hand auf seiner Schulter spürte und herumgewirbelt wurde. Charlies Gesicht glänzte von Schweiß, die Augen waren blutunterlaufen. Eine Alkoholfahne wehte seinen heiser geflüsterten Worten voraus: »Laß die Hände von meiner Schwester, Ballard.«
Liz errötete vor Zorn. »Charlie, ich habe dir gesagt...«
»Halt den Mund!« Seine Hand lastete schwer auf Ballards Schulter. »Wenn ich Sie noch einmal mit ihr erwische, breche ich Ihnen das Genick.«
»Nehmen Sie die Hand weg!« sagte Ballard.
Ein wenig von Charlies Wildheit war geschwunden, als er ihn hämisch grinsend aufforderte: »Nehmen Sie sie doch selbst weg – wenn Sie können.« Brutal bohrte er seinen Daumen in Ballards Oberarmmuskel.
»Hör auf mit dem Unsinn«, bat Liz. »Du wirst von Tag zu Tag verrückter.«
Charlie ignorierte seine Schwester und preßte Ballards Schulter noch mehr. »Was ist? Ihre Mami wird Ihnen keinen Ärger machen – sie ist nicht da.«
Ballard schien zusammenzubrechen. Die Arme hingen mit gekreuzten Handgelenken schlapp vor seinem Bauch. Plötzlich schwang er sie hoch, traf Charlies Ellbogen mit erstaunlicher Wucht und war frei.
Charlie stürzte vor, aber Cameron erwischte seinen Arm und drehte ihn ihm auf den Rücken. Das Manöver war gekonnt. Für Cameron war eine Rauferei offensichtlich nichts Neues.
»Auseinander!« sagte McGill. »Wir sind auf einer Tanzfläche und nicht im Boxring.«
Charlie drängte wieder vor. Aber McGill legte seine Hand flach auf Charlies Brust und schob ihn zurück. »Na gut«, sagte Charlie. »Wir treffen uns draußen, wenn Ihre Freunde Ihnen nicht helfen können.«
»Herrgott noch mal, Sie reden wie ein Schuljunge«, be-

merkte McGill.
»Das Schwein kann für sich selbst sprechen«, erwiderte Charlie.
Aus dem Hintergrund wurde laut gerufen: »Ist Mr. Ballard hier? Er wird am Telefon verlangt.«
McGill nickte Ballard zu. »Geh an den Apparat.«
Ballard zuckte die Achseln in seinem verknautschten Jakkett und nickte kurz. Er ging an Charlie vorbei, ohne ihn eines Blickes zu würdigen. Charlie wand sich unter Camerons Griff und rief ihm nach: »Sie haben sich nicht verändert, Sie Schweinehund. Sie sind noch immer ein Feigling.«
»Was ist denn hier los?« wollte irgend jemand wissen.
McGill drehte sich um und sah Erik Peterson hinter sich. Er nahm die Hand von Charlies Brust und erklärte: »Ihr kleiner Bruder ist durchgedreht.«
Erik blickte Liz an. »Was ist passiert?«
»Das gleiche, was immer passiert, wenn ich in die Nähe eines Mannes komme«, erklärte sie müde. »Diesmal nur noch schlimmer als sonst.«
Erik wandte sich an Charlie: »Ich habe dich deswegen schon mal gewarnt.«
Charlie entzog sich Camerons Griff. »Aber es war Ballard!« verteidigte er sich. »Es war Ballard!«
Erik runzelte die Stirn. »Ach so.« Dann fügte er eiskalt hinzu: »Ist mir egal, wer es war. Du machst keine Szenen mehr.« Er hielt inne. »Nicht in aller Öffentlichkeit.«
McGill und Cameron verständigten sich durch einen Blick und gingen in die Empfangshalle, wo sie Ballard zur Rezeption begleiteten.
»Dort ist das Telefon.« Der Portier zeigte es ihm.
»Wer könnte das sein?« fragte McGill.
»Wenn ich Glück habe, ist es Crowell.«
»Wenn du fertig bist, möchte ich Christchurch anrufen.«
McGill wandte sich an den Portier. »Haben Sie ein Telefonbuch von Christchurch?«
Ballard nahm den Hörer auf, während McGill im Telefon-

buch blätterte. »Hier Ballard.«
Eine gereizte Stimme sagte: »Ich habe hier ein halbes Dutzend Zettel mit der Nachricht, Sie anzurufen. Ich bin gerade nach Hause gekommen. Hoffentlich ist es etwas Wichtiges!«
»Und ob es das ist«, erwiderte Ballard düster. »Wir sind in einer miesen Lage hier. Wir haben Grund zu der Annahme, daß die Grube – und die Stadt – in akuter Gefahr ist, von einer Lawine zerstört zu werden.«
Das lange Schweigen am anderen Ende wurde nur von der lauten Musik vom Tanzboden unterbrochen. Crowell sagte: »Was?«
»Eine Lawine«, wiederholte Ballard. »Wir werden eine Menge Ärger haben.«
»Ist das Ihr Ernst?«
Ballard hielt mit einem Finger das andere Ohr zu, um den Lärm der Musik zu dämmen. »Natürlich ist das Ernst. Mit so etwas mache ich keine Witze. Ich möchte, daß Sie sich mit dem Amt für Zivilschutz in Verbindung setzen und die Leute davon unterrichten. Wir werden vielleicht sehr schnell Hilfe brauchen.«
»Aber das verstehe ich nicht«, sagte Crowell schwach.
»Das brauchen Sie nicht zu verstehen«, brauste Ballard auf. »Sagen Sie nur, daß für die ganze Gemeinde Hukahoronui Gefahr besteht, verschüttet zu werden.«
McGill markierte eine Zeile im Telefonbuch mit dem Fingernagel. Irgend jemand rannte vorbei, und er sah auf. Er erkannte Charlie Peterson, der auf Ballard lospurtete. Er ließ das Telefonbuch fallen und sprang hinter ihm her. Charlie packte Ballard an der Schulter. Ballard rief: »Sind Sie wahnsinnig…?«
»Ich mache Kleinholz aus Ihnen«, zischte Charlie.
In dem ganzen Aufruhr ging das leise Grollen eines entfernten Donnerns verloren. Ballard schlug auf Charlie ein, von dem Telefon in seiner Hand behindert. Aus dem hin und her pendelnden Hörer kamen quakende Geräuschfet-

zen – Crowell in Auckland. McGill bekam Charlie zu fassen und zog ihn mit Gewalt weg.
Ballard, schwer atmend, nahm den Hörer wieder auf. Crowell sagte gerade: »...dort los? Sind Sie da, Ballard? Was...« Dann war die Leitung tot.
McGill riß Charlie herum und schlug ihn mit einem rechten Haken an die Kinnlade zu Boden. In diesem Augenblick gingen die Lichter aus.

13. Kapitel

»Als die Lichter aus waren, ging alles drüber und drunter«, erzählte Cameron. Er wandte sich in seinem Stuhl um und sprach leise ein paar Worte mit seinem Pfleger. Der stand auf und goß ihm ein Glas Wasser ein. Als Cameron es entgegennahm, zitterte seine Hand.
Harrison beobachtete ihn genau. »Mr. Cameron, Sie haben eine lange Aussage gemacht, und ich finde, Sie sollten sich eine Weile ausruhen. Da wir die Beweisaufnahme chronologisch führen, sollte der nächste Zeuge demnach Mr. Crowell sein. Vielen Dank, Mr. Cameron.«
»Vielen Dank, Sir.« Cameron stand unter Schmerzen auf, von seinem Pfleger gestützt, und humpelte langsam durch den Saal.
Reed rief: »Mr. Crowell, bitte in den Zeugenstand.«
Ein kleiner, rundlicher Mann stand auf und ging ein wenig widerwillig auf den Zeugenstand zu. Als er sich setzte, blickte er seitlich zu Rickman, der ihm ermutigend zunickte. Reed frage: »Wie ist Ihr voller Name?«
Crowell leckte sich nervös die Lippen und hustete. »Henry James Crowell.«
»Ihr Beruf bitte?«
»Ich bin Aufsichtsratsvorsitzender mehrerer Gesellschaften, unter anderem der Hukahoronui Bergbau-Gesellschaft.«

»Besitzen Sie Anteile dieser Gesellschaft?«
»Ja, ich besitze einen Minoritätsanteil.«
»Mr. Ballard war Geschäftsführer dieser Gesellschaft, nicht wahr?«
»Ja.«
»Was war sein Zuständigkeitsbereich?«
Crowell runzelte die Stirn. »Ich verstehe die Frage nicht.«
»Kommen Sie, Mr. Crowell. Mr. Ballard hatte sicherlich eine klar umrissene Aufgabe.«
»Aber natürlich. Ihm oblagen die normalen Aufgaben eines Geschäftsführers – sich um die Interessen der Firma zu kümmern unter der Aufsicht des Aufsichtsrates.«
»Dem Sie selbst vorstanden?«
»Das ist richtig.«
»Sie haben die Aussage gehört, die sich auf ein Telefongespräch zwischen Ihnen und Mr. Ballard bezog. Entspricht es den Tatsachen, daß Sie dieses Gespräch geführt haben?«
»Ja.«
»Warum?«
»Ich war nicht zu Hause gewesen und erst spät am Samstagabend zurückgekommen. Meine Sekretärin hatte eine Reihe von Nachrichten hinterlassen, die alle besagten, daß ich mich mit Mr. Ballard in Verbindung setzen sollte. Ich nahm an, daß die Sache sehr dringend war, und rief ihn sofort an.«
»Und was hat er gesagt?«
»Er erzählte etwas von einer Lawine. Ich habe es nicht ganz verstanden – es war sehr undeutlich.«
»Haben Sie ihn nicht um eine Erläuterung gebeten?«
»Ja.« Crowells Hände zuckten. »Es war eine Menge Lärm am anderen Ende – Musik und so weiter. Und irgendwie fehlte der Zusammenhang.«
Harrison betrachtete ihn nachdenklich, blickte dann zur Seite. »Bitte, Mr. Smithers?«
»Kann der Zeuge sagen, ob oder ob nicht Mr. Ballard ihn gebeten hat, sich mit dem Amt für Zivilschutz in Verbin-

dung zu setzen, um es von der bevorstehenden Gefahr in Hukahoronui zu unterrichten?«
Harrisons Augen ruhten wieder auf Crowell, der auf dem Stuhl hin und her rutschte. »Er hat etwas in dieser Richtung gesagt, aber die Leitung war so schlecht. Ich hörte viel Rufen und Schreien.« Er hielt inne. »Dann waren wir unterbrochen.«
»Was haben Sie dann gemacht?« fragte Harrison.
»Ich habe es mit meiner Frau besprochen.«
Ein amüsiertes Kichern breitete sich im Saal aus. Harrison klopfte mit dem Hammer. »Haben Sie sich mit dem Amt für Zivilschutz in Verbindung gesetzt?«
Crowell zögerte: »Nein.«
»Warum nicht?«
»Ich habe das Ganze für einen Witz gehalten. Die Musik und der Lärm im Hintergrund... nun, ich dachte...« Seine Stimme wurde leiser.
»Sie dachten, Mr. Ballard machte einen Witz?« wollte Harrison wissen.
Sowohl Lyall als auch Rickman reckten die Arme hoch. Harrison nickte Rickman zu. »Haben Sie geglaubt, Mr. Ballard sei betrunken?« fragte er. Lyall grinste und ließ seinen Arm wieder fallen.
»Das habe ich in der Tat geglaubt.«
»Als Sie sagten, Mr. Ballard habe unzusammenhängend gesprochen, meinten Sie doch genau das, nicht wahr?«
»Ja«, antwortete Crowell. Er lächelte Rickman dankbar an.
»Sie dürfen dem Zeugen keine Suggestivfragen stellen«, ermahnte ihn Harrison freundlich.
»Verzeihung, Herr Vorsitzender.« Rickman lächelte Crowell ermunternd zu. »Wer hat Mr. Ballard zum Geschäftsführer ernannt?«
»Die Anordnung kam aus London – von einem Hauptaktionär.«
»Sie hatten also nichts mit seiner Ernennung zu tun. Wurde Ihnen Mr. Ballard sozusagen aufgehalst?«

»Da ich nur Kleinaktionär bin, hatte ich in der Angelegenheit nicht viel zu sagen.«
»Wenn Sie etwas zu sagen gehabt hätten, wen hätten Sie zum Geschäftsführer ernannt?«
»Mr. Dobbs, der technischer Leiter war.«
»Und jetzt tot ist.«
Crowell senkte wortlos den Blick.
»Vielen Dank«, schloß Rickman.
»Was hielten Sie von Mr. Ballard, als Sie ihn kennenlernten?« fragte Harrison.
Crowell zuckte die Achseln. »Ich hielt ihn für einen netten jungen Mann – vielleicht ein bißchen zu jung für eine solche Position.«
»Hatten Sie den Eindruck, daß er zu Trunkenheit oder pubertären Scherzen neigte?«
»Damals nicht.«
»Aber später? – Wann?«
»An jenem Abend, Herr Vorsitzender.«
Harrison seufzte, von Crowells Widersprüchlichkeit frustriert. »Aber wir haben die Aussage gehört, daß Mr. Ballard weder betrunken war noch Späße machte. Warum sollten Sie dem nicht glauben, was er an jenem Abend sagte?«
Crowell schüttelte unglücklich den Kopf und blickte hilfesuchend zu Rickman. Aber der hatte den Kopf über ein Blatt Papier geneigt, das er eifrig studierte. »Ich weiß nicht – es war nur – es klang so.«
»Es wurde angedeutet, daß Mr. Ballard Ihnen ›aufgehalst‹ wurde.«
Harrison sprach das Wort aus, als ob es einen schlechten Beigeschmack hätte. »Haben Sie nach seiner Ernennung in irgendeiner Form eine Beschwerde bei irgend jemandem eingereicht?«
»Nein.«
Harrison schüttelte langsam den Kopf, während er diesen höchst unbefriedigenden Zeugen betrachtete. »Nun gut.

Ich habe keine weiteren Fragen.« Er ließ den Blick schweifen.
»Bitte, Mr. Ballard?«
»Ich würde gern einige Fragen stellen.«
»Wie ich sehe, haben Sie noch immer keinen juristischen Beistand. Halten Sie das für richtig? Sie müssen das Sprichwort kennen, ›der Mann, der seinen eigenen Fall vorbringt, hat einen Narren zum Anwalt‹.«
Ballard lächelte. »Das dürfte im Gerichtssaal zutreffen, Herr Vorsitzender, aber Sie haben wiederholt gesagt, daß es sich hier nicht um ein Gericht handelt. Ich meine, ich bin durchaus in der Lage, eigene Fragen zu stellen.«
Harrison nickte. »Bitte, Mr. Ballard.«
Ballard sah jetzt Crowell an. »Mr. Crowell, zwei Wochen nach der Katastrophe hat der Aufsichtsrat mich meiner Pflichten enthoben. Warum?«
Rickmans Arm schoß in die Höhe. »Einspruch! Das, was zwei Wochen nach dem Unglück gewesen ist, liegt außerhalb des Gegenstandes dieser Untersuchung.«
»Mr. Rickman hat nicht ganz unrecht«, meinte Harrison. »Ich verstehe wirklich nicht, wie uns die Frage weiterhelfen soll.«
»Darf ich erläutern?« Ballard stand auf.
»Gewiß.«
Ballard nahm einen Notizblock zur Hand. »Ich habe Ihre Worte zu Beginn dieser Untersuchung aufgeschrieben. Sie haben verfügt, daß die Aussagen dieser Untersuchung keine Anwendung in zukünftigen Zivilprozessen finden dürfen. Mir scheint, diese Untersuchung wird vielleicht das einzig mögliche öffentliche Hearing sein.«
Er blätterte weiter. »Am zweiten Tag sagte Dr. McGill, die Zahl der Toten bei der Katastrophe sei höher gewesen als nötig. Sie haben den Einspruch darauf zurückgewiesen mit der Begründung, daß wir uns nicht im Gerichtssaal befinden und die Verfahrensbestimmungen einzig und allein in Ihrem Ermessen liegen.«

Er blickte auf. »Herr Vorsitzender, über diese Untersuchung wird ausführlich in der Presse berichtet, nicht nur in Neuseeland, sondern auch in England. Trotz Ihrer Feststellungen wird die Öffentlichkeit einen Schuldigen suchen, den man für die unnötigen Todesfälle verantwortlich machen kann. Nun sind gewisse Unterstellungen über meinen Charakter geäußert worden, über meine Trinkgewohnheiten und meine angebliche Neigung zu pubertären Scherzen. Das kann ich im eigenen Interesse nicht unangefochten lassen. Ich bitte um die Erlaubnis, Mr. Crowell in diesem Zusammenhang Fragen stellen zu dürfen. Die Tatsache, daß ich vierzehn Tage nach der Katastrophe meiner Position enthoben wurde, scheint mir doch sicher ein legitimer Grund zu sein, Fragen zu stellen.«
Harrison beriet kurz mit den zwei Sachverständigen. Schließlich sagte er: »Es liegt nicht im Interesse der Kommission, daß der Ruf eines Mannes leichtsinnig verspielt wird. Sie dürfen sich setzen, Mr. Ballard, und die Vernehmung von Mr. Crowell fortsetzen.«
Rickman bemerkte warnend: »Dies könnte Grund für eine Revision geben, Herr Vorsitzender.«
»In der Tat«, stimmte Harrison ihm gelassen zu. »Die Verfahrensweise dazu finden Sie in dem Gesetz über Untersuchungskommissionen ausführlich beschrieben. Fahren Sie fort, Mr. Ballard.«
Ballard nahm Platz. »Warum wurde ich meiner Pflichten enthoben, Mr. Crowell?«
»Es geschah auf einstimmigen Beschluß des Aufsichtsrates.«
»Das beantwortet zwar meine Frage nicht genau, aber im Augenblick geben wir uns damit zufrieden. Sie sagten aus, daß Sie mit meiner Ernennung nichts zu tun hatten, daß Sie lieber einen anderen Mann ausgewählt hätten, und daß die Anordnung aus London kam. Erhalten Sie normalerweise Ihre Anweisungen aus London, Mr. Crowell?«
»Natürlich nicht.«

»Woher kommen eigentlich Ihre Instruktionen?«
»Natürlich von...« Crowell brach ab. »Ich bekomme keine Instruktionen, wie Sie es nennen. Ich bin Aufsichtsratsvorsitzender eines Unternehmens.«
»Ich verstehe. Betrachten Sie sich als eine Art Alleinherrscher?«
»Die Frage ist beleidigend.«
»Vielleicht möchten Sie es so auffassen. Trotzdem hätte ich gern eine Antwort darauf.«
»Selbstverständlich bin ich kein Alleinherrscher.«
»Beides geht nicht«, sagte Ballard. »Entweder Sie bekommen Ihre Anweisungen oder nicht. Was stimmt nun, Mr. Crowell?«
»In meiner Eigenschaft als Vorsitzender helfe ich dem Aufsichtsrat bei seinen Entscheidungen. Alle Entscheidungen werden gemeinsam getroffen.«
»Ein sehr demokratischer Vorgang«, bemerkte Ballard. »Aber der Beschluß, mich zum Geschäftsführer zu ernennen, wurde nicht gemeinsam vom Aufsichtsrat gefaßt, nicht wahr, Mr. Crowell?«
»Ein Beschluß muß nicht einstimmig sein«, erklärte Crowell. »Wie Sie richtig bemerkt haben, ist es ein demokratischer Vorgang, bei dem die Mehrheit bestimmt.«
»Aber nicht so demokratisch, daß jeder Mann eine Stimme hätte. Stimmt es nicht, daß derjenige, der die meisten Stimmen kontrolliert, auch das Unternehmen kontrolliert?«
»Das ist das übliche System.«
»Sie haben auch ausgesagt, daß die Anweisung, mich zu ernennen, von einem Hauptaktionär in London kam. Ist dieser Aktionär im Aufsichtsrat?«
Crowell zuckte nervös. Mit leiser Stimme antwortete er: »Nein, ist er nicht.«
»Ist es nicht so, daß Ihr Aufsichtsrat keine richtige Macht besitzt, daß er daher ein demokratischer Schwindel ist? Ist es nicht so, daß die Macht, die das Unternehmen lenkt,

woanders liegt? In der Londoner Finanzwelt?«
»Das ist eine Fehleinschätzung der Situation«, meinte Crowell mürrisch.
»Wenden wir uns von meiner Ernennung ab und meiner Suspendierung zu«, fuhr Ballard fort. »Ist die Anweisung, mich meiner Pflichten zu entheben, aus London gekommen?«
»Es könnte sein.«
»Das wissen Sie doch ganz sicher. Sie sind Aufsichtsratsvorsitzender!«
»Ich habe mit den täglichen Geschäften der Firma wenig zu tun.«
»Das stimmt«, räumte Ballard ein. »Das war die Funktion des Geschäftsführers. Sie selbst haben das gesagt. Sie wollen aber doch sicherlich nicht damit behaupten, daß ich mich selbst meiner Pflichten enthoben hätte?«
Dan Edwards konnte sich nicht mehr zurückhalten. Ein lautes Kichern in der Pressegalerie erweckte Harrisons Aufmerksamkeit. Er schaute hoch und runzelte die Stirn.
»Sie machen sich lächerlich«, meinte Crowell.
Ballard entgegnete trocken: »Wer sich hier im Augenblick lächerlich macht, bin bestimmt nicht ich. Bleibt nur eine zweite Möglichkeit. Wollten Sie andeuten, daß die Suspendierung des Geschäftsführers zum unbedeutenden alltäglichen Kram gehörte, der Ihrer Aufmerksamkeit als Aufsichtsratsvorsitzender nicht würdig war?«
»Natürlich nicht.«
»Dann müßten Sie eigentlich wissen, woher der Vorschlag zu meiner Suspendierung ursprünglich kam, nicht wahr?«
»Jetzt, wo ich's mir noch mal überlege – ja, die Anweisung kam tatsächlich aus London.«
»Aha! Aber das ist schon wieder keine genaue Antwort auf die Frage. Entspricht es nicht den Tatsachen, daß Sie sich mit London in Verbindung setzten, da der Aufsichtsrat nur eine Marionette ist, deren Fäden London in der Hand hat? Entspricht es nicht den Tatsachen, daß Andeutungen ge-

macht wurden – *von Ihnen* –, daß die Firma in Gefahr war, aufgrund der Aussagen, die bei dieser Untersuchung zu erwarten waren, in den Schmutz gezogen zu werden? Entspricht es nicht den Tatsachen, daß Sie andeuteten, es sei ein leichtes – und das zweckmäßigste –, die Verantwortung auf mich, den Neuling, abzuwälzen? Den letzten beißen die Hunde! Und erhielten Sie daraufhin nicht die Anweisung – aus London! –, mich meiner Pflichten zu entheben?«
»Einspruch!« rief Rickman. »Mr. Ballard darf den Zeugen nicht auf diese Weise irreführen!«
»Ich bin geneigt, dem zuzustimmen«, sagte Harrison. »Derartige Suggestivfragen sind nicht zulässig, Mr. Ballard.«
»Ich ziehe die Frage zurück.« Ballard wußte, der Unruhe in der Pressegalerie nach zu urteilen, daß seine Worte dort angekommen waren, wo sie ankommen sollten. »Ich kehre statt dessen zurück auf das Telefongespräch zwischen Mr. Crowell und mir. Als wir unterbrochen wurden, was haben Sie getan? Ach ja, richtig, Sie haben es mit Ihrer Frau besprochen. Was war der Kern dieses Gespräches?«
»Das weiß ich nicht mehr«, antwortete Crowell gereizt. »Es war sehr spät, und wir waren beide sehr müde.«
»Als das Gespräch so plötzlich abgeschnitten war, haben Sie versucht, noch einmal eine Verbindung zu bekommen?«
»Nein.«
»Nein? Warum nicht?«
»Sie haben meine Aussage gehört. Ich dachte, Sie wären betrunken.«
»Seit wieviel Stunden, meinten Sie, sei ich betrunken gewesen, Mr. Crowell?« fragte Ballard leise. Crowell blickte überrascht und verständnislos drein. »Ich verstehe die Frage nicht.«
»Es ist eine sehr einfache Frage. Beantworten Sie sie bitte.«
»Darüber habe ich mir keine Gedanken gemacht.«

Ballard nahm ein Blatt Papier zur Hand. »Sie haben ausgesagt, Ihre Sekretärin hätte mehrere Nachrichten von mir hinterlassen. Sie haben weiterhin gesagt, daß Sie, aufgrund der Vielzahl und des Inhalts dieser Nachrichten glaubten, die Sache sei dringend. Haben Sie geglaubt, ich sei schon den ganzen Tag betrunken gewesen? Ich habe das erste Mal um elf Uhr dreißig angerufen.«
»Ich habe Ihnen bereits gesagt, ich habe mir darüber keine Gedanken gemacht.«
»Offensichtlich nicht. Sie haben also nicht versucht, mich noch einmal anzurufen?«
»Nein.«
»Und Sie versuchten auch nicht, sich mit dem Amt für Zivilschutz in Verbindung zu setzen?«
»Nein.«
»Mr. Crowell, im Interesse der Sache, was *haben* Sie getan? Nachdem Sie alles mit Ihrer Frau besprochen hatten, meine ich.«
»Ich habe mich schlafen gelegt.«
»Sie haben sich schlafen gelegt«, wiederholte Ballard langsam. »Vielen Dank, Mr. Crowell. Das wäre es.« Er wartete, bis Crowell sich halb vom Stuhl erhoben hatte und geduckt dastand. »Ach ja, da ist nur noch eine kleine Sache. Haben Sie sich freiwillig zur Aussage gemeldet, oder wurden Sie vorgeladen?«
»Einspruch!« Rickman war schon zur Stelle. »Das hat überhaupt nichts zu sagen.«
»Stattgegeben, Mr. Rickman«, pflichtete Harrison freundlich bei. »Diese Kommission muß nicht erst davon unterrichtet werden, daß Mr. Crowell vorgeladen wurde – sie weiß das schon.« Er überhörte die undefinierbaren Laute, die aus Rickmans Richtung kamen, und fuhr unbeirrt fort: »Und jetzt werden wir die Sitzung für die Mittagspause unterbrechen.«

14. Kapitel

Während des Mittagessens in einem Restaurant in der Nähe des Landtags sagte McGill: »Du machst dich gut, Ian. Heute morgen hast du ein paar tolle Treffer gelandet.«
Ballard goß sich Wasser ein. »Ich hätte nicht erwartet, daß Harrison mich ungeschoren davonkommen lassen würde.«
»Davonkommen lassen! Mein Gott, er hat dich übertroffen! Er hat dich gebremst, wo er mußte, aber er hat dich nicht zum Schweigen gebracht. Ich dachte, ich müßte platzen, als er die Sache mit Crowells Vorladung brachte. Er hat Rickman rechtgegeben, ihn im gleichen Atemzug aber zur Schnecke gemacht.« McGill hielt inne. »Ich glaube nicht, daß Crowell Harrison sympathisch ist.«
»Mir ist er auch nicht sonderlich sympathisch.«
»Du machst dich nicht gerade lieb Kind bei deiner Familie. Deine Effekthascherei mit dem Aufsichtsrat, der nur eine Marionette an Londoner Fäden ist, wird deinen Onkels in der Heimat nicht schmecken. Wo hast du nur solche Kniffe gelernt?«
Ballard grinste. »Von Fernseh-Krimis!« Er zuckte die Achseln. »Ist mir sowieso egal. Ich habe mich schon entschlossen, der Ballard-Gruppe ade zu sagen.«
»Nach einer solchen Rede wird dir nichts anderes übrigbleiben. Es ist schwer vorstellbar, daß irgendeine Firma des Ballard-Konzerns dir noch eine Stelle anbieten wird. Was hast du vor?«
»Ich weiß es noch nicht. Es wird sich schon etwas ergeben.« Er runzelte die Stirn. »Ich überlege die ganze Zeit, was Stenning von mir will...«
»Kennst du ihn überhaupt?«
»Nicht gut. Der Alte hat sich auf ihn verlassen, und ich weiß auch warum. Er ist ein zäher alter Knabe, fast so hart wie der alte Ben selbst. Ben sagte ihm, was er wollte, und Stenning dachte sich eine Möglichkeit innerhalb der Legali-

tät aus, es zu erreichen. Er ist ein alter Fuchs.«
»Du sagtest alt – wie alt?«
Ballard dachte kurz nach. »Er wird auf die Siebzig zugehen, nehme ich an. Er war weit jünger als Ben. Einer der intelligenten jungen Männer, mit denen sich Ben in frühen Jahren umgab.«
»Ein alter Knabe von siebzig, der um die halbe Welt fliegt...«, dachte McGill laut. »Könnte was Wichtiges sein, Ian.«
»Ich wüßte nicht, was.«
McGill blickte auf. »Hier kommt noch jemand, der sich bei seiner Familie auch nicht gerade beliebt macht.« Er stand auf. »Tag, Liz.«
Liz Peterson legte eine Hand auf Ballards Schulter. »Bleiben Sie sitzen, Ian. Tag, Mike.«
McGill zog einen Stuhl für sie heran und setzte sich wieder. Er streckte die Hand aus und kraulte den Hund hinter den Ohren. »Hallo, Viktor, wie geht's dir, Alter?« Der Schäferhund ließ die Zunge heraushängen. Der Schwanz wedelte heftig hin und her.
»Ich habe Sie heute morgen beim Hearing vermißt«, begann Ballard.
»Ich war aber da. Das würde ich mir auf keinen Fall entgehen lassen. Ich habe nur nicht mit den Jungs zusammengesessen. Lyall gefällt mir nicht – von dem kriege ich eine Gänsehaut. Wo steckt Joe?«
»Wieder im Krankenhaus. Die Vernehmung heute morgen hat ihn sehr mitgenommen.«
Liz klopfte auf den Tisch. »Mein reizender Bruder Charlie sorgt für die Waffen, und Lyall feuert sie ab.« Sie imitierte Lyalls Tonfall: »›Hat Mr. Ballard an dem Abend viel getrunken?‹ Ich hätte fast laut gejubelt, als Joe die Bemerkung zu einem Schuß nach hinten umfunktionierte. Das hat Charlie tief getroffen.«
»Sie machen sich nicht gerade beliebt bei ihnen«, warnte Ballard.

»Sollen Sie alle beide doch zum Teufel gehen«, erwiderte sie freundlich. »Ich bin nur noch wegen Johnnie zu Hause geblieben, und jetzt, wo er tot ist, werde ich Huka den Rücken kehren. Vielleicht sogar Neuseeland.«
»Ihr seid vielleicht ein nettes Paar«, unterbrach McGill. »Hält denn keiner von euch etwas von Familienleben?«
»Nicht mit den beiden«, antwortete Liz. »Charlie habe ich gerade fast an den Rand eines Herzinfarkts gebracht. Ich habe gesagt, wenn noch mal jemand andeutet, Ian wäre betrunken gewesen, dann würde ich ihm meine Dienste als Zeugin anbieten. Ich sagte, ich würde sehr wohl merken, wenn mein Tanzpartner blau ist; und Ian war es nicht, Charlie dagegen sehr.« Sie lachte. »Ich habe zum ersten Mal gesehen, daß jemand gleichzeitig rot und weiß wurde.«
»Ich wäre etwas vorsichtiger, Liz«, meinte Ballard ernst. »Charlie kann gewalttätig werden.«
»Und ob ich das weiß! Ich mußte ihm schon mal eins mit einer Flasche über den Kopf geben. Aber ich werde mit ihm fertig.«
McGill lächelte sarkastisch. »So ganz anders als das vertraute Familienleben unserer lieben Königin«, bemerkte er.
Ballard fuhr fort: »Vielen Dank für die Hilfestellung, Liz. Seit der Lawine war ich deprimiert, aber nun bessert sich die Stimmung. Seit ich ein paar Entscheidungen getroffen habe, zeichnet sich der Weg vor mir etwas klarer ab. Sehr viel davon verdanke ich Ihnen.«
»Ich bringe mehr als nur Hilfestellung, mein Herr, ich bringe Informationen. Rickman und Lyall hecken gemeinsam etwas aus. Ich fuhr gerade am Büro der Gesellschaft vorbei, als die beiden herauskamen. Sie lachten sich fast kaputt.«
»Paß auf, Ian«, warnte McGill. »Die nehmen dich in die Zange.«
»Vielen Dank, Liz«, sagte Ballard.
Sie sah auf die Uhr. »Ich glaube, ich setze mich heute

nachmittag zu den Jungs. Vielleicht erfahr' ich mehr. Wir sehen uns im Saal.« Sie stand auf. »Komm, Viktor.«
Als sie sich entfernte, sagte McGill: »Sie ist die hübscheste Spionin, die mir je über den Weg gelaufen ist.« Er trank seinen Kaffee aus und sah sich nach der Kellnerin um. »Wir machen uns am besten auch auf die Socken. Übrigens, wie sehen diese Entscheidungen aus, die du getroffen hast?«
»Die eine kennst du schon – ich verlasse die Ballard-Gruppe.«
»Und die andere?«
»Ich werde heiraten«, erklärte Ballard gelassen.
McGill erstarrte in seiner Bewegung, mit halb aus der Brusttasche gezogenem Portemonnaie. »Na, meinen Glückwunsch. Wer ist die Glückliche?«
Ballard tupfte den Mund mit einer Serviette ab. »Liz Peterson – wenn sie mich haben will.«
»Du mußt total verrückt sein«, entfuhr es McGill. »Wer will schon Charlie zum Schwager haben?«

15. Kapitel

MacAllister, der Elektrotechniker, war nicht aus der Ruhe zu bringen und präzise in seinen Antworten. Als Harrison ihn fragte, wann die Stromleitungen unterbrochen worden waren, antwortete er: »Zwei Minuten und sieben Sekunden vor Mitternacht.«
»Woher wissen Sie das so genau?« wollte Professor Rolandson wissen.
»Es gibt Aufzeichnungsgeräte an den Unterbrechern. Als sie sich ausschalteten, wurde die Zeit festgehalten.«
Harrison fuhr fort: »Was haben Sie getan?«
»Festgestellt, wo die Unterbrechung lag.«
Wieder Rolandson: »Wie?«
»Ich habe die Leitung unter Strom gesetzt und den spezifischen Widerstand gemessen. Grob gerechnet, wußte ich die

Entfernung zur Unterbrechung. Ich schätzte, so kurz vor Hukahoronui.«
»Wie ging's weiter?«
»Ich habe den Kollegen beim Fernmeldeamt angerufen und ihn gefragt, ob er die gleiche Schwierigkeit hätte. Das hatte er, und er bestätigte auch meine Feststellung. Daraufhin schickte ich ein Arbeitsteam los.«
»Mit welchem Ergebnis?«
»Sie riefen mich ungefähr zwei Stunden später an, um mir mitzuteilen, daß sie den Schaden gefunden hätten. Sie sagten nur, es läge am Schnee. Ein Team vom Fernmeldeamt war auch da, und meine Männer benutzten dessen tragbares Telefon.«
»Sie sagten, es läge am Schnee?«
»Jawohl. Mir leuchtete nicht ein, wie Schnee die Leitung unterbrechen konnte, deswegen fragte ich nach Einzelheiten. Der Zugang zum Tal von Hukahoronui führt durch eine Klamm oder Schlucht. Meine Männer sagten, die Schlucht sei mit Schnee zugeschüttet, höher, als sie in der Dunkelheit sehen konnten. Ich kenne den Ort, Sir, und ich fragte, ob der Fluß, der hier das Tal verläßt, noch abliefe. Mein Mann sagte, es liefe nur wenig, aber ein Ablauf wäre da. Ich fürchtete, daß es auf der anderen Seite des Schneerutsches zu einer Überschwemmung kommen würde und unterrichtete deswegen umgehend die Polizei.«
»Sie haben schnell geschaltet«, bemerkte Harrison. »Aber warum gerade die Polizei?«
»Vorschriften, Sir«, antwortete MacAllister unerschütterlich.
»Haben Sie sonst irgendwelche Schritte unternommen?«
»Jawohl. Ich fuhr zu der Stelle, wo die Leitung unterbrochen war. Als ich aufbrach, schneite es ziemlich stark, und während der Fahrt wurde das Wetter immer schlechter. Als ich die Stelle erreichte, war es schon ein außergewöhnlich heftiger Schneesturm. Ich hatte einen Suchscheinwerfer an meinem Wagen, aber der Schneefall blendete so sehr, daß

ich nicht ausmachen konnte, wie hoch die Schlucht blokkiert war. Ich sah mir auch den Fluß aus der Nähe an und stellte fest, daß er kaum noch floß. Ich fand die Lage ernsthaft genug, um die Polizei noch einmal davon zu unterrichten.«

»Wie reagierte die Polizei?«

»Sie notierten sich alles, was ich erzählte.«

»Sonst nichts?«

»Mir hat man sonst nichts gesagt.«

»Sie sagten, sie konnten die Höhe der Blockade nicht ausmachen. Wahrscheinlich konnten Sie die Tiefe auch nicht feststellen – wie weit sie sich durch die Schlucht erstreckte?«

»Nein, Sir.«

»Haben Sie irgend etwas unternommen, das herauszufinden?«

»Nicht zu dem Zeitpunkt. Es schneite sehr stark, und es war dunkel. Unter diesen Umständen wären weitere Untersuchungen äußerst gefährlich gewesen. Ich wollte selbst nicht hinaufklettern, und ich wollte auch keinen anderen schicken. Ich hielt es für besser, das Tageslicht abzuwarten, damit wir wenigstens sehen konnten.«

Harrison blickte Smithers an. »Der Aussage von Mr. MacAllister zufolge scheint dies der Zeitpunkt gewesen zu sein, wo zum ersten Mal jemand außerhalb Hukahoronui etwas von der Gefahr dort ahnte.« Er ließ den Blick zu Crowell hinüberschweifen, der neben Rickman saß, und korrigierte sich: »Oder sagen wir, irgend jemand, der etwas Konstruktives deswegen unternahm. Haben Sie irgendwelche Fragen, Mr. Smithers?«

»Nein, Herr Vorsitzender. Ich finde aber, daß der Zeuge für die vernünftige Reaktion, die er gezeigt hat, ein Lob verdient – insbesondere dafür, daß er augenblicklich die Polizei von der gefährlichen Lage unterrichtete.«

»Ich bin ganz Ihrer Meinung.« Harrison wandte sich an MacAllister. »Bis wieviel Uhr bringt uns Ihre Aussage?«

»Das zweite Mal habe ich die Polizei um drei Uhr dreißig Sonntag früh angerufen.«

»Vielen Dank. Sie dürfen den Zeugenstand verlassen, Mr. MacAllister, mit der Gewißheit, daß Sie Ihre Pflicht gewissenhaft getan haben.«

MacAllister verließ den Zeugenstand. Harrison fuhr fort: »Ich glaube, wir sollten uns dem Zeitpunkt wieder zuwenden, wo in Hukahoronui die Lichter ausgingen. Wir haben gerade von dem Schneerutsch gehört, der den Paß nach Hukahoronui blockierte. Dazu würde ich gern die sachverständige Meinung von Dr. McGill hören.«

McGill erhob sich, ging zum Zeugenstand und deponierte dort seine Aktentasche. Harrison fragte: »Sie waren gerade in der Empfangshalle des Hotels D'Archiac, als die Lichter erloschen.«

»Jawohl. Wie Mr. Cameron bereits sagte, gab es ein heilloses Durcheinander zu der Zeit. Mr. Ballard versuchte mit Mr. Crowell zu reden und wurde von Mr. Charles Peterson daran gehindert. Ich eilte ihm zu Hilfe, und gerade in dem Moment gingen die Lichter aus. Mr. Ballard sagte, daß auch die Telefonleitung tot sei.«

»Haben Sie *gehört*, wie der Schnee in die Schlucht fiel?«

»Nein, es war zu laut im Hotel.«

»Was geschah dann?«

»Die Hotelleitung sorgte für Beleuchtung. Es gab Kerzen und Petroleumlampen. Man sagte mir, daß ein Stromausfall nichts Ungewöhnliches wäre, und daß es noch im vergangenen Monat einen Ausfall gegeben hätte. Alle schienen das für das Selbstverständlichste von der Welt zu halten. Ich fragte nach der toten Telefonleitung; aber auch darüber schien sich keiner Gedanken zu machen. Der Tanzabend war sowieso vorbei, also gingen alle nach Hause.«

»Sie auch?«

»Ja. Ich ging mit Mr. Ballard nach Hause und ging gleich zu Bett.«

McGill wurde von Ballard aus tiefem Schlaf gerissen. Alles

war noch dunkel um ihn, und er drückte automatisch den Knopf der Nachttischlampe. Nichts geschah. Dann fiel ihm der Stromausfall ein. Ballard stand als noch dunklerer Schatten im Zimmer. McGill fragte: »Wieviel Uhr ist es?«
»Halb sechs. Cameron hat gerade angerufen und etwas Merkwürdiges erzählt. Anscheinend ist einer seiner Männer, Jack Stevens, heute früh aufgebrochen, um seine Mutter in Christchurch zu besuchen. Er sagt, er kommt nicht aus dem Tal raus.«
»Warum nicht?«
»Er sagt, der Paß sei vom Schnee verschüttet. Er kommt nicht durch.«
»Was für einen Wagen fährt er?«
»Einen Volkswagen.«
»Na ja, ist doch kein Wunder! Dasselbe, was neulich den zwei Amerikanern passierte. Schneit es noch?«
»Sehr stark.«
»Nun, da hast du es. Wahrscheinlich schneit es schon die ganze Nacht. Ich würde meine Hand nicht einmal dafür ins Feuer legen, daß ich mit einem Jeep durchkäme.«
»So wie Cameron es geschildert hat, ist es was ganz anderes. Er spricht von einer Schneemauer, die so hoch ist, daß er nicht einmal erkennen kann, wo sie zu Ende ist. Ich habe Cameron gebeten, ihn herzubringen.«
McGill brummte. »Kannst du die Kerze auf der Kommode anzünden?«
Zehn Minuten später sprach er mit Stevens. »Sie sind wirklich ganz sicher? Es war nicht einfach eine sehr hohe Schneewehe über die Straße?«
»Ich habe Ihnen doch gesagt, das ist es nicht«, beharrte Stevens. »Es ist eine verdammt riesige Schneemauer.«
»Ich glaube, ich sehe es mir am besten an«, entschied McGill.
Ballard sagte: »Ich komme mit.« Er blickte nachdenklich zum Telefon und anschließend zu Cameron. »Wenn wir einen Energieausfall haben, wie haben Sie mich ange-

rufen?«

Stevens erklärte: »Die Telefonzentrale hat auch Batteriebetrieb und einen dieselgetriebenen Ersatzgenerator zum Aufladen. Ortsgespräche kommen noch durch.«

McGill nickte. »Was auch immer am Paß los ist, sowohl die Stromleitung als auch die Telefonleitung sind unterbrochen.« Er schnappte sich einen dicken Anorak. »Gehen wir?«

»Ich komme auch mit«, meinte Cameron.

»Nein«, entschied McGill. »Mir ist gerade etwas eingefallen. Haben Sie auch in der Grube Dieselgeneratoren?«

»Klar.«

»Dann sorgen Sie bitte dafür, daß sie betriebsbereit sind. Ich habe so eine Ahnung, daß wir bald Energie brauchen werden.«

»Dann bin ich dran«, sagte Stevens. »Ich bin der Werkselektriker.« Er zwinkerte Cameron zu. »Krieg' ich auch den Sonntagstarif dafür?«

Ballard ging, um Skihosen und einen Anorak anzuziehen, und traf sich mit McGill in der Garage. McGill saß bereits am Steuer des Land-Rovers und drückte auf den Starter. Der Anlasser ächzte, aber der Motor zündete nicht. »Zu kalt«, meinte er und versuchte es noch einmal. Ballard versuchte es auch mehrmals, aber der Motor sprang nicht an. »Scheißkarre!«

»Immer mit der Ruhe«, meinte McGill. »Jetzt ist er abgesoffen. Warte ein paar Minuten.« Er zog den Anorak und Handschuhe an. »Was ist los mit dir und Charlie Peterson? Gestern abend hat er sich aufgeführt wie ein brünstiger Stier.«

»Eine alte Geschichte«, antwortete Ballard. »Nicht der Rede wert.«

»Ich glaube, es ist besser, wenn ich Bescheid weiß. Ian, die Petersons stellen vierzig Prozent des Gemeinderates, und dieser Narr von einem Bürgermeister, Houghton, tut nur, was John Peterson ihm sagt.«

»John ist in Ordnung«, meinte Ballard.
»Vielleicht. Aber Erik ist in Rage wegen der Grube, und er haßt dich bis aufs Blut. Und was Charlie betrifft – da komme ich nicht mit. Es muß noch was anderes sein, was *ihm* im Magen liegt. Was hast du getan? Ihm sein Mädchen weggeschnappt oder so was?«
»Natürlich nicht.«
»Wenn ein alter Streit die Zusammenarbeit mit dem Gemeinderat erschwert, muß ich das wissen. Charlie hat gestern abend genug Schaden angerichtet.«
»Das liegt so weit zurück.«
»Dann erzähl es«, bat McGill. »Der Schnee auf dem Paß wird so schnell nicht schmelzen, wenn wir Stevens glauben können. Wir haben Zeit.«
»Ich habe meinen Vater nie gekannt«, begann Ballard. »Ich bin im Januar neunzehnhundertneununddreißig in England geboren und wurde als Säugling hierher gebracht. Noch etwas anderes geschah neununddreißig.«
»Der Krieg.«
»Genau. Mein Vater hatte sich mit dem alten Ben zerstritten. Er entschloß sich, England zu verlassen und hier eine Farm zu bewirtschaften. Er kaufte das Land. Dann kam der Krieg, und er ging zur Armee. Er kämpfte mit der Neuseeland-Division in der Wüste, und ich bekam ihn nicht zu Gesicht, bis er neunzehnhundertdreiundvierzig zurückkam, als ich vier Jahre alt war. Meine Mutter wollte, daß er dablieb – eine Menge Männer, die dreiundvierzig zurückgekehrt waren, weigerten sich, wieder an die Front zurückzugehen. Meine Mutter und er haben sich viel gestritten. Letzten Endes war alles sinnlos, denn er kam hier durch eine Lawine ums Leben. Ich habe es mit angesehen – und das ist alles, was ich von meinem Vater gesehen habe.«
»Nicht viel.«
»Nein. Sein Tod traf meine Mutter hart, und sie wurde ein wenig sonderbar. Nicht, daß sie total durchgedreht wäre, nein einfach sonderbar.«

»Neurotisch?«
»Wahrscheinlich könnte man es so nennen.«
»Wie drückte es sich aus?«
Ballard schaute in die wirbelnden Schneeflocken, die im Wind vor dem offenen Garagenfenster tanzten. »Ich meine, man könnte sagen, daß sie übertrieben auf meine Sicherheit bedacht war.«
»War es das, worauf Charlie anspielte, als er sagte, sie ließ dich nicht bei Schnee raus, aus Angst, du könntest dir einen Schnupfen holen?«
»So ungefähr.«
»Da war noch so eine bissige Bemerkung: du würdest dich auf keinen Hang trauen, der steiler ist als ein Billardtisch.«
Ballard seufzte. »Das war es eben. Es wurde noch alles viel schlimmer dadurch, daß sie die Dorflehrerin war. Sie hatte versucht, die Farm allein zu bewirtschaften, aber es ging nicht. Sie verkaufte fast das ganze Land an den alten Peterson und behielt nur das Stückchen, auf dem das Haus stand. Um ihren Lebensunterhalt zu verdienen, nahm sie die Stelle als Lehrerin an. Sie war durchaus qualifiziert. Aber da stand ich zwischen zwei Stühlen. Verhätschelt und obendrein als Liebling der Lehrerin abgestempelt.«
»Geh nicht ans Wasser, bis du schwimmen kannst«, mokierte sich McGill.
»Du weißt gar nicht, wie nahe du der Wahrheit bist, Mike.« Ballards Stimme klang verbittert. »Wie alle Kinder hatten auch wir unseren Badeteich – dort drüben am Steilhang hinter Petersons Laden. Alle anderen Kinder konnten gut schwimmen – nur ich nicht. Ich konnte nur an den seichten Stellen ein bißchen herumpaddeln, und wenn meine Mutter das gewußt hätte, hätte sie mir die Hölle heiß gemacht.«
Er holte ein Päckchen Zigaretten aus der Tasche und bot McGill eine an. Er nahm einen tiefen Zug und erzählte weiter. »Es passierte, als ich zwölf war. Es war Frühling, und Alec Peterson und ich waren unten am Fluß. Eine Menge Schmelzwasser kam von den Bergen – der Fluß war

hoch und hatte starke Strömung; das Wasser war eisig, aber du weißt, wie Kinder sind. Ich hüpfte ein bißchen rein und raus – mehr raus als rein. Alec schwamm weiter raus. Er war ziemlich zäh für einen Zehnjährigen, und ein guter Schwimmer.«
»Ich kann mir schon denken –«, unterbrach McGill, »er geriet in Schwierigkeiten.«
»Ich glaube, er bekam einen Wadenkrampf«, erklärte Ballard. »Er wurde in die Hauptströmung hinausgezogen und schrie laut. Ich wußte, daß ich nicht die geringste Chance hatte, ihn rauszuholen, aber ich kannte den Fluß gut. Er wirbelte um den Steilhang herum. Auf der anderen Seite war ein Strudel, wo immer alles angetrieben wurde. Es war unter den Kindern allgemein bekannt, daß man an der Stelle Brennholz sammeln konnte. Ich raste den Steilhang hinunter und lief an Petersons Laden vorbei – so schnell ich konnte...«
Mit einem langen Zug inhalierte er Zigarettenrauch. »Ich hatte recht. Alec wurde in Ufernähe getrieben. Ich konnte hineinwaten und ihn schnappen. Aber auf dem Stück um den Steilhang herum war sein Kopf gegen einen Stein geprallt. Sein Schädel war zerschmettert, das Hirn hing heraus. Er war mausetot!«
McGill atmete hörbar aus. »Furchtbar! Aber ich sehe nicht ein, wie man dich dafür verantwortlich machen konnte.«
»Nein? Dann werde ich dir sagen, wieso. Zwei Menschen haben Alecs Schrei gehört, aber sie waren zu weit weg, um ihm zu helfen. Sie haben aber beobachtet, daß ich rannte wie der Teufel. Später haben sie dann gesagt, sie hätten gesehen, daß ich weggerannt wäre und Alec im Stich gelassen hätte. Die zwei Zeugen waren Alecs Brüder – Charlie und Erik.«
McGill pfiff durch die Zähne. »Jetzt dämmert's allmählich.«
»Sie haben mir in den folgenden vier Jahren das Leben zur Hölle gemacht. Es war die reinste Folter, Mike. Es waren

nicht nur die Petersons – sie haben auch die anderen Kinder gegen mich aufgehetzt. Es waren die einsamsten Jahre, die ich je verbracht habe. Ich wäre bestimmt durchgedreht, wenn ich nicht Turis Sohn, Tawhaki, gehabt hätte.«
»Das muß sehr hart gewesen sein.«
Ballard nickte. »Jedenfalls, als ich sechzehn wurde, tauchte der alte Ben im Tal auf, als wäre er vom Himmel gefallen. Das war zu der Zeit, als die ersten Voruntersuchungen wegen der Grube in Gang waren. Er hörte sich den hiesigen Tratsch an, faßte mich kurz ins Auge, dann meine Mutter, und dann gab es einen Riesenkrach. Er hat sie natürlich in Grund und Boden geredet. Es gab nur wenige Leute, die es mit Ben aufnehmen konnten. Das Ergebnis war, daß ich mit ihm nach England zurückging.«
»Und deine Mutter?«
»Sie ist noch einige Jahre hier geblieben – bis das Bergwerk lief –, dann kehrte auch sie nach England zurück.«
»Und hat sich wieder an dich gehängt?«
»Mehr oder weniger – aber bis dahin wußte ich, was los war. Ich hatte den Rockzipfel abgeschnitten.« Ballard schnippte den Zigarettenstummel in den Schnee.
Nach längerem Schweigen sagte McGill: »Aber ich verstehe es trotzdem nicht. Erwachsene Männer benehmen sich doch nicht wie Charlie, wegen etwas, das in der Kindheit passiert ist.«
»Du kennst Charlie nicht«, erklärte Ballard. »John ist in Ordnung, und Erik auch – wenn man einmal absieht von dem, was er im Zusammenhang mit der Grube glaubt. Aber erstens standen sich Charlie und Alec sehr nah – Alec war sein Zwillingsbruder. Und zum anderen ist er – wo man ihn ja nicht gerade zurückgeblieben nennen kann – nie wirklich erwachsen geworden – nie reif geworden. Du selbst hast gestern abend ja noch gesagt, daß er redet wie ein Schuljunge.«
»Ja, ja.« McGill strich sich nachdenklich über die Wange,

wobei er ein kratzendes Geräusch verursachte, da er noch nicht rasiert war. »Jedenfalls – ich bin froh, daß du mir das erzählt hast. Dadurch wird mir manches klarer.«
»Aber etwas dagegen tun können wir wohl kaum.« Ballard betätigte erneut den Starter. Der Motor sprang sofort mit einem gleichmäßigen Dröhnen an. »Fahren wir zum Paß!«
Er fuhr ins Städtchen hinein. Als sie den Supermarkt passierten, deutete McGill auf einen Wagen, der gerade losfuhr. »Sieht aus, als ob er auch wegwollte.«
»Es ist John Peterson.« Ballard gab Gas, um ihn zu überholen. Er winkte Peterson an den Straßenrand.
Als Petersons Wagen neben Ballards zum Stehen kam, kurbelte McGill das Fenster herunter. »Wollen Sie weiter weg, Mr. Peterson?«
John antwortete: »Ich habe morgen einen frühen Geschäftstermin in Christchurch. Ich dachte mir, ich fahre früher los und versuche, dort heute noch ein paar Runden Golf zu spielen.« Er lachte und deutete auf den Schnee. »Sieht hier nicht gerade nach Golfwetter aus, nicht wahr?«
»Sie werden vielleicht enttäuscht sein«, sagte McGill. »Wir haben gehört, der Paß ist blockiert.«
»Blockiert? Unmöglich!«
»Wir wollten's uns gerade ansehen. Vielleicht möchten Sie hinter uns herfahren.«
»Gut. Aber ich bin sicher, das ist ein Irrtum.«
McGill kurbelte das Fenster wieder zu. »Na, na, man hat schon Pferde kotzen sehen. Fahr los, Ian.«
Sie fuhren die Straße hoch, die zum Paß führte und parallel zum Fluß verlief. Als die Scheinwerfer die Schlucht beschienen, in die der Fluß sich eingeschnitten hatte, meinte McGill: »Vielleicht hat Jack Stevens doch recht. Hast du den Fluß jemals so hoch gesehen?«
»Ich kann es dir genau sagen, wenn wir um die nächste Kurve sind.« Dort brachte Ballard den Wagen zum Stehen. Das Scheinwerferlicht erleuchtete die ruhige Wasserfläche, auf der kleine Wirbel kreisten. »Ich habe ihn nie so hoch

gesehen. Die Schlucht ist an dieser Stelle mehr als zehn Meter tief.«

»Weiter.« McGill andte sich um. »Peterson ist noch hinter uns.«

Ballard fuhr soweit er konnte, bis der Wagen plötzlich von einer Wand aufgehalten wurde, die in der Dunkelheit auftauchte – eine Wand, die dort nichts zu suchen hatte! »Mein Gott!« entfuhr es ihm, »Schau dir das an!«

McGill öffnete die Wagentür und stieg aus. Er ging auf die Schneewand zu, auf der sich im Scheinwerferlicht sein Schatten abhob. Er stocherte in der Wand herum und blickte kopfschüttelnd an ihr hoch. Dann winkte er Ballard heran.

Ballard stieg gerade aus, als John Peterson mit dem Wagen vorfuhr. Sie gingen gemeinsam zu McGill hinüber. Peterson betrachtete den Schneeberg. »Woher kommt das?«

McGill erklärte ironisch: »Was Sie vor sich sehen, Mr. Peterson, ist sozusagen die Endphase einer Lawine. Keine sehr große Lawine, aber auch keine kleine. Ich fürchte, in der nächsten Zeit wird niemand Hukahoronui verlassen können – jedenfalls nicht per Auto.«

Peterson starrte nach oben, wobei er mit der Hand die Augen gegen die Schneeflocken abschirmte. »Das ist eine Menge Schnee.«

»Lawinen bestehen gewöhnlich aus einer Menge Schnee«, bemerkte McGill trocken. »Wenn der Hang über der Stadt losbricht, wird es wesentlich mehr Schnee geben, als Sie hier sehen.«

Ballard ging ein paar Schritte auf den Fluß zu. »Das Tal wird auch überflutet werden, wenn der Rückstau anhält.«

»Das glaube ich nicht«, widersprach McGill. »Das Wasser ist an dieser Stelle sehr tief. Weiter unten wird ein erheblicher Druck entstehen, und das Wasser wird sich bald ein Loch durch den Haufen hier bohren – ich schätze, noch bevor der Tag um ist. Dann wird eine Schneebrücke über dem Fluß entstehen, aber das hilft uns nicht, die Straße

freizukriegen.«
Er ging zurück zu der Schneemauer, kratzte eine Handvoll Schnee heraus und untersuchte ihn. »Nicht zu trocken, aber trocken genug.«
»Wie heißt das?« wollte Peterson wissen.
»Nichts. Technisches Zeug.« Er hielt Peterson den Schnee unter die Nase. »Weiches, harmloses Zeug, nicht wahr? Wie Lammwolle.« Seine Finger schlossen sich zur Faust um den Schnee. »In meiner Branche gab es einen Mann, der hieß Zdarsky«, erzählte er im Plauderton. »Er war eine Art Pionier auf dem Gebiet, hat vor dem Ersten Weltkrieg gearbeitet. Zdarsky sagte: ›Schnee ist nicht ein Wolf im Schafspelz – er ist ein Tiger im Lammfell.‹« Er öffnete die Faust. »Schauen Sie sich das an, Mr. Peterson. Was ist das?«
Auf der flachen, behandschuhten Hand lag ein Klumpen harten Eises.
»Das war also die erste Lawine«, sagte Harrison.
»Ja, Sir.«
»Und das bedeutet, daß kein Fahrzeug das Tal verlassen oder hinein konnte?«
»Das ist richtig.«
»Was geschah dann?«
McGill erklärte: »Ich hatte die Absicht gehabt, den Gemeinderat davon zu überzeugen, daß das einzig Richtige war, die Bewohner des Tales zu evakuieren, bis die Gefahr vorüber war. Das war jetzt unmöglich geworden.«
»Sie sagen unmöglich. Aber man konnte das Hindernis sicherlich besteigen?«
»Gesunde und Kräftige hätten es natürlich übersteigen können. Aber was wäre mit den Alten, den Behinderten, den Kindern gewesen? Aber nun war wenigstens ein Mitglied des Gemeinderates überzeugt, daß man in Hukahoronui ernsthaft mit Lawinen rechnen mußte. Er war jetzt bereit, in die Stadt zurückzufahren und seinen ganzen Einfluß geltend zu machen, so daß alle Vorsichtsmaßnah-

men getroffen wurden, die ich empfehlen würde. Mr. John Peterson war der erste Bürgermeister gewesen. Was er sagte oder tat, hatte Gewicht. Wir fuhren zurück, um sofort die notwendigen Schritte zu unternehmen.«
Harrison nickte und machte sich eine Notiz. »Wie hieß der Mann, den Sie Mr. Peterson gegenüber zitierten? Bitte, buchstabieren Sie.«
»Z-D-A-R-S-K-Y, Matthias Zdarsky. Er war Österreicher und ein Pionier der Schneeforschung.« McGill zögerte ein wenig. »Ich könnte eine Anekdote erzählen, die vielleicht einen Bezug zu dem hat, was ich Mr. Peterson gegenüber zitierte.«
»Bitte«, bat Harrison. »Solange es uns nicht zu weit von unserer Aufgabe hier entfernt.«
»Das glaube ich nicht.«
»Vor ein paar Jahren war ich technischer Berater für Lawinenschutz im Westen Kanadas. Ein kartographischer Zeichner hatte die Aufgabe bekommen, eine Karte der Gegend anzufertigen, auf der sämtliche lawinengefährdeten Stellen ersichtlich waren. Es war eine langwierige Aufgabe. Als er es fast geschafft hatte, kam er eines Tages vom Mittagessen zurück und stellte fest, daß irgendein Witzbold über jedes Lawinengelände ›Hier sin Tyger‹ geschrieben hatte, in gotischer Schrift, wie auf alten Landkarten.«
Er lächelte. »Der Zeichner fand das gar nicht witzig, aber der Leiter des Instituts nahm die Karte, ließ sie rahmen und hängte sie als Mahnung an die Gefährlichkeit der Lawinen für jedermann sichtbar in sein Büro. Sie müssen wissen, in dieser Branche gibt es niemanden, dem Matthias Zdarsky kein Begriff wäre und der nicht wüßte, was ihm passierte.«
»Eine interessante Geschichte«, bemerkte Harrison. »Und durchaus relevant. Obwohl es vielleicht Zeitverschwendung ist, möchte ich doch gern wissen, was Zdarsky passiert ist.«
»Er diente im Ersten Weltkrieg bei den österreichischen Gebirgsjägern. Damals setzten beide Seiten – Österreicher

und Italiener – in den Dolomiten und in Tirol Lawinen als Waffe ein. Es heißt, daß während des Krieges achtzigtausend Männer in Lawinen ums Leben gekommen sind. 1916 wollte Zdarsky fünfundzwanzig österreichische Soldaten retten, die von einer Lawine verschüttet worden waren. Dabei geriet er selbst in eine Lawine. Er hatte das große Glück, lebend geborgen zu werden. Lebend – das hieß: er hatte achtzig Knochenbrüche und Verrenkungen; und es dauerte elf Jahre, bis er wieder Skilaufen konnte.«
Im Saal herrschte tiefes Schweigen. Schließlich sagte Harrison: »Vielen Dank, Dr. McGill.« Er blickte auf die Uhr. »Ich denke, wir vertagen jetzt für das Wochenende. Die Anhörung wird Montag früh um zehn Uhr fortgesetzt.« Er klopfte leicht mit dem Hammer aufs Pult. »Die Anhörung ist hiermit vertagt.«

16. Kapitel

Am nächsten Morgen ging Ballard ins Krankenhaus, um Cameron zu besuchen. Er gab sich Mühe, ihn so oft wie möglich aufzusuchen, um dem alten Mann Gesellschaft zu leisten und ihn aufzumuntern. Cameron war in der Tat jetzt ein alter Mann. Das Erlebnis bei dem Lawinenunglück hatte ihn sowohl körperlich wie auch geistig nahezu gebrochen. McGill sagte: »Ich werde ihn morgen besuchen. Heute habe ich im Deep-Freeze-Hauptquartier zu tun.«
»Ich bin heute nachmittag in der Gegend«, erklärte Ballard. »Ich hole Stenning in Harewood ab. Soll ich dich auf dem Rückweg mitnehmen?«
»Ja, besten Dank«, antwortete McGill. »Du kannst im Büro nach mir fragen.«
Als Ballard ankam, lag Cameron nicht im Bett, sondern saß in einem Rollstuhl. Obwohl es ein heißer Tag war, war er in eine Decke gehüllt. Er unterhielt sich gerade mit Liz Peterson. »Tag«, grüßte Liz. »Ich habe Joe gerade erzählt, wie

Mike bei seiner Aussage gestern versuchte, uns das Gruseln zu lehren.«
»Ja, ich glaube, auch Harrison kriegte Gänsehaut.« »Im stillen fand er es taktlos, die Leiden eines Lawinenopfers wie Zdarsky einem Mann zu schildern, der selbst in einer Lawine gesteckt hatte. Er fragte sich, wieviel Liz ihm wohl gesagt hatte.
»Wie fühlen Sie sich, Joe?«
»Ein bißchen besser heute morgen. Ich hätte gestern nachmittag noch bleiben können, anstatt auf meinen närrischen Arzt zu hören.«
»Tun Sie lieber, was er sagt«, riet Ballard. »Meinen Sie nicht auch, Liz?«
»Ich finde, Joe sollte tun, was er will. Ärzte wissen nicht immer alles besser.«
Cameron lachte. »Ach, tut das gut, ein hübsches Mädchen hier zu haben – erst recht, wenn sie auf meiner Seite steht. Aber sie sollten wirklich nicht hier rumhocken, Liz.« Er schaute zum Fenster. »Sie sollten dort draußen sein, die Sonne genießen. Zum Beispiel auf dem Tennisplatz.«
»Zum Tennisspielen habe ich genug Zeit, Joe, den ganzen Rest meines Lebens. – Sind Sie hier gut aufgehoben?«
»Soso, würde ich sagen – aber es ist wie in jedem anderen Krankenhaus. Das Essen ist furchtbar – sie haben zu viele Diätetiker und zu wenig Köche.«
»Wir werden etwas reinschmuggeln«, sagte Ballard. »Nicht wahr, Liz?«
Sie lächelte. »Sie werden's nicht glauben, aber ich koche gar nicht so schlecht.«
Sie blieben, bis Cameron sie fortschickte mit der Bemerkung, daß junge Leute etwas Besseres zu tun haben müßten, als in Krankenhäusern herumzusitzen. Draußen in der Sonne fragte Ballard: »Haben Sie etwas Besonderes vor, Liz?«
»Eigentlich nicht.«
»Wie wäre es, wenn Sie mit mir essen gingen?«

Sie zögerte einen Moment, sagte aber dann: »Ja, gern.«
»Wir können in meinem Auto fahren. Ich bringe Sie heute nachmittag auf dem Weg zum Flughafen wieder zurück. Ich muß jemanden abholen.«
»Sie müssen aber Lunch für zwei zahlen. Ich muß Viktor mitnehmen. Ich kann ihn nicht im Auto lassen.«
»Klar.«
Sie lachte: »Liebe geht über den Hund.«
Als Ballard den Motor anließ, fragte er: »Haben Sie das gestern ernst gemeint – Neuseeland zu verlassen?«
»Ich habe schon daran gedacht.«
»Wo würden Sie hingehen?«
»England wahrscheinlich – jedenfalls für den Anfang. Dann vielleicht nach Amerika. Sie sind ein bißchen herumgekommen, nicht wahr? Ich wollte schon immer reisen – etwas erleben.«
Sie verließen das Krankenhausgelände. »Ja, ich bin gereist, aber es waren immer Geschäftsreisen. Aber das eine kann ich Ihnen sagen – ich hätte nie geglaubt, daß ich jemals nach Neuseeland zurückkehren würde.«
»Warum haben Sie es getan?«
Ballard seufzte. »Mein Großvater wollte es. Er war ein hartnäckiger alter Kauz.«
»Er war? Ich wußte nicht, daß er tot ist.«
»Er ist vor ein paar Tagen gestorben.«
»Oh, Ian. Das tut mir leid.«
»Mir auch, irgendwie. Wir waren zwar nicht immer ein Herz und eine Seele, aber er wird mir fehlen. Jetzt, wo er nicht mehr da ist, werde ich auch nicht bei der Ballard-Gruppe bleiben. Ich habe ja selbst sozusagen schon kräftig an meinem Ast gesägt.«
»Mike hat schon recht – keiner von uns verträgt sich mit seinen Verwandten.« Liz lachte. »Gestern abend habe ich mich mit Charlie in der Wolle gehabt. Irgend jemand hat uns gestern zusammen im Restaurant gesehen und es Charlie berichtet.«

»Sie sollten sich meinetwegen keinen Ärger einhandeln, Liz.«
»Ich habe Charlies Wutanfälle satt. Ich bin eine erwachsene Frau, und ich treffe mich, mit wem es mir paßt. Das habe ich ihm gestern abend gesagt.« In Gedanken versunken, rieb sie ihr Gesicht.
Ballard beobachtete sie aus den Augenwinkeln und verstand sofort. »Er hat sie geschlagen?«
»Nicht zum ersten Mal, aber das wird das letzte Mal gewesen sein.« Sie sah den Ausdruck auf Ballards Gesicht. »Machen Sie sich keine Sorgen, Ian. Ich kann mich gut wehren. Ich bin als ziemlich rabiate Tennisspielerin bekannt, und so ein richtiger Schmetterball macht Muskeln.«
»Sie haben also zurückgeschlagen? Ich kann mir nicht vorstellen, daß das großen Eindruck auf Charlie macht.«
Sie grinste schelmisch. »Ich hielt in dem Moment zufällig einen Teller voll Spaghetti in der Hand.« Als Ballard in Lachen ausbrach, fügte sie hinzu: »Erik hat ihm auch eine gescheuert. Wir Petersons sind eine glückliche Familie!«
Er steuerte den Wagen auf den Hotelparkplatz. Als sie durch die Empfangshalle gingen, erklärte er. »Ist gar nicht schlecht – das Essen hier. Vor allem der Lunch. Aber wie wäre es mit einem Drink vorweg?«
»O ja! Etwas Großes und Kaltes!«
»Wir könnten uns an den Swimming-pool setzen«, schlug er vor. »Hier lang.«
Plötzlich zuckte er zusammen und blieb stehen.
»Was ist los?«
»Die Streitkräfte sammeln sich. Es ist Vetter Francis. Wo zum Teufel kommt *der* her?«
Ein junger Mann im Straßenanzug kam auf sie zu: »Tag, Ian«, sagte er schroff und ohne ein Lächeln.
»Guten Tag, Frank«, erwiderte Ballard. »Miss Peterson, darf ich Ihnen meinen Vetter Frank Ballard vorstellen.«
Frank Ballard nickte kurz in ihre Richtung. »Ich muß mit dir reden. Ian.«

»Gern. Wir wollten gerade zum Swimming-pool und etwas trinken. Setz dich zu uns.«
Frank schüttelte den Kopf. »Unter vier Augen.«
»Na gut. Nach dem Essen.«
»Nein, soviel Zeit habe ich nicht. Ich muß gleich die Maschine von Sydney erwischen. Es muß jetzt sein.«
»Lassen Sie sich durch mich nicht stören«, sagte Liz. »Ich warte draußen am Becken auf Sie. Komm, Viktor.« Sie ging fort, ohne eine Antwort abzuwarten.
Frank fuhr fort: »Können wir auf dein Zimmer?«
»Von mir aus.« Ballard ging voraus. Schweigend gingen sie den Weg bis auf sein Zimmer. Während er die Tür schloß, fragte Ballard: »Was führt dich nach Australien, Frank?«
Frank drehte sich ruckartig um. »Das weißt du verdammt gut! Warum zum Teufel hast du den alten Crowell gestern so durch den Kakao gezogen? Er hat mich angerufen, hat sich per Ferngespräch bei mir ausgeheult.«
Ian lächelte: »Ich wollte nur der Wahrheit ein bißchen näherkommen.«
Frank erwiderte das Lächeln nicht. »Hör zu, Ian. Du reißt die Firma in einen ganz schönen Schlamassel. Du bist wirklich ein toller Geschäftsführer!«
»Hast du nicht vergessen, daß Crowell mich meines Postens enthoben hat? Oder – sollte ich dich etwa so verstehen, daß du mir die Stelle wieder anbietest?«
»Du hirnverbrannter Idiot! Die Suspendierung war doch nur für die Dauer der Untersuchung gedacht! Wenn du deinen Kopf gebraucht und den Mund gehalten hättest, wäre alles in Ordnung gewesen, und du wärst nächste Woche wieder im Sattel. So wie die Sache jetzt steht, bin ich nicht mehr so sicher. Du hast die Firma mit so viel Dreck beworfen, daß ich zweifle, ob du für die Position geeignet bist.«
Ian setzte sich auf das Bett. »Wenn ich den Mund gehalten hätte, hättet ihr mich fallen gelassen wie eine heiße Kartoffel, und das weißt du ganz genau. Zwischen dem Konzern

und den Petersons hätte ich nicht die geringste Chance gehabt. Hast du wirklich gedacht, ich würde stillhalten und mich von euch zum Prügelknaben machen lassen?«
»Es ist eine Ballard-Firma«, sagte Frank, außer sich. »Wir sorgen für die Unseren. Hast du kein Familiengefühl?«
»Ja, Ihr würdet für mich sorgen, wie der Fuchs für ein Kaninchen sorgt!« schnauzte Ian zurück.
»Wenn du die Sache so siehst, tut's mir leid.« Franks Zeigefinger schoß vor, Ballard unter die Nase. »Wenn die Untersuchung Montag wieder tagt, halt besser den Mund! Keine Volksreden mehr, wie du sie bis jetzt gehalten hast. Wenn du das versprichst, dann wird es vielleicht noch einen Job für dich geben in unserem Konzern. Ich glaube zwar kaum, daß ich dir den Posten des amtierenden Direktors in Hukahoronui verschaffen kann – mein Alter kocht vor Wut –, aber ich glaube, irgendeinen Posten garantieren zu können.«
»Tausend Dank!« sagte Ian sarkastisch. »Ich bin von deiner Großzügigkeit überwältigt. Du weißt, was ich von der Gruppe halte – daraus habe ich nie ein Hehl gemacht.«
»Verdammt noch mal!« platzte Frank heraus. »Du weißt, wie groß wir sind. Wir brauchen nur ein Wort fallenzulassen, und du findest nie wieder eine Stelle im Bergbau. Hör doch – du brauchst gar nichts zu tun –, du brauchst nur mit den verfluchten idiotischen Fragen vor allem Publikum aufzuhören.«
Ian stand auf. »Treib es nicht zu weit, Frank!« warnte er.
»Ich fange erst an. Herrgott noch mal, Ian, sei doch vernünftig! Weißt du, wie tief unsere Aktien seit gestern gefallen sind? Dieses ganze ungünstige Gerede wirkt sich sogar in London aus. Wir verlieren in Windeseile Geld.«
»Ihr seid wirklich zu bedauern!«
»Du weißt, daß wir neue Aktien von Hukahoronui-Beteiligungen in Umlauf bringen wollen. Welche Aussichten, glaubst du wohl, haben wir, wenn du den Aufsichtsratsvorsitzenden weiterhin zum größten Idioten stempelst?!«

»Für Crowells Beschränktheit bin nicht ich verantwortlich
– er hat sich selbst lächerlich gemacht. Deswegen habt ihr
ihn ja auf den Stuhl gesetzt – weil er immer nach eurer
Nase tanzt. Ihr solltet Crowell rausschmeißen, nicht mich.«
»Du bist unmöglich!« Frank war empört. »Wir *schmeißen*
dich nicht raus!«
»Nein«, stimmte Ian ihm zu. »Ich gehe auf eigenen Wunsch
und auf meine Art und Weise. Ich lasse mich nicht erpressen, Frank, und so, wie du die Sache anpackst, wirst du
wahrscheinlich im eigenen Saft schmoren.«
Frank horchte auf und fragte gespannt: »Wie meinst du
das?«
»Hast du einmal über die Zusammenstellung der Untersuchungskommission nachgedacht? Wir haben Harrison, den
Vorsitzenden, und seine zwei Sachverständigen, beide Experten auf ihrem Gebiet. Rolandson kennt sich mit Schnee
aus, French kommt vom Bergbauministerium. Er hat noch
nicht viel gesagt.«
»Und?«
»Wenn ihr noch mehr Druck auf mich ausübt, werde ich
damit anfangen, Fragen nach den Bedingungen in eurer
Grube zu stellen, und dann wird French einen Bericht
verfassen, daß euch die Haare zu Berge stehen, einen
Bericht, der den Aktionären gar nicht gefallen wird. Dann
kannst du erst recht erleben, was aus dem Kurs wird.«
»Du hast dich richtig in die Sache verrannt, stimmt's?
Warum eigentlich, Ian?«
»Das fragst du noch, nach all dem, was ihr gemacht habt?
Ich lasse mich nicht gern manipulieren, Frank. Ich lasse
mich nicht gern herumschubsen. Ich bin nicht Crowell. Und
noch etwas: An dem Tag, bevor ich gefeuert wurde – wir
können das Kind ruhig beim Namen nennen, Frank –,
bekam ich das Ergebnis der letzten Proben zu sehen. Feine
Beute, mein lieber Frank. *Sehr* feine Beute! Kannst du mir
aber verraten, warum dieses Ergebnis den Aktionären
nicht mitgeteilt wurde?«

»Das geht dich überhaupt nichts an.«
»Vielleicht doch, wenn ich mir Aktien kaufe. Nicht daß ich's täte, natürlich nicht. Die Grube wird für irgend jemanden ein Vermögen abwerfen; aber so, wie ihr die Sache aufgebaut habt, glaube ich nicht, daß die *gewöhnlichen* Aktionäre viel davon haben werden.«
»Keiner wird etwas davon haben, wenn du so weitermachst und diese idiotischen Fragen von wegen Lawinenschutz stellst. Mein Gott, hast du überhaupt eine Ahnung, wieviel es uns kosten wird, wenn diese verflixte Kommission die falsche Richtung einschlägt?«
Ian starrte ihn an. »Wie meinst du das – falsche Richtung? Habt ihr etwa dran gedacht, *keinen* Lawinenschutz zu bauen?«
»Ach, Scheiße! Eine Lawine kommt nur alle dreißig Jahre oder so vor. Bis zu der nächsten ist die Mine längst erschöpft.«
Ian holte tief Luft. »Du Narr! Das war, als auf dem Westhang noch Bäume standen. Jetzt sind sie weg, und es kann bei jedem heftigen Schneefall zu einer Lawine kommen.«
»Schon gut.« Frank winkte ungeduldig ab. »Wir werden den Hang wieder aufforsten. Das kostet uns weniger als die Lawinensperren, die dein Freund McGill unbedingt haben will.«
»Frank, weißt du, wie lange es dauert, bis so ein Baum groß genug ist? Ich habe euch schon immer für ziemlich übel gehalten, aber jetzt erst wird mir klar, wie weit euer Geiz geht.« Ballards Stimme war eiskalt. »Und ich finde, jedes weitere Wort ist reinste Zeitverschwendung.« Er ging auf die Tür zu und riß sie auf.
Frank zögerte. »Überleg es dir noch mal, Ian.«
Ian deutete mit dem Kopf auf die Tür. »Raus!«
Frank ging ein paar Schritte. »Das wird dir noch leid tun.«
»Wie geht es Onkel Steve?«
»Ihm wird die Antwort nicht gefallen, die ich ihm nach

Sydney zurückbringe.«
»Er hätte lieber selbst kommen sollen, anstatt einen Vollidioten für die Drecksarbeit zu schicken. Er ist zu intelligent, um zu glauben, daß Drohungen eine Wirkung haben würden – er hätte es mit Bestechung versucht, so wie ich ihn kenne. Bestelle ihm von mir, daß auch das nichts genutzt hätte. Vielleicht rettest du so deine Haut.«
Frank blieb draußen vor der Tür stehen und wandte sich ein letztes Mal um. »Du bist erledigt, Ian. Hoffentlich ist dir das klar.«
Ian knallte ihm die Tür vor der Nase zu.
Während der Fahrt zurück zum Krankenhaus, wo Liz ihren Wagen abholen wollte, entschuldigte sich Ballard: »Tut mir leid mit dem trübsinnigen Essen, Liz. Mir ging so einiges durch den Kopf.«
»Die Stimmung war ein bißchen mies«, gab sie zu. »Was ist los? Ärger mit der Familie? Es war alles in Ordnung, bis Sie Ihren Vetter erspäht hatten.«
Er antwortete nicht gleich, sondern fuhr statt dessen das Auto an den Straßenrand und stellte den Motor ab. Er wandte sich Liz zu und schaute sie eindringlich an: »Wir scheinen beide in dieser Beziehung Ärger zu haben. Wann beabsichtigen Sie, nach England zu gehen, Liz?«
»So weit voraus habe ich noch gar nicht gedacht.«
»Ich fahre, sobald die Untersuchung abgeschlossen ist. Fahr doch mit mir!«
»Mein Gott!« entfuhr es ihr. »Charlie würde sich nicht einkriegen. Sollte das ein Heiratsantrag sein, Ian?« Sie lächelte. »Oder sollte ich als Geliebte mitreisen?«
»Das hängt von dir ab. Du kannst es auffassen, wie du willst.«
Liz lachte. »Dieses Drehbuch hat nicht Shakespeare geschrieben. Ich weiß, wir sind wie die Montagues und Capulets, aber Romeo hat ein *solches* Angebot nie gemacht.« Sie legte ihre Hand auf seine. »Ich mag dich, Ian, aber ich bin nicht sicher, ob ich dich liebe.«

»Das ist ja das Problem. Wir kennen uns noch nicht lange genug. Erst zwei oder drei Tage in Huka, brutal abgebrochen von dieser Katastrophe, und jetzt eine Woche hier. Liebe kann unter solchen Bedingungen schlecht gedeihen, erst recht nicht, wenn Bruder Charlie darüber wacht.«
»Glaubst du nicht an Liebe auf den ersten Blick?«
»Doch«, gestand Ballard. »Du offensichtlich nicht. Mich hat's beim Tanz erwischt, gleich an dem Abend, als alles anfing. Sieh, Liz, wenn ich einmal das Flugzeug bestiegen habe, werde ich Neuseeland nicht mehr wiedersehen. Ich wäre sehr unglücklich, wenn ich dich auch nie wiedersehen würde. Vielleicht liebst du mich nicht, aber es wäre nett, wenn du versuchen würdest, das festzustellen.«
»Auf Tuchfühlung!« sagte sie. »Ein schöner Gedanke. Meinst du, das hat Sinn?«
»Was hast du zu verlieren?«
Nachdenklich blickte sie durch die Windschutzscheibe ins Leere. Nach einer Weile sagte sie: »Sollte ich mit dir nach England fahren – damit will ich jetzt nicht sagen, daß ich es tue – aber wenn ich es tue, darf es keine Fesseln zwischen uns geben. Ich bin mein eigener Herr, Ian, ich *selbst*. Das ist etwas, was Charlie nie verstehen wird. Wenn ich also mitkomme, dann aus freiem Willen, und wenn ich dich nach einer Weile verlasse, dann auch aus freiem Willen. Verstehst du mich?«
Er nickte. »Ich verstehe.«
»Und da ist noch etwas, was ich gern klären würde, und worüber du dir vielleicht Gedanken gemacht hast. Erik ist aus Prinzip gegen die Ballards – nicht nur gegen dich. Bei Charlie geht es nur um dich. Ich war erst zwei, als Alec starb, ich habe ihn nie gekannt, nicht genug, als daß ich mich an ihn erinnern könnte. Und du warst damals zwölf, heute bist du fünfunddreißig. Ein Mensch mit zwölf Jahren und ein Mensch mit fünfunddreißig Jahren sind zwei verschiedene Personen, die man nicht miteinander verwechseln sollte, wie Charlie es tut. Ich weiß nichts von Recht

und Unrecht bei Alecs Tod – und es interessiert mich auch nicht. Ich würde mit einem Mann und nicht mit einem Knaben nach England fahren.«
»Dank dir«, sagte Ballard. »Danke, Liz.«
»Damit habe ich noch nicht gesagt, daß ich mit dir fahre«, warnte sie. »Ich muß mir das durch den Kopf gehen lassen. Und was deine Frage eben angeht – was ich zu verlieren hätte...« Sie klopfte auf sein Knie. »Die Antwort, mein Lieber Ian, ist: meine Unschuld.«

17. Kapitel

Ballard setzte Liz am Krankenhaus ab und fuhr weiter zum Deep-Freeze-Hauptquartier. McGill war nicht im Büro, und Ballard stöberte ihn schließlich im Offizierskasino auf, wo er fachsimpelte. Ballard erklärte: »Ich dachte, ich hole dich zuerst ab. Der alte Stenning hat eine lange Reise hinter sich und wird müde sein. Ich wollte ihn nicht nachher warten lassen.«
»Klar«, antwortete McGill. »Ich komme gleich mit. Wann kommt seine Maschine an?«
»In fünfzehn Minuten, wenn sie keine Verspätung hat.«
Sie fuhren zum Harewood-Flughafen, der nur zwei Minuten entfernt war, und unterhielten sich in der Wartehalle, während sie auf ihn warteten. McGill bemerkte: »Ich bin noch nie einem Staranwalt begegnet. Wirst du Stenning erkennen, wenn du ihn siehst?«
Ballard nickte. »Er ist ein großer, hagerer Typ mit weißem Haar. Sieht ein wenig wie Bertrand Russell aus.«
Das Flugzeug war pünktlich. Die Passagiere strömten durch die Halle. Ballard sagte: »Da ist er.« McGill erblickte einen großen alten Herrn mit dem Gesicht eines Asketen. Ballard ging auf ihn zu. »Guten Tag, Mr. Stenning.«
Sie schüttelten sich die Hände. »Darf ich Mike McGill, einen Freund, vorstellen. Er ist mitgekommen, um das

Gepäck zu tragen. Wir werden sicher nicht lange darauf warten müssen.«
Stenning lächelte: »Sind Sie der Dr. McGill, der bei der Untersuchung ausgesagt hat?«
»Ja, der bin ich.«
»Wenn Sie neuerdings Gepäckträger geworden sind, geht's wohl bergab mit Ihnen.«
»Da kommt das Gepäck schon«, bemerkte Ballard. Stenning zeigte auf seine Koffer. »Bringen wir die Sachen gleich ins Auto, Mike.« Während sie das Flughafengebäude verließen, sagte Ballard zu Stenning: »Ich habe ein Zimmer für Sie in dem Hotel reserviert, wo ich wohne. Es ist sehr komfortabel.«
»Die Hauptsache, es hat ein Bett«, stöhnte Stenning. »Im Flugzeug kann ich nicht schlafen. Was macht die Untersuchung?
»Ich habe die Zeitungen für Sie aufgehoben. In Christchurch wird viel darüber berichtet.«
Stenning brummte. »Prima! Seit zwei Tagen sitze ich im Flugzeug und bin dadurch nicht auf dem laufenden. Ich würde mich gern mit Ihnen über das Unglück unterhalten, Dr. McGill.
»Jederzeit, Mr. Stenning, wenn ich nicht gerade im Gerichtssaal sitze.«
Im Hotel zog McGill sich taktvoll zurück, während Ballard Stenning auf sein Zimmer begleitete. Stenning entschuldigte sich: »Ich bin nicht mehr so zäh wie früher, Ian. Ich lege mich jetzt aufs Ohr. Ihr Großvater hätte ein paar Bemerkungen dazu auf Lager gehabt, wäre er hier. In meinem Alter war er ein unermüdlicher Weltenbummler. Er wird mir sehr fehlen.«
»Ja«, stimmte Ballard zu. »Mir auch.«
Stenning betrachtete ihn neugierig. »Tatsächlich?« fragte er skeptisch. »Wenn Sie das Gegenteil gesagt hätten, hätte es mich weder überrascht noch schockiert. Es war nicht leicht, mit Ihrem Großvater auszukommen. Meiner Mei-

nung nach hat er Sie nicht sonderlich gut behandelt.«
Ballard zuckte die Achseln. »Trotzdem – ich werde ihn vermissen.«
»Ich auch, Ian. Ich auch. Und nun, wenn Sie einen müden alten Mann entschuldigen...«
»Haben Sie schon gegessen? Ich kann etwas kommen lassen.«
»Nein, ich sehne mich nur nach einem Bett.«
Ballard zeigte auf einen Wandschrank. »Ich habe dort ein paar Flaschen untergebracht. Whisky, Gin, Cognac – mit allem, was dazugehört.«
»Sehr aufmerksam. Ein Whisky vor dem Schlafengehen wäre sicher nicht schlecht. Bis morgen, Ian.«
Ballard verließ Stenning und fand McGill, der bei einem Glas Bier am Schwimmbecken saß. Er zog die Augenbrauen fragend hoch: »Nun?«
»Nichts«, antwortete Ballard. »Er hat kein einziges Wort gesagt.«
McGill runzelte die Stirn. »Das eine kann ich dir sicher sagen«, meinte er, »er ist ganz bestimmt keine dreizehntausend Meilen weit geflogen, um mit Mike McGill über ein Unglück zu plaudern.«
Am nächsten Morgen war Stenning nicht beim Frühstück. McGill strich eine Scheibe Toast mit Butter. »Er scheint es nicht sehr eilig zu haben. Typisch Anwalt, die haben einen ganz anderen Tagesablauf als wir.«
»Ich habe gestern Verwandtenbesuch gehabt«, erzählte Ballard. »Mein Vetter Frank.« Er schilderte McGill die Begegnung.
McGill pfiff hörbar. »Ihr Ballards seid ganz schön harte Nüsse. Kann er seine Drohung wirklich wahrmachen? Dich auf die schwarze Liste eurer Branche setzen?«
»Ich glaube kaum. Er möchte es vielleicht gerne glauben. Allerdings könnte er mir das Leben verdammt sauer machen.«
»Wieso war Frank in Sydney? Der reinste Zufall, was?«

»Der Ballard-Konzern hat in vielen Ländern Interessen zu vertreten, auch in Australien. Es ist nichts Außergewöhnliches, wenn irgendwo plötzlich ein Familienmitglied auftaucht. Ich glaube, mein Onkel Steve, Franks Vater, ist auch in Sydney. Das deutete Frank jedenfalls an.«
McGill nahm von der Marmelade. »Trotzdem, ziemlich zufällig. Crowell wußte, daß sie in Australien waren, denn er hat dich verpetzt. Frank kam ganz schön schnell angetrottet.«
Sie plauderten noch, bis McGill seinen Kaffee ausgetrunken hatte. »Ich fahre jetzt ins Krankenhaus, Joe besuchen. Sollte Stenning dir etwas Wichtiges mitzuteilen haben, wird er mich sowieso nicht dabei haben wollen.« Er ging und ließ Ballard allein zu Ende frühstücken.
Ballard saß am Rande des Swimming-pools und las die Sonntagsausgabe der Zeitung, wobei er seine Aufmerksamkeit zuerst auf die Berichte über die Untersuchung konzentrierte. Das dauerte nicht lange, und sehr bald hatte er auch die übrigen Nachrichten gelesen. Er war unruhig und spielte mit dem Gedanken, Liz zu besuchen. Andererseits wollte er aber das Hotel nicht verlassen, bevor er Stenning gesprochen hatte. Er ging auf sein Zimmer und zog die Badehose an. Seine Unruhe reagierte er ab, indem er im Schwimmbecken mehrere Längen schwamm.
Stenning erschien erst um halb zwölf. Er hielt einige Zeitungsausschnitte in der Hand. »Guten Morgen, Ian«, begrüßte er ihn munter.
»Gut geschlafen?«
»Wie ein Murmeltier. Das war aber zu erwarten. Ich habe auf meinem Zimmer gefrühstückt. Wo steckt Dr. McGill?«
»Er besucht Joe Cameron, den Werksingenieur. Er ist noch im Krankenhaus.«
Die Ausschnitte raschelten in Stennings Hand. Er schaute sich um. »Gar kein schlechtes Plätzchen für ein Gespräch. Sehr nett hier.«
Ballard klappte einen Gartenstuhl auf. »Die Stadt ist auch

nicht schlecht. Christchurch ist sehr stolz darauf, englischer als England zu sein.«
Stenning setzte sich. »Ich werde mir das gern noch alles ansehen.« Er betrachtete die Ausschnitte, legte sie dann zusammen und steckte sie in seine Tasche. »Sie schlagen ganz schön Lärm bei der Untersuchung. Ich glaube kaum, daß das Ihrer Familie besonders gefallen wird.«
»Ich *weiß,* daß es ihr nicht gefällt«, bestätigte Ballard. »Ich habe gestern Besuch von Frank gehabt. Er verlangte, ich solle den Mund halten.«
»Was haben Sie getan?« fragte Stenning interessiert.
»Ich habe ihn vor die Tür gesetzt.«
Stenning sagte darauf nichts, schien aber auf eine undurchsichtige Weise erfreut, was Ballard sich nicht ganz erklären konnte. »Wissen Sie, ich war etwas mehr als nur der Anwalt Ihres Großvaters. Ich war auch sein Freund.«
»Ich weiß, daß er sehr viel Vertrauen zu Ihnen hatte.«
»Vertrauen –«, begann Stenning und lächelte. »Ich muß auch im Vertrauen mit Ihnen reden. Was wissen Sie über die Art und Weise, wie Ihr Großvater seine Angelegenheiten regelte – insbesondere meine ich seine finanziellen Angelegenheiten?«
»So gut wie nichts«, erklärte Ballard. »Ich weiß, daß er vor ein paar Jahren sein ganzes Geld, oder fast alles, in eine Art Stiftung gesteckt hat. Er brachte deutlich zum Ausdruck, daß ich nichts erben würde, und deswegen hat es mich nicht sonderlich interessiert. Ich habe damit nichts zu tun.«
Stenning nickte. »Ja, das war vor etwas über sieben Jahren. Kennen Sie sich im englischen Nachlaßrecht aus?«
»Erbschaftssteuern? Nicht sehr gut.«
»Dann werde ich Sie aufklären. Jedermann kann sein Geld verschenken, wenn er will. Normalerweise an seine Familie, oder auch an eine karitative Stiftung, wie Ben es getan hat. Stirbt er aber vor Ablauf von sieben Jahren nach dieser Transaktion, dann wird seine Schenkung zur Erbschaftsteuer veranlagt, als ob er sie überhaupt nicht gemacht

hätte. Wenn er erst *nach* Ablauf von sieben Jahren stirbt, wird die Schenkung nicht versteuert.«
»Davon habe ich gehört.« Ballard lächelte. »Ich persönlich habe mir deswegen nie den Kopf zerbrochen. Ich habe nicht viel zu hinterlassen, und ich habe keinen, dem ich's hinterlassen könnte.«
Stenning schüttelte den Kopf. »Jeder Mensch muß Vorkehrungen für eine unbekannte Zukunft treffen«, belehrte er Ballard in professionellem Ton. »Ben ist nach Ablauf der sieben Jahre gestorben.«
»Dann braucht die Stiftung also keine Steuern zu zahlen.«
»Genau. Aber es war sehr knapp. Zum einen hat die Regierung das Gesetz geändert. Ben hat es gerade noch vor Torschluß geschafft. Zum anderen ist er nur zwei Wochen nach Ablauf der sieben Jahre gestorben. Er hätte es fast nicht geschafft. Wissen Sie noch, wie er Sie aufsuchte, kurz bevor Sie nach Neuseeland gingen?«
»Ja. Damals bot er mir die Stelle in Hukahoronui an.«
»Die Mühe hätte ihn fast das Leben gekostet. Am nächsten Tag wurde er bettlägerig, und seitdem ist er nie wieder aufgestanden.«
»Er hat mir seinen Stock geschenkt«, erzählte Ballard. »Ich hatte damals ein gebrochenes Bein. Er sagte, er würde den Stock nicht mehr brauchen.«
»Brauchte er auch nicht.« Stenning blickte nachdenklich in den Himmel. »Es war damals sehr wichtig für Ben, Sie zu sehen. Der Beinbruch war nur ein kleines Unglück – Sie konnten ihn nicht besuchen, also mußte der Berg zum Propheten. Es war ihm so wichtig, daß er eine sehr große Summe Geld dafür aufs Spiel setzte – und noch viel mehr.«
Ballards Stirn zog sich in Falten. »Ich verstehe nicht, wieso es so wichtig gewesen sein soll. Er hat mich lediglich dazu überredet, die Stelle in Hukahoronui anzunehmen – und jetzt haben wir den Salat.« Sein Ton war bitter.
»Eine Lawine gehörte zwar nicht zu Bens Plänen – aber sie war auch ganz nützlich.« Stenning mußte über die Verwir-

rung auf Ballards Gesicht lachen. »Sie glauben, ich spreche in Rätseln? Macht nichts, es wird sich alles klären. Sehen wir uns diese karitative Stiftung an. Ben hat ihr sein gesamtes persönliches Vermögen vermacht, bis auf das, was er bis zu seinem Tod zum Leben brauchte, was nicht viel war. Ben war nicht der Typ, der sich Statussymbole anhängte. Er hatte zum Beispiel keinen Rolls-Royce. Seine Bedürfnisse waren einfach, sein Lebensstil asketisch. Aber die Stiftung hat eine Menge Geld bekommen.«

»Das kann ich mir gut vorstellen.«

»Sie tut Gutes. Das Geld, oder vielmehr die Zinsen von dem Geld, unterstützt mehrere Laboratorien, die hauptsächlich auf dem Gebiet der Sicherheit und Gesundheit im Bergbau arbeiten. In der Tat sehr lobenswerte und notwendige Arbeit.«

»Mein Gott!« sagte Ballard verblüfft. »Wissen die Treuhänder, wie die Ballard-Gruppe arbeitet? Jede Sicherheitsvorschrift wird kaum beachtet, sogar einfach mißachtet, wenn sie glauben, daß es keiner merkt. Da weiß die linke Hand nicht, was die rechte tut.«

Stenning nickte zustimmend. »Das hat Ben beunruhigt, aber er konnte damals nichts dagegen tun, aus Gründen, die Sie bald verstehen werden. Und jetzt das Kuratorium. Es besteht aus fünf Treuhändern.« Er zählte sie an den Fingern auf. »Ihr Onkel Edward, Ihr Vetter Frank, Lord Brockhurst, Sir William Bendell, und ich. Ich bin Vorsitzender des Kuratoriums der Ballard-Stiftung.«

»Ich bin erstaunt, daß zwei Familienmitglieder im Kuratorium sitzen. So, wie ich Ben das letzte Mal verstanden habe, schien er nicht sehr viel von ihnen zu halten.«

»Ben hat sie aus taktischen Gründen zu Treuhändern ernannt. Sie werden das verstehen, wenn ich zu dem springenden Punkt komme. Sie liegen natürlich ganz richtig mit Ihrer Einschätzung von Bens Einstellung zu der Familie. Er hatte vier Söhne, von denen einer hier in Neuseeland gestorben ist, und die anderen drei haben sich zu Menschen

175

entwickelt, die Ben nicht riechen konnte. Er hielt auch nicht gerade große Stücke auf seine Enkel, außer auf einen.« Stenning hob den dünnen Zeigefinger und zeigte auf Ballard. »Von Ihnen.«

»Er hatte seine besondere Art, das auszudrücken«, meinte Ballard trocken.

»Er hatte gesehen, wie seine Söhne geraten waren. Er wußte: wie erfolgreich auch immer er war – ein guter Vater war er nicht. Deswegen hat er für Ihre Ausbildung gesorgt und Sie aber ansonsten in Ruhe gelassen. Er hat Sie selbstverständlich beobachtet, und das, was er sah, hat ihm gefallen. Nun überlegen Sie – was hätte Ben vor einigen Jahren tun können, als er darüber nachdachte, was aus seinem persönlichen Vermögen werden würde? Er konnte es seiner Familie, die er nicht mochte, kaum schenken, oder?«

»So betrachtet wohl kaum.«

»Eben«, stimmte Stenning zu. »Jedenfalls fand Ben, daß sie ohnehin schon genug hätten. Und seien wir doch ehrlich – hätte er es Ihnen geben können? Wie alt waren Sie damals?«

»Vor sieben Jahren? Achtundzwanzig.«

Stenning lehnte sich zurück. »Ich meine sogar, als Ben und ich zum ersten Mal über dieses Projekt redeten, waren Sie erst sechsundzwanzig. Ein Grünschnabel, Ian. Ben fand es nicht gut, soviel Geld und Macht – und Geld ist Macht! – in die Hände eines so jungen Menschen zu geben. Außerdem war er Ihrer noch nicht so sicher. Er fand Sie zu unreif für Ihr Alter. Er meinte auch, daß das an Ihrer Mutter lag.«

»Ich weiß, er hat sie bei unserer letzten Begegnung ganz schön in die Mangel genommen.«

»Deswegen hat er die Ballard-Stiftung gegründet. Zwei Dinge waren dabei wichtig: Er mußte dafür sorgen, daß er in wesentlichen Punkten die Kontrolle behielt, und er mußte sieben Jahre leben. Beides hat er erreicht. Und er hat sie mit Argusaugen beobachtet, weil er sehen wollte,

wie Sie sich entwickelten.«
Ballard schnitt ein Gesicht: »Habe ich seinen Erwartungen entsprochen?«
»Das hat er nie sagen können«, antwortete Stenning. »Er starb, bevor das Hukahoronui-Experiment abgeschlossen war.«
Ballard starrte ihn an. »Experiment? Welches Experiment?«
»Sie sollten auf die Probe gestellt werden«, erklärte Stenning. »Es war so gedacht: Sie waren jetzt fünfunddreißig. Sie waren jeder Position, die man Ihnen bis dahin gegeben hatte, mehr als gewachsen, und Sie konnten mit Menschen umgehen. Aber Ben hatte das Gefühl, daß Sie einen weichen Kern hatten, und er war auf eine Möglichkeit gekommen, zu erfahren, ob es wirklich so war.« Er hielt inne. »Ich glaube, Sie haben sich mit der Familie Peterson nie besonders gut vertragen.«
»Das ist vornehm ausgedrückt«, meinte Ballard.
Stennings Gesicht blieb ernst. »Ben erzählte mir, die Petersons wären auf Ihnen herumgetrampelt, als Sie noch ein Junge waren. Er schickte Sie nach Hukahoronui, um zu sehen, ob dasselbe noch einmal passieren würde.«
»Jetzt reicht's mir aber!« Ballard war plötzlich wütend. »Ich wußte, daß er einen Machtkomplex hatte, aber verdammt noch mal, für wen hielt er sich eigentlich? Für den lieben Gott? Und wozu zum Teufel sollte das gut sein?«
»So naiv können Sie doch nicht sein«, meinte Stenning. »Sehen Sie sich die Zusammensetzung des Kuratoriums an.«
»Gut, ich sehe es. Zwei Ballards, Sie und zwei andere. Na und?«
»Das werde ich Ihnen sagen. Der alte Brockhurst, Billy Bendell und ich sind alle alte Freunde von Ben. Wir mußten zwei Familienmitglieder im Kuratorium haben, damit sie nicht gleich Lunte rochen. Wenn sie nur geahnt hätten, was Ben im Schilde führte, hätten sie einen Weg

gefunden, Bens Vorhaben zu versalzen. Jeder halbwegs gewitzte Strafverteidiger hätte eine Möglichkeit gefunden, die Stiftung vor Bens Tod zu verbraten. Deswegen haben wir drei seit sieben Jahren den Ballards gerade soviel Spielraum gelassen, daß die Suppe nicht überschwappte. Wir haben den zwei Ballards im Kuratorium ihren Willen gelassen und uns nur in Angelegenheiten durchgesetzt, wo es für sie nicht allzu wichtig war. Sie sind überzeugt, daß es so bleiben wird – aber Pustekuchen.«
»Ich verstehe immer noch nicht, was das alles mit mir zu tun hat.«
Stenning ließ in aller Ruhe die Katze aus dem Sack: »Ben wollte Sie im Kuratorium haben.«
Ballard riß den Mund auf. »Was?«
»Die Sache sieht folgendermaßen aus: Das Kuratorium setzt sich permanent fort. Wenn sich ein Mitglied zurückzieht, muß durch eine Wahl sein Nachfolger gewählt werden, und – jetzt kommt der springende Punkt – das ausscheidende Mitglied hat eine Stimme. Brockhurst ist fast achtzig, er hat nur Ben zuliebe weitergemacht. Wenn er ausscheidet, bekommen Sie seine Stimme, Sie bekommen Billy Bendells Stimme, und Sie können mit meiner Stimme rechnen – das gibt eine Mehrheit, und die Ballards können nichts daran ändern.«
Ballard schwieg längere Zeit. Schließlich sagte er: »Das ist alles schön und gut, aber ich bin kein Verwalter, jedenfalls nicht von der Art der Treuhänder. Ich nehme an, es gibt ein Honorar, aber ich muß meinen Lebensunterhalt verdienen. Sie bieten mir eine Position an, die für einen pensionierten Geschäftsmann in Frage käme. Ich habe keine Lust, einen gemeinnützigen Fonds zu leiten, egal, wie groß er ist.«
Stenning schüttelte betrübt den Kopf. »Sie haben mich noch immer nicht verstanden. Ben hat die Stiftung aus einem einzigen Grund ins Leben gerufen, nämlich, um zu vermeiden, daß sein Vermögen vergeudet wurde, und um die Ballard-Gruppe unversehrt, aber aus den Händen sei-

ner Söhne, zu erhalten.« Er zog einen Umschlag aus seiner Tasche. »Ich habe hier die Börsennotierungen der Firmen des Ballard-Konzerns von Mitte letzter Woche.«
Er zog ein Blatt Papier aus dem Umschlag. »Es ist erstaunlich, was alles auf einem so kleinen Blatt Platz hat.« Er beugte sich über das Papier. »Der Gesamtwert der Aktien liegt bei zweihundertzweiunddreißig Millionen Pfund. Die Beteiligungen der Familie Ballard – das heißt, Ihrer Onkels und aller Ihrer Vettern – betragen vierzehn Millionen Pfund. Die Beteiligung der Ballard-Stiftung ist einundvierzig Millionen Pfund, und die Stiftung ist durchwegs der größte Aktionär.«
Er schob das Papier in den Umschlag zurück. »Ian, derjenige, der die meisten Stimmen des Kuratoriums bekommt, kontrolliert die Ballard-Stiftung, und wer die Stiftung kontrolliert, kontrolliert die Ballard-Gruppe und deren Unternehmen. Seit sieben Jahren warten wir darauf, daß Sie Ihr Erbe antreten.«
Ballard war wie vom Donner gerührt. Er starrte auf die schimmernde Wasseroberfläche, ohne sie richtig zu sehen. Er wußte, daß das Glänzen in seinen Augen nicht nur die Reflexion vom Swimming-pool war. – Dieser wundervolle, egoistische, verrückte alte Mann! Er rieb sich die Augen und merkte, daß sie feucht waren. Stenning hatte gerade etwas gesagt. »Wie bitte?«
»Ich sagte, es gibt einen Haken«, wiederholte Stenning.
»Ich nehme an, das ist unvermeidlich.«
»Ja.« Ein flüchtiges Lächeln huschte über Stennings Gesicht. »Ben wußte, daß er starb. Zwei Tage vor seinem Tod hat er mir ein Versprechen entlockt. Ich sollte herkommen und mir das Ergebnis des Hukahoronui-Experiments ansehen – ob die Petersons noch immer auf Ihnen herumtrampelten. Als Bens Freund – und als sein Anwalt – fühle ich mich an seinen letzten Wunsch gebunden, und ich muß das tun, was er selbst getan hätte, wenn er noch lebte.«
»Dann ist die Sache noch nicht klar?«

»Ich habe die Zeitungsberichte über die Untersuchungen mit großem Interesse verfolgt. Sie haben sich tapfer geschlagen, Ian; aber mir scheint, daß die Petersons noch immer keinen Respekt vor Ihnen haben. Ben war der Meinung, ein Mann, der sich selbst nicht verteidigen kann, ist nicht der Richtige, die Ballard-Gruppe zu kontrollieren – und ich muß sagen, ich stimme mit ihm im großen und ganzen überein. Die Ausübung einer solchen Macht erfordert von einem Mann, daß er stahlhart sein kann.«
»Das ist der zweite Schock, den Sie mir heute versetzen«, sagte Ballard leise.
»Nicht, daß ich mich da ganz nach den Zeitungen richten würde«, erklärte Stenning. »Ich bin zu sehr Anwalt, um alles Gedruckte zu glauben. Sie werden eine faire Beurteilung bekommen. Ian. Aber aus Hochachtung für Ben wird es auch ein ehrliches Urteil sein.«
»Und Sie sind mein Richter. Mein einziger Richter?«
Stenning senkte den Kopf. »Ben hat sich immer sehr auf mich verlassen, aber die letzte Aufgabe, die er mir gestellt hat, ist die schwerste Last, die ich je zu tragen hatte. Und trotzdem kann ich nicht einfach davonlaufen.«
»Nein«, gab Ballard nachdenklich zu. »Wahrscheinlich nicht.« Er dachte an seinen eigenen heißen Wunsch, von Hukahoronui wegzukommen, als er ein Junge von sechzehn war. Der Drang, vor den Schikanen der Petersons einfach davonzulaufen, war übermächtig gewesen. »Ich möchte jetzt allein sein und über alles nachdenken.«
»Durchaus verständlich«, meinte Stenning. »Sehe ich Sie zum Lunch?«
»Ich weiß nicht.« Ballard stand auf und griff sein Handtuch. »Mike McGill wird hier sein. Sie können mit ihm über die Lawine reden.«
Er überquerte den Rasen und ging auf sein Zimmer.

Das Hearing
Vierter Tag

18. Kapitel

Am nächsten Morgen beim Frühstück äußerte Stenning die Absicht, der Untersuchung beizuwohnen. Ballard meinte: »Das wird nicht einfach sein. Das Interesse daran ist groß. Die Leute stehen Schlange, um einen Platz zu bekommen. Sie können sich zu mir setzen, wenn Sie möchten.«
»Ich halte das nicht für ratsam«, antwortete Stenning. »Diese Neuigkeit würde Ihren Onkels sehr schnell zu Ohren kommen. Aber machen Sie sich keine Sorgen, Ian. Ich habe Samstag mit Dr. Harrison telefoniert, bevor ich mich schlafen legte, und er hat einen Platz für mich gefunden.« Er lächelte. »Reine Höflichke1it einem Gast-Anwalt gegenüber.«
Clever! dachte Ballard. *Sehr clever!* Laut sagte er: »Meine Familie wird auch dann davon Wind bekommen, wenn Sie überhaupt dort erscheinen.«
Stenning schnitt an seinem Frühstücksspeck herum. »Glaube ich kaum. Ich bin hier in Neuseeland nicht bekannt, und Sie haben mir gesagt, es sei kein Familienmitglied anwesend.«
Um zehn Minuten vor zehn saß Ballard auf seinem Platz und überflog seine Notizen. Er sah, wie Stenning von einem Gerichtsdiener zu seinem Platz unter den Ehrengästen geführt wurde. Stenning nahm Platz. Seine Augen wanderten interessiert durch den Saal, übergingen aber Ballard ohne das geringste Zeichen des Erkennens. Er holte Notiz-

buch und Stift aus der Aktentasche und legte sie vor sich auf den Tisch.
Als Ballard sich wieder seinen Notizen zuwandte, fiel ein Schatten schräg über den Tisch. Er schaute auf und sah Rickman vor sich.
»Mr. Ballard, darf ich Sie kurz sprechen?«
Ballard nickte in Richtung des Podiums. »Sie müssen sich schon kurz fassen, es geht bald los.«
»Es dauert nicht lange.« Rickman stützte sich auf die Tischkante und beugte sich vor. »Mr. Crowell war verärgert darüber, wie sie ihn am Freitag im Zeugenstand behandelt haben. Aber übers Wochenende hat er sich das alles noch einmal durch den Kopf gehen lassen, und er ist jetzt etwas freundlicher gestimmt.«
»Das freut mich«, antwortete Ballard, ohne eine Miene zu verziehen.
»Vielleicht wissen Sie es noch nicht, aber Mr. Crowell wird bald... hm... befördert. Er wird Präsident des Aufsichtsrates der New Zealand Mineral Holding-Gesellschaft, der Muttergesellschaft der Hukahoronui Bergbau-Gesellschaft. Das liegt schon länger in der Luft.«
»Wie schön für ihn.«
»Er ist der Meinung, die Doppelbelastung – das heißt der Vorsitz beider Gesellschaften – wäre zuviel für ihn. Infolgedessen wird der Posten des Aufsichtsratsvorsitzenden der Bergbau-Gesellschaft freiwerden.«
»Wie interessant«, bemerkte Ballard unbeteiligt. Mehr sagte er nicht. Sollte Rickman sich doch abstrampeln.
»Ihnen ist bekannt, daß Proben, die vor der Lawine gemacht wurden, einen hohen Goldgehalt aufwiesen. Daraufhin beschloß der Aufsichtsrat, neue Aktien in Umlauf zu bringen, um die erheblichen Entwicklungsarbeiten zu finanzieren. Wer auch immer zum Vorsitzenden ernannt wird, wird sich in einer äußerst günstigen Position befinden. Zu dieser Position nämlich gehörten eine Menge Optionen, das heißt, das Vorkaufsrecht, soundso viele Aktien zum

Nennwert zu kaufen.«
»Ich weiß schon, was eine Option ist.«
Rickman spreizte die Hände. »Nun gut. Wenn die Nachricht über den gestiegenen Goldwert veröffentlicht wird, wird der Aktienpreis unweigerlich in die Höhe schnellen. Jeder, der Vorkaufsrechte besitzt, wird eine Menge Geld verdienen können.«
»Ist das nicht ungesetzlich? Handel mit Geheimtips ist verpönt.«
»Ich kann Ihnen versichern, es wird sich in diesem Fall alles innerhalb der Legalität abspielen«, meinte Rickman ölig.
»Das glaube ich Ihnen gern, Mr. Rickman. Sie sind Anwalt, ich nicht. Aber ich verstehe nicht, was das Ganze mit mir zu tun hat.«
»Als Aufsichtsratsvorsitzender der Muttergesellschaft wird Mr. Crowell eine gewichtige Stimme bei der Ernennung des Vorsitzenden der Bergbau-Gesellschaft haben. Er ist der Meinung, daß Sie für die Position qualifiziert seien, sollten Sie den Wunsch haben, als Kandidat in Erwägung gezogen zu werden.«
»Welche Erwägungen?« fragte Ballard ohne Umschweife.
»Aber Mr. Ballard! Wir sind beide Realisten, und wir wissen beide, wovon wir reden.«
»Ich spüre die lange Hand von Onkel Steve«, sagte Ballard. »Er zieht in Sydney die Fäden, und Crowell tanzt.« Er wies auf den leeren Zeugenstand. »Crowell hat Freitag dort gesessen, und ich habe ihn ganz schön in die Zange genommen. Jetzt bietet er mir den Vorstand einer Gesellschaft an, als deren Geschäftsführer er mich gerade gefeuert hat. Was für ein Mann ist Crowell, Mr. Rickman?« Er schüttelte den Kopf. »Ich glaube kaum, daß Sie mich auf die Liste der Kandidaten setzen können.«
Rickman runzelte die Stirn. »Das ist eine Position, die nur wenige junge Männer ausschlagen würden – insbesondere in Anbetracht der Beweisführung, die in absehbarer Zeit bei dieser Untersuchung stattfinden wird – einer Beweis-

führung, die speziell für Sie schädigend sein dürfte. Die Auswirkung dieser Beweisführung *könnte* vermindert werden.« Er hielt inne. »Oder auch umgekehrt.«
»Ich möchte nicht ein Realist Ihres Schlages sein, Mr. Rickman, oder des von Crowell. Ich pflege klar und deutlich zu reden, und ich werde Ihnen sagen, was ich denke. Zuerst versuchen Sie, mich zu bestechen, und nun drohen Sie mir. Ich habe bereits Frank Ballard gesagt, daß beides nicht zieht. Nun sage ich Ihnen genau dasselbe. Verschwinden Sie, Mr. Rickman!«
Rickmans Gesichtsausdruck verfinsterte sich. »Wenn ich einen Zeugen dieser kleinen Rede hätte, würde ich Sie wegen Verleumdung vors Gericht schleppen.«
»Sie selbst sorgen schon dafür, daß wir keine Zeugen haben«, erwiderte Ballard. »Warum sonst hätten Sie geflüstert?«
Rickman stieß einen Laut der Verachtung aus, drehte Ballard den Rücken zu und ging zu seinem Platz zurück, wo sich ein hastiges Gespräch mit Crowell entwickelte. Ballard sah ihnen einen Augenblick lang zu, verlegte dann seine Aufmerksamkeit auf die Plätze, die für Zeugen reserviert waren. Mike McGill hob fragend die Augenbrauen und Ballard blinzelte ihm zu.
Er hatte Mike ins Vertrauen gezogen und ihm den Grund für Stennings eiligen Flug nach Neuseeland erzählt. McGill war fast an seinem Bier erstickt. »Zweihundertzweiundvierzig Millionen Pfund...!« Er hatte das Glas hingestellt und einfach vor sich hin gestiert. Seine Lippen bewegten sich lautlos. »Das sind mehr als sechshundert Millionen US-Dollar – selbst nach amerikanischen Maßstäben ein ganz schöner Batzen.«
»Es gehört mir nicht«, sagte Ballard trocken. »Es gehört den Aktionären.«
»Das kann sein, aber du hast die Kontrolle über die Millionen. Du kannst sie einsetzen, wo du willst. Das bedeutet verdammt viel Macht.«

»Noch bin ich nicht Treuhänder. Das hängt von Stennings Entscheidung ab.«
»Nicht ganz«, meinte McGill spitz. »Es ist auch deine Entscheidung. Du brauchst nur die Petersons niederzuwalzen. Stenning hat das ziemlich klar gesagt. Mein Gott, dein Großvater muß ein wahrer Teufelskerl gewesen sein. Er konnte sich so schöne Tricks ausdenken.«
»Die Petersons niederwalzen«, wiederholte Ballard. »Liz wäre davon sicher nicht allzu begeistert.«
»Eine Frau zuliebe die Welt verschenken – so denkst du doch nicht im Ernst?!« McGill prustete. »Also, Stenning hat sich ziemlich unmißverständlich ausgedrückt. Eindringlicher hätte er es dir nicht einmal beibringen können, wenn er dir die Worte einzeln eingebrannt hätte. Du mußt die Petersons regelrecht festnageln und fertigmachen, und zwar in aller Öffentlichkeit während der Untersuchung. Das ist deine einzige Chance.«
Ballard reagierte scharf. »Und wie soll ich das anstellen?«
McGill zuckte die Achseln. »Weiß ich nicht. Bis zum Zeitpunkt der ersten Lawine haben sie in Lokalpolitik mitgemischt, und auf dem Gebiet könnte man ihnen ein paar schlechte Noten verpassen. Aber danach haben sie sich kein bißchen danebenbenommen. Sie haben zur richtigen Zeit das Richtige getan, und man wird es ihnen hoch anrechnen. Charlie hat sich sogar angeboten, nach der Lawine mit mir auf den Hang zu steigen, als ich noch mit einer zweiten Lawine rechnete. Dazu gehört Mumm. Von da an ist nichts, was man den Petersons ankreiden könnte.«
»Also keine Dampfwalze.«
McGill lachte, ein humorloses Bellen. »Aber sicher doch! Es wird Fragen geben nach einer Entscheidung im Zusammenhang mit der Grube. Erik hatte den richtigen Vorschlag gemacht, und du hast ihn abgelehnt. Mehr als fünfzig Menschen kamen um, Ian! Die Dampfwalze wird anrollen, aber am Hebel sitzen die Petersons, und *sie* werden *dich* plattwalzen!«

19. Kapitel

Erik Peterson sagte aus.
»Es muß irgendwann zwischen halb sieben und sieben Uhr Sonntag früh gewesen sein, als mein Bruder John mich weckte. Mr. Ballard und Dr. McGill waren bei ihm. Sie berichteten von einer Lawine. Zuerst glaubte ich ihnen nicht. Ich hatte nichts gehört, und wenn man der Schrekkensgeschichte hätte glauben wollen, die sie erzählt hatten, hätte die ganze Stadt ausradiert sein müssen. Aber John sagte, der Paß sei blockiert, und niemand könnte raus oder rein.«
Er zuckte die Achseln. »Ich glaubte ihnen eigentlich immer noch nicht, aber John war sehr überzeugend. Dann sagte er, wenn der Paß so zugeschüttet werden konnte, konnte Dr. McGill vielleicht auch recht haben mit der Gefahr, die der Stadt vom Westhang drohte. Mein Bruder machte einige Telefongespräche und berief eine sofortige Sitzung des Gemeinderates ein. Inzwischen war es gegen acht Uhr, und allmählich wurde es heller. Die Sitzung fand im Supermarkt statt.«

Nicht das kalte Licht der Neonröhren gab an jenem Sonntagmorgen die Beleuchtung ab. Zwei Öllampen strahlten behagliche Wärme aus, die mit zunehmender Helligkeit des Himmels wieder schwand. Noch schien die Sonne nicht ins Tal hinein, denn sie mußte hoch am Himmel stehen, um den Osthang zu erreichen und den Nebel aufzulösen, der tief im Tal hing.
Erik Peterson schürte das Feuer in dem altmodischen dickbäuchigen Ofen mit Holzscheiten. »Was bin ich froh, daß wir dieses alte Stück nicht weggeworfen haben.« Er deutete mit dem Daumen auf den hinteren Raum. »Dahinten habe ich achttausend Liter Heizöl stehen, die jetzt keinen Pfifferling wert sind. Die Zentralheizung braucht zwei Elektro-

motoren als Antrieb.«
»Wo bleibt denn nur Matt?« fragte Mrs. Samson etwas gereizt.
»Der wird schon kommen«, antwortete John Peterson. »Du kennst Matt – langsam, aber zuverlässig.«
Erik machte den Ofen wieder zu. »Und wenn ich an die Kühlschränke und den Kühlraum denke, alles ohne Strom. Nur gut, daß uns das nicht im Sommer passiert ist.«
»Herrgott noch mal!« brauste John auf. »Denk doch *einmal* nach! Wie soll den so was im Sommer passieren?«
Erik hielt überrascht inne. »Ach ja, darüber hab' ich gar nicht nachgedacht. Ich meinte nur...«
»Scher dich zum Teufel mit deiner Meinung. Wenn du nichts Vernünftiges zu sagen hast, halt die Klappe!«
Die Nerven schienen angespannt. McGill schlug ruhig vor: »Ich finde, wir sollten anfangen, ohne länger auf Mr. Houghton zu warten. Wir können ihm später das Wichtigste sagen.«
»Nicht nötig«, warf Phil Warrick ein. »Da kommt er.«
Houghton kam den Gang herauf zu der Gruppe, die um den Ofen geschart war. »Ich weiß, daß wir abgemacht hatten, uns heute morgen zu treffen, aber dies hier finde ich nicht sehr komisch. Wißt ihr, wieviel Uhr es ist?«
John Peterson hob die Hand. »Matt, am Paß ist eine Lawine heruntergekommen. Er ist total zugeschüttet. Es liegt so viel Schnee da, daß man nicht einmal die Spitze des Berges sehen kann.«
»Soll das heißen, daß wir nicht raus können?«
»Jedenfalls nicht per Auto«, erklärte McGill.
Houghton blickte sich unsicher um. John Peterson ergriff wieder das Wort. »Setz dich, Matt. Wenn es *eine* Lawine gegeben hat, kann es auch eine zweite geben. Ich bin der Meinung, wir sollten uns bei Dr. McGill entschuldigen und uns seine Vorschläge anhören.«
»Die Entschuldigung können Sie sich sparen – dafür mein erster Vorschlag.« McGill musterte die kleine Gruppe.

»Wir sind nicht genug Leute. Wir brauchen mehr Männer, starke Männer, die sich nicht gleich vor Angst in die Hosen machen. Und auch Frauen, aber keine Mimosen – ich brauche solche, die zupacken können.« Drei Anwesende fingen an, gleichzeitig zu sprechen, aber McGill hielt die Hand hoch. »Mrs. Samson, würden Sie bitte das Protokoll übernehmen. Schreiben Sie bitte die Namen derjenigen auf, die vorgeschlagen werden.«
»Papier und Bleistift liegen neben der Kasse. Ich werde sie holen«, schlug Erik vor.
Zehn Minuten später meinte McGill: »Das müßte reichen. Mrs. Samson, würden Sie jetzt bitte gehen und diese Leute zusammentrommeln. Sorgen Sie dafür, daß sie so schnell wie möglich hier aufkreuzen.«
Sie stand auf. »Sie werden hier sein.«
Ballard gab ihr einen Brief. »Geben Sie ihn Joe Cameron. Ich glaube, Sie werden ihn in der Grube finden, nicht zu Hause.«
Mrs. Samson ging. McGill sah nach draußen in das diffuse Licht. »Als erstes müssen wir dafür sorgen, daß die Außenwelt von dem Vorfall verständigt wird. Sobald es hell genug ist, möchte ich, daß ein paar Leute über die Lawine klettern. Zwei Mannschaften von je zwei Mann, um sicherzugehen. Ich werde zwei Briefe für sie schreiben – wir möchten nicht, daß die Nachricht verstümmelt ankommt.«
Ballard meinte: »Dafür brauchst du eine Sekretärin. Du kannst Betty haben.«
McGill nickte kurz. »Wenn das, was vom Hang heruntergekommen ist, eine Staublawine gewesen ist – was gut möglich ist –, dann wird dieser Laden hops gehen.«
»Meinen Sie das ernst?« fragte Erik.
»Davon bin ich fest überzeugt, jetzt, wo die Bäume weg sind.«
»Verdammt noch mal!« zischte Erik. »Jedesmal, wenn ich eine Frage stelle, wirft er mir vor, die Bäume gefällt zu haben.«

McGill schlug mit der flachen Hand gegen die Wand eines Verkaufsstandes. Er klang wie Pistolenschüsse, und Warrick fuhr sichtlich zusammen. »Merken Sie sich bitte eins!« begann McGill mit scharfer Stimme. »Wir werden uns viel besser verstehen, wenn wir uns die gegenseitigen Vorwürfe ersparen. Ich habe niemandem etwas vorgeworfen, ich habe lediglich das Offensichtliche ausgesprochen.«
Ballard meldete sich und blickte zur Tür. »Bald werden eine Menge Leute dort hereinkommen, und wir müssen ihnen mitteilen, daß ihnen eine Katastrophe bevorsteht. Sie werden nicht sehr erfreut sein zu hören, daß der Gemeinderat diese Information bereits seit vierundzwanzig Stunden hat und sie für sich behalten hat. Ist Ihnen das klar, Erik?«
John warf eiskalt dazwischen: »Ich habe dir schon einmal gesagt, Erik: wenn du nichts Vernünftiges zu sagen hast, halt die Klappe.«
Er nickte McGill zu. »Fahren Sie fort.«
»Gut. Finden Sie sich damit ab, daß dieser Laden wahrscheinlich draufgeht. Ich möchte, daß die Regale leergeräumt und die Lebensmittel an einen sicheren Ort gebracht werden.« Sein Blick schweifte umher und blieb auf Phil Warrick haften. »Mr. Warrick, können Sie das organisieren?«
»Klar«, antwortete Warrick. »Aber wo finde ich einen sicheren Ort?«
»Fangen Sie bei Turi Bucks Haus an – weitere werde ich Ihnen später nennen. Beginnen Sie mit den Grundnahrungsmitteln – die Schokoladenplätzchen heben Sie für den Schluß auf. Und wenn Sie leere Behälter finden, können Sie das Heizöl von dem Tank abfüllen, den Erik erwähnt hat. Wenn es uns erwischt, werden wir Wärme genauso nötig haben wie Essen.«
»Richtig«, sagte Warrick mit Bestimmtheit. Ballard dachte, daß Warrick ein brauchbarer Mann sei, solange er Befehle empfing und nicht zu erteilen brauchte.

»Vergiß nicht die Lagerräume hinten im Laden«, rief John Peterson.
Jetzt meldete sich Houghton. »Schön und gut, für Essen ist gesorgt, aber wie steht's mit den Menschen? Wir können kaum die gesamte Bevölkerung in Turi Bucks Haus stecken. Ich finde, wir sollten alle den Osthang hinaufgehen.«
»Das können Sie sich aus dem Kopf schlagen«, bestimmte McGill. Er lehnte sich vor. »Ich hoffe zwar, Mr. Houghton, daß es nicht geschehen wird; aber wenn eine Staublawine den Westhang herunterkommt, wird sie die Talsohle durchqueren und mit Leichtigkeit den Fluß überqueren. Ich kann nicht sagen, wie weit sie den Osthang hinaufgeschoben wird.« Houghton sah skeptisch drein, und McGill klopfte ihm auf das Knie. »Sie wird mit hoher Geschwindigkeit anrollen, Mr. Houghton. Nicht nur schneller, als Sie laufen können, sondern auch schneller, als Sie einen Wagen fahren können.«
»Meinen Sie, daß dies eintreten wird, McGill?« wollte Erik wissen.
»Es ist meine Einschätzung der Situation. Der Schnee in der Lawine im Paß war mir ein bißchen zu trocken. Je trockener der Schnee, um so wahrscheinlicher ist eine Staublawine, und je trockener, um so schneller. Außerdem, je weiter die Temperatur fällt, um so trockener wird er.« McGill blickte aus dem Fenster. »Die Temperatur sinkt sehr schnell.«
Warrick warf ein: »Wenn die Temperatur fällt, wieso gibt es draußen Nebel? Dann müßte er in der Luft gefrieren.«
McGill runzelte die Stirn, erklärte dann aber: »Glauben Sie mir ruhig, die Temperatur fällt. Sie ist seit heute morgen, als ich aufstand, um anderthalb Grad gesunken.«
»Wohin also mit der Bevölkerung?« wiederholte Houghton.
»Das können wir besser klären, wenn ich mir die Karte angucke, die wir gestern hatten.« Am Eingang des Supermarktes entstand Bewegung, und McGill bat Warrick:

»Gehen Sie hin und halten Sie die Leute erst mal dort auf. Wir müssen unsere Erklärungen allen gleichzeitig abgeben. Sagen Sie mir Bescheid, wenn sie alle versammelt sind.«
»Mache ich«, versprach Warrick.
»Und erzählen Sie nicht ein einziges Sterbenswörtchen«, befahl McGill. »Wir wollen keine Panik auslösen. Sagen Sie einfach, sie werden alles erfahren in –«, er neigte den Kopf und blickte an Houghton vorbei zu John Peterson – »fünfzehn Minuten.« John nickte zustimmend.
Als Warrick sich entfernt hatte, macht Erik einen Vorschlag. »Aber natürlich, ich weiß den idealen Platz, wo wir die Leute unterbringen können. Wie wär's mit der Grube? Sie ist ein verdammt großer Luftschutzkeller. Direkt im Berg!«
»Mensch, das ist eine Idee!« stimmte Houghton zu.
»Ich finde sie nicht so gut.« McGill stützte das Kinn auf seine Hand. »Der Eingang liegt direkt am unteren Ende des Hanges, und jede Lawine wird genau über ihn hinwegfegen.«
»Das macht nichts«, meinte John Peterson. »Deswegen baut man ja Galerien über die Straßen. Ich habe es in der Schweiz gesehen. Der Schnee rollt direkt über sie hinweg.«
»Und wenn, wie Sie sagten, der meiste Schnee das Tal überquert, wird es keine Schwierigkeiten geben, herauszukommen, wenn alles vorbei ist«, erklärte Houghton.
»Ja, das träfe bei einer Staublawine zu«, erklärte McGill. »Aber nehmen wir an, die Temperatur steigt wieder, dann gibt es keine Staublawine. Sie wird langsamer und nasser sein, und es wird sich verdammt viel Schnee am Fuße des Hanges auftürmen. Damit wäre der Grubeneingang blockiert. Nach einer Lawine trocknet nasser Schnee wie Beton.«
»In der Grube haben wir alle möglichen Geräte«, meinte John Peterson. »Wenn sie Stein abbauen können, können sie auch Schnee – oder Eis – abbauen. Sie könnten eine Stunde nach dem Eventualfall schon draußen sein.«

McGill starrte ihn an. »Ich glaube, wir reden nicht auf der gleichen Wellenlänge. Wissen Sie, wieviel Schnee auf dem Westhang liegt?«
»Nein, eigentlich nicht – nicht wirklich.«
»Nun ja, ich habe es einmal überschlagen, und meine Schätzung liegt bei einer Million Tonnen – oder mehr.«
Erik fing an zu lachen. Houghton erwiderte spontan: »Unmöglich!«
»Und wieso unmöglich – verdammt noch mal? Das sind fast zweitausend Morgen da oben, die mit mehr als zwei Meter Schnee bedeckt sind. Fünfundzwanzig Zentimeter Neuschnee ist gleich zweieinhalb Zentimeter Regen – aber Regen versickert, während Schnee liegenbleibt. Der Schnee dort oben ist zusammengepreßt worden, und ich schätze, daß es etwa zwanzig Zentimeter Regenwasser entspricht – vielleicht mehr. Um das Gewicht auszurechnen, braucht man wohl keinen Rechenschieber. Und seit sechsunddreißig Stunden schneit es wie verrückt, deswegen kann es sein, daß ich es sogar noch unterschätze.«
Ein Schweigen entstand. McGill rieb sich das Kinn, es hörte sich an wie eine Raspel. »Was meinst du, Ian?«
»Was die Grube betrifft, so mache ich mir ernste Sorgen im Falle einer Staublawine. Wenn ich über deine mathematische Beschreibung einer Staublawine nachdenke, würde ich sagen, daß wir es mit hydraulischer Kraft zu tun haben.«
McGill nickte zustimmend. »Richtig.«
»Hab' ich mir gedacht. Wenn eine flüssige Masse am Eingang vorbeiströmt mit solchen Geschwindigkeiten, wie du beschrieben hast, dann wird das im Innern der Grube einen merkwürdigen Effekt haben. Ähnlich, wie wenn man über den offenen Hals einer Flasche hinwegbläst, nur stärker.«
»Sog«, sagte McGill. »Verdammt noch mal – da könnte ja die ganze Luft herausgesaugt werden. Daran hatte ich überhaupt nicht gedacht.«
»Ich werde mit Cameron darüber sprechen«, entschied

Ballard. »Vielleicht können wir irgendeine Schutzwand oder ein Tor bauen.«

»Lassen wir das erst mal«, meinte McGill. »Das können wir uns noch überlegen, wenn uns keine geschützten Orte mehr einfallen. Gehen wir lieber einen Schritt weiter. Nehmen wir an, es gibt eine Lawine, und irgend jemand wird verschüttet. Was wollen wir unternehmen?«

»Da wird es nicht viel zu unternehmen geben«, meinte Houghton.

»Nach dem, wie Sie es ausgemalt haben. Es werden alle tot sein.«

»Nicht unbedingt; vor allem darf man sich nicht einfach so fatalistisch damit abfinden. Bei Lawinen passieren die verrücktesten Dinge. Wir müssen den Leuten klarmachen, daß wir rasch handeln, sobald wir betroffen sind. Wir müssen ihnen sagen, was sie zu tun haben.«

»*Sie* müssen ihnen sagen, was sie zu tun haben«, meinte John Peterson.

»Wenn Sie wollen«, antwortete McGill ernst.

Jemand kam vom Eingang her den Gang entlanggelaufen. Ballard wandte sich um und sah einen uniformierten Polizisten, der auf sie zukam. Ballard kam plötzlich ein Gedanke, und er schlug McGill auf den Rücken. »Ein Radio!« rief er. »Pye hat einen Sender – *muß* er haben!«

Arthur Pye blieb stehen. »Morgen, John. Was gibt's? Mrs. Samson sagte, du wolltest mich sofort sprechen.«

Ballard unterbrach ihn. »Arthur, Sie haben doch einen Sender, nicht wahr?«

»Jawohl, Mr. Ballard, normalerweise ja. Aber im Augenblick nicht. Er war in letzter Zeit nicht ganz in Ordnung, und deswegen habe ich ihn Freitag zur Reparatur gebracht. Morgen habe ich ihn wieder.«

McGill stöhnte. »Verdammt! Das ist ja die reinste Verschwörung!«

Matt Houghton machte den Mund auf, aber John Peterson hob die Hand und erklärte die Situation kurz und bündig.

Pye betrachtete McGill interessiert. »Stimmt das?«
McGill nickte. »Deswegen sind die Strom- und Telefonleitungen unterbrochen. Hat sonst jemand einen Sender? Keine Funkamateure hier?«
»Nicht, daß ich wüßte«, meinte Pye. »Vielleicht einer von den Pfadfindern. Ich frag' mal Bobby Fawcett.« Er wandte sich an John Peterson. »Was wird nun dagegen unternommen?«
John wies auf die größer werdende Gruppe am Eingang. »Wir haben einige von den zuverlässigen Leuten zusammengetrommelt. Ich werde ihnen die Situation schildern, und McGill wird ihnen sagen, wie sie sich zu verhalten haben.« Er zuckte die Achseln. »Er ist der einzige, der darüber Bescheid weiß.«
»Dann fangt aber bald an«, rief Pye. »Sie werden ein bißchen unruhig.«
John Peterson schaute zu McGill, der nickte. »Klar. Also los dann!«
McGill bat Ballard: »Ruf Turi Buck an und sag' ihm, er soll sich darauf vorbereiten, Gastgeber für einen Haufen Kinder zu spielen.« Er stand auf und stellte sich zu Peterson und Pye. »Wir werden ein Lawinenkomitee organisieren, aber es wird kein Kaffeekränzchen werden – jedenfalls nicht, wenn ich etwas zu sagen habe.«
»Ist schon klar«, versprach Pye.
McGill nickte zufrieden. »Sie gehören dazu, Mr. Pye. Und einen Arzt brauchen wir auch. Aber gehen wir jetzt die Hiobsbotschaft verkünden!«
Erik Peterson fuhr fort: »Mein Bruder hat also den Leuten, die Mrs. Samson benachrichtigt hatte, alles erzählt. Zuerst haben sie es nicht geglaubt – erst nachdem jemand von der Straße hereinkam und erzählte, daß er nicht über den Paß gekommen wäre. Selbst dann brauchten wir unsere ganze Überredungskraft, um klarzumachen, daß die Stadt gefährdet war.« Er zuckte die Achseln. »Es war genau wie bei der ersten Gemeinderatssitzung, nur viel schlimmer. Jeder

wollte seinen Senf dazugeben.«
»Wieviel Uhr war es ungefähr?« fragte Harrison.
»Vielleicht halb neun – neun Uhr.«
»Dann war es schon hell?«
»Ja und nein. Huka hat zu beiden Seiten Berge, und wir haben kein direktes Sonnenlicht bis ziemlich spät am Vormittag. Der Himmel war schon hell, aber es lag auch noch dichter Nebel.«
Professor Rolandson streckte den Arm hoch; Harrison nickte ihm zu. »Sie haben erzählt, Dr. McGill hätte Ihnen gesagt, daß die Temperatur fiel. Und daß Mr. Warrick dies wegen des Nebels in Frage stellt. Ich muß sagen, das verstehe ich auch nicht. Ich würde annehmen, daß unter diesen Umständen der Nebel sich als Rauhreif niedergeschlagen hätte. Wurde das irgenwie erklärt?«
»Nicht, daß ich wüßte.«
»Und schneite es zu dem Zeitpunkt noch?«
»Nein, Sir. Es hatte aufgehört. Es hat den ganzen Tag über nicht mehr geschneit.«
Rolandson lehnte sich zurück, Harrison setzte die Befragung fort. »Wie ging es nun aus? Ich meine, wie haben Sie diese Gruppe von Auserwählten überzeugt?«
»Es war Arthur Pye, dem es schließlich gelang. Eine Weile hörte er sich das Hin und Her an, dann schaltete er sich ein und sagte, es wäre Zeit, mit dem Geschnatter aufzuhören. Das tat er mit großem Nachdruck.«
Harrison hob den Kopf und richtete sich nun an die Allgemeinheit im Saal: »Es ist sehr bedauerlich, daß der Wachtmeister Pye nicht selber aussagen kann. Wie Sie vielleicht wissen, kam er nach der Lawine bei einer mutigen Rettungsaktion ums Leben. Ich habe gestern erfahren, daß Wachtmeister Pye und Mr. William Quentin, dem Gewerkschaftsvertreter des Bergwerks, postum das Georgs-Kreuz Ihrer Majestät verliehen wurde.«
Ein Gemurmel entstand, dann vereinzeltes Klatschen, das aber schnell zu einem Applaussturm anwuchs. Auf der

Pressegalerie brodelte und kochte es. Harrison ließ den Applaus abflauen, bis er schließlich auf das Podium klopfte. »Fahren wir mit der Beweisaufnahme fort!«
Als die Ruhe im Saal wieder eingekehrt war, wandte sich Harrison an Erik Peterson: »Können Sie uns sagen, was Mr. Ballard zu dem Zeitpunkt machte?«
»Zuerst telefonierte er, dann sprach er eine Zeitlang mit Mr. Cameron.«
»Er hat sich an dem allgemeinen Gespräch nicht beteiligt?«
»Zu dem Zeitpunkt nicht. Er nahm Mr. Cameron etwas beiseite, und sie unterhielten sich.«
»Sie haben nicht mitgekriegt, worüber?«
»Nein, Sir.«
Harrison blickte Ballard an. »In Hinblick auf eine bestimmte Entscheidung, die ungefähr zu der Zeit gefallen ist, möchte ich erfahren, worum es bei dem Zwiegespräch ging. Sie sind jetzt entschuldigt, Mr. Peterson. Mr. Ballard, würden Sie bitte vortreten.«

20. Kapitel

Ballard war nervös. In Hukahoronui hatte er eine Entscheidung getroffen, und nun wurde er aufgefordert, sie zu rechtfertigen. Aufgrund jener Entscheidung waren vierundfünfzig Menschen gestorben, die heute vielleicht am Leben wären. Diese Erkenntnis lastete schwer auf ihm. Er preßte die Hände fest zusammen, damit seine Finger nicht zitterten.
Harrison stellte die erste Frage. »Können Sie mir die wesentlichen Punkte Ihres damaligen Gespräches mit Mr. Cameron schildern?«
Ballards Stimme klang fest. »Wir sprachen über Erik Petersons Vorschlag, die Grube als Schutzraum zu benutzen. Ich hatte schon mit Dr. McGill darüber gesprochen, was uns im Falle einer Lawine erwartete, und er hatte gesagt, daß

Staublawinen sehr schnell seien – bis zu einer Höchstgeschwindigkeit von vierhundertfünfzig Kilometer pro Stunde.« Er hielt inne. »Das ist natürlich die fortschreitende Geschwindigkeit.«
»Sie meinen die allgemeine Geschwindigkeit der herannahenden Schneemassen?« wollte Rolandson wissen.
»Jawohl. Aber innerhalb dieser Masse würde es nach Meinung von Dr. McGill erhebliche Turbulenz geben. Es würde sich ein Wirbel bilden, der zu zeitweiligen Windböen von bis zu der doppelten fortschreitenden Geschwindigkeit führen würde.«
Rolandson zog die Augenbrauen hoch. »Das heißt, es könnte Böen geben mit einer Geschwindigkeit von über neunhundert Stundenkilometern?«
»So habe ich Dr. McGill verstanden.«
»Ich kann mir vorstellen, wie Ihnen zumute war. Sie befürchteten einen Orgelpfeifeneffekt, wenn die Lawine am Grubeneingang vorbeifegte.«
»Genau. Der Sog wäre gewaltig gewesen.«
»Und wie hätte es mit der anderen Art Lawine ausgesehen?«
»Eine Schlaglawine wäre viel langsamer heruntergekommen – mit einer Geschwindigkeit von fünfzig bis sechzig Stundenkilometern. Bei dieser relativ langsamen Geschwindigkeit hätte der Schnee sich möglicherweise vor dem Eingang aufgetürmt. Dr. McGill hatte mir gesagt, daß diese Art Schnee sich sofort in Eis verwandelt. Ich war also mit der Aussicht konfrontiert, daß Hunderte von Menschen in der Grube durch mehrere tausend Tonnen Eis von unbekannter Dicke von der Außenwelt abgeschnitten würden. Das in etwa waren die Probleme, die ich mit Mr. Cameron besprach.«
»Und was meinte Mr. Cameron dazu?« fragte Harrison.
Cameron reagierte sarkastisch. »Herrgott!« entfuhr es ihm. »Sie wollen die ganze Bevölkerung in ein Loch im Berg schicken?«

»Es bietet Schutz.«
»Schutz schön und gut – das weiß ich –, aber es bringt auch Probleme mit sich. So viele Probleme, daß ich nicht weiß, wo ich anfangen soll. Zum Beispiel, wann wird diese Katastrophe überhaupt stattfinden?«
»Sie wird vielleicht nie eintreten.«
»Eben. Wie lange also sollen die Leute herumsitzen und warten? Sie halten es vielleicht einen Tag aus; wenn aber nichts passiert, werden sie raus wollen. Glauben Sie, daß Sie sie aufhalten können?«
»Aber vielleicht der Gemeinderat.«
Cameron tat mit einem verächtlichen Schnaufen seine Meinung über den Gemeinderat kund. »Um die Wahrheit zu sagen, wäre ich nicht allzu glücklich, wenn überhaupt jemand bei einer Lawine in der Grube säße. Eine Million Tonnen Schnee, die aus einer Höhe von vertikal durchschnittlich tausend Meter fallen, müssen beträchtliche Erschütterungen verursachen.«
Ballard fragte mit zusammengekniffenen Augen. »Was wollen Sie damit sagen, Joe?«
»Nun, Sie wissen, daß wir an einigen Ecken gespart haben.«
»Ich habe einige von diesen Ecken bemerkt. Ich habe sogar einen Bericht für den Aufsichtsrat verfaßt. Ich bin noch nicht lange hier, Joe, nicht lange genug, um alles wieder in Ordnung zu bringen. Ich sage Ihnen hier und jetzt, das muß ein Ende haben. Warum zum Teufel haben Sie das zugelassen?«
»Ich war nicht der erste Mann des Clans«, erinnerte ihn Cameron bissig. »Mein Vorgesetzter ist diese rückgratlose Qualle Dobbs – und über ihm war Fisher, der schon mit einem Bein im Grab ist, und auch sonst unfähig. Und die anderen waren genauso schlimm. Und dieser Produktionsbonus, den Sie an die Männer vergeben, ist fast kriminell. Die Jungs sind nur Menschen, und wenn, sagen wir, ein Sprengmeister seine Piepen schneller verdienen kann, in-

dem er bei den Vorschriften ein Auge zudrückt, wird er sich jedesmal für das Geld entscheiden. Und Dobbs hat auch ein Auge zugedrückt, denn auch er hat ein Stück vom Kuchen abgekriegt.«
»Sie auch.«
Cameron blickte zu Boden. »Vielleicht auch.« Er sah Ballard herausfordernd an. »Ich will mich nicht rechtfertigen. Ich will Ihnen nur Tatsachen beibringen. Ich bin nicht wie Dobbs – ich hab's nicht wegen des Geldes getan. Ich habe es wegen meiner Position getan, Ian, ich mußte meine Position halten. Dies ist meine letzte Stelle als Chefingenieur. Wenn ich sie verliere, bin ich auf dem absteigenden Ast – dann bin ich der Assistent irgendeines jungen cleveren Burschen, der auf dem Weg nach oben ist. Und wenn man in meinem Alter ist, kann man es sich nicht leisten, solche Risiken einzugehen. Wenn ich nicht mitgespielt hätte, hätte man mich gefeuert.«
Er lachte hämisch und klopfte Ballard auf die Brust. »Aber erzählen Sie mir nur nicht, Sie hätten nicht auch schon Ihre Sorgen gehabt. Ich versichere Ihnen, ich habe mein Bestes getan, wirklich, aber diese geschäftstüchtigen Geier in Auckland sind der knickrigste Haufen, den es je gab – nur nehmen und nichts geben. Ich habe Dobbs – und auch Fisher – auf Knien um mehr Geld für Sicherheit gebeten, um die Stützeinrichtungen auszubauen. Die einzige Antwort, die ich je bekam, war: ›Sehen Sie zu, wie Sie es schaffen!‹«
Ballard rieb sich die Augen. »Das ist jetzt alles vorbei. Was macht Ihnen jetzt Sorgen?«
»Ich werd' es Ihnen sagen. Wenn dieser Haufen den Berg herunterkommt – egal, ob Staub- oder Schlaglawine –, wird es einen verdammt großen Bums geben. Wir haben die Vorschriften vielleicht ein bißchen großzügig ausgelegt; jedenfalls möchte ich nicht dort drin sein, wenn es losgeht. Ich glaube nicht, daß die Stützvorrichtungen das aushalten.«
Ballard atmete hörbar ein. »Eine tolle Sache, Joe. Ist zur

Zeit irgend jemand in der Grube?«
»Die Sonntagsmannschaft. Ein halbes Dutzend Jungs. Monteure und Elektriker.«
Ballards Stimme war scharf. »Holen Sie sie raus! Holen Sie sie sofort raus! Und machen Sie ein bißchen flott voran, Joe.«
Er drehte sich auf dem Absatz herum und ging auf die laute, sich streitende Gruppe am Eingang zu. Arthur Pye erhob seine Stimme zum Stiergebrüll. »Ruhe! Wir wollen McGills Meinung dazu hören.«
McGill wandte sich an Ballard. »Wir haben über Erik Petersons Vorschlag diskutiert, die Grube als Schutzraum zu benutzen. Ich finde, es ist keine schlechte Idee. Das Problem mit der Sogwirkung ist, glaube ich, gelöst, wenn Joe Cameron eine Absperrvorrichtung am Eingang aufbauen kann. Und in die Grube passen leicht alle Leute rein.«
»Nein«, antwortete Ballard. »Niemand geht hinein. Ich habe gerade veranlaßt, daß die Männer, die schon drinnen sind, herausgeholt werden.«
Ein Stimmengewirr erhob sich, das Pye jedoch schnell und lautstark beendete. »Warum nicht, Mr. Ballard?«
»Weil ich das nicht für sicher halte. Mr. Cameron hat mich gerade darauf hingewiesen, daß eine Million Tonnen Schnee, die auf die Talsohle aufschlagen, ziemlich starke Erschütterungen verursachen würden. Meiner Meinung nach sind die Stollen nicht sicher.«
Pye runzelte die Stirn. »Nicht sicher?«
»Ich habe mich entschieden, und ich bleibe dabei!« antwortete Ballard. »Sobald die Männer draußen sind, werde ich den Eingang schließen lassen.«
»Das wär's«, meinte McGill. »Es hat keinen Sinn, weiter darüber zu diskutieren.« Nach einem kurzen, neugierigen Blick auf Ballard wandte er sich an Pye. »Ich brauche vier Mann, wenn möglich, mit Bergerfahrung. Und Seile und Eispickel, wenn Sie haben.«
»Einige der Pfadfinder können gut klettern.«

»In Ordnung«, schloß McGill. »Wo ist die Sekretärin, die du mir versprochen hast, Ian?«

»So war es eben«, sagte Ballard.
Harrison öffnete den Mund, schloß ihn aber, ohne etwas zu sagen. Er lehnte sich zurück und richtete eine Frage an den Sachverständigen zu seiner Linken. »Haben Sie Fragen, Mr. French?«
»O ja.« French rückte seinen Stuhl so, daß er Ballard besser sehen konnte. »Sie wissen, daß ich vom Bergbau-Ministerium bin, Mr. Ballard?«
»Ja.«
»Ich habe Ihre Aussage sehr aufmerksam verfolgt. Ist es richtig, daß Sie die Grube schließen ließen, weil Sie im Falle einer Lawine einen Stolleneinsturz befürchteten?«
»Das ist richtig.«
»Ist Ihnen bekannt, daß aufgrund der besonderen Beschaffenheit dieses Landes die Bergbaubestimmungen so formuliert sind, daß Erdbeben einkalkuliert werden müssen?«
»Das ist mir bekannt.«
»Auch dann, wenn eine größere Menge Schnee vom Westhang oberhalb der Grube heruntergekommen wäre, hätte dies also nur wenig oder gar keinen Schaden verursacht, vorausgesetzt, man hätte sich an die Vorschriften gehalten? Stimmen Sie dem zu?«
»Ja.«
»Sie haben also, indem sie so gehandelt haben, offensichtlich nicht geglaubt, daß die von meinem Ministerium vorgelegten gesetzlichen Bestimmungen befolgt worden sind?«
»Ich bin mit Mr. Cameron der Meinung, daß die Bestimmungen etwas zu großzügig ausgelegt worden sind, hauptsächlich aus finanziellen Gründen. Jedenfalls war es ein Punkt, worüber ich mit einem Inspektor des Ministeriums nicht gerade gern diskutiert hätte, wäre einer dabeigewesen.«
»Das, Mr. Ballard, ist ein für Sie sehr nachteiliges Einge-

ständnis«, sagte French kühl.
»Dessen bin ich mir bewußt. Sir.«
»Und nur aufgrund Ihrer Vermutung ließen Sie die Grube schließen. Beim darauffolgenden Unglück kamen vierundfünfzig Menschen ums Leben. Nach dem Unglück wurde die Grube geöffnet. Die Abstützungen hatten letzten Endes bewiesen, daß sie der Erschütterung standgehalten hatten. In keinem Bereich der Grube war irgend etwas eingestürzt. Hätte man also die gesamte Bevölkerung von Hukahoronui in der Grube untergebracht, wie Mr. Erik Peterson vorgeschlagen hatte, wären alle in Sicherheit gewesen. Was haben Sie dazu zu sagen, Mr. Ballard?«
Ballard blickte bekümmert drein. »Diese Frage lastet sehr auf mir, seit dem Tag der Lawine. Ich habe offensichtlich die falsche Entscheidung getroffen, aber nur im nachhinein betrachtet. Ich war dabei, und die Entscheidung lag bei mir. Ich habe sie aufgrund der mir zur Verfügung stehenden Informationen getroffen. »Er hielt inne.« Ich möchte hinzufügen, daß sich, wenn ich heute vor der gleichen Frage stünde, an meiner Entscheidung nichts ändern würde.«
Unruhe breitete sich unter dem Publikum aus; der Fußboden knarrte.
Harrison fuhr freundlich fort: »Aber die Grube hätte sicher sein müssen, Mr. Ballard.«
»Ja, Sir.«
»Und sie war es nicht?«
»Nein, sie war es nicht.«
Rolandson beugte sich mit weit gespreizten Ellbogen über die Kanzel und schaute zu French hinüber. »Wurde die Grube von einem Mitarbeiter der Bergbau-Aufsichtsratsbehörde geöffnet, Mr. French?«
»Ja.«
»Wie war seine Meinung über die Abstützungen, die er vorfand?«
»Sein Bericht war ungünstig«, antwortete French. »Ich sollte hinzufügen, daß er mir unmittelbar nach der Besichti-

gung einen mündlichen Bericht erstattete, dessen Wortlaut ich hier lieber nicht wiedergeben möchte.«
Ballard ergriff erneut das Wort. »Ich habe dem Aufsichtsrat einen ähnlichen Bericht vorgelegt. Ich bitte darum, daß er als Beweismaterial aufgenommen wird.«
Harrison wandte sich an Rickman. »Mr. Rickman, kann dieser Bericht zur Verfügung gestellt werden?«
Rickman beriet sich einige Minuten flüsternd mit Crowell. Dann blickte er auf. »Ich habe die Anweisung, der Kommission mitzuteilen, daß ein solcher Bericht von Mr. Ballard niemals eingegangen ist.«
Ballard erblaßte, konnte aber noch mit beherrschter Stimme hinzufügen: »Ich kann der Kommission eine Kopie dieses Berichtes zur Verfügung stellen.«
»Mit Verlaub, Herr Vorsitzender«, warf Rickman ein, »aber die Tatsache, daß Mr. Ballard die Kopie eines Berichtes abliefern kann, bedeutet nicht notwendigerweise, daß ein solcher Bericht an den Aufsichtsrat der Gesellschaft geschickt worden ist. Theoretisch kann jeder Bericht, den Mr. Ballard der Kommission zukommen lassen möchte, nachträglich verfaßt worden sein.«
Harrison sah interessiert aus. »Wollen Sie allen Ernstes andeuten, daß der Bericht, den Mr. Ballard mir angeboten hat, in betrügerischer Absicht im nachhinein geschrieben worden sein könnte?«
»Mit Verlaub, ich weise lediglich auf die Möglichkeit hin, daß er gestern verfaßt worden sein *könnte*.«
»Ein interessanter Gedanke, Mr. Rickman. Was halten Sie davon, Mr. Ballard?«
Ballard blickte Rickman an, der ihn ausdruckslos anschaute. »Mr. Rickman lastet mir an, ein Lügner zu sein.«
»Aber nein!« antwortete Rickman spitzfindig. »Nur daß Sie einer sein *könnten*.«
»Auch trägt Mr. Rickman nicht gerade viel zu einer positiven Verfassung meinerseits bei«, bemerkte Ballard. »Ich würde gern Fragen zur Grubensicherheit beantworten, von

Mr. French, von Mr. Gunn, der die Gewerkschaft Bergbau vertritt, oder von jedem anderen interessierten Anwesenden.«

Das Lächeln verschwand aus Rickmans Gesicht, als Gunn sich auf das Angebot stürzte. »Mr. Ballard, Sie haben ausgesagt, die Grube sei nicht sicher gewesen. Haben Sie – abgesehen von diesem umstrittenen Bericht – mit sonst irgend jemandem zu diesem Zeitpunkt über dieses Thema gesprochen?«

»Das habe ich. Ich habe es bei Gesprächen mit Mr. Dobbs, Mr. Cameron und Dr. McGill angeschnitten, sowohl vor als auch nach der Lawine.«

»Hatten Sie etwas unternommen, um die Mißstände zu beheben?«

»Ich schrieb den Bericht und wollte nachhaken.«

»Wie lange vor der Katastrophe haben Sie Ihre Position bei der Gesellschaft angetreten?«

»Sechs Wochen vorher.«

»Nur sechs Wochen!?« wiederholte Gunn in gutgespielter Überraschung. »Dann kann Mr. Rickman, oder gar Mr. Lyall, kaum ernsthaft meinen, daß Sie für den Zustand in der Grube verantwortlich seien.«

»Ich hatte nicht die Absicht, dies zu behaupten«, meinte Lyall trocken.

Rickman schwieg.

»Aber irgend jemand muß verantwortlich gewesen sein!« beharrte Gunn. »Was war Ihrer Meinung nach der Grund für diesen skandalösen Zustand?«

»Die Grube bewegte sich an der Grenze der Rentabilität. Wenn sie keinen Verlust tragen sollte, mußten sämtliche Kostenfaktoren möglichst klein bleiben. Das Geld, das in die Grube gesteckt wurde, wurde ausschließlich für Produktivität verwendet – für Profit. Alles, was nicht der Produktivität diente, mußte den kürzeren ziehen – einschließlich der Sicherheitsmaßnahmen.« Ballard reckte sich auf seinem Stuhl und fixierte Rickman. »Jetzt, da man auf

eine ergiebige Ader von Konglomeraterz gestoßen ist, kann man nur hoffen, daß mehr Geld für Sicherheit aufgewendet werden wird.«
Rickman sprang auf. »Herr Vorsitzender, ich protestiere! Der Zeuge verrät die strengsten Geheimnisse des Unternehmens – Geheimnisse, in die er nur aufgrund seiner betrieblichen Position eingeweiht wurde. Entspricht das dem Verhalten eines verantwortungsbewußten Geschäftsführers?«

Ein Tumult entstand auf der Pressegalerie. Bei dem Höllenlärm ging Ballards Erwiderung verloren: »Meinen Sie nicht *ehemaligen* Geschäftsführers?«

21. Kapitel

Als die Untersuchungskommission am Nachmittag wieder zusammentrat, leitete Harrison scharf ein: »Ich will nicht hoffen, daß es zu einer Wiederholung eines Verhaltens kommt, das uns heute morgen veranlaßte, die Sitzung zu vertagen. Es ist nicht meine Angelegenheit, zu beurteilen, ob Mr. Ballard klug gehandelt hat, zu sagen, was er gesagt hat. Ich bin aber der Meinung, daß er von der aggressiven Taktik gereizt wurde, vor der ich bei der Eröffnung dieser Untersuchung gewarnt habe. Mr. Rickman, ich erteile Ihnen hiermit eine letzte Verwarnung. Sie dürfen nicht übereifrig bei der Verteidigung Ihres Mandanten sein. Noch ein solcher Vorfall, wie wir ihn heute morgen erlebt haben, und ich werde mich gezwungen sehen, Ihren Mandanten zu bitten, einen anderen Verteidiger zu suchen.«
Rickman stand auf. »Wenn die Kommission mir irgendeinen Verstoß vorwirft, so bitte ich um Entschuldigung.«
»Ihre Entschuldigung wird angenommen.« Harrison blickte auf seine Notizen. »Ich möchte Mr. Ballard nur

noch eine Frage stellen. Es wird nicht lange dauern, und Sie dürfen Platz behalten. Mr. Ballard, Sie sagten, Sie hätten sich mit Mr. Cameron beraten. Ich habe Ihre Aussage noch einmal eingehend studiert und dabei festgestellt, daß Mr. Dobbs, der technische Leiter der Grube und Vorgesetzter von Mr. Cameron, kaum eine Rolle gespielt hat. Wo war Mr. Dobbs die ganze Zeit?«
Ballard zögerte. »Ich weiß es nicht. Es schien etwas mit ihm passiert zu sein.«
»Wie meinen Sie das?«
»Etwas Psychisches, würde ich sagen. Er schien sich zurückzuziehen. Er trat alle seine Aufgaben an mich ab. Da ich mir verständlicherweise deswegen Sorgen machte, schickte ich Dr. Scott zu Mr. Dobbs. Er sollte festzustellen versuchen, was los war. Ich finde, seine Aussage wäre sinnvoller. Ich bin kein Mediziner.«
»Ja, das wäre wohl das beste. Ich werde ihn später aufrufen, falls es sich als notwendig erweist.« Harrison las erneut in seinen Notizen. »Dr. McGill scheint zu dem Zeitpunkt die Regie sehr wirksam übernommen zu haben. Er war sozusagen die treibende Kraft, denn nur er hatte eine Vorstellung von dem, was noch kommen sollte. Ich glaube, wir hören uns am besten seine Aussage an.«
McGill trat in den Zeugenstand und sagte ohne Einleitung: »Ich möchte einen Punkt klären, der Professor Rolandson Kopfzerbrechen bereitet. Der Nebel.«
Rolandson blickte auf. »Ja, das würde ich gerne erklärt haben.«
»Er hat auch mir Kopfzerbrechen bereitet«, gab McGill zu. »Wenn ich's mir auch nicht anmerken ließ. Ich verstand einfach nicht, wie sich bei schnell sinkenden Temperaturen so starker Nebel bilden konnte. Er war sehr dick – keineswegs nur Dunst – und bedeutete für uns viel Ärger. Erst nach der Lawine wurde mir alles klar.«
Da er wußte, daß seine Aussage den ganzen Nachmittag in Anspruch nehmen würde, machte McGill es sich im Zeu-

genstand bequem. »Sie erinnern sich vielleicht, daß die erste Lawine sowohl den Fluß als auch die Straße blockierte. Der Fluß war zwar zugefroren, aber unter dem Eis floß das Wasser natürlich weiter. Nach dem Stau des Flusses stieg das Wasser an und durchbrach das Eis. Dieses Wasser war relativ warm, und so bildete sich beim Kontakt mit der kalten Luft Dunst. Tatsächlich schlug er sich die ganze Zeit über als Rauhreif nieder; aber da das Wasser sich in den Senkungen ausbreitete, kam eine ziemlich große Oberfläche mit der Luft in Berührung. Daher wurde Nebel schneller gebildet als er zu Frost werden konnte.«

»Eine raffinierte Theorie«, meinte Rolandson. »Und zweifellos richtig.« »Wie ich schon sagte, hat uns der Nebel an dem Tag viel Ärger bereitet. Er hat unsere Aktionen stark behindert.«

»Was war Ihre vorrangige Überlegung?« fragte Harrison. »Die persönliche Sicherheit der Menschen«, antwortete McGill ohne Zögern. »Und ich stieß auf sehr viel Kooperationsbereitschaft, sobald die meisten den Ernst der Lage begriffen hatten. Ich möchte sagen, daß alle diejenigen, die schon vorher die Situation erfaßt hatten, ihr Ganzes gegeben haben. Ich möchte dabei besonders John Peterson hervorheben.«

Harrison nickte und machte sich eine Notiz. »Welche Schritte wurden eingeleitet?«

»Es war wichtig, mit der Außenwelt in Verbindung zu kommen. Es wurden zwei Mannschaften losgeschickt, die aus dem Tal herausklettern sollten, sobald es hell genug war. Eine Mannschaft sollte über den Schutthaufen von der Lawine steigen, der den Paß blockierte, während die andere ihn umgehen sollte. Sobald diese Aktion in Gang gekommen war, ließ ich die Kinder zusammenführen und zu Turi Buck schicken, wo es erwiesenermaßen sicher war. Zu diesem Zeitpunkt fing ich an, mir um die Zentrale Sorgen zu machen, und ich –«

»Die Zentrale?« fragte Harrison.

»Entschuldigung«, verbesserte McGill. »Ich meinte die Telefonzentrale. Sie stand völlig frei und ungeschützt und würde bestimmt getroffen werden – aber wir mußten unbedingt die Kommunikation aufrechterhalten. Ein Ausfall des Fernsprechsystems zur Zeit der Organisation hätte alles sehr erschwert. Ich besprach dieses Problem mit Mr. Ballard und Mr. Peterson. Einer der Grubentechniker meldete sich freiwillig für den Telefonisten-Posten, aber die Telefonistin, Mrs. Maureen Scanlon, wollte auf ihrem Posten bleiben. Sie sagte, alles andere wäre Versäumnis ihrer Pflicht, und weigerte sich, den Platz zu räumen. Außerdem sagte sie, sei sie hier die Telefonistin, und niemand solle wagen, ihr den Platz streitig zu machen.«

McGill senkte die Stimme. »Das Fernsprechsystem funktionierte einwandfrei während der gesamten Organisationszeit bis zu dem Zeitpunkt der Lawine, als die Zentrale zerstört wurde und Mrs. Scanlon ums Leben kam. Mr. John Peterson kam ebenfalls zu der Zeit ums Leben, bei dem Versuch, Mrs. Scanlon zu retten.«

Im Saal war es mäuschenstill, bis ein langer Seufzer das Schweigen brach.

Harrison fuhr leise fort. »Sie hatten offensichtlich alle Hände voll zu tun.«

»Nun ja, Mr. Ballard und John Peterson waren sehr fähige Generalstabschefs, wenn man das so sagen will. Mr. Ballard stellte sämtliche Mittel der Grube zur Verfügung und organisierte alles von dieser Seite, während Mr. John Peterson dasselbe von der Gemeindeseite tat, unterstützt von den anderen Abgeordneten. Das Hauptproblem am Anfang war, die Bewohner davon zu überzeugen, daß wir ernst machten, und deswegen war die Telefonzentrale so wichtig. Die Gemeinderatsmitglieder sprachen persönlich per Telefon mit jedem Familienvorstand im Tal. Ich selbst habe lediglich für eine allgemeine Koordination gesorgt, um Fehler zu vermeiden; und nach einiger Zeit konnte ich daran denken, was nach der Lawine zu tun war.«

Professor Rolandson fragte: »Wie sicher waren Sie zu diesem Zeitpunkt, daß es eine zweite Lawine geben würde?«
»Für mich war es nicht Sicherheit, sondern Wahrscheinlichkeit. Als Wissenschaftler bin ich gewohnt, so zu denken, denn exakt berechnen läßt es sich nicht. Lawinen sind bekanntlich unberechenbar. Ich kenne einen Fall in der Schweiz, bei dem ein fünfhundert Jahre altes Gebäude weggefegt wurde, welches bewies, daß seit fünfhundert Jahren keine Lawine diesen Weg genommen hatte. Niemand hätte es voraussagen können. Aber aufgrund meiner Untersuchungen des Hanges und der wenigen uns zur Verfügung stehenden Theorien und meiner eigenen Erfahrung schätzte ich die Chance einer Lawine auf siebzig Prozent ein – mit zunehmender Tendenz bei sinkenden Temperaturen.«
»Würden Sie sagen, zunehmend bis achtzig Prozent?«
»Ja, das würde ich sagen, oder sogar höher.«
»Darf ich das in Worte fassen, die es Laien verständlicher machen«, schlug Rolandson vor. »Dr. McGill sagt, daß die Wahrscheinlichkeit, daß sich keine Lawine lösen würde, so groß war, wie beim Würfeln gleich eine Sechs zu würfeln. Die Wahrscheinlichkeit einer Lawine war nach seiner Meinung etwa vier oder fünf zu eins.«
»Chancen, auf die sich nur ein fanatischer Spieler einlassen würde«, fügte Harrison hinzu. »Ich nehme an, die Bewohner wurden angewiesen, sich an sichere Orte zu begeben. Wer bestimmte diese Orte?«
»Ich, Sir.« McGill zögerte. »Sicherheit ist relativ. Um die Wahrheit zu sagen – ich war nicht einmal von der Sicherheit von Turi Bucks Haus überzeugt, nachdem die Bäume vom Hang verschwunden waren. Aber Besseres hatten wir nicht, und deswegen haben wir die meisten Kinder dorthin gebracht. Was den Rest anbelangt, so hatte ich die Karte studiert und soviel wie möglich persönlich besichtigt – was der Nebel erschwerte – und versucht, die örtlichen Gege-

benheiten auszunutzen, das heißt, ich achtete darauf, daß irgend etwas zwischen den Menschen und dem Schnee liegen würde.« Er hielt inne. »In einem Fall muß ich gestehen, einen schweren Fehler gemacht zu haben.«
»Niemand wird Ihnen deswegen einen Vorwurf machen«, bemerkte Harrison.
»Vielen Dank. Das Hauptproblem bestand darin, die Leute in Bewegung zu bringen. Niemand wollte sein warmes Haus verlassen und draußen im Schnee stehen. Der dicke Nebel machte die Aussicht nicht gerade einladender. Wachtmeister Pye, ein sehr resoluter Mann, hat uns dabei sehr geholfen.«
»Sie sagten, Sie fingen an, darüber nachzudenken, was nach der Lawine zu tun war. Was haben Sie damit gemeint?«
»Schnelligkeit bei Rettungsaktionen nach einer Lawine ist oberstes Gebot, aber die Rettungsmannschaften müssen wissen, was zu tun ist. Einen Menschen zu finden, der vom Schnee verschüttet ist, ist außergewöhnlich schwierig. Erfahrungen in der Schweiz haben gezeigt, daß eine geübte Mannschaft von zwanzig Mann zwanzig Stunden braucht, um eine Fläche von einem Hektar gründlich zu durchsuchen.«
McGill fuhr fort. »Wir dagegen hatten weder geübte Männer noch eine Ausrüstung. Auf Hilfe von außen konnten wir uns nicht verlassen, deswegen mußten wir mit dem, was wir hatten, improvisieren. Wir demontierten Fernsehantennen von den Häusern, deren Aluminiumröhren wir in Sonden für die Rettungsmannschaften umfunktionierten. Mr. Cameron brachte sie in der Grubenwerkstatt auf eine Länge von jeweils dreieinhalb Metern. Ich organisierte drei Mannschaften, insgesamt sechzig Mann, und gab mir Mühe, einen Blitzlehrgang in Lawinenopferbergung abzuhalten.«
»Um wieviel Uhr war das?«
McGill schüttelte den Kopf. »Das kann ich nicht sagen. Ich

hatte zuviel zu tun, um auf die Zeit zu achten.«

Feucht legte sich der Nebel auf die Haut. Die kaum spürbare Brise wehte Nebelschwaden umher und veränderte die Sichtweite beträchtlich. Eine große Anzahl von Männern, in Winterkleidung eingemummt, lief ziellos umher. Einige stampften mit ihren Füßen, um sich zu wärmen, andere hauchten auf ihre Finger oder schlugen die Arme um den Brustkorb.
»Es geht los, Jungs«, rief McGill. »Alle, die Sonden haben, kommen nach vorn und stellen sich in einer Reihe auf.« Er inspizierte sie mit kritischem Blick. »Stellt euch auf, als ob ihr beim Kommiß zur Parade müßtet – Schulter an Schulter, die Füße etwa zwanzig Zentimeter auseinander.«
Die Männer stellten sich schlurfend auf. Verlegenes Lachen bei einigen, denen bewußt wurde, welchen Anblick sie boten. »Das ist überhaupt nicht komisch«, fuhr McGill sie an. »Ihr anderen kommt auch hierher und paßt auf!«
Er trat vor, ein Knäuel Schnur in der Hand, und reichte den Anfang dem linken Flügelmann. »Halten Sie das fest.« Faden abrollend schritt er die Reihe ab, bis ans äußere rechte Ende der Reihe. Dort schnitt er ihn ab und gab ihn dem Mann vor ihm. »Ihr seid die beiden Flügelmänner. Jetzt bückt euch und zieht die Schnur straff über den Schnee. Die anderen setzten die Stiefelspitzen direkt an die Schnur.«
Er beobachtete, wie sie sich aufstellten. »Gut. Nun habt ihr ein Gelände vor euch, von dem ihr annehmt, daß darin jemand verschüttet ist, aber ihr wißt nicht genau wo. Ihr müßt die Sonde direkt an die linke Stiefelspitze setzen und in den Schnee drücken. Hier werdet ihr bei ungefähr einem Meter auf Grund stoßen. Bei einer Lawine wird es ein ganz schönes Stück tiefer sein.«
Die Männer stocherten die Sonden in den Schnee. »Gut, und nun dasselbe vor der rechten Stiefelspitze.«
Irgend jemand rief McGill zu: »Woher wissen wir, wenn

wir jemanden gefunden haben?«
»Das weiß man«, antwortete McGill. »Es ist unverkennbar. Wenn ihr auf einen Körper stoßt, müßt ihr mit dem Druck nachlassen – sonst wirkt die Sonde wie ein Speer. Verständigt euren Gruppenleiter, der die Stelle für die Ausgrabemannschaft markieren wird. Jetzt weiter! Die Flügelmänner treten einen Schritt vor – nicht weiter als dreißig Zentimeter – und ziehen die Schnur wieder straff. Die anderen setzen die Stiefel wieder direkt davor und untersuchen wieder den Schnee, genau wie vorher.«
Er wandte sich an die zuschauende Gruppe. »Seht ihr, wie's gemacht wird? Sie untersuchen jeden Quadratfuß. So sieht eine gründliche Suche aus. Sie gewährt eine fünfundneunzigprozentige Chance, jemanden zu finden, falls einer da ist. Bei einer absolut gründlichen Suche bohrt man vor jedem Stiefel und dann zwischen den Stiefeln. Dann hat man eine hundertprozentige Sicherheit vorausgesetzt, es liegt niemand tiefer, als die Sonde lang ist.«
Wieder kam eine Frage. »Aber es geht verdammt langsam voran, nicht wahr?«
»Stimmt schon«, gab McGill zu. »Es geht langsam. Wenn wir weitere Sonden bekommen, werde ich Ihnen die einfache Suche zeigen. Dabei liegen die Chancen, einen Verschütteten zu finden, bei dreißig Prozent; aber sie ist schneller, und manchmal ist Schnelligkeit dringender als Gründlichkeit.«
»Da kommt Cameron mit den Sonden«, rief eine Stimme. McGill wandte sich dem Lastwagen zu, der näher kam. Als er zum Stehen kam, rief McGill: »Ladet schnell aus!«
Er zog ein Päckchen Zigaretten aus der Tasche. Cameron stieg aus dem Fahrerhaus und kam über den knirschenden Schnee, um dem dargebotenen Päckchen eine Zigarette zu entnehmen. »Danke, Mike. Wie kommt ihr voran?«
McGill blickte sich um, um sicher zu sein, daß er außer Hörweite war. »Nicht gut. Wissen Sie, wie lange es dauert, die Männer vom Parsenndienst in der Schweiz auszubil-

den? Und die haben auch noch eine Ausrüstung.«
»Wie war das... wie sagten Sie? Ist das so ein Bergrettungsdienst?«
McGill nickte. »Diese Jungs sind zwar willig, aber wenn es um die Wurst geht, werden sie nicht viel bringen. Einige von ihnen werden vielleicht *unter* dem Schnee sein, und nicht obendrauf, wo ich sie brauche. Und die anderen werden nicht viel taugen.«
Wie meinen Sie das?«
»Eine Million Tonnen Schnee – oder meinetwegen sonst etwas –, die in unmittelbarer Nähe runterkommen, nehmen jedem den Mumm.« McGill stieß eine dicke Rauchwolke aus. »Man nennt das Katastrophenschock. Wir brauchen Hilfe von außen, und zwar schnell; und ich hoffe sehr, daß Hunde dabei sind. Ein geschulter Hund kann einen Verschütteten in einem Zehntel der Zeit finden, die eine zwanzigköpfige Mannschaft braucht. Die Hälfte der Lawinenopfer in der Schweiz wird von Hunden aufgespürt.«
Cameron wandte sich um und schaute auf die Reihe, die den Schnee untersuchte. »Warum machen Sie sich dann diese Mühe?«
»Um die Moral zu heben. Es ist ganz gut, wenn sie beschäftigt sind. Wie viele Sonden haben sie mitgebracht?«
»Zwanzig. In einer Stunde haben Sie weitere zwanzig.« Er schaute zu dem Lastwagen. »Sie haben ausgeladen. Ich fahr' wieder los.«
»Gut, Joe.« Als Cameron weggefahren war, ging McGill auf die Männer zu. »Die mit den neuen Sonden bitte alle hierher. Ich werde Ihnen das einfache Sondieren zeigen.« Er hielt inne, da ein Land-Rover in der Nähe anhielt. Zwei Männer, einer davon war Ballard, stiegen aus. McGill kannte den anderen Mann nicht.
Ballard eilte zu McGill. »Mike, Jack MacAllister. Er ist über den Paß gekommen.«
»Wir haben ein paar von Ihren Leuten oben getroffen«, erzählte MacAllister. »Sie sind weitergezogen, um zu tele-

fonieren. Sie haben uns erzählt, was hier los ist, und ich bin hergekommen, um es mir selber anzusehen.«

»Gott sei Dank!« sagte McGill aus vollem Herzen. Er versuchte, MacAllister abzuschätzen. »Welche Chance geben Sie uns, das Tal – die ganze Bevölkerung – zu evakuieren?«

MacAllister schüttelte den Kopf. »Gar keine. Ich habe lange Zeit gebraucht, rüberzukommen. Der Schnee ist hart geworden – schon fast Eis. Stellenweise muß man direkt senkrecht klettern. Aber die Jungs vom Fernsprechamt bemühen sich im Augenblick, eine Telefonleitung zu legen.«

»Das ist schon eine große Hilfe.« McGill ließ die Zigarette fallen und trat sie aus. »Wenigstens haben wir Verbindung zur Außenwelt. Besser spät als nie.«

»Die wußten schon letzte Nacht Bescheid«, erklärte MacAllister unerwartet. »Ich habe die Polizei verständigt. Eine ganze Truppe steht jetzt schon auf der anderen Seite vom Paß. Sie schlugen gerade ihr Lager auf, als ich loskletterte.«

»Es wird immer besser!« McGill wandte sich an Ballard. »Weißt du, was mir Sorgen macht?«

»Was denn?«

McGill zeigte nach oben. »Daß ich wegen des verdammten Nebels den Hang nicht sehen kann. Das macht mich ganz nervös.«

»Pst!« sagte MacAllister eindringlich. »Was ist das?«

»Was?«

»Hör doch!«

Das entfernte Dröhnen in der Luft wurde lauter. »Ein Flugzeug«, stellte McGill fest. Er versuchte, mit den Augen den Nebel zu durchdringen.

»Es kann bei diesem Wetter nicht landen«, sagte Ballard. Sie horchten auf das Flugzeug, das über ihnen kreiste; aber sehen konnten sie es nicht. Das Dröhnen hielt etwa zehn Minuten an, verschwand und kehrte nach fünf Minuten wieder zurück.

»Das ist alles«, schloß McGill. Er legte die Hände auf die Sessellehnen und blickte zu Harrison auf. »In dem Moment traf uns die Lawine.«

22. Kapitel

Harrison atmete schwer. »Nun sind wir bei der Lawine selbst angelangt. Es wurde in der Presse angedeutet, daß das Geräusch des Flugzeugs, das vom Zivilschutz zur Erkundung der Lage geschickt worden war, die Lawine ausgelöst hätte. Was halten Sie davon, Dr. McGill?«
»Das ist purer Unsinn, Sir«, antwortete McGill geradeheraus. »Die Vorstellung, daß Geräusche eine Lawine auslösen können, ist ein Märchen, ein Ammenmärchen. In den Vereinigten Staaten hat man Untersuchungen mit Überschallflugzeugen durchgeführt. Sogar der starke Überdruck, den zum Beispiel ein Militärflugzeug wie die Hustler verursacht, hat bis jetzt keine wahrnehmbare Wirkung gehabt.« Er hielt inne. »Das ist bei einem normalen Flug so. In Montana hat man Experimente mit F-106 Flugzeugen gemacht, die nach gezielten Sturzflügen mit Überschallgeschwindigkeit wieder aufstiegen. Das hat tatsächlich Lawinen ausgelöst. Aber das Flugzeug, das ich über Hukahoronui fliegen hörte, kann auf keinen Fall die Lawine verursacht haben.«
Harrison lächelte. »Der Pilot dieses Flugzeuges wird froh sein, das zu hören. Ich fürchte, es hat sein Gewissen sehr belastet.«
»Braucht es nicht«, meinte McGill. »Der Schnee mußte einfach runter, und er ist auch ohne seine Hilfe heruntergekommen.«
»Vielen Dank, Dr. McGill. Es scheint, daß der Pilot und der Beobachter dieses Flugzeugs die einzigen gewesen sind, die die Lawine gesehen haben, als sie zu rutschen anfing. Den Protokollen zufolge, die ich gelesen habe, scheint der

Beobachter *mehr* zur Beweisaufnahme bieten zu können. Sie sind jetzt entlassen. Dr. McGill.«
»Rufen Sie bitte Flugoffizier Hatry auf.«
Hatry nahm Platz. Er war ein frisch aussehender junger Mann um die zwanzig und trug die Uniform der RNZAF. Reed fragte: »Ihr Name?«
»Charles Howard Hatry.«
»Beruf?«
»Luftwaffenoffizier der Königlichen Neuseeländischen Luftwaffe.«
Harrison schaltete sich ein. »Wie kam es, daß Sie zu dem Zeitpunkt über Hukahoronui flogen?«
»Auf Befehl, Sir.«
»Und wie lautete genau Ihr Befehl?«
»Nach Hukahoronui zu fliegen und, wenn möglich, zu landen. Die Lage erkunden und zu funken. Ich glaube, die Befehle stammten vom Zivilschutz. Das wurde mir jedenfalls mitgeteilt.«
»So war es auch. Fahren Sie bitte fort.«
»Leutnant Storey war der Pilot, ich der Beobachter. Wir flogen vom Flughafen Harewood hier in Christchurch nach Hukahoronui. Als wir dort ankamen, stellten wir fest, daß an eine Landung nicht zu denken war. Eine dicke Nebel- oder Dunstschicht hing über der Talsohle. Es wäre zu gefährlich gewesen, durch sie hindurchzufliegen. Wir funkten diese Information nach Christchurch und bekamen die Anweisung, eine Zeitlang zu kreisen, für den Fall, daß sich der Nebel lichtete.«
»Wie war das Wetter – abgesehen von dem tiefliegenden Nebel?«
»Sehr gut, Sir. Es war klarer Himmel, und die Sonne schien sehr stark. Die Luft war ungewöhnlich klar. Ideal zum Fotografieren. Ich kann mich daran erinnern, daß ich Leutnant Storey sagte, draußen sei es sicher sehr kalt. Es war ein solcher Tag – frisch und kalt.«
»Sie erwähnten Fotografieren. Hatten Sie Anweisungen,

Fotos zu machen?«
»Jawohl. Ich habe zwei ganze Filme von der Gegend um das Tal herum geschossen – insgesamt zweiunsiebzig Bilder, einschließlich Aufnahmen von der Nebelgegend, für den Fall, daß es irgend etwas bedeuten sollte. Ich konnte mir den Nebel nicht erklären, Sir, denn überall sonst war es klar.«
Harrison zog einige schwarzweiße Hochglanz-Fotos aus einem Umschlag. »Sind das die Fotos, die Sie gemacht haben?« Er hielt eins nach dem anderen hoch.
»Jawohl, das sind die offiziellen Fotos.«
»Wie ich sehe, haben Sie auch von den Schneemassen, die den Paß blockierten, eine Aufnahme gemacht.«
»Ja, dazu sind wir extra tief geflogen.«
»Sie sagten, dies seien die offiziellen Fotos. Sollten wir Sie so verstehen, daß es auch inoffizielle Fotos gibt?«
Hatry rutschte im Stuhl hin und her. »Ich bin begeisterter Amateur-Filmer, und ich hatte meine Kamera zufällig dabei. Keine besonders gute – eine Acht-Millimeter-Kamera. Die Bedingungen waren so gut, die Berge sahen so schön aus, daß ich mich entschloß, einen Film zu schießen.«
»Und während Sie diesen Film machten, löste sich die Lawine. Ist es Ihnen gelungen, sie zu filmen?«
»Zum Teil, Sir.« Hatry hielt inne. »Der Film ist nicht besonders gut, fürchte ich.«
»Aber nachdem Sie ihn entwickeln ließen, wurde Ihnen klar, wie wichtig er war, und Sie überließen ihn der Kommission als Beweismaterial. Ist es so?«
»Jawohl.«
»Nun gut, ich finde, der Film wird das beste verfügbare Beweisstück sein. Mr. Reed, lassen Sie bitte die Leinwand aufstellen.«
Stimmengewirr wurde im Saal laut, während die Gerichtsdiener die Leinwand und den Projektor aufstellten. Die Vorhänge wurden zugezogen. Harrisons Stimme drang durch das Halbdunkel: »Wir können anfangen.«

Es folgte ein Klicken und Surren. Dann flimmerte eine Folge schnell vorbeiziehender Buchstaben vor verschwommen weißem Hintergrund auf, und plötzlich eine erkennbare Szene – weiße Berge gegen einen blauen Himmel. Sie verschwand und wurde von einer anderen Landschaft abgelöst. »Das ist das Tal«, erklärte Hatry. »Man kann den Nebel erkennen.« Er hielt inne, als ob er eine Taktlosigkeit begangen hätte. »Tut mir leid, Sir.«
»Aber nicht doch, Mr. Hatry. Geben Sie ruhig Ihren Kommentar zu den Bildern.«
»Man sieht nicht viel während der ersten Hälfte«, fuhr Hatry fort. »Nur Berge. Einige gute Fernblicke gegen Mount Cook.«
Der Film lief weiter. Es hätte der Urlaubsfilm eines Amateurfilmers sein können – aus der Hand gefilmt und leicht verwackelt. Aber die Spannung im Saal wuchs zusehends von Minute zu Minute.
Schließlich sagte Hatry: »Jetzt müßte es eigentlich kommen. Ich hatte Leutnant Storey gebeten, nördlich am Hukahoronui-Tal entlangzufliegen.«
»Wie hoch waren Sie?« wollte Rolandson wissen.
»Etwa sieben- bis achthundert Meter über dem Tal.«
»Sie flogen also unterhalb des westlichen Massivs?«
»Jawohl. Später habe ich erfahren, daß der Hang von der Talsohle bis zum Gipfel zweitausend Meter hoch ist. – Da ist er!«
Das Bild glitt langsam bergauf und zeigte einen schmalen Streifen blauen Himmels oben auf der Leinwand. Vereinzelt ragten Felsen aus dem Schnee, der die Leinwand ausfüllte und die Augen blendete. Vom künstlerischen Standpunkt aus gesehen war die Aufnahme miserabel, aber das war nebensächlich.
Plötzlich verschwamm das Bild, wurde dann aber wieder genau.
»Da!« sagte Hatry. »Da geht es los!«
Zuerst sah man graue Schwaden, Schatten, von dem auf-

wirbelnden Schnee verursacht, der sich auf der rasenden Talfahrt ständig ausdehnte. Es verschwand seitlich, als ob die Kamera abgeschwenkt wäre. Die nächste Szene zeigte entfernte Berge und Wolken, das Ganze war stark verwakkelt. »Wir hatten Mühe, das Flugzeug auf Kurs zu halten«, sagte Hatry entschuldigend. »Wir waren sehr aufgeregt.«
Dann wieder eine brodelnde Wolke von Weiß, durchzogen von einem Schatten von Grau, das sich, stetig anwachsend, den Hang hinabstürzte. Ballard leckte sich die trockenen Lippen. Er hatte einmal einen großen Ölbrand erlebt; und diese immer größer werdende Wolke, die den Hang hinabquoll, erinnerte ihn an die Wolken von schwarzem Rauch bei dem Brand. Es war, als sähe er dies jetzt auf einem Negativfilm.
Wieder verschwand die Szene abrupt, und schwindelerregend taumelte eine Aufnahme der Talsohle auf die Leinwand, als wirbele sie in einem Strudel herum. »Ich bat Leutnant Storey, die Maschine in Schräglage zu bringen«, erläuterte Hatry, »damit ich eine gute Aufnahme vom Tal machen konnte. Er kam meiner Bitte etwas zu plötzlich nach.«
Das Bild stabilisierte sich wieder, und man konnte selbst aus der großen Entfernung erkennen, daß der ganze obere Hang in Bewegung geraten war und die Massen unglaublich schnell vorrückten. Obwohl der Film verschwommen war, wirkte er sehr beeindruckend.
Plötzlich veränderte sich die Szene vollkommen. Die Schneefront der Lawine war jetzt viel weiter unten am Berg, fast schon bis zur Talsohle. Sie raste auf den Nebel zu, der sich wie ein Strom durch das Tal zog. Hatry nahm die Erläuterung wieder auf: »Wir waren zu weit geflogen und mußten schnell drehen und zurückfliegen.«
Etwas Überraschendes passierte mit dem Nebel. Noch bevor die heranrückende Schneefront ihn erreichte, wurde der Nebel zurückgedrängt, wie von unsichtbarer Hand weggeschoben. Für einen kurzen Augenblick konnte man

Gebäude erkennen. Dann fegte der Schnee über alles hinweg.
Die Leinwand wurde blendend weiß, und man hörte das Flattern des Filmendes, das mit der wirbelnden Spule gegen den Projektor schlug. »Leider ging mir der Film aus«, meinte Hatry.«
»Bitte die Vorhänge wieder aufziehen«, bat Harrison. Harrison wartete, bis die aufgeregten Gespräche verstummten.
»Sie drehten also den Film. Was taten Sie als nächstes?«
»Wir haben alles, was wir gesehen hatten, gefunkt.«
»Und wie war die Reaktion darauf?«
»Wir wurden gefragt, ob wir landen konnten. Ich hielt Rücksprache mit Leutnant Storey, und er sagte nein. Es war immer noch nebelig, aber das war nicht der Grund. Sehen Sie, er wußte nicht, *wo* er landen sollte, nachdem der Schnee alles verschüttet hatte. Deshalb erhielten wir Befehl, nach Christchurch zurückzukehren.«
»Vielen Dank, Mr. Hatry. Sie können an Ihren Platz zurückgehen.« Harrison blickte zu McGill. »Haben Sie irgend etwas zu dem, was Sie gerade gesehen haben, zu sagen, Dr. McGill? Sie können von Ihrem Platz aus antworten.«
»Der Film ist für Studienzwecke hochinteressant. Wenn wir die Bildzahl pro Sekunde dieses Filmes kennen, können wir mit großer Genauigkeit und bis ins Detail die Geschwindigkeit der Lawine messen. Am interessantesten fand ich die Bestätigung für etwas, das wir immer vermutet haben, aber noch nicht beweisen konnten. Aufgrund des Nebels konnten wir erkennen, daß den rutschenden Schneemassen eine Druckwelle vorausging. Ganz grob würde ich die Geschwindigkeit dieser Druckwelle auf etwa dreihundertfünfzig Stundenkilometer schätzen. Neben dem eigentlichen Aufprallen des Schnees würde schon eine solche Druckwelle erheblichen Schaden anrichten. Ich finde, der Film sollte konserviert und vervielfältigt werden. Ich hätte nichts dagegen, wenn man mir für meine Studien auch eine Kopie anbieten würde.«

»Vielen Dank.« Harrison blickte auf die Uhr. »Es ist Zeit, zu vertagen. Wir nehmen die Untersuchung morgen früh um zehn Uhr wieder auf.«
Er schlug mit dem Hammer aufs Pult.

23. Kapitel

McGill mischte sich unter die Menge, die nach draußen drängte. Vor ihm erkannte er die große Gestalt Stennings, der neben Ballard ging. Sie sprachen nicht, und sobald sie durch die Tür waren, gingen sie in verschiedenen Richtungen davon. Er lächelte und dachte, daß keiner von ihnen den Ballards irgendwelchen Anlaß zum Argwohn lieferte.
»Dr. McGill!« Irgend jemand zupfte an McGills Jackenärmel, und er wandte sich um. Die Peterson-Brüder standen hinter ihm, Erik vor der stämmigeren Gestalt Charlies. Erik begann: »Es hat mich sehr gefreut, was Sie über Johnnie gesagt haben. Ich möchte mich bei Ihnen dafür bedanken.«
»Keine Ursache«, antwortete McGill. »Verdienst ist Verdienst.«
»Trotzdem«, beharrte Erik etwas unbeholfen. »Es war sehr nett von Ihnen, es in aller Öffentlichkeit zu sagen – besonders, wo Sie sozusagen auf der anderen Seite stehen.«
»Einen Augenblick«, unterbrach ihn McGill scharf. »Ich bin neutral » ich stehe auf keiner Seite. Und wo Sie gerade davon reden – ich habe gar nicht gewußt, daß es Seiten gibt. Es handelt sich hier um eine Untersuchung und nicht um einen Prozeß. Macht das Harrison nicht immer wieder klar?«
Charlie blieb unbeeindruckt. »Wenn Sie neutral sind, dann bin ich Rumpelstilzchen. Jeder weiß, daß Sie und Ballard Busenfreunde sind.«
»Halt den Mund, Charlie!« fauchte Erik.
»Warum sollte ich? Harrison sagt, er will nur die Wahrheit

finden – und wie sieht die aus? Sieh dir doch die Beweisaufnahme von heute morgen an. Es wurde überhaupt nicht darauf eingegangen, daß Ballard einen groben Fehler gemacht hat. Warum hast du Lyall nicht angehalten, ihn fertigzumachen?«

»Charlie, es ist genug.« Erik blickte zu McGill und zuckte vielsagend die Achseln.

»Für mich nicht«, fuhr Charlie unbeirrt fort. »Ich weiß nur eins, früher hatte ich drei Brüder, und nun habe ich nur noch einen – und dieser Schweinehund hat die zwei umgebracht. Was erwartest du von mir? Soll ich ruhig zusehen, wie er die ganze Familie ausrottet?«

»Mein Gott, gib doch endlich Ruhe!« rief Erik, der am Ende seiner Geduld war.

»Ich denk' nicht dran«, erwiderte Charlie. Er klopfte McGill auf die Schulter. »Und Sie, Dr. McGill Neutral – Sie wollen mir doch nicht erzählen, Sie würden den Abend nicht mit Ballard verbringen?«

»Das werde ich tun«, antwortete McGill ruhig.

»Dann bestellen Sie ihm etwas von mir. Erik hatte den Vorschlag gemacht, die Grube als Schutzraum zu benutzen, aber Ballard hat ihn abgelehnt, weil die Grube nicht sicher war. Für die Sicherheit der Grube hatte aber Ballard die Verantwortung – er war der Boß, nicht wahr? Aber die Grube war unsicher. Für meine Begriffe ist das grobe Fahrlässigkeit – und ich werde dafür sorgen, daß man ihm das anhängt. Sie sind sein Freund – sagen Sie ihm das.« Charlies Stimme wurde lauter. »Sagen Sie ihm, wenn ich ihn nicht wegen Mordes kriege, dann kriege ich ihn wegen fahrlässiger Tötung.«

Erik faßte Charlies Arm. »Nicht so laut! Mach hier nicht wieder eine Szene!«

Charlie schüttelte Erik ab. »Du hast mir nichts zu sagen.« Er starrte McGill aus sprühenden Augen an. »Und sagen Sie auch diesem verdammten Mörder, der Ihr Freund ist, er soll mir aus dem Weg gehen. Wenn ich ihn erwische, werde

ich ihn in Stücke reißen.«
McGill sah sich um. Abgesehen von ihnen war der Gang jetzt leer. »Solche Drohungen sind sehr unklug. Zeugeneinschüchterung bei dieser Untersuchung könnte Ihnen Ärger bereiten.«
»Er hat recht«, pflichtete Erik bei. »Um Gottes willen, halt den Mund. Du redest zuviel –! Du redest *immer* zuviel.«
»Ich werde noch mehr als nur reden, bis ich fertig bin.« Charlie bohrte den Zeigefinger in McGills Brust. »Sagen Sie Ballard, dem Bastard, wenn er Liz nur noch einmal anguckt, werde ich ihn umlegen.«
»Nehmen Sie Ihre dreckige Pfote weg«, befahl McGill leise.
Erik zog Charlie weg. »Fang keinen Streit an, du Idiot.« Er schüttelte entmutigt den Kopf. »Tut mir leid, McGill.«
»Du brauchst dich meinetwegen nicht zu entschuldigen«, schrie Charlie. »Verdammt noch mal, Erik, du bist genauso feige wie die anderen. Diese Arschkriecherei vor McGill – dem mächtigen Dr. Alleswisser McGill – du bedankst dich auch noch dafür, daß er ein nettes Wort für die Petersons eingelegt hat?! Was ist hier eigentlich los? Verdammt noch mal, du weißt genau, daß er und Ballard ein großes Täuschungsmanöver inszenieren, gegen das Watergate das reinste Kinderspiel ist! Was ist nur in dich gefahren?«
Erik holte tief Luft. »Charlie, manchmal glaube ich, du drehst durch. Halt doch jetzt endlich die Klappe! Gehen wir lieber und trinken ein Bier zum Abkühlen.« Er nahm Charlies Arm und steuerte mit ihm auf die Tür zu.
Charlie ließ sich wegführen, verdrehte aber dabei den Kopf und rief McGill noch zu: »Vergessen Sie nicht, Ballard alles zu sagen. Und sagen Sie dem Mistkerl, ich bringe ihn für zehn Jahre hinter Schloß und Riegel!«

Stenning ging auf sein Hotelzimmer, um sich frisch zu machen. Das Klima hier war viel wärmer, als er gewohnt war, und er fühlte sich unangenehm verschwitzt. Sein Anzug war zu schwer für den neuseeländischen Sommer, und er nahm sich vor, einen leichten Anzug zu kaufen. Es sah aus, als würde die Untersuchung noch einige Zeit dauern. Nach dem Bad fühlte er sich wohler. Er setzte sich im Bademantel hin und ergänzte die spärlichen Notizen, die er während der Untersuchung hingekritzelt hatte. Er schüttelte den Kopf über die Beweisaufnahme und dachte, daß es für den jungen Ballard nicht gerade gut aussah. Die Sache mit der Grubensicherheit konnte sehr viel schwerer gegen ihn wiegen, falls irgend jemand auf die Idee kam, der Sache nachzugehen. Er dachte darüber nach und kam zu dem Entschluß, daß Rickman sie wahrscheinlich auf sich beruhen lassen würde. Er würde nichts aufs Tapet bringen, das ein schlechtes Licht auf die Gesellschaft werfen konnte. Gunn, der Gewerkschaftsanwalt, hatte sich bemüht, Ballard ungeschoren zu lassen, während er dem Unternehmen den Dolchstoß verpaßte. Stenning wunderte sich, daß Lyall, der Anwalt der Petersons, die Sache nicht aufgegriffen hatte. Vielleicht hatte er es noch vor.

Schließlich zog er sich an und ging hinaus. An einem Tisch in der Nähe des Schwimmbeckens entdeckte er Ballard mit einer ungewöhnlich schönen Frau. Als er sich dem Tisch näherte, bemerkte Ballard ihn und stand auf. »Miss Peterson, darf ich Ihnen Mr. Stenning vorstellen, ein Besuch aus England.«

Stenning hob die weißen Augenbrauen bei der Nennung ihres Namens, sagte aber nur: »Guten Abend, Miss Peterson.«

»Wollen Sie nicht auch etwas zum Abkühlen?« fragte Ballard.

Stenning setzte sich. »Eine gute Idee. Gin und Tonic bitte.«

»Ich werde es Ihnen holen«, Ballard ging fort.

»Habe ich Sie nicht bei der Huka-Untersuchung heute nachmittag gesehen?« wollte Liz wissen.

»Ja, ich war da. Ich bin Anwalt, Miss Peterson. Ich interes-

siere mich für die Amtsjustiz in Neuseeland. Dr. Harrison war so nett, einen Platz für mich zu besorgen.«
Sie kraulte ihren Hund, der neben dem Stuhl saß. »Was halten Sie bis jetzt davon?«
Er lächelte und antwortete mit der Vorsicht eines Juristen. »Es ist noch zu früh. Ich muß noch das Protokoll der vorausgegangenen Untersuchungen lesen. Sagen Sie mal, sind Sie irgendwie mit der Peterson-Familie verwandt, die bei der Untersuchung eine Rolle spielt?«
»Und ob. Erik und Charlie sind meine Brüder.«
»Aha!« Stenning versuchte, sich einen Reim darauf zu machen, scheiterte aber voll und ganz. Er wiederholte nur ein nichtssagendes »Aha«.
Liz nahm einen Schluck von ihrem Cola-Rum und blickte Stenning über ihr Glas hinweg an.
»Kennen Sie Ian Ballard schon lange?«
»Wir wohnen im selben Hotel«, erwiderte er, der Frage geschickt ausweichend. »Kennen *Sie* ihn schon lange?«
»Mein ganzes Leben – mit einigen Unterbrechungen«, meinte sie. »Mehr Unterbrechungen als sonstwas. Eine besonders große Unterbrechung zur Mitte hin.« Ihr war Stennings ausweichendes Verhalten aufgefallen, und sie fragte sich, wer er eigentlich war. »Damals, als er nach England zog.«
»Dann müssen Sie ihn gekannt haben, als er noch als Junge in Hukahoronui war.«
»Ich glaube kaum, daß Sie ein Protokoll der Untersuchung lesen müssen«, stellte sie ein wenig spitz fest. »Das wurde heute bei der Beweisaufnahme nicht erwähnt.«
»Nein«, gab er zu. »Ich glaube, ich habe es in einem Zeitungsbericht gelesen.«
Ballard kam zurück und reichte Stenning ein eisgekühltes Getränk. Liz sagte: »Mr. Stenning tut sehr geheimnisvoll.«
»Ja? Womit denn?«
»Das ist ja gerade das Geheimnisvolle, ich weiß es nicht genau.«

Ballard sah Stenning fragend an. Stenning erklärte: »Miss Peterson ist eine bemerkenswerte clevere junge Dame, aber vielleicht sieht sie Geheimnisse, wo es gar keine gibt.«
Liz lächelte und fragte Ballard: »Ian, wie lange kennst du Mr. Stenning?«
»Zwanzig Jahre – vielleicht nicht ganz.«
»Und ihr seid nur gute Freunde«, fuhr sie ironisch fort. »Und natürlich nur rein zufällig Gäste im selben Hotel.«
»Ich habe vielleicht ein wenig geschwindelt, Miss Peterson«, bekannte Stenning. »Aber ich hatte meine Gründe. Darf ich Sie bitten, meinen Namen in Verbindung mit Mr. Ballard möglichst nicht zu erwähnen?«
»Warum sollte ich Ihren Namen erwähnen?«
Stenning griff nach dem Glas. »Das passiert schon mal. Plaudereien können sehr weitschweifig sein.«
Liz wandte sich an Ballard. »Was hat das alles zu bedeuten?«
»Es ist nur, weil Mr. Stenning und ich geschäftlich zu tun haben, und das möchten wir zu diesem Zeitpunkt nicht auf den Präsentierteller legen.«
»Etwas mit der Untersuchung?«
»Es hat nichts mit der Untersuchung zu tun«, erwiderte er kurz. Er wandte sich Stenning zu. »Apropos Untersuchung – dieser Rickman versuchte es vor Beginn des Hearings auf die krumme Tour mit mir. Er war zu mir gekommen und...«
Er hielt inne, als Stenning warnend die Hand hob und einwarf: »Soll ich es so verstehen, daß Sie nichts dagegen haben, wenn Miss Peterson etwas davon mithört?«
»Warum sollte sie es nicht mithören?« fragte Ballard überrascht.
Stenning runzelte die Stirn. »Das weiß ich ganz sicher nicht«, meinte er verwirrt.
»Also gut. Zuerst versuchte Rickman, mich zu bestechen, dann wollte er mich erpressen.« Er schilderte das Gespräch mit Rickman.

Stenning verzog das Gesicht. »Gab es einen Zeugen bei diesem äußerst interessanten Gespräch?«
»Nein.«
»Wie schade. Es hätte mir großes Vergnügen bereitet, ihn von der Anwaltskammer ausschließen zu lassen.«
Liz lachte. »Ian, du hast wirklich reizende Freunde. Ausgesprochen nette Leute.«
»Nicht halb so reizend wie die Petersons.« Ballard blickte auf. »Da kommt Mike. – Wo hast du gesteckt?«
McGill stellte ein Glas und eine Flasche Bier auf den Tisch. »Ein kleines Geplänkel mit Liz' charmanten Brüdern. Tag, Liz. Ich brauche nicht zu fragen, wie es der Familie geht, denn ich weiß es bereits. Wie gefiel Ihnen die Vorstellung, Mr. Stenning? Gar nicht schlecht, dieser Film, nicht wahr?«
»Stellenweise recht dramatisch.« Stenning lehnte sich zurück und beobachtete Ballard und Liz Peterson neugierig.
»Was war denn mit meinen Brüdern?« fragte Liz.
McGill goß sich ein. »Erik ist in Ordnung«, erklärte er, eifrig damit beschäftigt, den Schaum nicht überlaufen zu lassen. »Aber habt ihr nie Bedenken wegen Charlie? Als Psychiater würde ich die Diagnose Paranoiker stellen.«
»Hat er schon wieder eine seiner Szenen abgezogen?«
»Und wie!« McGill nickte in Ballards Richtung. »Er hat gedroht, Ian Stück für Stück auseinanderzunehmen, falls sie sich begegnen.«
»Dummes Gerede!« sagte Liz verächtlich. »Das ist alles, was er kann.«
»Vielleicht«, meinte McGill. »Ian, wenn du mit diesem Frauenzimmer verkehren willst, tust du's am besten mit verbundenen Augen. Er hat gesagt, wenn du Liz nur anblickst, bringt er dich um.«
Stenning mischte sich ein. »Und hat es bei *diesem* Gespräch einen Zeugen gegeben?«
»Nur mich und Erik.«
»Und er hat wortwörtlich ›umbringen‹ gesagt?«
»Wortwörtlich.«

Stenning schüttelte den Kopf. Liz meinte: »Ich muß mich wohl mit Charlie-Boß unterhalten. Es muß endlich in seinen Dickschädel rein, daß ich mein eigenes Leben lebe. Diesmal wird es nicht ein Teller Spaghetti sein, was er von mir über die Birne kriegt.«
»Liz, seien Sie vorsichtig«, warnte McGill. »Ich bin allmählich der Überzeugung, daß er nicht ganz in Ordnung ist. Selbst Erik ist der Meinung, daß er nicht mehr alle Tassen im Schrank hat. Erik mußte seine ganze Kraft aufwenden, ihn zurückzuhalten.«
»Er ist nur ein Großmaul«, erklärte sie. »Ich werde ihn schon zurechtweisen. Aber reden wir nicht mehr von den Petersons – reden wir *überhaupt* nicht mehr. Was macht dein Tennis, Ian?«
»Nicht schlecht«, antwortete Ballard.
Sie hielt ihr Glas hoch. »Ich wette eine Runde, daß du mich nicht schlagen kannst.«
»Abgemacht«, willigte er prompt ein.
»Auf geht's«, schloß sie und stand auf.
McGill sah ihnen nach. Sie gingen auf die Tennisplätze zu mit Viktor im Gefolge. Dann wandte sich McGill grinsend Stenning zu.
»Fanden Sie unser Gespräch anregend, Mr. Stenning?«
»Interessant, etwas untertrieben gesagt. Miss Peterson ist *auch* ganz interessant.«
»Ein Understatement, das eines Anwalts würdig ist.« McGill trank sein Glas aus. »Sagen Sie, wenn Ian eine Peterson heiratet, würde das bei Ihrem Kill-die-Petersons-Match zählen?«
Stenning verzog nicht eine Miene, nur die Augen bewegten sich, die McGill aus den Augenwinkeln belauerten. »Er hat Ihnen also davon erzählt. Ihre Frage ist schwer zu beantworten. Ich bezweifle, daß Ben es sich *so* vorgestellt hat.«
»Aber manchmal können Umstände einen Fall ändern.«
Stennings Antwort war nüchtern und streng. »Diese Binsenwahrheit hat keine juristische Gültigkeit.«

Die Lawine

24. Kapitel

In den tieferen Schneeschichten hoch oben auf dem Westhang hatten sich die Vorgänge auf die Katastrophe hin entwickelt. Die destruktive Metamorphose hatte schon längst aufgehört, die konstruktive Metamorphose hatte bereits eingesetzt. Vom Erdboden leicht erwärmte Luft stieg durch den wasserdampfschweren Schnee auf, bis sie die undurchdringliche Schicht Rauhreif erreichte, die sich durch die Mitte der Schneemasse erstreckte. An dieser Stelle kühlte die Luft wieder ab, wobei Dampf entstand, der zur Entstehung der konischen Prismenkristalle führte. Diese Kristalle waren jetzt groß und gut geformt, zum Teil hatten sie schon eine Länge von über einem Zentimeter erreicht.

Die schweren Schneefälle der letzten zwei Tage hatten ein zusätzliches Gewicht gebracht, dessen Schwerkraft senkrecht auf die Prismenkristalle einwirkte und dadurch zu einer äußerst unstabilen Lage beitrug. Einen Orangenkern, den man vorsichtig zwischen Zeigefinger und Daumen hält, kann man durch geringen Druck mit erstaunlicher Geschwindigkeit vorwärtstreiben. Ähnlich verhielt es sich auf dem Westhang. Ein Falke, der sich auf dem Schnee niederließ, konnte für das bißchen zusätzlichen Druck sorgen und die Prismenkristalle in Bewegung setzen.

Etwas Ähnliches mußte auch vorgefallen sein. Zuerst war es nur ein schmales Schneebrett, nicht breiter als eine Armspanne. Der Neuschnee an der Oberfläche, sehr kalt, trocken und pulvrig, wurde durch den plötzlichen Stoß aufgewirbelt und bildete eine weiße Staubfahne. Unter der Oberfläche aber war schon der Teufel los. Das hauchdünne Eisplättchen der Harschschicht zerbrach, und die Prismen darunter kamen ins Rutschen. Die feinsten Verbindungen, die den Schnee zusammenhielten, brachen auseinander, und mit großer Geschwindigkeit zogen Risse im Zickzack durch den Schnee, bis weit entfernt von der Stelle des ursprünglichen Risses. Die Kettenreaktion hatte eingesetzt. Blitzartig folgte ein Ereignis auf das andere, und plötzlich schlidderte ein ganzes Schneebrett, ungefähr fünfzehn Meter breit, vorwärts und abwärts und warf sein ungeheures Gewicht auf den unberührten Schnee weiter unten am Hang.

Und wieder diese unvermeidbare Kette von Reaktionen. Sie folgten Schlag auf Schlag, immer schneller, und bald war der ganze obere Hang in einer Breite von dreißig Metern in Bewegung und stürzte talwärts.

Bis jetzt war die Lawine noch nicht besonders schnell. Noch fünf Sekunden nach dem ersten Rutsch hätte sich jeder einigermaßen gewandte Mensch mit Leichtigkeit in Sicherheit bringen können. Die Geschwindigkeit der Lawine lag zu diesem Zeitpunkt kaum über zwanzig Stundenkilometern. Aber die Bewegung und der Luftzug wirbelten den flaumig-leichten Neuschnee der Oberfläche auf. Mit zunehmender Geschwindigkeit wurde immer mehr Schnee aufgewühlt.

Diese Turbulenz aus Pulverschnee und Luft bildete eine im wesentlichen neue Substanz – ein Gas, zehnmal so dicht wie Luft. Dieses Gas, durch die Schwerkraft den Hang hinabgezogen, wurde durch Reibung mit dem Boden kaum gebremst, im Gegensatz zu dem Schnee der eigentlichen Lawine. Zwanzig Sekunden nach dem ersten Rutsch lag ihre Geschwindigkeit schon bei hundert Kilometern pro Stunde. Sie hämmerte vehement gegen den verschneiten Hang und zerstörte das empfindliche Gleichgewicht der Kräfte, die den Schnee zusammenhielten.

Dieser Prozeß trieb sich eigenständig voran. Mehr Schnee wurde aufgewirbelt, die Gaswolke vergrößerte sich. Die Lawine, die seit ihrer Geburt schon kräftig gewachsen war, nährte sich bereits von dem Schnee weiter unten am Hang. Der ganze obere Hang brodelte und kochte schon auf einer Front von vierhundert Metern. Schneewolken stiegen auf wie die Gewitterwolken eines Sommertages, nur unglaublich viel schneller.
Schneller und schneller ergoß sich die Lawinenwolke den Berg hinunter. Bei hundertfünfzig Stundenkilometern fing sie an, die Luft um sich herum aufzusaugen und sich so zu vergrößern. Der größere Umfang hatte wieder erhöhte Geschwindigkeit zur Folge. Bei zweihundertzwanzig Stundenkilometern verursachte die Turbulenz in ihrem Innern zeitweilig Böen von fünfhundert. Bei dreihundert bildeten sich am Rand der Lawine, dort, wo sie die umgebende Luft einsog, Miniatur-Wirbelstürme. Diese Wirbelwinde erreichten im Zentrum Geschwindigkeiten von über siebenhundert Kilometern in der Stunde.
Jetzt stieß die ausgewachsene Lawine auf Luftwiderstand. Sie war so schnell, daß die Luft vor ihr nicht ausweichen konnte. Sie wurde zusammengepreßt und erzeugte rasch steigende Temperaturen. Von der rasenden Lawinenwolke vorangeschoben, wurde die Luft zu einer Druckwelle, die ein Gebäude genauso gründlich zerstören konnte wie eine Bombe.
Die Lawine hatte jetzt ihre volle Größe erreicht und tobte talwärts wie ein aufgeblähter Riese. Eine Million Tonnen Schnee und hunderttausend Tonnen Luft waren in Bewegung und stürzten auf den Nebel im Tal zu. Als die Lawine den Nebel erreichte, hatte sie eine Geschwindigkeit von über fünfhundert Stundenkilometern erreicht, wobei vereinzelte Böen in ihrem Zentrum noch stärker waren. Die Druckwelle prallte gegen den Nebel und schob ihn mit voller Wucht weg, so daß für einen Augenblick einige Gebäude sichtbar wurden. Eine Sekunde später traf die

Hauptlawine die Talsohle.
Der weiße Tod hatte Hukahoronui überrollt.

Dr. Robert Scott betrachtete Harry Dobbs mit professionell medizinischem Blick. Dobbs sah furchtbar aus. Er hatte sich seit einigen Tagen offensichtlich nicht rasiert. Die Bartstoppeln waren schmutzig-grau, dunkle Ringe lagen um die blutunterlaufenen Augen. Beharrlich wich er Scotts Blicken aus. Mit abgewandtem Gesicht saß er in einem Sessel, die Hände in seinem Schoß zuckten.
Scott bemerkte die fast leere Ginflasche und das noch halbvolle Glas auf dem Beistelltisch neben dem Sessel. Scott erklärte: »Nur deswegen bin ich hier. Mr. Ballard bat mich, nach Ihnen zu sehen, weil er sich Sorgen machte. Er fürchtete, Sie könnten krank sein.«
»Mir fehlt nichts«, antwortete Dobbs. Seine Stimme war so leise, daß Scott sich vorbeugen und die Ohren spitzen mußte, um ihn zu verstehen.
»Sind Sie sicher, daß Sie das beurteilen können? Ich bin schließlich Arzt. Wie wär's, wenn ich die kleine schwarze Tasche aufmache und Sie untersuche?«
»Lassen Sie mich in Ruhe!« brauste Dobbs mit momentanem Energieaufwand auf. Doch offenbar überstieg das seine Kräfte, und er fiel in seinen Erschöpfungszustand zurück. »Gehen Sie«, hauchte er.
Doch Scott ging nicht. Unbeirrt fuhr er fort: »Harry, es muß etwas los sein! Warum erscheinen Sie seit einigen Tagen nicht zur Arbeit?«
»Meine Sache«, murmelte Dobbs. Er nahm das Glas in die Hand und trank.
»Nicht ganz. Die Firma hat das Recht auf irgendeine Erklärung. Sie sind immerhin der technische Leiter der Grube. Sie können nicht so einfach und wortlos abdanken.«
Dobbs musterte ihn mürrisch. »Was wollen Sie von mir hören?«

Scott ging zur Schocktherapie über. »Ich möchte hören, warum Sie hier krank spielen, und warum Sie versuchen, sich in die Ginflasche zu verkriechen. Wieviel davon haben Sie schon intus?« Dobbs schwieg trotzig; aber Scott fragte hartnäckig: »Sie wissen genau, was dort draußen los ist, oder?«
»Soll doch dieser verdammte Ian Ballard alles managen«, knurrte Dobbs. »Dafür wird er schließlich bezahlt.«
»Das finde ich unfair. Er wird dafür bezahlt, *seine* Arbeit zu machen, und nicht Ihre.« Scott nickte zum Fenster. »Sie sollten dort draußen sein und Ballard und Joe Cameron helfen. Sie haben beide Hände voll zu tun im Augenblick.«
Dobbs erwiderte giftig: »Er hat mir meine Stelle weggenommen, oder nicht?«
Scott war verwirrt. »Ich verstehe Sie nicht ganz. Er hat Ihnen nichts weggenommen. Sie haben sich zu Hause verkrochen und an der Flasche gewärmt.«
Dobbs winkte ab. Die Hand hing ihm schlaff vom Gelenk herab, so als ob er sie nicht ganz unter Kontrolle hätte. »Das meine ich nicht, nicht den technischen Leiter. Der Aufsichtsratsvorsitzende hat mir die Stelle versprochen. Crowell hat gesagt, ich würde in den Vorstand aufrücken und Geschäftsführer werden, sobald Fisher weg ist. Aber denkste! Da taucht dieser kleine Zugereiste auf und kriegt den Posten, nur weil er Ballard heißt! Als ob die Ballards nicht genug Geld hätten...! – da müssen sie auch noch meins nehmen!«
Scott wollte reden, brach aber ab, da Dobbs weitersprach. Er beobachtete den alternden, geifernden Mann mitleidsvoll. Sein Groll brach hervor wie ein Vulkan, und er übergoß Scott mit einem ganzen Wortschwall. Speichel lief ihm an den Mundwinkel herunter. »Ich werde nicht jünger, müssen Sie wissen! Ich habe noch nicht soviel sparen können, wie ich vorhatte – diese Diebe an der Aktienbörse haben einen ganz schönen Teil von meinem Geld gestohlen. Alles Gauner! Ich sollte Geschäftsführer werden – das

hat Crowell gesagt. Das hätte ich deswegen gern gemacht, weil ich dann genug gehabt hätte, um mich nach einigen Jahren zur Ruhe zu setzen. Dann mußten die Ballards dazwischenfunken! Die haben mir nicht nur die Stelle weggenommen, nein, die erwarten auch noch, daß ich mit einem Ballard zusammenarbeite. Aber da haben sie sich verkalkuliert.«
Scott versuchte einzulenken. »Trotz alledem ist das kein Grund, sich so sang- und klanglos aus dem Staub zu machen, jedenfalls nicht, wenn Not am Mann ist! Das wird man Ihnen ankreiden!«
»Not!« Dobbs schien an dem Wort zu kauen. »Was versteht dieser Gernegroß schon von Not? Ich war Leiter einer Grube, als er noch in Windeln steckte!«
»Es geht nicht um die Grube«, erklärte Scott. »Es geht um die Stadt.«
»Das ist der reinste Unsinn. Der Mann ist ein Vollidiot. Er will Millionen ausgeben, um ein paar Schneeflocken daran zu hindern, den Hang herunterzurutschen. Ich würde gerne einmal wissen, woher er das Geld nehmen will. Und nun hat er die Leute soweit, daß sie wie aufgescheuchte Hühner herumlaufen. Ich habe gehört, er hat die Grube geschlossen. Na, darüber werden sich die in Auckland aber freuen – von London ganz zu schweigen.«
»Für jemanden, der seit Tagen nicht mehr aus dem Haus gewesen ist, scheinen Sie aber sehr gut informiert zu sein!«
Dobbs brummte. »Ich habe meine Freunde. Quentin war hier. Wir wollten besprechen, was wir tun können, um diesen Narren aufzuhalten.« Er nahm wieder einen Schluck aus dem Glas, schüttelte dann den Kopf. »Quentin weiß ganz gut Bescheid, aber er kann nichts tun. Keiner von uns kann etwas tun. Es ist alles schon erledigt. Da bin ich sicher.«
Scott kniff die Augen zusammen. Er hatte nicht lange gebraucht, um zu dem Schluß zu kommen, daß Dobbs definitiv gestört war. Dieser ganze Groll war in ihm aufge-

staut gewesen, und jetzt war etwas geschehen, das diesen Ausbruch verursacht hatte. Er konnte sich vorstellen, was ihn ausgelöst hatte. Behutsam fragte er: »Sind Sie der Meinung, daß Sie den Posten des Geschäftsführers bewältigt hätten?«
Dobbs geriet in Rage. »Selbstverständlich!« schrie er. »Natürlich hätte ich ihn bewältigt.«
Scott stand auf. »Nun, das spielt jetzt keine Rolle mehr. Ich finde, wir sollten Sie an einen sichereren Ort bringen. Falls etwas passiert, wird Ihr Haus wahrscheinlich als erstes betroffen sein.«
»Quatsch!« spottete Dobbs. »Das ist alles dummes Zeug! Ich gehe nirgendwohin; niemand kann mich dazu zwingen.« Er grinste, wobei er die Zähne wie ein wildes Tier fletschte. »Ich würde es mir vielleicht anders überlegen, wenn der junge Ballard hierherkäme und sich dafür entschuldigte, daß er mir die Stelle weggeschnappt hat«, meinte er sarkastisch.
Scott zuckte die Achseln und griff nach seiner Tasche. »Wie Sie wollen.«
»Machen Sie die Tür hinter sich zu«, rief Dobbs hinter ihm her. Er schlang die Arme um seinen hageren Körper. »Ich hätte es geschafft«, sagte er laut. »Ich hätte es geschafft!« Als er Scotts Wagen starten hörte, nahm er sein Glas und ging zum Fenster. Sein Blick folgte dem Auto, bis es außer Sicht war, und schweifte dann über den Grubenkomplex. Der Nebel behinderte die Sicht, aber Dobbs konnte die Umrisse der Verwaltungsgebäude gerade noch ausmachen. Er schüttelte traurig den Kopf. »Alles geschlossen!« flüsterte er. »Alles dichtgemacht.«
Plötzlich lichtete sich der Nebel wie durch Zauberhand. Gleichzeitig spürte Dobbs unter den Füßen eine seltsame Vibration. Das jetzt sichtbare Verwaltungsgebäude hob sich von seinem Fundament ab und schwebte durch die Luft auf ihn zu. Mit offenem Mund starrte er dem Gebäude entgegen, das direkt auf sein Haus zuflog. Dobbs sah sogar

seinen eigenen Schreibtisch, bevor er herunterfiel und das Gebäude außer Sicht war.
Dann zersplitterte das Fenster vor seinen Augen. Ein Glassplitter drang in seinen Hals. Dobbs wurde durch das Zimmer geschleudert, dann explodierte das Haus. Aber von der Zerstörung seines Hauses wußte er natürlich nichts mehr.
Harry Dobbs war das erste Todesopfer in Hukahoronui.

Nachdem Scott Dobbs' Haus verlassen hatte, machte er sich Gedanken über Stärke und Schwäche einer Persönlichkeit, insbesondere über die Schwächen. Dobbs, der im Grunde ein schwacher Mensch war, hatte Geschäftsführer werden wollen und hatte bewußt den Gedanken verdrängt, daß er dieser Position nicht gewachsen war. Diese Erkenntnis saß in ihm wie ein Geschwür, daß ihn von innen aufzufressen drohte.
Der arme Teufel, dachte Scott und startete den Motor. *Völlig wirklichkeitsfremd.*
Er fuhr zur Straßenecke und bog in Richtung Ortszentrum ein. Nach etwa dreihundert Metern stellte er fest, daß etwas mit der Lenkung nicht stimmte; der Wagen reagierte nicht auf das Lenkrad, und Scott hatte das unheimliche Gefühl zu schweben.
Dann merkte er zu seiner Verblüffung, daß der Wagen tatsächlich schwebte. Die Räder waren gut ein Meter über dem Boden. Bevor er auch nur blinzeln konnte, überschlug sich der Wagen, und Scotts Kopf wurde gegen die Scheibe geschleudert. Er war bewußtlos.
Als er zu sich kam, saß er noch immer hinter dem Steuerrad des Wagens, der nun aufrecht auf allen vier Rädern stand. Mit der Hand tastete er die Beule auf seinem Kopf ab und zuckte zusammen. Er schaute sich um, erkannte aber nichts. Eine schwere Schneedecke lag auf allen Fenstern, die nun trüb und undurchsichtig waren.
Er stieg aus dem Auto und starrte verwirrt vor sich hin. Im

ersten Moment konnte er nicht erkennen, wo er war. Als er dann schließlich seinen Standort registrierte, wollte es nicht in seinen Kopf. Sein Körper bäumte sich unter Zuckungen. Er lehnte sich gegen den Wagen und übergab sich.
Nachdem er sich ein wenig erholt hatte, blickte er wieder auf das, was einfach unmöglich schien. Der Nebel war fast völlig fort und er konnte bis zum Paß auf der anderen Flußseite sehen. Auf der *anderen* Seite! Er befeuchtete die Lippen. »Ganz rüber!« flüsterte er. »Über den ganzen verdammten Fluß bin ich geflogen!«
Sein Blick suchte die andere Flußseite ab, wo sich die Gemeinde Hukahoronui hätte befinden müssen. Außer einer Schneemasse war nichts zu sehen.

Viel später, verständlicherweise, rechnete er die Entfernung aus, die die Lawine ihn getragen hatte. Sein Wagen war mehr als einen Kilometer weit über den Fluß getragen und fast hundert Meter in die Höhe gehoben worden, und ziemlich weit oben auf dem Osthang auf allen vier Rädern abgesetzt worden. Der Motor war ausgegangen; aber als Scott den Zündschlüssel drehte, sprang er an und summte so ruhig wie eh und je.
Dr. Robert Scott wurde von der Lawine überrollt und überlebte auf wunderbare Weise. Er hatte Glück.

Ralph W. Newman war amerikanischer Tourist. Das »W« bedeutete Wilberforce, und das hängte er nicht gerade an die große Glocke. Er war zum Skilaufen nach Hukahoronui gekommen, denn in Christchurch hatte er einen Mann kennengelernt, der ihm von ungewöhnlich guten Abfahrten erzählt hatte. Das war schon möglich, aber zu einem Skiort gehört mehr als nur Schnee an Hängen; und in Hukahoronui mangelte es am Wichtigsten: es gab keinen Sessellift, keine Organisation und herzlich wenig Après-Ski. Der Samstagabend-Dorftanz im Hotel war dafür kein hinreichender Ersatz.

Der Mann, der Newman in Christchurch von den Vorzügen Hukahoronuis vorgeschwärmt hatte, war Charlie Peterson. Newman hielt ihn jetzt für einen ausgemachten Schwindler. Er war also zum Skilaufen nach Hukahoronui gekommen. Nie hätte er sich träumen lassen, sich in Reih und Glied mit zwanzig Mann wiederzufinden, in der Hand einen langen, aus einer Fernsehantenne gebastelten Aluminiumstab, den er nach einem bestimmten System vor jeder Stiefelspitze in den Schnee hineinstieß, von dem Kommandogebrülle eines kanadischen Wissenschaftlers begleitet. Es war alles so unwahrscheinlich.
Der Mann neben Newman stieß ihn an und nickte in McGills Richtung. »Dieser Witzbold würde einen verdammt guten Feldwebel abgeben.«
»Stimmt genau«, antwortete Newman. Er spürte, wie die Sonde auf Grund stieß. Er zog sie wieder heraus.
»Ob er recht hat mit der Lawine?«
»Er scheint zu wissen, was er tut. Ich habe ihn neulich oben auf dem Hang getroffen. Er hatte technische Instrumente dabei. Zum Prüfen des Schnees, sagte er.«
Der andere stützte sich leicht auf seine Bohrstange. »Er scheint sich auch hier unten auszukennen. Mir wäre eine solche Suchmethode nie eingefallen. Aber wenn ich's mir so recht überlege, habe ich mir bis vor einer halben Stunde über so etwas nie Gedanken gemacht.«
Die Männer traten eine Fußbreite vor. Newman setzte die Stiefelspitzen an die gespannte Schnur. Die Schnur lockerte sich, und er stieß die Sonde erneut in den Schnee. »Ich heiße Jack Haslam«, stellte sich der Mann vor. »Ich arbeite in der Grube. Bin Hauer.«
Newman wußte nicht, was ein Hauer war. Er stellte sich ebenfalls vor. »Ich heiße Newman.«
»Wo steckt Ihr Freund?«
»Miller? Weiß ich nicht. Er ist heute früh rausgegangen. Was ist ein Hauer?«
Haslam grinste. »Der Kerl am äußersten Ende der Grube.

Einer, der zur Elite gehört. Ich hole das Gold raus.«
Die Sonden wurden wieder in den Schnee gesteckt. Newman stöhnte. »Wenn das noch lange so geht, dann kann das ganz schön ermüdend werden.«
»Still!« unterbrach Haslam. »Ich glaube, ich habe ein Flugzeug gehört.«
Sie hörten auf zu bohren und horchten auf das Dröhnen über ihren Köpfen. Bald stand die ganze Reihe still und starrte in den grauen Himmel. »Los – weiter!« rief der Gruppenleiter. »Habt ihr noch nie ein Flugzeug gehört?« Die Reihe ging wieder einen Schritt vor. Zwanzig Sonden wurden hochgehoben und in den Schnee getrieben.
Newman arbeitete mechanisch. Links einstecken... herausholen... rechts einstecken... herausholen... einen Schritt vor... links einstecken... herausholen... hineinstecken...
Ein plötzlicher Schrei von McGill unterbrach ihn. Es lag etwas in McGills Stimme, was seine Haare zu Berge stehen ließ und sich ihm auf den Magen legte.
»In Deckung!« rief McGill. »Sofort in Deckung! Wir haben weniger als dreißig Sekunden!«
Newman rannte auf die Stelle zu, die ihm für den Notfall zugewiesen worden war. Der Schnee knirschte unter seinen Stiefeln, als er auf eine Felsengruppe zulief, Haslam dicht auf seinen Fersen. McGill rief noch immer mit heiserer Stimme Anweisungen, als die beiden Männer die Felsen erreichten.
Haslam packte Newman am Arm und zerrte ihn zu einer Felsspalte, die weniger als einen Meter breit und gerade einen Meter hoch war.
»Hier rein!«
Newman kroch in die kleine Höhle. Haslam drängte, schwer atmend, nach. Während er nach Luft rang, erklärte er: »Ich habe als Kind hier gespielt.«
Newman brummte. »Ich dachte, ihr Kumpel seid alle Zugereiste.«
Er hatte Angst. Jetzt war einfach nicht die Zeit noch der

Ort, Erinnerungen auszutauschen.
Noch mehr Männer drängten sich durch die schmale Öffnung, bis sie zu sieben Mann in der kleinen Höhle zusammengepfercht waren. Es war sehr eng. Einer von den sieben war Brewer, der Gruppenleiter. »Seid still!«
Sie hörten entfernte Rufe, die plötzlich abgeschnitten waren, und dann eine Folge von weit entfernten, leisen Geräuschen, die ihnen völlig fremd waren und die sie nicht einzuordnen wußten. Newman sah auf seine Armbanduhr. Es war dunkel in der Höhle, aber er blickte unverwandt auf den leuchtenden Sekundenzeiger, der stetig seinen Kreis zog. »Die dreißig Sekunden sind vorüber.«
Die Luft zitterte, kaum merklich, die Geräusche draußen wurden lauter. Plötzlich ein lautes Heulen und die Luft wurde aus der Höhle gesaugt. Newman würgte und rang nach Luft und war dankbar, als das Saugen so plötzlich aufhörte, wie es begonnen hatte.
Der Fels unter seinen Füßen zitterte, ein Dröhnen wie Donner erfüllte die Luft und machte sie alle taub. Feine Schneeteilchen drangen in die Höhle und wirbelten zu Boden. Mehr und mehr Schnee drang ein und legte sich immer dichter um die zusammengekauerten Männer. Der Lärm wurde so unerträglich, daß Newman glaubte, das Trommelfell würde ihm bersten.
Irgend jemand rief etwas, was er aber nicht verstand. Als das Getöse nachließ, erkannte Newman Brewers Stimme. »Haltet ihn auf! Haltet den verdammten Schnee auf!«
Die Männer, die dem Eingang am nächsten hockten, scharrten mit den Händen, aber der Schnee wirbelte immer schneller, viel schneller, als sie hinausscharren konnten. »Mund verdecken!« rief Brewer. Newman konnte nur mit Mühe den Arm über sein Gesicht legen, da er kaum Bewegungsfreiheit hatte.
Er merkte, wie sich der kalte, aber trockene Schnee um ihn auftürmte. Schließlich war aller Raum in der Höhle, der nicht von Menschen ausgefüllt war, völlig vom Schnee

eingenommen worden.
Dann wurde es wieder still.
Newman rührte sich nicht und atmete tief und regelmäßig. Er fragte sich, wie lange er noch so weiter atmen könnte – er wußte nicht, ob solche Schneemassen Luft durchdringen ließen. Schließlich spürte er neben sich eine Bewegung, und er versuchte selbst eine erste zaghafte Bewegung.
Er konnte den Schnee mit dem Arm wegschieben und ihn so zusammendrücken. Jetzt hatte er etwas mehr Atemfreiheit. Plötzlich hörte er ein Rufen, sehr leise, als wäre es viele Kilometer weit entfernt. Er hielt in seiner Bewegung inne, um die Worte zu verstehen.
»Hört mich jemand?«
»Ja«, rief Newman zurück. »Wer bist du?«
»Brewer.«
Es kam ihm ein bißchen albern vor, mit voller Lautstärke jemandem zuzurufen, der nur ein paar Meter entfernt war.
»Hier Newman«, brüllte er. Er erinnerte sich, daß Brewer dem Höhleneingang am nächsten gestanden hatte. »Können Sie raus?«
In der kurzen Pause, die entstand, vernahm er eine neue Stimme.
»Hier Anderson.«
Brewer rief zurück. »Geht nicht. Es sind Massen von Schnee draußen!«
Newman war weiter bemüht, sich mehr Platz zu schaffen. Er schaffte den Pulverschnee beiseite, indem er ihn in die Felsspalten der Höhle preßte. Er rief Brewer zu, was er mit dem Schnee machte. Brewer wiederum empfahl den anderen, das gleiche zu tun. Er bat sie außerdem, ihre Namen aufzurufen.
Newman spürte das enorme Gewicht Haslams neben sich. Haslam hatte sich nicht gerührt. Newman streckte die Hand aus und tastete nach Haslams Gesicht. Noch immer keine Bewegung. Newman kniff kräftig in die Wange, aber Haslam blieb unbeweglich.

»Gleich neben mir ist ein Mann namens Haslam«, sagte er. »Er ist bewußtlos.«
Jetzt, wo sie mehr Luftraum hatten, brauchten sie nicht mehr zu rufen. »Augenblick! Ich versuche an meine Taschenlampe zu kommen.« Ein Keuchen war in der Dunkelheit zu hören, und das Sichwinden zusammengekrümmter Körper. Plötzlich ein Lichtstrahl.
Blinzelnd suchte Newman sofort nach Haslam. Er winkte Brewer zu und deutete auf Haslam. »Hier brauche ich Licht!« Er beugte sich über ihn, während Brewer mit dem Licht näherkroch. Newman suchte an Haslams Handgelenk nach dem Puls, konnte aber nichts feststellen. Er beugte sich über ihn und preßte das Ohr an seine Brust. Als er sich wieder aufrichtete, wandte er sich dem Licht zu und sagte: »Ich fürchte, er ist tot.«
»Wie kann er tot sein?« wollte Brewer wissen.
»Geben Sie mir die Lampe.« Newman richtete sie direkt auf Haslams Gesicht, das eine aschgraue Farbe angenommen hatte. »Erstickt ist er jedenfalls nicht. So etwas habe ich schon mal gesehen. Aber dafür hat er die falsche Farbe. Dann müßte er purpurrot angelaufen sein.«
»Er hat Schnee im Mund«, stellte Brewer fest.
»Tatsächlich.« Newman gab ihm die Lampe zurück und steckte einen Finger in Haslams Mund. »Aber nicht viel. Nicht genug, um ihn am Atmen zu hindern. Macht mal ein bißchen Platz. Ich werd's mit künstlicher Beatmung versuchen.«
Mit Mühe und Not sorgte man für mehr Bewegungsfreiheit.
»Vielleicht ist er an dem Schock gestorben«, meinte irgend jemand.
Newman blies Luft in Haslams Lunge und preßte dann seine Brust. Er wiederholte diesen Vorgang über einen Zeitraum von etwa fünfzehn Minuten; aber Haslam reagierte nicht. Sein Körper verlor nur immer mehr Wärme. Dann gab Newman den Versuch auf. »Es hat keinen Zweck. Er ist tot.« Er wandte sich an Brewer. »Ich würde

das Licht wieder ausmachen. Die Batterien halten nicht ewig.«
Brewer schaltete es aus, und in der Dunkelheit und dem Schweigen war jeder mit seinen eigenen Gedanken beschäftigt. Schließlich meldete sich Newman wieder.
»Brewer?«
»Ja?«
»Uns wird kein Mensch mit Bohrsonden finden können – nicht in dieser Höhle. Wieviel Schnee, meinen Sie, liegt draußen?«
»Schwer zu sagen.«
»Wir müssen es herausfinden. Es sieht so aus, als würden wir uns selber retten müssen.« Newman tastete im Dunkeln herum, bis er Haslams Hut gefunden hatte, und legte ihn über das Gesicht des Toten. Es war eine vergebliche, aber sehr menschliche Geste dort in der Dunkelheit. Er erinnerte sich an Haslams letzte Worte – *habe als Kind hier gespielt*. Es war einfach zu ironisch, um wahr zu sein.
Sechs Männer waren in der schmalen Felsspalte zusammengepfercht; Newman, Brewer, Anderson, Jenkins, Fowler und Castle.
Und der Tote – Haslam.
Turi Buck wurde mit dem Zustrom der Kinder erstaunlich leicht fertig. Das Haus unterhalb des großen Felsen Kamakamaru war groß – zu groß, wo seine Familie jetzt erwachsen und in aller Welt verstreut war. Er begrüßte den Lärm und die Geschäftigkeit. Weniger begrüßenswert fand er den eisigen Blick von Miss Frobisher, der Lehrerin, die die Kinder begleitet hatte. Die Lehrtätigkeit in abgelegenen Gemeinden schien das weibliche Temperament versauern zu lassen, und Miss Frobisher im besonderen schien einen hohen Säurespiegel zu haben. Turi hörte sich ihre Kommentare an, die sich um Kritik an den Behörden, die Dummheit der Männer und verwandte Themen drehten. Er schätzte sie ab und ignorierte sie hinfort.
Seine Schwiegertochter, die ihm den Haushalt führte, und

seine Enkelin waren damit beschäftigt, Bettwäsche und Schlafstätten an die Horde von Dreikäsehochs zu verteilen. Das war Frauensache, und die zwei Damen ließen sich da nicht dreinreden. Also ging Turi hinter das Haus, wo ein Generator für den Notfall aufgestellt werden sollte.

Jock McLean, ein Techniker von der Mine, war Schotte. Er tippte mit der Stiefelspitze gegen eine flache Betonfläche, über der zwischen Stahlröhren gespannte Wäscheleinen hingen. »Wie dick ist der Beton, Mr. Buck?«

»Ich heiße Turi, und der Beton ist fünfzehn Zentimeter dick. Ich habe ihn selbst gegossen.«

»Prima. Wir bohren vier Löcher für die Fundamentbolzen und machen sie dann mit Dübeln fest. Dieses Ding soll nämlich bombenfest sitzen.«

»Wie wollen Sie die Löcher bohren?« wollte Turi wissen. »Wir haben keinen Strom.«

McLean deutete mit dem Daumen auf einen Apparat hinter seinem Rücken. »Kompressor mit Preßluftbohrer.«

Turi schaute nachdenklich auf die Betonplatte. Er schüttelte den Kopf. »Nicht hier. Kann Ihr Bohrer auch Löcher in Felsen bohren?«

»Mit einem Diamantbohrkopf kriege ich sogar Panzerstahl klein.«

Turi zeigte ihm eine andere Stelle. »Dann stellen Sie die Maschine dort auf und machen Sie sie an dem Felsen fest.«

McLean sah den alten Mann lächelnd an. »Ich glaube, fünfzehn Zentimeter Beton müßten sie auch halten«, meinte er nachsichtig.

»Sind Sie schon mal in eine Lawine geraten, Mr. McLean?« fragte Turi leise.

»Man nennt mich Jock.« McLean schüttelte den Kopf. »So was gibt es nicht bei uns in den Gorbals – jedenfalls nicht vor vierzig Jahren, als ich ein Bursche war. Vielleicht bei Aviemore.«

»Ich war in einer Lawine. Ich habe Leichen aus dem Schnee gegraben.« Turi wies mit dem Kopf Richtung Nor-

den. »Dort drüben – ungefähr zweihundert Meter weiter. Stellen Sie Ihre Maschine an dem Felsen auf.«
McLean kratzte sich am Kopf. »Sind die *so* schlimm?«
»Wenn die Lawine kommt, wird es das Schlimmste sein, was Sie in Ihrem Leben je erlebt haben.«
»Das glaube ich nicht«, meinte McLean. »Ich war bei der Landung in Anzio dabei.«
»Ich war auch im Krieg«, erzählte Turi. »Ein Krieg, der vielleicht noch schlimmer war als der Ihre. Ich war 1918 in Flandern. Wenn die Lawine kommt, wird es noch viel schlimmer sein.«
»Nun denn.« McLean sah sich um. »Wir müssen eine ebene Stelle auf dem Felsen finden, der Rest ist leicht.« Suchend ging er ein paar Schritte. Nach einer Weile markierte er mit dem Stiefelabsatz einen Stein. »Hier ist es flach genug. Das wird gehen.«
Turi ging zu ihm und blieb an der Stelle stehen, die McLean ausgesucht hatte. Er blickte auf den Kamakamaru und schüttelte den Kopf. »Das ist nicht die richtige Stelle.«
»Und warum nicht?« fragte McLean ungeduldig.
»Mein Vater hatte 1912 an dieser Stelle seine Werkstatt. Sie war sehr solide gebaut, denn mein Vater legte großen Wert auf gute Arbeit. Als der Schnee in jenem Winter herunterkam, verschwand die Werkstatt. Nicht einmal einen Ziegelstein haben wir von ihr wiedergefunden.« Er zeigte auf die Stelle. »Ich glaube, wenn der Wind kommt, dem dann der Pulverschnee folgt, entsteht hier ein Wirbel. Diese Stelle ist nicht sicher.«
»Sie machen mir Spaß«, meinte McLean. »Wie wär's dort drüben, direkt unterhalb des Felsens?«
»Das wäre in Ordnung«, antwortete Turi ernst. »1912 hatte ich dort einen Kaninchenstall. Der Stall war nicht ordentlich gebaut, denn nicht mein Vater hatte ihn gemacht, sondern ich. Aber die Kaninchen waren unversehrt.«
»Nicht möglich!« meinte McLean. »Dann wollen wir doch

mal sehen, wie es dort aussieht.«
Turi gab sich zufrieden. »Es wird in Ordnung sein hier.« Er überließ McLean seiner Arbeit. Der schaute Turi lange nach.

Eine Lkw-Ladung Konserven war angekommen, zusammen mit mehreren Heizöltanks. Turi zeigte Len Baxter und Dave Scanlon, wo sie das Öl abladen konnten. Anschließend überwachte er das Ausladen der Lebensmittel durch einige der älteren Kinder. Als sie fertig waren, schaute er hinter dem Haus Baxter und Scanlon zu, die McLean mit dem Generator halfen.
McLean hatte bereits vier Löcher in den Felsen gebohrt, in die er die Bolzen hineinsteckte. Sie wurden mit Spannverschlüssen festgemacht. Turi staunte über die Schnelligkeit, mit der McLean die Löcher gebohrt hatte. Offensichtlich hatte er mit Recht soviel Vertrauen in den Diamantbohrkopf gesetzt. Jetzt hatte McLean den Dreifuß aufgestellt, und mit einem Flaschenzug ließ er den Generator langsam herunter. Scanlon und Baxter halfen, die Bolzen richtig in die Löcher des Fundaments einzupassen.
Als das endlich bewerkstelligt war, stieß McLean ein zufriedenes Grunzen aus. »Danke schön, Jungs«, sagte er und kramte vier Stahlmuttern aus der Tasche. »Den Rest schaff ich allein.«
Dave Scanlon nickte. »Ich möchte auch gern zurück, kurz mit Maureen reden.« Die zwei Männer gingen weg, und Turi hörte, wie der Motor des Lkw ansprang und er fortfuhr.
Turis Schwiegertochter kam mit einem vollbeladenen Tablett auf sie zu. »Möchten Sie Tee, Mr. McLean? Und selbstgebackenen Kuchen?«
McLean ließ die Muttern in die Tasche zurückfallen. »Aber gern. Vielen Dank, Mrs.... Miss... eh...?«
»Meine Schwiegertochter Ruihi«, stellte Turi vor.
McLeans Miene hellte sich auf, als er in den Kuchen biß.

»Prima«, lobte er mit vollem Mund. »Einem alten Witwer wie mir passiert so was selten – hm – Selbstgemachtes –«
Ruihi lächelte ihm zu und ging dann wieder, das Tablett zurücklassend. Turi und McLean verbrachten einige Minuten mit Geplauder bei Tee und Kuchen. McLean goß sich eine zweite Tasse Tee ein, dann zeigte er mit der Hand auf das Tal. »Die Toten, von denen Sie vorhin sprachen – wie viele waren es?«
»Sieben«, antwortete Turi. »Eine ganze Familie – die Baileys. Dort hat ein Haus gestanden. Es wurde vollkommen vernichtet.« Er erzählte McLean, wie er seinem Vater beim Ausgraben geholfen hatte.
McLean schüttelte den Kopf. »Das ist ja furchtbar. Das ist nichts für ein Kerlchen von zwölf Jahren.« Er trank den Tee aus und blickte auf die Uhr. »So kriegen wir den Generator aber nicht fest.« Er zog erneut die Muttern aus der Tasche und griff nach einem Schraubenschlüssel. »Ich mache mich an die Arbeit.«
Turi legte den Kopf schief, er hatte ein Geräusch gehört, und einen Augenblick lang hatte er es für ein Flugzeug gehalten, dann aber erkannte er dieses unheimlich tiefe Summen und ein schrilles Pfeifen wieder, Geräusche, die er seit damals, seit 1912, nicht mehr gehört hatte.
Er packte McLean am Arm. »Zu spät! Ins Haus – schnell!«
McLean leistete Widerstand. »Verdammt noch mal! Ich muß –«
Turi zerrte ihn heftig. »Der Schnee kommt«, rief er.
McLean sah das entsetzte Gesicht des alten Mannes und glaubte ihm sofort. Sie liefen beide auf die Haustür zu, die Turi augenblicklich zuwarf und verriegelte, sobald sie drinnen waren. Er ging einen Schritt weiter. »Die Kinder...«
McLean sah, wie Turis Mund sich öffnete und wieder schloß, aber er hörte den Rest des Satzes nicht mehr, denn der Lärm hatte eine ohrenbetäubende Stärke erreicht.
Dann schlug die Lawine zu.
McLean hatte das Sperrfeuer erlebt, das die Schlacht von

El Alamein eröffnete, und das war seiner Meinung nach das äußerst mögliche an Lautstärke; es hatte bei weitem den Lärm der Kesselschmiede an der Clyde übertroffen, wo er seine Lehre gemacht hatte. In diesem Augenblick wurde ihm auf deprimierende Weise klar, daß er einen neuen Maßstab für das Äußerste erlebte.

Der Grundton hatte niedrige Frequenz. Es war ein tiefer Baß – ein Laut, der ihm durch Mark und Bein drang und ihn wie eine riesige Hand packte und quetschte. Er riß den Mund auf, und mit Gewalt wurde ihm die Luft aus der Lunge ausgestoßen. Sein Zwerchfell drückte bis zum Brechreiz. Die Baßtöne wurden begleitet von einer ganzen Reihe hochfrequenter Pfeiftöne von ohrenbetäubender Intensität, Laute, die aufeinanderprallten und eine seltsame und unheimliche Harmonie ergaben. Es war ein Gefühl, als würden die Laute, die in seine Ohren drangen, sein Gehirn zusammenpressen.

Das alte Haus erzitterte bis ins Fundament. Das Tageslicht war ganz plötzlich, wie bei einer Sonnenfinsternis, verschwunden. Durch das Fenster direkt vor ihm konnte McLean nur schmutziggrauen Nebel erkennen. Das Haus schwankte nach zwei heftigen Stößen, bei denen das Fenster nach innen eingedrückt wurde. Das Splittern des Glases war nicht zu hören.

Feinster Schneestaub drang durch die zerbrochenen Fensterscheiben in den Raum wie von einem riesigen Schlauch gespritzt. Der Schnee traf auf die Wand neben McLean und stob auseinander. Dann hörte das Ganze genauso schnell und plötzlich auf, wie es begonnen hatte, und eine Gegenreaktion setzte ein, wenn auch nicht so heftig. Luft wurde aus dem Raum gesogen, wobei ein Teil des Schnees mitgenommen wurde.

McLean kam es vor, als stände er seit einer Ewigkeit dort. Das war natürlich Einbildung, denn von Anfang bis Ende war die Lawine in weniger als zwanzig Sekunden am Kamakamaru-Felsen vorbeigerauscht. McLean blieb wie ange-

wurzelt stehen. Er war von Kopf bis Fuß mit feinem Pulverschnee bedeckt und sah gespenstisch aus. Ihm klingelten noch die Ohren, und er vernahm entfernte Rufe, die so weit weg waren, als kämen sie aus dem Städtchen.
Turi Buck rührte sich als erster. Langsam hob er die Hände und legte sie über die Ohren. Er schüttelte den Kopf, als wollte er sich vergewissern, daß er noch mit dem Rumpf verbunden war. »Es ist vorbei«, sagte er. Seine Stimme kam ihm unnatürlich laut vor, und sie hallte in seinem eigenen Kopf wider. Er wandte sich McLean zu und wiederholte: »Es ist vorbei.«
Da McLean sich nicht bewegte, streckte Turi die Hand aus und berührte ihn am Arm. Ein Schaudern überlief McLean, der jetzt Turi anstarrte. Seine Augen waren glasig und starr. Turi redete auf McLean ein: »Es ist vorbei, Jock.«
McLean nahm wahr, daß Turis Lippen sich bewegten, aber seine Stimme hörte er nur schwach, wie aus einer großen Entfernung, und sie wurde von dem hartnäckigen Sausen in seinen Ohren fast übertönt. Steif runzelte er die Stirn, und tiefe Risse erschienen in dem Schneepulver, das sein hageres Gesicht bedeckte und die Falten betonte, die von der Nasenwurzel zu den Mundwinkeln verliefen. Er schluckte krampfhaft, bis er wieder besser hören konnte. Die entfernten Schreie von vorhin wurden lauter, dann schrillte es in seinen Ohren fast wie der Lärm der Lawine.
Jedes einzelne Kind im Haus schrie.
»Die Kinder«, sagte Turi. »Wir müssen uns um die Kinder kümmern.«
»Ja«, stimmte McLean zu. Er krächzte nur. Er blickte auf seine Hände herunter und stellte fest, daß er noch die vier Stahlmuttern und den Schraubenschlüssel in der rechten Hand hielt. Er atmete tief ein und schaute wieder zu Turi.
»Sie bluten«, bemerkte er.
Die Schnittwunde in Turis Gesicht, die von einem herumfliegenden Glassplitter verursacht worden war, war die einzige physische Wunde, die ein Mensch in diesem Haus

erlitt. Anders verhielt es sich mit psychischen Wunden.
In anderen Häusern im Tal hatte man nicht so großes Glück gehabt.
Matt Houghton war zuversichtlich, daß er von dem Schnee, der eventuell den Westhang herunterkommen würde, nichts zu befürchten hatte. Sein Haus stand auf der anderen Flußseite ziemlich weit oben am Osthang. Der Blick von seiner Veranda, der das gesamte Tal erfaßte, war immer eine große Befriedigung für Matt Houghton gewesen. An schönen Sommerabenden saß er gewöhnlich hier draußen und trank sein Bier. Es war eine Portion Eitelkeit in ihm, wenn er, seit seiner Wahl zum Bürgermeister von Hukahoronui, sich gern vorstellte, er überblicke sein Reich. Seiner Meinung nach machte der Blick von seinem Haus aus sein Grundstück um ein paar tausend Dollar wertvoller.
An diesem Sonntagmorgen jedoch saß er nicht auf seiner Veranda. Erstens war es zu kalt, und zweitens war sie mit eilig gepackten Koffern vollgestellt, die unerwartete Besucher mitgebracht hatten. Mamie, seine Frau, kochte in der Küche literweise Tee und schmierte Berge von belegten Broten. Houghton spielte den perfekten Gastgeber.
»Es ist nett von Ihnen, uns hier aufzunehmen«, sagte Mrs. Jarvis mit zittriger Stimme. Mrs. Jarvis, mit ihren zweiundachtzig Jahren, war die älteste Bewohnerin von Hukahoronui.
»Nicht der Rede wert.« Houghton lachte freundlich. »Ich tue es nur, um bei der nächsten Wahl Ihre Stimme zu bekommen.«
Sie blickte unsicher zu ihm auf und fragte: »Meinen Sie, daß wir hier in Sicherheit sind?«
»Aber natürlich sind wir hier in Sicherheit«, beteuerte er. »Dieses Haus steht schon sehr lange – das zweitälteste im Tal. Es ist bis jetzt noch nie von einer Lawine getroffen worden, warum also diesmal?«
Sam Critchell, der in einem schweren Polstersessel saß, meinte: »Das weiß man nie. Lawinen sind unberechenbar.«

»Was wissen Sie von Lawinen, Sam?« Houghtons Frage klang ein wenig herablassend.
Critchell stopfte in aller Ruhe seine Pfeife weiter. »Ich habe einige erlebt.«
»Wo denn?«
»Nach Kriegsende steckte ich in den Bergen oberhalb Triest. In dem Winter gab es eine Menge Lawinen. Man setzte Soldaten für den Rettungsdienst ein.« Er riß ein Streichholz an. »Ich habe genug gesehen, um zu wissen, daß Lawinen Unmögliches vollbringen können.«
»Nun ja, wenn ich dächte, dieses Haus wäre nicht sicher, wäre ich wohl nicht hier, oder?« meinte Houghton.
Critchell paffte eine dicke Rauchwolke in die Luft. »Ich auch nicht. Ich habe nur gesagt, daß Lawinen unberechenbar sind.«
Eine rote, drahtige Frau kam auf Houghton zu, und er nutzte die Gelegenheit, sich aus diesem müßigen Gespräch herauszuhalten. »Wie geht's, Mrs. Fawcett?« fragte er freundlich.
Mrs. Fawcett hatte einen Schnellhefter bei sich. Sie war eine der Hauptinitiatoren der Gemeinde. Sie stand der Theatergruppe mit eiserner Hand vor und stellte die treibende Kraft der Diskussions-Gruppe dar. Ihr Sohn Bobby war Leiter der Pfadfinder. Sie war herrisch und die geborene Organisatorin.
Houghton hatte immer das ungute Gefühl, daß sie ihn ein wenig verachtete. Sie überflog eine Liste im Schnellhefter und stellte fest: »Außer Jack Baxter sind jetzt alle hier.«
»Wie viele insgesamt?«
»Mit Jack sind es fünfundzwanzig. Mit Ihrer Familie werden wir zusammen neunundzwanzig sein.«
Houghton brummte. »Hoffentlich reichen die Konserven.«
Sie bedachte ihn mit dem gewissen Blick, den sie für Idioten bereithielt. »Alte Menschen haben wenig Hunger«, erklärte sie spitz. »Ich möchte wissen, wo Jack steckt.«
»Wer bringt ihn denn?«

»Jim Hatherley.« Sie legte den Kopf zur Seite und blickte nach oben. »Da kommt das Flugzeug wieder.«
»Weiß denn dieser Idiot von einem Piloten nicht, daß jeder Laut eine Lawine auslösen kann?!« sagte Houghton gereizt. Er verließ das Zimmer, überquerte die Diele und trat auf die Veranda, wo er den Himmel absuchte. Es war nichts zu sehen.
Er wollte gerade wieder hineingehen, als Jim Hatherley pustend auf ihn zulief. »Ich habe Schwierigkeiten, Mr. Houghton. Jack Baxter ist auf dem Schnee ausgerutscht, als er aus dem Wagen stieg. Ich bin ziemlich sicher, daß er sich das Bein gebrochen hat.«
»Verdammt noch mal!« fluchte Houghton. »Wo ist er?«
»Er liegt neben dem Auto direkt um die Ecke.«
»Rufen Sie den Arzt an, das Telefon ist in der Diele. Ich laufe und sehe mir Jack an.« Houghton hielt inne und biß sich auf die Lippe. Er mochte Mrs. Fawcett nicht, aber sie würde wissen, was man mit einem gebrochenen Bein tun sollte. »Und sagen Sie Mrs. Fawcett, sie soll schnell rauskommen.«
»In Ordnung.« Hatherley ging ins Haus und suchte nach Mrs. Fawcett. Da er sie nicht sofort fand, dafür aber das Telefon, entschloß er sich, zuerst das Gespräch zu führen. Er nahm den Hörer auf und erreichte Maureen Scanlon in der Vermittlung. »Welche Nummer wünschen Sie?« Hatherley meldete sich. »Maureen, hier spricht Jim Hatherley bei Matt Houghton. Der alte Jack Baxter ist schwer gestürzt, und wir glauben, er hat sich das Bein gebrochen. Können Sie vielleicht Dr. Scott auftreiben?«
»Ich werd's versuchen«, sagte sie nach einer kurzen Pause. Die Leitung knackste, als sie die Verbindung abbrach.
Hatherley trommelte auf den Telefontisch, während er auf die gewünschte Verbindung wartete. Als er aufblickte, sah er Mrs. Fawcett gerade in die Diele kommen. Er winkte sie zu sich und erklärte ihr hastig, was Baxter passiert war.
»Ach, der arme Mann«, sagte sie. »Ich gehe sofort.«

Sie machte auf dem Absatz kehrt, eilte zwei Schritte auf die Haustür zu – und starb.

Als die Lawine die Talsohle erreichte, verringerte sich die Geschwindigkeit der Riesenwolke aus Pulverschnee und Luft; aber zum Stillstand war sie längst noch nicht gekommen. Die aufgestaute Energie mußte durch Reibung mit dem Boden und der umliegenden Luft abgeleitet werden. Die Wolke überquerte daher das Tal noch mit hoher Geschwindigkeit.

Erst auf der anderen Seite begann sie langsamer zu werden. Beim Erklettern des Osthanges hatte sie die Schwerkraft gegen sich und kam schließlich hundert Meter von Houghtons Haus entfernt, im Höhenunterschied vielleicht dreißig Meter unterhalb davon, zum Stillstand. Dem Haus drohte keine Gefahr mehr, vom Schnee begraben zu werden.

Die Druckwelle dagegen kam noch nicht zum Stehen. Sie schoß den Hang hoch und donnerte mit einer Geschwindigkeit von fast dreihundert Stundenkilometern auf das Haus ein. Sie fing sich in der Dachrinne und riß das Dach ab. Das Haus stand jetzt offen und schutzlos da. Die Druckwelle schlug ein wie eine Bombe und brachte das Haus zur Explosion. Alle Menschen, die sich zu dem Zeitpunkt im Haus befanden – achtundzwanzig an der Zahl –, starben. Einige wurden von stürzendem Mauerwerk erschlagen, einige waren hilflos in den Trümmern eingeschlossen und erfroren. Zwei starben an Herzinfarkt. Einige waren sofort tot, die anderen starben ein paar Tage später im Krankenhaus.

Aber alle, die gerade in dem Haus waren, starben.

Matt Houghton war nicht im Haus, auch Jack Baxter nicht. In dem Moment, als das Haus getroffen wurde, beugte sich Houghton gerade über Baxter und fragte in einem Ton, von dem er annahm, daß er die kühle, professionelle Art eines Arztes treffe, wo es schmerzte. Er lag im Schutz des Autos, und der Wagen wiederum war durch einen kleinen Hügel, kaum einen Meter hoch, geschützt, der zwischen Auto und

Hang stand. Als die Druckwelle den Berg hochschoß und das Haus traf, schaukelte der Wagen nur heftig in seiner Federung, das war alles.
Houghton blickte verwirrt, aber keineswegs alarmiert, auf. Er sah unter den Wagen, und da er nichts fand, stand er auf und ging einmal um das Auto herum. Der Wind peitschte auf ihn ein, die Nachwirkung der Druckwelle, aber nicht so ungewöhnlich stark, daß es seine Neugier geweckt hätte. Von der anderen Seite des Wagens aus konnte er ins Tal sehen. Die Nebelschleier waren auseinandergerissen. Sein Blick ging ruckartig hin und her. Er versuchte, das, was er sah, mit dem, was er erwartet hatte, in Einklang zu bringen. Verwirrt schüttelte er den Kopf und stieg auf einen kleinen Hügel, um einen besseren Überblick zu haben. Zuerst meinte er, in die falsche Richtung zu schauen, und drehte sich. Aber das änderte nichts. Seine Schwierigkeit war, daß er das Städtchen nicht wiederfinden konnte, dessen Bürgermeister er war.
Verstört rieb er sich den Nacken. Dann hatte er das Problem zu seiner Zufriedenheit gelöst. Natürlich! Wie dumm von ihm! Während der Nacht hatte es stark geschneit, und die Stadt war mit Schnee bedeckt. Es mußte ein außerordentlich heftiger Schneesturm gewesen sein, wenn die Gebäude bis zur Unsichtbarkeit bedeckt waren. Aber wenn er den Schneefall und den Nebel bedachte, kam ihm das Ganze nicht mehr so seltsam vor.
Baxter lag immer noch stöhnend hinter dem Wagen, und Houghton meinte, er sollte wohl doch besser Mrs. Fawcett holen. Er wandte sich um und wollte auf das Haus zugehen, blieb aber wie angewurzelt stehen. *Da war kein Haus!* Da war keine Veranda mehr, nicht der hohe Schornstein – nichts! Wäre er etwas weiter oben am Hang gewesen, hätte er das zertrümmerte Fundament und die verstreuten Leichen gesehen; aber von seinem Standort aus schien es, als hätte das Haus mit der Tausend-Dollar-Aussicht nie existiert.

Laute des Erstickens drangen durch seine Kehle. Auf seinen Lippen bildete sich Schaum. Er stolperte mit verkrampften Beinen vorwärts und merkte nicht, daß er zu Boden fiel.
Im Augenblick war nur eine fragende Stimme zu vernehmen: »Matt, Matt! Wo steckt ihr alle?«
Jack Baxter war mit seinem gebrochenen Bein, ansonsten von der Lawine unversehrt, noch verhältnismäßig sehr lebendig. Weder damals noch später hatte er je verstanden, welches Glück es bedeutete, sein Bein in genau dem Augenblick gebrochen zu haben.

Stacey Cameron nahm den Wagen ihres Vaters und fuhr zum Haus von Dr. Scott, wo er seine Sprechstunden hielt. Da sie in Erster Hilfe ausgebildet war, hatte sie sich für den Notfall freiwillig zu ärztlichen Hilfeleistungen gemeldet. Scott, der einzige Arzt im Ort, war der Mittelpunkt, um den sich alle medizinischen Probleme drehten. Sie parkte das Auto hinter einem Kombiwagen vor Scotts Haus.
Liz Peterson war auch da. »Tag«, sagte Stacey. »Bist du auch Hilfsschwester?«
»Mehr Gemeindehelferin«, antwortete Liz. »Dr. Scott möchte, daß wir Medikamente und Hilfsgeräte packen. Er mußte weg. Ballard wollte, daß er nach Harry Dobbs schaute.«
»Harry?« Stacey schüttelte den Kopf. »Ist er nicht im Büro?« »Nein. Das ist ja das Problem«, erklärte Liz.
Stacey bot Liz eine Zigarette an. »Apropos Ian – was war gestern abend eigentlich los?«
»Mein idiotischer Bruder war los«, sagte Liz. »Charlie ist die reinste Nervensäge.« Sie ließ sich die Zigarette anzünden. »Sag mal, wie sieht's in Kalifornien aus?«
Stacey war verwirrt. »Wie meinst du das – wie sieht's dort aus?«
»Lebensbedingungen – und Arbeitsmöglichkeiten. Ich spiele mit dem Gedanken, von hier abzuhauen.«

»Da muß ich aber lachen«, kicherte Stacey. »*Ich* habe daran gedacht, *hierher* zu ziehen.«
Liz lächelte. »Vielleicht können wir einen Tausch organisieren – Arbeitsstellen, Häuser – alles.«
»Ich habe kein Haus. Ich habe ein Appartement gemietet.«
»Irgendein besonderer Grund, dich in einem Loch wie Huka begraben zu lassen?«
»Mein Vater.« Stacey zögerte. »Und andere Gründe.«
»Wie heißt dieser andere Grund?« fragte Liz trocken.
»Du hast gestern abend mit ihm getanzt.«
Liz zog die Augenbrauen hoch. »Und du selbst hast es geschaukelt. Ich bin weder blind noch auf den Kopf gefallen. Nachdem du dich mit mir unterhalten hast, bis du zu ihm gegangen. Ian war nicht gerade blau, aber er hatte sich genug Mut angetrunken, um sich zu sagen: ›Ich werde mit Liz Peterson tanzen, und zum Teufel mit ihren streitsüchtigen Brüdern.‹ Und du hast ihm den Floh ins Ohr gesetzt. Das ist eine seltsame Art und Weise für eine junge Dame, ihrer Neigung Ausdruck zu geben.«
»Ich möchte nicht so besitzergreifend erscheinen. Jedenfalls nicht in einer so kritischen Phase unserer Beziehung.«
»Um welche Phase handelt es sich?«
Stacey lächelte. »Die Phase, in der er meine Existenz noch nicht wahrgenommen hat.« Sie seufzte. »Und ich habe nur noch ein paar Tage Zeit.«
»Nun ja, im Moment hat er viel am Hals. Vielleicht bekommst du im Falle einer Lawine Gelegenheit. Du brauchst dich nur von dem ritterlichen Ian Ballard retten zu lassen. Dann muß er dich heiraten – das ist genausogut wie schwanger werden – den Filmen nach zu urteilen, die ich gesehen habe.«
»Was hältst du von ihm?«
»Ein netter Mann«, antwortete Liz kühl. »Aber sein Freund, Mike McGill, ist mehr mein Typ.« Sie schüttelte den Kopf. »Aber bei ihm ist es ziemlich aussichtslos.«
»Warum?«

»Er sagt, ein gebranntes Kind scheut das Feuer. Seine Frau hat sich vor drei Jahren von ihm scheiden lassen. Sie sagte, sie könne nicht mit einem Schneemann, der nie zu Hause ist, zusammenleben. Mike meinte, er könnte es ihr nicht verdenken. Wer möchte schon einen Mann haben, der von Pol zu Pol hüpft wie ein Pingpongball.«
Stacey nickte teilnahmsvoll. »Sag mal – worum geht dieser Streit zwischen deinen Brüdern und Ian?«
»Eine alte Geschichte, es lohnt sich nicht, sie zu erzählen«, antwortete Liz kurz angebunden. Sie drückte ihre Zigarette aus. »Aber so werden wir nie fertig! An die Arbeit.«
Sie fuhren zur Apotheke auf der Hauptstraße. Liz stieg aus und ging zur Ladentür. Sie war verschlossen. Liz klopfte mehrmals. Als sich niemand meldete, gab sie auf. »Rawson, dieser Dummkopf! Er sollte doch hier sein!« sagte sie wütend. »Wo zum Teufel steckt er?«
»Vielleicht ist etwas dazwischengekommen.«
»Wenn ich ihn erwische, werde ich ihm dazwischenkommen«, versprach Liz grimmig. Sie sah einen Lastwagen auf der Straße näherkommen. Sie gab Zeichen anzuhalten. Als er zum Stehen gekommen war, rief sie: »Len, haben Sie Rawson irgendwo gesehen?«
Len Baxter schüttelte den Kopf, fragte aber auch Scanlon neben ihm. »Dave sagt, er hat ihn vor einer halben Stunde ins Hotel gehen sehen.«
»Vielen Dank.« Liz wandte sich an Stacey. »Wir werden ihn von seinem Bier trennen müssen. Los.«
Jede Gemeinde hat ihre ganz stattliche Anzahl Narren; ein großer Teil deren von Hukahoronui hatte sich im Hotel D'Archiac versammelt. Die Devise der Geschäftsleitung schien zu sein: »Das Geschäft geht weiter«, und das Geschäft war vielleicht sogar besser als sonst. Tiefe Männerstimmen drangen aus der gutbesuchten Bar. Im Speisesaal waren die Tische fürs Mittagessen gedeckt, als handelte es sich um irgendeinen ganz gewöhnlichen Sonntag im Jahr. Liz erspähte Erik, der am Eingang zur Bar stand, und

bedeutete ihm durch ein Kopfnicken herzukommen. »Was geht hier vor? Wissen die Leute nicht, was los ist?«
»Ich hab's ihnen immer wieder gesagt«, beteuerte Erik. »Es scheint ihnen völlig egal zu sein. Eine Menge Kumpels sind hier, die Bill Quentin aufgestachelt hat. Sie halten offensichtlich eine Protestversammlung ab, weil die Grube geschlossen wird.«
»Das höre ich zum erstenmal«, sagte Stacey. »Mein Vater hat mir nichts davon erzählt.«
»Bill Quentin sagt, es ist so gut wie sicher.«
Liz folgte mit den Augen der Kellnerin, die ein Tablett voller Getränke in den Speisesaal trug. »Man sollte den Laden hier schließen. Mach zu, Erik, schließlich sind wir zur Hälfte beteiligt!«
Erik zuckte die Achseln. »Du weißt genauso gut wie ich, daß Johnnie und ich nur stille Teilhaber sind. Wir waren mit Weston übereingekommen, daß wir ihm nicht in den täglichen Kram reinreden. Ich habe mit ihm gesprochen, er sagt, es bleibt geöffnet.«
»Dann ist er ein verdammter Narr.«
»Er ist ein Narr, der Geld scheffelt.« Erik nickte zur Bar hin. »Sieh dir das an.«
»Zum Teufel mit ihnen!« fluchte Liz. »Ist Rawson da?«
»Ja, ich habe ihn mit...«
»Hol ihn raus! Er muß seinen Laden aufmachen. Wir brauchen Medikamente.«
»Okay.« Erik ging in die Bar zurück. Es dauerte lange, bis er mit Rawson zurückkehrte, einem langen, hageren Mann, der eine dicke Brille trug.
Liz ging auf ihn zu und sagte scharf: »Mr. Rawson, Sie hatten versprochen, vor einer halben Stunde in Ihrem Laden zu sein.«
Rawson lächelte. »Halten Sie die Lage für so ernst, Miss Peterson?« Er redete wie mit einem Kind, leicht amüsiert und gutmütig.
Liz holte tief Luft und erwiderte in eisigem Ton: »Ob ernst

oder nicht, spielt keine Rolle. Tatsache ist, daß Sie nicht wie versprochen in der Apotheke waren.«
Rawson blickte sehnsüchtig zur Bar hinüber. »Na ja«, sagte er mißmutig. »Dann muß ich wohl mitkommen!«
»Bleibst du hier?« fragte Liz Erik.
Er schüttelte den Kopf. »Ich gehe zu Johnnie. Diese Menge hier wird niemand fortbewegen.«
»Geh jetzt gleich«, riet sie ihm. »Gehen wir, Mr. Rawson.«
Als sie das Hotel verließen, blickte Stacey über die Schulter zurück. Quentin kam aus der Bar auf Erik zu, und es schien sich ein Streit anzubahnen.
Während er den Laden aufschloß, meinte Rawson pedantisch: »Ich bin mir nicht ganz sicher, ob das nicht ungesetzlich ist, wenn ich aufmache.«
»Apotheken dürfen in Notfällen sonntags geöffnet werden«, klärte ihn Liz auf. »Es sieht aus, als würde ich mich in den Gesetzen besser auskennen als Sie.«
Rawson trat ein und drückte auf den Lichtschalter. »Ach ja, ich habe das vergessen. Macht nichts, ich habe hinten noch ein paar Kerzen.«
Liz warf ein: »Es ist hell genug, auch ohne Kerzen. Lassen Sie uns lieber an die Arbeit gehen.«
Rawson trat hinter die Theke und nahm eine berufsmäßige Haltung an. »Nun, meine Damen?« begann er fröhlich. »Was kann ich für Sie tun?« Stacey mußte ein Lächeln unterdrücken. Fast hätte sie erwartet, daß er einen weißen Kittel überziehen würde.
»Ich habe eine Liste«, erklärte Liz und gab sie ihm.
Rawson las und blätterte die Seiten langsam und mit aufreizender Genauigkeit durch. »Meine Güte!« sagte er schließlich. »Das ist eine Menge.«
»Ja«, stimmte Liz ihm geduldig zu.
Rawson blickte auf. »Wer soll das alles bezahlen?«
Liz musterte ihn ausdruckslos, dann sah sie zu Stacey, die mit offenem Mund dastand. Liz lehnte sich über die Theke und fragte mit gespielter Sanftheit in der Stimme: »Wollen

Sie das Geld vor oder nach Lieferung, Mr. Rawson?«
Der etwas schwerfällige Rawson bemerkte den gefährlichen Unterton nicht. »Nun ja, ich werde schon etwas Zeit brauchen, das Ganze zusammenzurechnen.« Er kicherte. »Gut, daß ich mir einen von diesen neuen Elektrorechnern zugelegt habe. Erleichtert solche Sachen doch sehr, nicht wahr?«
Liz schlug mit der Hand auf die Theke. »Rücken Sie die Sachen schon raus, Rawson! Wenn Sie sich wegen des Geldes Sorgen machen, dann schicken Sie die Rechnung an Johnnie – oder halten Sie ihn nicht für kreditwürdig?«
»Aber natürlich! Das geht schon in Ordnung«, beeilte sich Rawson zu sagen. Er überflog die Liste noch einmal. »Richtig, fangen wir an. Verbandszeug – zehn Dutzend Packungen fünf Zentimeter breit, zehn Dutzend zehn Zentimeter breit, dasselbe zwanzig Zentimeter...« Er brach ab. »Die müssen wir vom Lager holen.«
»Gut, dann gehen wir ins Lager. Wo ist das?«
»Einen Moment«, begann er. »Hier stimmt etwas nicht, Miss Peterson. Soviel Morphium! – hier auf Blatt drei.« Er hielt ihr die Liste hin. »Das darf ich ohne Rezept nicht ausgeben. Und dann diese Menge!«
Er schüttelte den Kopf. »Ich könnte meine Zulassung verlieren.«
»Wenn Sie auf die letzte Seite sehen, finden Sie die Unterschrift von Dr. Scott.«
»Das reicht nicht, Miss Peterson. Erstens ist die Seite drei nicht unterschrieben, und zweitens ist es nicht das vorgeschriebene Formular. Das Arzneigesetz nimmt die Sache sehr genau. Das hier ist sehr unkorrekt, und ich bin erstaunt, daß Dr. Scott dem zugestimmt hat.«
»Verdammt noch mal!« explodierte Liz. Rawson war schockiert und irritiert.
»Sie könnten jeden Augenblick hopsgehen und zerbrechen sich den Kopf über eine fehlende Unterschrift auf ein paar Fetzen Papier. Jetzt hören Sie gut zu! Wenn Sie sich nicht

sofort in Bewegung setzen und alles, was auf der Liste steht, rausrücken, werde ich Arthur Pye veranlassen, Ihr gesamtes verfluchtes Inventar zu beschlagnahmen. Und das wird er auch machen!«
Rawson war beleidigt. »Sie können mir nicht mit Polizei drohen!«
»Was kann ich nicht? Ich habe es eben getan, oder nicht? Stacey, häng dich ans Telefon und suche Arthur Pye.«
Rawson warf die Hände hoch. »Schon gut, schon gut, aber ich mache zur Bedingung, daß ich alle Medikamente aus dem Giftschrank Dr. Scott höchstpersönlich aushändige.«
»Ausgezeichnet!« Liz holte tief Luft. »Das heißt, daß Sie endlich bereit sind, uns zu helfen. Wo ist Ihr Lagerraum?«
Rawson deutete auf eine Tür. Liz ging auf sie zu. »Aber sie ist abgeschlossen«, sagte er. »Man kann mit solchen Dingen nie vorsichtig genug sein.« Er ging zu ihr, zog klirrend einen Schlüsselbund aus der Tasche und schloß auf. »Verbandszeug liegt in den Regalen dort rechts. Ich bin bei den Medikamenten und stelle alles zusammen.«
Die zwei Damen marschierten an ihm vorbei. Er sah ihnen kopfschüttelnd nach und wunderte sich über die Heftigkeit der heutigen Jugend. Wer hätte gedacht, daß ein wohlerzogenes Mädchen wie Elisabeth Peterson in der Lage wäre, Worte auszusprechen, die er bis dahin nur mit Kneipen in Verbindung gebracht hatte!
Er ging zu den Medikamenten und schloß den Schrank mit den rezeptpflichtigen Mitteln auf. Er nahm einen Karton und fing an, ihn mit Ampullen zu füllen. Er zählte sie genau und machte entsprechend seine Eintragungen im Register. Das nahm viel Zeit in Anspruch, denn er war peinlich genau.
Er sollte nie erfahren, daß dieses Zusammentreffen von seinem nicht gehaltenen Versprechen und seiner Gewissenhaftigkeit ihm den Tod brachte. Wäre er pünktlich im Laden gewesen, hätte er die Frauen angetroffen, und es wäre nicht die Zeit vergeudet worden, die es gekostet hatte,

ihn aus der Bar zu holen. Seine Genauigkeit, mit der er alles im Register eintrug, hatte zur Folge, daß er sich beim Einschlag der Lawine noch in der Apotheke befand.
Beim Einsturz der Ladenfront fiel durch die Erschütterung des Fundaments eine Zweiliterflasche vom Regal und zersprang auf dem Tisch vor ihm. Salzsäure spritzte ihm ins Gesicht und über den Oberkörper.
Liz Peterson verdankte ihre Rettung nur dem Umstand, daß der Sockel der hinteren Mauer des Lagerraumes im Laufe der letzten Winter als Folge des starken Frostes einen großen Riß bekommen hatte, der eine ernst zu nehmende Gefahr für die Stabilität des Mauerwerks bedeutete. Hätte Rawson davon gewußt, hätte er, korrekt wie er war, dies sofort reparieren lassen. Aber er konnte es nicht wissen, da der Riß unterirdisch war. So stellte die hintere Wand eine schwache Stelle dar, die beim Aufprall der Lawine leicht und ohne Widerstand nachgab.
Liz wurde gegen aufgestapelte Kartons mit Verbandszeug geschleudert, die den Aufprall dämpften, wenn auch die Kante eines Regalbodens ihr zwei Rippen brach. Und das Ganze – Regale, Kartons und Liz und Stacey – wurde gegen die Rückwand geworfen, die sofort nachgab, so daß Liz in einem Wirrwarr sich abwickelnden Verbandszeugs durch die Luft katapultiert wurde.
Sie landete im Schnee und wurde von noch mehr Schnee bedeckt, der ihre Arme und Beine umklammert hielt. Sie war bei vollem Bewußtsein und vollem Verstand und fragte sich, ob sie nun sterben mußte. Sie wußte nicht, daß Stacey Cameron sich in fast der gleichen Lage drei Meter entfernt befand.
Beide Frauen verloren fast gleichzeitig das Bewußtsein, ungefähr anderthalb Minuten nachdem sie verschüttet wurden.
Rawson war ebenso verschüttet, etwa zwanzig Meter weiter weg. Er starb langsam und qualvoll, die Säure fraß sich in sein Fleisch. Als er den Mund aufriß zu einem Schmerzens-

schrei, füllte er sich mit Schnee, und der Erstickungstod verkürzte barmherzigerweise seine Qualen.

Das Hotel D'Archiac, Stelldichein der Narren, war in Sekundenschnelle zerstört. Jeff Watson, der König der Narren, der das Geld gescheffelt hatte, mußte sich von mehr als nur seinem Geld trennen. Das Geschäft ging so gut, daß er dem überlasteten Barmixer zur Hand ging. Als das Hotel getroffen wurde, fiel eine Flasche Scotch vom Regal hinter ihm und traf ihn auf den Kopf wie ein Geschoß.
Die meisten Männer in der Bar wurden von herumfliegenden Flaschen getötet. Nach den Flaschen brach die ganze Wand ein, gefolgt vom Schnee, der alles zudeckte. Sie starben, weil sie Narren waren. Ein Zyniker hätte vielleicht behauptet, sie wären an akuter Trunksucht gestorben. Aber nach diesem Sonntagmorgen gab es in Hukahoronui keine Zyniker mehr.
Diejenigen, die sich im Speisesaal aufhielten, kamen beim Einsturz des Daches um. Alice Harper, die Kellnerin, die McGill am Abend zuvor eine »Kolonialgans« serviert hatte, wurde von einem schweren Koffer erschlagen, der von den oberen Räumen herunterfiel. Der Koffer gehörte dem Amerikaner Newman, der in ebendiesem Augenblick seine eigenen Schwierigkeiten hatte. Newmans Zimmer und das Zimmer nebenan, das sein Freund Miller bewohnte, gab es nicht mehr. Miller hatte das Glück, zu dem Zeitpunkt abwesend zu sein.
Bill Quentin hatte besonders großes Glück. Er hatte das Hotel nur wenige Minuten vor der Zerstörung zusammen mit Erik Peterson verlassen. Er war von der Bar in die Empfangshalle gegangen, wo er Erik traf. »Sagen Sie mal«, begann er. »Weiß der Gemeinderat, was los ist?«
»Was meinen Sie?«
»Daß die Grube dichtgemacht wird.«
»Die Grube ist bereits geschlossen. Ballard ließ sie heute morgen schließen.«

»Das meine ich nicht. Ich meine, daß sie für immer geschlossen wird.«

Erik schüttelte müde den Kopf. »Davon wissen wir nichts – noch nicht.«

»Werden Sie denn nichts unternehmen?«

»Was erwarten Sie eigentlich von uns, wo uns offiziell noch nichts mitgeteilt wurde? Ich glaube nicht, daß sie geschlossen wird.«

Quentin schnaubte. »Ballard hat es aber gesagt. Er hat es gestern während einer Sitzung gesagt. Er meinte, die Firma könnte es sich nicht leisten, das Geld für Lawinenschutz auszugeben. Ich finde, diese Lawinenpanik ist der reinste Humbug. Ich glaube, die Firma will sich nur durch ein Hintertürchen davonschleichen.«

»Wovor davonschleichen? Ich weiß nicht, wovon Sie reden.« Erik steuerte dem Ausgang zu.

»Sie wissen schon, wie diese großen Konzerne sind.« Quentin lief hinter Erik her. »Ich habe gehört, daß Ballard mit dem großen Boß in London verwandt ist. Wissen Sie etwas davon?«

»Habe ich auch gehört.« Erik ging schneller. »Es stimmt.«

»Ich kann mir vorstellen, er wurde geschickt, um uns den Gnadenstoß zu geben. He – wo gehen Sie hin?«

»Zu Johnnie im alten Fisher-Haus.«

»Ich komme mit«, entschied Quentin. »Ich finde, der Gemeinderat sollte davon wissen. Wo steckt Matt Houghton?«

»Zu Hause.«

Sie traten auf die Straße. Quentin meinte: »Dann ist er der einzige vernünftige Mann im Dorf. Alle anderen verkriechen sich in Löcher.«

Erik schaute zu ihm. »Wie ich?«

»Sagen Sie nur, Sie glauben *auch* an den Jüngsten Tag?«

Erik blieb auf der anderen Straßenseite stehen. Er hatte dem Fisher-Haus den Rücken zugekehrt. Deswegen sah er seinen Bruder nicht, der gerade auf dem Weg zur Telefon-

zentrale die Straße überquerte. »Johnnie ist kein Narr, und *er* glaubt daran«, sagte er betont, »und ich fange auch langsam an.«
Er schritt nun noch schneller aus, und Quentin, der viel kleiner war, mußte laufen, um ihn einzuholen. Sie betraten das Haus. Erik schaute kurz in ein leeres Zimmer neben der Diele. »Wahrscheinlich im Keller.«
Die zwei Männer stiegen gerade die Kellertreppe hinunter, als das Haus getroffen wurde. Erik fiel die restlichen Stufen hinunter und landete auf der kleinen Mary Rees, der er dadurch das Bein brach. Bill Quentin fiel auf Erik und brach Eriks Arm. Er selbst blieb völlig unverletzt und unversehrt und bekam nicht einmal einen Kratzer ab von dem herunterfallenden Schutt des einstürzenden Hauses.

Nachdem er seinen Warnruf ausgestoßen hatte, sprang McGill in seinen eigenen Unterschlupf, Ballard folgte ihm. Er griff zum Telefon, das ein Grubenelektriker installiert hatte, und wählte die Zentrale, die aber besetzt war. »Verdammt noch mal!« fluchte er. »Nun mach schon.«
Er wartete zehn Sekunden, die ihm wie zehn Minuten vorkamen, bis die Vermittlerin, Maureen Scanlon, sich meldete. Schnell sagte er: »Verbinden Sie mich mit John Peterson, Mrs. Scanlon, und dann machen Sie sich aus dem Staub – so schnell Sie können!«
»In Ordnung«, antwortete sie. McGill hörte das Weckzeichen.
»Hier John Peterson.«
»McGill. Bringen Sie Ihre Leute in Deckung. Sie kommt herunter.«
»Was ist mit Maureen Scanlon?«
»Ich habe ihr Bescheid gesagt. Sie sehen von dort aus die Zentrale. Halten Sie sie im Auge.«
»In Ordnung.« Peterson legte auf und rief Bobby Fawcett zu. »Alle Mann in den Keller! Mach ihnen Beine, Bobby.«
Fawcett verließ im Laufschritt den Raum. Peterson schaute

aus dem Fenster auf die Telefonzentrale ein Stückchen die Straße weiter hinauf. Die Straße war menschenleer. Er trommelte nervös auf den Tisch und wußte nicht, was er tun sollte.

Sobald Mrs. Scanlon das Gespräch mit Peterson vermittelt hatte, hatte sie den Kopfhörer abgestreift, war aufgestanden und hatte ihren Mantel vom Haken genommen. Sie wußte genau, was sie zu tun hatte, denn Peterson hatte es ihr gesagt. Sie wollte zu ihm in das alte Fisher-Haus, eins der wenigen Gebäude im Städtchen, die unterkellert waren. Sie hatte den Mantel nicht angezogen und war erst einen Schritt zur Tür gegangen, als der Klappenschrank summte. Sie wandte sich um, stöpselte ein und hob den Kopfhörer auf. »Welche Nummer wünschen Sie?«

»Maureen, hier spricht Jim Hatherley bei Matt Houghton. Der alte Jack Baxter ist schwer gestürzt, und wir glauben, daß er sich das Bein gebrochen hat. Können Sie vielleicht Dr. Scott auftreiben?«

Sie biß sich auf die Lippen. »Ich werd's versuchen.« Sie stellte die Verbindung zu Scotts Praxis her.

Peterson, der noch im Haus war, hatte seinen Entschluß gefaßt. Er lief aus dem Zimmer in die Diele. Ein sommersprossiges, etwa vierzehnjähriges Mädchen stand in der Tür. Peterson rief ihr zu: »Los, Mary, in den Keller! Aber schnell!«

Sein zwingender Ton brachte sie unwillkürlich in Bewegung. Aber sie fragte noch: »Wo gehen Sie hin?«

»Mrs. Scanlon holen.« Er lief auf die Straße, während Mary Rees zu den anderen in den Keller ging.

Peterson rannte über die leere Straße zur Telefonzentrale hinauf. Er kam zu der Ecke, von der eine Straße zur Grube abzweigte. Er warf einen kurzen Blick in die Richtung und blieb entgeistert stehen. Was er sah, war unglaublich. Der Nebel war verschwunden, und er konnte bis zur Grube sehen; aber nicht diese Tatsache war es, was seine Aufmerksamkeit erweckte. Ein Gebäude flog durch die Luft

direkt auf ihn zu und fiel dabei auseinander. In dieser Sekunde erkannte er das Verwaltungsgebäude der Grube. Mit einem Sprung über eine Betonmauer brachte er sich in Sicherheit, kam jedoch schwer auf. Augenblicklich drehte er sich um, um das Geschehen zu verfolgen. Ein starker Wind blies ihm ins Gesicht, aber er konnte sehen, wie das Bürogebäude direkt auf die Telefonzentrale fiel und sie völlig vernichtete.
Ein heftiger Wind zerrte an ihm. Er spürte einen stechenden Schmerz in der Brust. *Herzinfarkt!* dachte er schwach. *Ich bekomme einen Herzinfarkt.* Während er noch gegen den Schmerz ankämpfte, verlor er das Bewußtsein. Kurz darauf starb er.
Der Keller des Fisher-Hauses hallte wider von Schreien, als das Gebäude darüber zusammenbrach. Auch Mary Rees schrie auf, als irgend etwas oder irgend jemand auf sie fiel. Im Keller kam keiner ums Leben, doch erlitten mehrere sehr ernste Verletzungen, abgesehen von Marys gebrochenem Bein.

Im Supermarkt ließ Phil Warrick seine Blicke umherschweifen. »Wir haben bald leergeräumt«, stellte er zufrieden fest. Er öffnete die Ofenklappe und ließ ein paar Holzstücke hineinfallen.
Howard Davis, Vikar von St. Michael, der anglikanischen Kirche, stimmte ihm zu. »Fast«, meinte er. »Das ist die letzte Ladung.« Er schob einen Einkaufswagen zu dem Regal mit den Keksen und fing an, ihn mit Päckchen zu füllen.
Warrick beobachtete ihn und grinste. »McGill hat gesagt, keine Kekse.«
»Ich weiß nicht, wieviel Dr. McGill von richtiger Ernährung versteht; aber ich bin sicher, er versteht nichts von Kindern«, antwortete Davis lächelnd. »Schokoladenplätzchen machen bessere Stimmung als eingemachte Bohnen.«
Warrick nickte zustimmend. »Hoffentlich weiß er, was er

tut — all das wegen dieser Lawine! Ich könnte schwören, daß meine Arme um einen Zentimeter gewachsen sind, seit wir diese Kartons mit Lebensmitteln geschleppt haben.« Er ließ die Ofenklappe zufallen.

Davis blickte ihn amüsiert an. »Meinen Sie, es wird Ihnen leid tun, wenn es keine Lawine gibt?«

»Ach, Sie wissen, daß ich keine Lawine möchte, aber es wäre schade, wenn wir umsonst so schwer geschuftet hätten.«

»Ich möchte auch keine Lawine, aber es kann nicht schaden, wenn wir vorbereitet sind. Wenn John Peterson bereit ist, seinen Laden so plündern zu lassen, dann muß er McGill glauben, und John ist ein durchaus vernünftiger Mann.«

Ein Lastwagen fuhr vor, und zwei Männer stiegen aus. Sie betraten den Supermarkt. »Tag, Len.. Dave.«

Len Baxter bemerkte: »Das Flugzeug ist zurückgekommen. Es kreist immer noch da herum. Ich möchte wissen, wieso.«

»Landen kann es nicht«, meinte Warrick. »Der Nebel ist zu dicht.«

Davis griff nach der Kaffeekanne und setzte sie auf den Ofen. »Ihr könnt sicher etwas Warmes gebrauchen.«

Dave Scanlon rieb seine Hände über dem Ofen. Er sah sehr besorgt aus. »Das kann ich wirklich gebrauchen. Ich habe den Eindruck, daß es draußen kälter wird.« Er sah zu Davis. »Ich mache mir Sorgen um Maureen. Irgend jemand hat gesagt, die Zentrale stände völlig ungeschützt da.«

»John Peterson hat mir versichert, er würde sich um sie kümmern«, beruhigte ihn Davis. »Ich bin sicher, ihr passiert nichts.« Er fühlte an der Kaffeekanne. »Ist bald soweit.«

»Habt ihr noch mehr Heizöl?« fragte Len.

»Noch zwei Zweihundert-Liter-Tanks«, erwiderte Warrick. »Die letzten, die ich auftreiben konnte. Aber wir haben bestimmt an die zweieinhalbtausend Liter aus dem

Tank gezapft.«
»Ich habe in Turi Bucks Haus mit einem der Grubentechniker gesprochen«, erzählte Len. »Er stellt einen Generator dort auf. Er meinte, der Dieselmotor käme zur Not auch mit Heizöl aus. Das habe ich nie gewußt.«
Dave sagte: »Ich glaube, nach dem Kaffee werd' ich mal nach Maureen gucken.«
Während Davis eine Tasse nahm, kam Len Baxter plötzlich ein Gedanke. »Da fällt mir gerade ein: Weiß jemand, wo mein Vater steckt? Ich hatte heute morgen so viel zu tun, daß ich das vergessen habe.«
»Er ist zu Matt Houghton gezogen. McGill hielt das Haus für eins der sichersten im Tal.«
Warrick nickte. »Das haben wir bei der Gemeinderatssitzung besprochen. Seins und Turi Bucks Haus sind die ältesten hier. Die Kinder sind alle zu Turi Buck gegangen, die alten Leute zu Matt.«
»Nicht alle Kinder«, widersprach Dave. Er nahm Davis die Tasse Kaffee ab. »Ich habe gerade Mary Rees gesehen.«
Warrick runzelte die Stirn. »Wo?«
»Hier in der Stadt. Sie stand im Eingang des alten Fisher-Hauses.«
»Das ist in Ordnung«, meinte Davis. »Es ist unterkellert. Dort geht auch Maureen hin. John Peterson hat das alles organisiert.«
»Und wo verkriechen *Sie* sich?« wollte Len wissen.
»Ich werde in der Kirche sein«, sagte Davis fest. Sein Ton wies jede Andeutung an Verkriechen entschieden zurück.
Len dachte nach. »Nicht schlecht«, meinte er schließlich. »Die Kirche ist wahrscheinlich das stabilste Gebäude überhaupt. Jedenfalls das einzige aus Stein.«
Dave Scanlon trank den Kaffee aus. »Ich springe mal schnell rüber zu Maureen, dann komme ich zurück und helfe dir laden.« Er winkte. »Ich habe die Stadt noch nie so verlassen erlebt, nicht mal an einem Sonntag.«
Er wandte sich um und blieb wie erstarrt stehen. »Der

Nebel ist ver...«
Der Dreitonner, der vor dem Laden stand, wurde in seiner ganzen Größe hochgehoben und wie ein riesiges Geschoß in die Schaufensterfassade des Supermarktes geschleudert. Gleichzeitig stürzte das ganze Gebäude zusammen. Von der Riesenfaust der Lawine getroffen, brach die aufwendige falsche Fassade ein und fiel durchs Dach.
Pastor Davis fand sich plötzlich zappelnd im Schnee wieder. Er war benommen, und als er die Hand an den Kopf legte, fühlte er Blut. Bis zur Taille steckte er im Schnee, in der rechten Hand hielt er zu seiner Verblüffung noch die Kaffeekanne. Unwillkürlich tat er einen Blick hinein und stellte fest, daß sie noch zur Hälfte mit dampfendem Kaffee gefüllt war. In seinem Kopf drehte sich alles, und eine plötzliche Bewegung verursachte ihm große Schmerzen. Es wurde ihm dunkel vor Augen und alles verschwamm. Dann verlor er das Bewußtsein. Die Kaffeekanne fiel ihm aus der Hand und rollte auf die Seite. Der Kaffee hinterließ einen braunen Fleck im Schnee.
Dave Scanlon war sofort tot. Der Lastwagen traf ihn und zermalmte ihn zu einem blutigen Klumpen. Len Baxter traf ein Ziegelstein auf den Kopf, der durch das Dach der falschen Fassade geschleudert wurde. Sehr rasch begruben Trümmer seinen Körper Ihnen folgten Schneemassen. Zu dem Zeitpunkt war er noch am Leben; aber er starb innerhalb weniger Minuten.
Der gußeiserne Ofen wurde aus dem Betonsockel gerissen, an dem er mit vier halbzollstarken Bolzen befestigt war. Er wurde durch die rückwärtige Wand des Ladens geschleudert, wo er gegen den Heizöltank prallte, der augenblicklich zersprang. Phil Warrick flog mit dem Ofen davon und landete schließlich auf ihm. Er hatte den Ofen den ganzen Morgen großzügig geheizt, so daß er glühendheiß war. Die Klappe sprang auf, und die ausströmende Glut entzündete das Heizöl, das aus dem Tank floß. Flammen züngelten auf und bildeten eine schwarze Rauchwolke, die von dem

tosenden Wind sofort zerfetzt wurde.
Das Feuer wurde sehr schnell von Schnee erstickt, brannte jedoch lange genug, um Phil Warrick zu töten. Die Arme um den Ofen geschlungen, verbrannte er unter zwei Meter Schnee.

Joe Cameron, der Bohrsonden abgeliefert hatte und den Lastwagen zur Grube zurückfuhr, wurde im Freien überrascht. Er machte nicht diese unheimliche Erfahrung, einen schwebenden Wagen zu lenken, wie Dr. Scott. Statt dessen prallte die Druckwelle breitseitig gegen den Lkw und rüttelte ihn heftig. Die linken Räder hoben ab, und der Lkw torkelte einige Meter auf zwei Rädern weiter. Fast wäre er umgekippt. Dann landete er wieder krachend auf dem Boden, und Cameron kämpfte erbittert, um das Fahrzeug unter Kontrolle zu halten.
Nach der Druckwelle kamen die Schneemassen mit sehr viel größerer Wucht. Sie donnerten gegen den Lkw, und diesmal kippte der Wagen auf die Seite. Er blieb aber nicht dort liegen, sondern wurde von dem Schnee weitergerollt, schneller und immer schneller.
Cameron im Fahrerhaus wurde übel zugerichtet. Sein rechter Fuß klemmte zwischen Gaspedal und Kupplung. Bei jeder Umdrehung bohrte sich der Schaltknüppel in seinen Bauch, während sein Körper hilflos von einer Seite zur anderen schlug. Als sein Arm dabei in die Speichen des Steuerrades geriet und ein Schlag auf die Vorderachse das Steuerrad herumwirbelte, brach sein Arm mit einem harten Knacken. Er merkte es nicht einmal.
Endlich kam der Lastwagen zum Stehen, kopfüber und unter fünf Meter Schnee. Auch Cameron hing mit dem Kopf nach unten. Sein Kopf ruhte auf dem Dach des Fahrerhäuschens, sein Fuß lag noch eingeklemmt. Die Windschutzscheibe war zersprungen, und viel Schnee war ins Fahrerhaus eingedrungen. Doch reichte der übriggebliebene Luftraum noch eine ganze Weile aus, um ihn mit

Sauerstoff zu versorgen. Er blutete sehr stark aus einer Wunde an der Wange, und das Blut färbte den Schnee leuchtend rot. Allmählich erwachte er stöhnend aus seiner Bewußtlosigkeit. Während er zu sich kam, hatte er das Gefühl, man hätte ihn durch die Mühle gedreht und dann auf die Folter gespannt. Sein ganzer Körper schmerzte, stellenweise fühlte er besonders stechende Schmerzen. Als er versuchte, den Arm zu bewegen, fühlte er die Knochenkanten gegeneinander reiben und gleichzeitig ein glühendheißes Messer sich in sein Schulterblatt bohren. Er versuchte nicht noch einmal, den Arm zu bewegen.
Die Gefahr des Todes im Eis war sehr groß. Daß aber die Gefahr des Ertrinkens noch viel akuter war, wußte Cameron nicht.

Zuerst kam die Druckwelle, ihr folgte der vehemente Aufprall der Schneemassen. Dann kam die obere Schicht des Schnees hinterher. Obwohl nicht so schnell wie die vorangegangenen Wellen, glitt er wie eine unaufhaltsame Flut auf Hukahoronui zu. Er umspülte die Kirche und ließ den Turm erzittern. Er ebnete die Trümmer des Hotels D'Archiac ein und fegte über die Reste von Rawsons Apotheke. Er erreichte den Supermarkt und begrub die verbrannte Leiche von Phil Warrick. Schließlich ergoß er sich über das Steilufer und füllte den Fluß.
Auf der anderen Flußseite hatte der Schnee seine Wucht verloren. Er hatte vielleicht gerade noch die Geschwindigkeit eines schnellen Läufers. Wenig später, als die Lawine auf den Gegenhang des Ostufers traf, kam sie endgültig zur Ruhe. Ihre Zerstörung hatte sie mit einem unbefleckten Weiß bemäntelt.
Die Lawine hatte ein Ende, die Katastrophe noch nicht.
McGill stieg auf einen kleinen Schneewall, um besser sehen zu können. Er blickte ins Tal und flüsterte nur: »Mein Gott!« Von dem Städtchen war kaum etwas übrig. Das einzige sichtbare Gebäude war die Kirche, die aussah, als

sei sie frisch getüncht worden. Feiner Pulverschnee war ins Mauerwerk hineingepreßt worden, so daß die Kirche aussah wie ihr eigener Geist. Der Rest war nur hügelige Schneefläche.
Er ging zu Ballard zurück und beugte sich über ihn. »Komm, Ian, es ist vorbei, und wir haben eine Menge zu tun.«
Ballard hob langsam den Kopf und blickte McGill an. Seine Augen waren dunkle, ausdruckslose Kreise in einem weißen Gesicht. Lautlos arbeiteten seine Lippen, bis er schließlich herausbrachte: »Was?«
McGill konnte ihm seinen Zustand gut nachfühlen, denn er wußte genau, was mit Ballard geschehen war. Seine Sinne waren auf eine so unerwartete und brutale Weise überfallen worden, daß sein Verstand aussetzte wie bei einem Soldaten, der nach einem Artilleriegefecht eine Kriegsneurose davonträgt. McGill fühlte sich auch nicht wohl, aber aufgrund seiner Kenntnisse und seiner Erfahrung hatte er gewußt, was kam, und war gegen die schlimmsten Folgen gewappnet.
Ballard litt unter Katastrophen-Schock.
McGill schüttelte langsam den Kopf. Mit Mitleid allein war es nicht getan. Eine Menge Leute mußten schon gestorben sein, und wenn die restlichen Überlebenden genauso reagierten wie Ballard, würden noch viel mehr sterben, weil sie keine Hilfe bekamen. Er holte aus und gab Ballard eine kräftige Ohrfeige. »Steh auf, Ian«, befahl er schroff. »Nun mach schon!«
Ballard hob langsam die Hand und legte sie auf die rote Steile seiner Wange. »Er blinzelte mehrmals, dann schossen ihm Tränen in die Augen. »Warum hast du das getan?« stammelte er.
»Du kannst noch mehr davon haben, wenn du nicht sofort aufstehst«, sagte McGill in noch härterem Ton. »Steh auf, Mann!« Ballard stand widerwillig auf. McGill führte ihn zu der Aussichtsstelle. »Sieh dir das an.«

Ballard sah ins Tal hinunter, sein Gesicht fiel zusammen. »Mein Gott!« hauchte er. »Es ist nichts mehr da.«
»Es ist noch eine Menge da«, widersprach McGill. »Aber wir müssen es erst finden.«
»Aber was können wir tun?« wollte Ballard verzweifelt wissen.
»Zuallererst könntest du mal wach werden«, meinte McGill brutal. »Dann suchen wir die anderen Kerle, die hier waren, und rütteln sie auch wach. Wir müssen uns schleunigst organisieren.«
Ballard sah sich die Verwüstung noch einmal an. Er rieb sich die brennende Wange und sagte: »Danke, Mike.«
»Ist schon gut«, meinte McGill. »Guck dich mal dort drüben um, ob du jemanden auftreiben kannst.« Er wandte Ballard den Rücken zu und ging davon. Ballard stapfte, immer noch etwas angeschlagen, langsam in die von McGill gewiesene Richtung.
Fünfzehn Minuten später waren sie nicht mehr zu zweit, sondern zu zwanzig. Einer nach dem anderen wurden die betäubten Überlebten erbarmungslos aus ihren Löchern herausgeholt. McGill zeigte keine Barmherzigkeit in seiner Behandlung. Sie waren alle in einem Schockzustand unterschiedlichen Grades und hatten alle eine sichtbare Aversion, auf den Hang zu schauen, von dem die Katastrophe ausgegangen war. Sie standen apathisch herum und kehrten dem Westhang den Rücken.
McGill suchte die Wachsten aus und setzte sie als Suchtrupp in Bewegung. Mehr Überlebende kamen zum Vorschein. Nach einer halben Stunde hatte er das Gefühl, daß sie vielleicht eine Chance hatten. Einem der Männer reichte er Notizbuch und Kugelschreiber, um die Namen der Überlebenden aufzuschreiben. »Und fragen Sie jeden, wer neben ihm gestanden hat, bevor er in Deckung ging. Wir müssen herauskriegen, wer noch vermißt wird.«
Zu Ballard sagte er: »Nimm drei Leute mit zu Turi Bucks Haus. Wir müssen unbedingt wissen, wie es dort aussieht.«

Eine andere Gruppe schickte er zu Matt Houghtons Haus, er selbst machte sich auf den Weg ins Städtchen. Als letztes befahl er: »Sollte irgend jemand Dr. Scott finden – er soll sich bei mir melden.«

Dr. Scott war ohnehin schon auf dem Weg zurück in den Ort. Er mußte den Fluß überqueren, und die Brücke war weggefegt worden. Aber eine Brücke war nicht notwendig, denn das Flußbett war mit Schnee zugeschüttet. So konnte er den Fluß zu Fuß überqueren, wenn auch etwas mühsam, da der Schnee so weich war. Er überquerte ihn an der Stelle gegenüber dem Steilufer, ungefähr da, wo der Supermarkt gestanden hatte. Scott konnte das Ausmaß der Katastrophe noch nicht erfassen. Es schien weder faßbar noch möglich, daß der Supermarkt verschwunden sein konnte.
Er stapfte durch den hemmenden Schnee, seine Tasche umklammernd, deren Inhalt jetzt unbezahlbar war. In einiger Entfernung machte er einen schwarzen Gegenstand auf dem sonst weißen Hintergrund aus. Als er näher kam, erkannte er einen Mann, der bis zur Taille im Schnee steckte. Neben ihm lag eine umgekippte Kaffeekanne.
Scott beugte sich über den Mann und drehte seinen Kopf vorsichtig. Es war Pastor Davis. Er lebte, aber sein Puls war schwach und unregelmäßig. Scott scharrte mit den Fingern den Schnee beiseite. Da er noch nicht zusammengepreßt war, ließ es sich vergleichsweise leicht graben. Innerhalb von zehn Minuten war Davis befreit und lag auf dem Schnee.
Als Scott die Tasche aufschnallte, hörte er entfernte Stimmen. Er richtete sich auf und entdeckte eine Männergruppe, die sich einen Weg durch den Schnee bahnte, wo früher das Städtchen gestanden hatte. Er rief und winkte, bis sie ihn bemerkten. Der Anführer war McGill, der Kanadier.
»Ich bin froh, daß Sie überlebt haben«, sagte McGill. »Wir werden Sie brauchen. Wie geht es ihm?«
»Er wird schon überleben«, meinte Scott. »Er braucht

Wärme. Eine heiße Suppe wäre gut.«
»Das kann er haben, wenn Turi Bucks Haus standgehalten hat. Die Kirche steht noch, die benutzen wir als Stützpunkt. Bringen wir ihn am besten dorthin.« McGill musterte Davis und bemerkte den Amtskragen. »Scheint genau das richtige zu sein. Und Wärme wird er auch haben, und wenn wir die ganzen Kirchenbänke verheizen müssen.«
Scott schaute sich um. »Mein Gott, das reinste Chaos!«
McGill wandte sich an Mac Allister, den Mann vom Elektrizitätswerk. »Mac, nehmen Sie ein paar Männer zum Paß mit. Sollte irgend jemand herüberkommen, sagen Sie ihm, daß wir dringend Hilfe brauchen. Aber wir brauchen ausgebildete Helfer – Leute, die etwas von Lawinenrettung verstehen. Was wir überhaupt nicht gebrauchen können, ist ein Haufen von Amateuren, die uns alles nur durcheinanderbringen.«
Mac Allister nickte zustimmend und ging fort. McGill rief ihm nach: »Und, Mac, wenn es Lawinenhunde in Neuseeland gibt, die brauchen wir auch!«
»Ist klar«, antwortete Mac Allister und suchte sich seine Begleiter aus.
Die anderen halfen dabei, Davis zu tragen. McGill führte sie zur Kirche hin.

Turi Buck hatte McLean erst einmal in seinem Schockzustand stehengelassen. Nun ging er zu dem Raum, aus dem das Schreien kam. Auf dem Weg durch die Küche fiel sein Auge auf eine Dose Kandis, und er nahm sie mit. Er brauchte sehr viel Zeit, um die verschreckten Kinder zu beruhigen, aber Ruihi half ihm dabei.
»Der Kandis ist gut«, meinte sie. »Aber süße, heiße Schokolade wäre besser.« Sie ging in die Küche und machte Feuer. Die Küche füllte sich mit Rauch, da der Abzug mit Schnee verstopft war.
Miss Frobisher war überhaupt nicht zu gebrauchen. Sie hatte sich wie ein Baby zusammengerollt und wimmerte vor

sich hin. Turi ignorierte sie und widmete seine Aufmerksamkeit den Kindern.
McLean starrte auf den Schraubenschlüssel in seiner Hand und runzelte die Stirn. Langsam kamen seine Gedanken wieder in Gang. *Warum halte ich den Schraubenschlüssel?* fragte er sich. Mühsam kam die Antwort ins Gedächtnis zurück. *Der Generator!*
Zaghaft und mit steifen Beinen ging er auf die Tür zu und öffnete sie. Eine leichte Brise wehte ins Zimmer und wirbelte den Pulverschnee vom Boden auf. Er trat einen Schritt nach draußen und schaute zu dem Felsen von Kamakamaru. Unglaube war in seinen Augen zu lesen. Der Generator stand noch an der Stelle, wo er ihn verlassen hatte, obwohl er noch nicht befestigt worden war. *Gott sei Dank!* dachte er. *Was für die Kaninchen gut ist, ist auch gut für einen Generator.*
Aber der tragbare Druckkompressor, den er zum Antreiben des Bohrers benutzt hatte, war verschwunden. Er erinnerte sich, daß er ihn an der Stelle gelassen hatte, die er selbst für den Generator ausgesucht hatte. Er kam an einem Baum vorbei, der in einer Höhe von dreieinhalb Meter abgeschnitten war. Als er den Bohrer entdeckte, blieb er stehen und brummte. Der Luftschlauch, der den Bohrer mit dem Kompressor verbunden hatte, war durchgerissen und schaukelte im Wind hin und her. Der Bohrer selbst steckte tief in dem Baumstamm, als wäre er von einer Harpune abgeschossen worden.

Als Ballard mit seiner Gruppe zum Haus kam, war er dankbar, Stimmen und sogar Lachen zu hören. Kinder sind unverwüstlich; und nachdem sie sich von dem Schock erholt hatten, waren sie aufgeregt, sogar regelrecht aufgedreht. Er trat ins Haus und sah gleich Turi, der von einer Kinderschar umringt in seinem Ohrensessel saß, was ihm das Aussehen eines biblischen Patriarchen gab. »Gott sei Dank!« murmelte Ballard. »Alles in Ordnung, Turi?«

»Uns geht's gut.« Turi nickte in die Richtung, wo Ruihi Miss Frobisher mit Tee aufpäppelte. »Sie ist ein wenig mitgenommen.«
Plötzlich hörten sie ein Heulen hinter dem Haus, das bald in ein gleichmäßiges Dröhnen überging. Ballard fragte erschrocken: »Was ist das?«
»Ich nehme an, Jock McLean probiert den Generator aus.« Turi stand auf. »Möchtet ihr etwas Tee?« fragte er in höflichem Ton, so, als wären sie ganz alltägliche Gäste des Hauses.
Ballard nickte gelähmt. Turi schickte eines der größeren Kinder in die Küche mit der Anweisung, Tee und Brote zu holen. Dann fuhr er fort: »Was ist aus dem Städtchen geworden?«
»Turi, es gibt kein Städtchen mehr.«
»Weg?«
»Außer der Kirche ist nichts mehr zu sehen.«
»Und die Leute?«
Ballard schüttelte den Kopf. »Weiß ich nicht. Mike ist jetzt da.«
»Ich komme mit und helfe suchen«, entschied Turi. »Wenn ihr euch erfrischt habt.«
Dann kamen Tee und Schnitten, und Ballard aß heißhungrig, als hätte er seit einer Woche nichts mehr gegessen. Der heiße Tee tat gut, nicht zuletzt wegen des großzügigen Schusses Weinbrand, den Turi dazugegeben hatte.
Als Ballard fertig war, nahm er müßigerweise den Telefonhörer auf und hielt ihn ans Ohr. Er hörte keinen Laut. »Ein Nachrichtensystem – das werden wir dringend brauchen. Es sollten Lebensmittel hierher geschafft worden sein, Turi.«
»Sind da. Wir haben genug zu essen.«
»Wir nehmen etwas davon mit ins Dorf zurück. Es wird schwer zu tragen sein, aber wir schaffen das schon irgendwie.«
Ruihi machte einen Vorschlag: »Der Wagen steht in der

Garage, nicht wahr?«
Ballard setzte sich aufrecht hin. »Ihr habt einen *Wagen?«*
»Er taugt nicht viel«, meinte Turi, »aber er fährt.«
Ballard dachte an den weichen Schnee, der Hukahoronui bedeckte. Da wäre der Wagen wohl doch nicht von großem Nutzen; aber er sah ihn sich doch an. Es war ein alter australischer Holden Kombi. Aber mit ihm hielt sich Ballard nicht lange auf, denn der Ferguson-Traktor, der daneben stand, schien ihm in dieser Situation sein eigenes Gewicht in Gold wert. Fünfzehn Minuten später war er mit Konserven vollbeladen und auf dem Weg zum Städtchen, einen schnell zusammengebastelten Schlitten hinter sich herziehend.

Als Ballard bei der Kirche ankam, traf er mehr Leute als erwartet. McGill saß an einem improvisierten Schreibtisch neben dem Altar, dem Mittelpunkt der wachsenden Organisation. In einer Ecke war Scott sehr geschäftig; drei Frauen assistierten ihm. Die meisten der Verletzten hatten Knochenbrüche. Infolgedessen waren zwei Männder dabei, Kirchenbänke auseinanderzunehmen, um aus ihnen Schienen zu basteln. Ballard entdeckte Erik Peterson, der in der Schlange stand, die sich vor dem Arzt gebildet hatte. Ballard ging zu ihm hinüber und fragte: »Ist Liz wohlauf?«
Eriks Gesicht war weiß und schmerzverzerrt. »Weiß ich nicht. Sie war mit der Amerikanerin in Rawsons Apotheke, glaube ich, als das Ding runterkam.« Seine Augen waren ohne Ausdruck. »Der Laden ist weg – überhaupt nicht mehr da!« Panik lag in seiner Stimme.
»Lassen Sie sich den Arm in Ordnung bringen«, sagte Ballard. »Ich sehe nach.«
Er ging zu McGill. »Bei Turi ist alles in Ordnung«, berichtete er. »Allen geht es gut. Sie haben einen Generator in Gang gebracht, und ich habe eine Ladung Konserven draußen – mit einem Traktor. Du kümmerst dich am besten darum.«

McGill seufzte hörbar. »Gott sei Dank, daß die Kinder in Sicherheit sind.« Er nickte. »Gut gemacht, Ian. Den Traktor können wir gebrauchen.« Ballard machte kehrt. »Wo willst du hin?«
»Liz und Stacey suchen. Sie waren in der Apotheke.«
»Das wirst du sein lassen«, fuhr McGill ihn an. »Solche unausgegorenen Rettungsversuche können wir uns nicht leisten!«
»Aber –«
»Kein aber. Wenn du dort draußen herumtrampelst, machst du die Spur für einen Suchhund kaputt, und ein Hund kann effektiver arbeiten als hundert Menschen. Deswegen müssen alle in der Kirche bleiben – zumindest noch eine Weile. Wenn du Informationen hast über den Aufenthaltsort von Leuten zur Zeit der Lawine, gib sie an Arthur Pye dort drüben weiter. Er ist unsere Vermißtenstelle.«
Ballard wollte gerade etwas hitzig darauf erwidern, als er von jemandem beiseite geschoben wurde. Er erkannte Dickinson, der in der Grube arbeitete. Dickinson sagte aufgeregt: Ich komme gerade von Houghtons Haus. Dort sieht es aus wie auf einem Schlachtfeld. Aber ich glaube, ein paar Leute leben noch. Wir brauche unbedingt Dr. Scott.«
McGill rief laut: »Dr. Scott, können Sie mal bitte herüberkommen?«
Scott knotete einen improvisierten Verband zu Ende und ging zu McGill. »Dickinson«, begann McGill, »erzählen Sie weiter.«
»Das Haus sieht aus wie nach einem Bombenangriff«, erzählte Dickinson. »Jack Baxter und Matt Houghton habe ich draußen vor dem Haus gefunden. Jack fühlt sich pudelwohl, abgesehen von einem gebrochenen Bein. Aber mit Matt ist irgend etwas los, er kann kaum sprechen, und er scheint auf einer Seite gelähmt.«
»Könnte ein Schlaganfall sein«, meinte Scott.
»Ich habe sie beide in einen Wagen gesetzt und sie so weit

heruntergebracht, wie es ging. Aber ich habe nicht gewagt, den Fluß zu überqueren, weil der Schnee sehr locker ist. Deswegen habe ich sie auf der anderen Seite gelassen.«
»Und im Haus?«
»O weh, da sieht es übel aus. Ich habe zwar nicht gezählt, aber es sah aus wie Hunderte! Einige von ihnen leben noch, das weiß ich sicher.«
»Wie sahen die Verletzungen aus?« wollte Scott wissen. »Ich muß wissen, was ich am besten mitnehme.«
McGill lächelte bitter: »Sie haben sowieso nicht viel. Nehmen Sie doch alles mit.«
»Turi hat einen Verbandskasten von seinem Haus mitgebracht«, erklärte Ballard.
»Den kann ich gut gebrauchen«, meinte Scott.
Sie hatten eine entfernte Vibration in der Luft bisher nicht wahrgenommen, aber nun war sie nicht mehr zu überhören. Ballard zuckte zusammen und zog den Kopf ein, da er eine weitere Lawine erwartete. McGill sah zur Decke hin. »Ein Flugzeug – und zwar ein ziemlich großes!«
Er sprang auf und lief zur Kirchentür, die anderen folgten ihm auf den Fersen. Das Flugzeug war das Tal entlanggeflogen und kam jetzt zurück. Als es näherkam, erkannten sie einen großen Transporter mit dem Hoheitszeichen der amerikanischen Marine.
Ein Freudengeschrei erhob sich, und über McGills Gesicht glitt ein glückliches Lächeln. »Eine Herkules der Marine aus Harewood«, stellte er fest. »Die Marine kommt gerade im richtigen Augenblick.«
Die Herkules flog jetzt auf einem niedrigen Kurs das Tal herauf. Von ihrem Heck lösten sich schwarze Punkte, und dann öffneten sich die Fallschirme und blühten auf wie farbenprächtige Blumen. McGill zählte: »... sieben... acht... neun... zehn. Das sind die Experten, die wir dringend brauchen.«

Das Hearing
Achter Tag

25. Kapitel

John Reed, der Schriftführer der Kommission, zückte seinen Federhalter. »Ihr voller Name bitte.«
»Jesse Willard Rusch.« Der große, kräftig gebaute Mann mit ausgesprochen altmodischem Bürstenhaarschnitt sprach mit starkem amerikanischem Akzent.
»Ihr Beruf, Mr. Rusch?«
»Mein Dienstgrad ist Korvettenkapitän der amerikanischen Marine, eingesetzt bin ich zur Zeit als Versorgungs-Offizier der sechsten Antarktis-Staffel. Das ist die Gruppe, die zur Unterstützung der Operation Deep Freeze den Flugtransport übernommen hat.«
»Vielen Dank«, sagte Reed.
Harrison betrachtete den Amerikaner mit Interesse. »Es heißt, Sie waren der erste in Lawinenbergung ausgebildete Mann, der nach der Lawine in Hukahoronui ankam.«
»Das habe ich auch gehört, Sir, aber wir waren fünf Mann. Meine Füße berührten halt den Boden zuerst.«
»Sie waren aber der Leiter.«
»Jawohl.«
»Können Sie uns von den Umständen erzählen, die Sie dorthin führten?«
»Gern. Soviel ich weiß, bat Ihr Amt für Zivilschutz Fregattenkapitän Lindsey um Unterstützung. Er ist Befehlshaber unseres Stützpunktes hier in Christchurch. Da das Gesuch auch Lawinenrettung betraf und ich Versorgungs-Offizier

von VXE-6 bin – so heißt unsere Staffel –, hat er die Sache an mich weitergegeben.«

Während Harrison einen Punkt an der Decke fixierte, hatte er den flüchtigen Gedanken, daß Amerikaner seltsame Menschen seien. »Ich sehe den Zusammenhang nicht ganz«, bemerkte er. »Was hat Lawinenopferbergung mit Versorgungs-Offizier zu tun? – Wobei ich annehme, daß ein Versorgungs-Offizier so etwas Ähnliches wie Quartiermeister ist.«

»So ungefähr«, antwortete Rusch. »Das muß ich erklären. Es gibt in der Antarktis immer eine Menge zu tun, und es gibt mehr Jobs als Menschen. Es ist daher gang und gäbe, daß ein Mann zwei Fliegen mit einer Klappe schlagen muß. Es ist schon zur Tradition geworden, und zwar zu einer sehr geschätzten Tradition, daß der Versorgungs-Offizier von VXE-6 auch für Rettungsaktionen zuständig ist und automatisch den Befehl bei allen Rettungsoperationen draußen übernimmt, insbesondere, wenn sie mit Lufttransport zu tun haben.«

»Ach, jetzt verstehe ich.«

»Dazu muß ich noch sagen, daß wir alle als Fallschirmjäger ausgebildet sind. Unsere Ausbildung erhielten wir in Lakehurst, New Jersey, die praktische Ausbildung für Rettungswesen in der Nähe von Mount Erebus in der Antarktis. Die Ausbildung dort wird mit erfahrenen Lehrern der Vereinigten Bergvereine von Neuseeland durchgeführt.«

Rusch hielt inne. »Wenn also ein Neuseeländer ein Anliegen an uns hat, sind wir sehr schnell zur Stelle.«

»Sie haben uns das sehr verständlich gemacht.«

»Vielen Dank, Sir. Zu dem Zeitpunkt, als uns diese Bitte erreichte, mitten im Winter also, war unser Stab im Hauptquartier zusammengeschrumpft. Flüge zum Eis – also in die Antarktis – sind nicht häufig um diese Jahreszeit, und die Flüge, die es gibt, sind Notfälle oder dienen vielleicht Forschungszwecken. Normalerweise sind zwölf Männer für den Rettungsdienst vorgesehen – alles Freiwillige, möchte

ich hinzufügen –, aber an dem Tag waren nur ich und vier andere im Dienst.«
Harrison notierte sich etwas. »Haben Sie jemals Schwierigkeiten, Freiwillige zu bekommen?«
Rusch schüttelte den Kopf. »Nicht, daß ich wüßte, Sir.«
»Interessant. Fahren Sie bitte fort.«
»Wir erhielten unseren Marschbefehl zusammen mit der Flugzeugbesatzung, und die Maschine wurde mit unserer Ausrüstung beladen, die immer für sofortigen Einsatz bereitsteht. Normalerweise gehen wir so vor, daß eine Gruppe von vier Mann mit einem Schlitten zusammen abspringt. Aber in Anbetracht unserer Informationen über die möglicherweise zu erwartenden Zustände am Zielort hatte ich zusätzliche Schlitten laden lassen. Wir springen mit fünf Mann und fünf Schlitten ab, und genau um 12 Uhr 56 landete ich in Hukahoronui. Soweit ich informiert bin, war das genau fünfundfünfzig Minuten nach dem Unglück.« Rusch lächelte. »Sie können sich meine Verblüffung vorstellen, als der erste Mensch, der mich begrüßte, ausgerechnet ein alter Bekannter aus der Antarktis war – Dr. McGill.«
Rusch raffte seinen Fallschirm und preßte den Auslöseknopf. Er schob den Gesichtsschutz zurück und sah sich nach den anderen um, die gerade landeten. Dann wandte er sich der Gruppe von Männern zu, die über den Schnee stolpernd auf ihn zurannte. Die Arme in die Hüfte gestemmt, starrte er ungläubig auf den Anführer der Gruppe. »Ich werd' verrückt!« sagte er laut. Als McGill näher kam, trat Rusch einen Schritt vor. »Dr. McGill, wenn ich mich recht erinnere...«
»Guten Morgen, Korvettenkapitän.« McGill rieb sich müde die Augen. »Oder haben wir schon Nachmittag?«
»Es ist Nachmittag, und nicht gerade ein gemütlicher, wie mir scheint. Wo ist das Städtchen?«
»Da, wo Sie gerade hinschauen.«
Rusch sah sich um und pfiff durch die Zähne. »Da haben

Sie sich aber einen feinen Job eingehandelt, was Mike? Sind Sie hier der Boß?«
»Sozusagen.«
»Nein!« Ballard trat vor, die Hand fest an Erik Petersons unverletztem Arm. »Darf ich Erik Peterson, Gemeinderatsmitglied, vorstellen – im Augenblick das einzige verfügbare. Er vertritt die Gemeinde.«
Rusch warf McGill einen fragenden Blick zu und schüttelte ein wenig ungelenk Petersons linke Hand. »Mir wäre lieber, wir hätten uns unter angenehmeren Umständen kennengelernt, Mr. Peterson.«
Peterson schien Ballard mißverstanden zu haben. »Wieso ich!« wandte er sich an Ballard. »Wieso nicht Matt Houghton?«
»Sieht aus, als hätte er einen Schlaganfall erlitten.«
Peterson verzog das Gesicht. »Nun ja«, begann er etwas vage und zeigte auf seinen rechten Arm. »Mit gebrochenem Flügel kann ich keine großen Flüge machen. Sie sind hinzugewählt, Ian, Sie und McGill.«
»In Ordnung!« Ballard wandte sich an Rusch. »Wir brauchen Medikamente.«
»Haben wir dabei.« Rusch drehte sich auf dem Absatz und rief: »Sie da, Chef, ich brauche den Sani-Schlitten – und zwar möglichst schon gestern!«
Ballard organisierte schnell: »Dr. Scott, das ist Ihr Bereich, treffen Sie alle nötigen Vorkehrungen. Wie sieht's mit Sprechverbindungen aus, Kapitän... eh...?«
»Rusch. Korvettenkapitän Rusch. Wir haben fünf Sprechgeräte, da können wir ein Sendernetz einrichten. Auf einem der Schlitten ist auch ein großer Sender für eine Verbindung nach draußen. Wir müßten eigentlich Chi-Chi... ich meine Christchurch erreichen können.«
»Der kommt am besten in die Kirche«, entschied Ballard. »Dort haben wir unser Hauptquartier. Ich möchte so schnell wie möglich mit jemandem vom Amt für Zivilschutz sprechen.« Ihm fiel plötzlich etwas ein. »Ach ja, übrigens,

ich heiße Ian Ballard. Los, an die Arbeit.«
Auf dem Weg zurück zur Kirche gesellte sich McGill zu Ballard. »Was hat Turi dir zu essen gegeben? Rohes Fleisch?«
»Irgend jemand muß ja die Organisation in den Griff bekommen, und du wirst das kaum sein. Du weißt eine Menge über Lawinenbergung, also kümmere dich darum. Aber bevor du verschwindest, mach mir eine Liste von dem, was du brauchst, damit die in Christchurch wissen, wovon ich rede.«
»Klar.« Sie gingen weiter, und Mc Gill fragte: »Warum hast du Peterson so in den Vordergrund gerückt? Er nutzt uns rein gar nichts.«
»Strategie. Er dankte ab – hast du das nicht gehört? Ich wußte, daß es so kommen würde. Hör zu, Mike, ich habe meine Ausbildung als Verwalter gehabt, und es wäre für mich Zeitverschwendung, etwas anderes zu tun. Du bist Schneemann, und es wäre ebenso Zeitverschwendung, etwas anderes zu tun. Wir wollen die Kompetenzen klären.«
»Klingt überzeugend.« McGill grinste. »Und außerdem amtlich. Jetzt sind wir Gemeinderäte, du und ich.«
Sie betraten die Kirche. Rusch blieb kurz hinter der Tür stehen und überschaute stirnrunzelnd die Lage. »Schlimmer als im Krieg.« Die Kirchenbänke waren voll von blassen, apathischen Männern und Frauen mit stumpfem Blick. Sie saßen oder lagen regungslos da wie Verlassene und blickten voller Schrecken zurück auf die Nähe des Todes. Nur einige rührten sich, und von diesen wiederum versuchte nur eine Handvoll, den anderen zu helfen.
McGill bemerkte zu ihm: »Von diesen Leuten werden Sie kaum Hilfe erwarten können. Sie leiden unter akutem Katastrophenschock.«
»Decken«, sagte Ballard. »Wir brauchen Decken. Kommt mit ins ›Büro‹.« Er ging voraus zu dem Schreibtisch, den McGill aufgestellt hatte, und nahm daran Platz. »Gut, Mike. Was brauchen wir sonst noch?«

»Erfahrene Rettungsmannschaften – soviel wie möglich. Man kann sie per Hubschrauber oder mit kleinen Maschinen mit Kufen einfliegen. Und auf dem Rückflug können sie diese Leute hier mitnehmen.«
»Wir haben ein paar Hubschrauber in Harewood«, meinte Rusch. »Einige sind zur Winterwartung auseinandergenommen, aber ich weiß, daß vier Stück einsatzbereit sind.«
»Wir brauchen auch Suchhunde«, erklärte McGill.
»Das wird schwer sein«, antwortete Rusch. »Soweit ich weiß, gibt es keine in diesem Land. Ich kann mich aber irren. Versuchen Sie mal Mount Cook und Coronet Peak.«
Ballard nickte. Das waren beliebte Ski- und Klettergegenden. »Dort müßte es auch ausgebildete Rettungsmannschaften geben.«
Rusch fuhr fort: »Ihr Arzt ist zu einem Haus auf der anderen Talseite gefahren. Einer meiner Männer hat ihn begleitet. Ich lasse einen weiteren hier mit dem Funkgerät. Er kann auch bei den Verletzten mit anpacken. Wir sind nicht gerade Sanis, aber wir können Knochen schienen. Wir anderen werden jetzt die allgemeine Lage sondieren und einen Plan aufstellen.«
Ballard rief: »Arthur, kommen Sie einen Augenblick her.«
Arthur Pye, der versuchte, einen der Überlebenden zu befragen und dabei nicht sehr viel zu erreichen schien, stand auf und kam herüber zum Schreibtisch. Sein Gesicht war von Sorge gezeichnet, und seine Bewegungen waren mechanisch, aber in seinen Augen lag noch ein gewisser Funken Verstand und ein Begreifen, was man bei den meisten anderen vermißte.
»Wie sieht's aus, Arthur?« fragte Ballard. »Wie viele Vermißte?«
»O Gott, weiß ich nicht.« Pye wischte sich über das Gesicht. »Wie sollte das einer wissen.«
»Sagen Sie ungefähr. Ich muß Christchurch etwas sagen können.«
»Es ist verdammt schwer, aus den Leuten irgend etwas

rauszukriegen.« Pye zögerte. »Also gut, sagen wir dreihundertfünfzig.«
Rusch fuhr zusammen. »*So viele?*«
Pye wehrte ab. »Sie haben die Stadt gesehen – oder das, was von ihr übriggeblieben ist. Immer noch treffen Leute hier ein, einzeln oder zu zweit. Ich schätze, die endgültige Zahl wird viel niedriger liegen.«
McGill meinte: »Diejenigen, die jetzt kommen, sind die Glücklichen. Die anderen sind noch verschüttet.«
»Los, Mike«, schloß Rusch. »Fangen wir mit der Suche an. Unser Funker stellt den Sender auf. Mr. Ballard, wenn Sie Verbindung mit mir aufnehmen wollen, benutzen Sie das Funkgerät.«
Rusch und McGill verließen die Kirche. Ballard schaute zu Pye hoch und fragte: »Ist das mit dieser Zahl sicher?«
»Natürlich nicht«, antwortete Pye müde. »Aber *ungefähr* wird es wohl so sein. Ich glaube, John Peterson hat's erwischt. Mary Rees sagt, sie hätte ihn auf die Straße laufen sehen, kurz bevor die Lawine einschlug.«
Einer der Amerikaner kam den Mittelgang herauf und rollte Draht von einer Spule ab. Er blieb vor dem Schreibtisch stehen und stellte sich vor: »CPO Laird, Sir. Ich habe den Sender draußen aufgestellt. Das ist besser wegen der Antenne. Aber hier ist ein tragbares Gerät, das Sie benutzen können. Es ist eine Gegensprechanlage, man benutzt sie wie ein gewöhnliches Telefon.« Er legte den Hörer auf den Tisch und stöpselte ihn ein.
Ballard fragte: »Mit wem werde ich verbunden sein?«
»Mit dem Nachrichtenzentrum, Operation Deep Freeze. Ich habe gerade mit ihnen gesprochen.«
Ballard holte tief Luft und streckte die Hand aus. »Hier Ballard in Hukahoronui. Können Sie eine Verbindung mit dem Hauptamt für Zivilschutz herstellen? Im Reserve-Bank-Gebäude, Herefrod Stra...«
Eine ruhige Stimme unterbrach ihn. »Nicht nötig, Mr. Ballard. Die Verbindung ist schon da.«

26. Kapitel

Rusch, McGill und zwei der amerikanischen Soldaten stapften über den knirschenden Schnee, der die Verwüstung, die einst Hukahoronui war, bedeckte. McGill streifte den Handschuh ab und bückte sich, um die Beschaffenheit des Schnees zu fühlen. »Wird hart«, stellte er fest und erhob sich. »Ich hatte gerade einigen Männern Unterricht in Lawinenopfersuche gegeben, als es passierte. Ich sagte da schon, daß sie nichts taugen würden, und ich hatte recht. Wissen Sie, was mir Sorgen macht?«
»Was?« wollte Rusch wissen.
»Wenn Ballard Erfolg hat, wird man eine Menge Leute hier reinfliegen – vielleicht mehrere hundert.« McGill machte eine Kopfbewegung zum Westhang. »Ich mache mir Sorgen, daß es wieder losgeht. Das würde die Katastrophe unendlich verschlimmern.«
»Rechnen Sie damit?«
»Es liegt noch eine Menge Schnee da oben. Ich fürchte, es ist nur die Hälfte heruntergekommen, und zwar über eine Harschschicht abgerutscht. Ich würde mich gern davon überzeugen.«
Der Mann hinter Rusch faßte ihn am Arm. »Sir.«
»Was gibt's, Cotton?«
»Sehen Sie sich den Hund an, Sir. Er wittert irgend etwas im Schnee.«
Sie drehten sich in die Richtung, in die Cotton wies, und sahen einen Schäferhund, der im Schnee scharrte und winselte.
»Wahrscheinlich ist er kein Suchhund«, meinte McGill, »aber etwas Besseres haben wir nicht.«
Als sie sich ihm näherten, blickte der Hund auf und wedelte mit dem Schwanz, dann scharrte er weiter. »Braver Hund«, lobte Rusch. »Cotton, nehmen Sie den Spaten.«
Cotton fand die Leiche einen Meter tief im Schnee. Rusch

kontrollierte den Puls. »Der ist hinüber. Holen wir ihn raus.«

Sie zogen die Leiche aus dem Schnee, und der Anblick verschlug Rusch den Atem. »Um Gottes willen, was ist denn mit seinem Gesicht passiert? Kennen Sie ihn, Mike?«
»Nicht einmal seine eigene Frau würde ihn wiedererkennen«, antwortete McGill lakonisch. Er war blaß im Gesicht. Der Hund wedelte vergnügt mit dem Schwanz und trottete weiter über den Schnee. Wieder blieb er stehen, und das Schnuppern und Scharren begannen von neuem. »Cotton, Sie sind Hundeführer geworden«, sagte Rusch. »Harris, trommeln Sie ein paar kräftige Männer zusammen, und graben Sie überall dort, wo dieser Hund scharrt.«

McGill hörte das vertraute Zischen von Skiern im Schnee, und als er sich nach dem Geräusch umschaute, sah er zwei Männer auf sich zukommen. Sie blieben stehen, und der erste schob seine Schneebrille zurück. »Kann ich irgendwie helfen?« wollte Charlie Peterson wissen.

McGill warf einen Blick auf Charlies Skier. »Fürs erste könnten Sie mir Ihre Skier leihen. Ich würde gern mal auf den Berg steigen.«

Miller kam hinter Charlie zum Vorschein und starrte auf die Leiche. »Mein Gott!« entfuhr es ihm. »Was ist mit ihm passiert?« Er begann zu würgen. Er wandte sich ab und übergab sich heftig.

Charlie schien die Leiche nicht zu stören. Er blickte auf sie nieder und stellte fest: »Es ist Rawson. Was ist mit ihm passiert?

»Woher wissen Sie, wer das ist?« fragte Rusch. »Der Mann hat kein Gesicht mehr.«

Charlie zeigte. »Ihm fehlt das letzte Glied des kleinen Fingers an der linken Hand.« Er wandte sich McGill zu. »Nehmen Sie *Millers* Skier. Ich fahre mit.«

»Der Hang ist nicht gerade der sicherste Ort, Charlie.«

Charlie grinste schief. »Man kann auch beim Überqueren der Straße getötet werden. Das habe ich schon mal gesagt,

nicht wahr?« McGill musterte Charlie eingehend, dann rang er sich durch zu einem Entschluß. »Okay. Helfen Sie mir beim Abschnallen. Er ist nicht in der Lage, es selbst zu tun.«
Fünf Minuten später waren sie bereits am Hang. Rusch schaute ihnen besorgt nach. Das war nicht gerade ein Job, um den er sich gerissen hätte. »Sir!« rief Cotton aus. »Wir haben noch einen – lebend – eine Frau!«
Rusch eilte hinzu. »Vorsichtig mit dem Spaten, Harris! Cotton, holen Sie den leeren Schlitten.«
Der schlaffe Körper von Liz Peterson wurde auf den Schlitten gelegt und mit einer warmen Decke zugedeckt. Rusch musterte sie eingehend. »Hübsches Mädchen«, bemerkte er. »Bringen Sie sie zur Kirche. Unsere Arbeit fängt gerade an, sich auszuzahlen.«
In der Landeskammer von Canterbury war es sehr still, während Korvettenkapitän Rusch seine Aussage machte. Doch als er beschrieb, wie sie auf Rawsons Leiche gestoßen waren, ging ein entsetztes Murmeln durch den Saal.
»Der Hund war in der ersten Stunde eine große Hilfe«, erzählte Rusch. »Er fand drei Opfer, von denen zwei noch lebten. Aber dann verlor er das Interesse. Ich glaube, er war einfach müde – der Schnee war sehr tief und schwer begehbar, und vielleicht war die Witterung schwächer geworden. Es war kein geschulter Spürhund.«
»Haben Sie erfahren, wem der Hund gehörte?« fragte Harrison.
»Ja, er hieß Viktor und gehörte den Scanlons. Von der Familie Scanlon überlebte niemand.«
»Ich hoffe, Viktor hat ein schönes Zuhause gefunden.«
»Ich glaube schon. Miss Peterson hat sich seiner angenommen.« Harrison warf einen Blick durch den Saal zu dem Tisch der Petersons hinüber. Er lächelte Liz Peterson zu und nickte. »Genau *so* hätte ich es auch erwartet«, bemerkte er. Er sah auf seine Uhr. »Die folgende Beweisaufnahme betrifft Tätigkeiten des Amtes für Zivilschutz. Da es schon

später Nachmittag geworden ist, werde ich dieses Hearing vertagen bis zehn Uhr morgen früh.«
Er wandte sich noch einmal an Rusch. »Vielen Dank, Korvettenkapitän. Es bleibt mir nur noch, Ihnen und Ihren Kameraden für einen hervorragenden Einsatz zu danken.«
Der hartgesottene Rusch wurde tatsächlich rot.

27. Kapitel

»Bei den Aussagen heute morgen lief es mir noch einmal heiß und kalt den Rücken herunter«, sagte McGill. »Damals hatte ich zuviel am Hals, um mir große Gedanken zu machen; aber wenn einem alles noch mal so vor Augen geführt wird, haut es einen fast um.«
»Ein furchtbares Erlebnis«, meinte Stenning.
Sie standen an der Rezeption des Hotels und warteten auf den Portier, der gerade ein Telefongespräch führte. »Wo steckt Ian?« fragte Stenning.
»Er ist mit Liz weggegangen.« McGill lächelte. »Haben Sie inzwischen eine Antwort auf meine Frage? Was ist, wenn Ian sie heiratet?«
Stenning schüttelte den Kopf. »Das muß ich mir noch überlegen.«
Der Portier legt den Hörer auf und nahm den Schlüssel vom Brett. »Mr. Stenning. Dr. McGill. Ein Brief für Sie, Dr. McGill.«
»Vielen Dank.« McGill nahm den Brief entgegen und wandte sich an Stenning. »Wollen wir etwas zusammen trinken?«
»Danke, nein«, antwortete Stenning. »Ich lege mich besser ein wenig hin.«
Stenning ging auf sein Zimmer, McGill in die Bar. Er bestellte sich etwas zu trinken und öffnete den Brief. Beim Auseinanderfalten der Blätter fiel ein Scheck heraus und flatterte auf die Bar. Er nahm ihn auf und blickte flüchtig

darauf. Seine Augen wurden größer, als er den Betrag sah, auf den der Scheck lautete. Er legte ihn in den Umschlag zurück und las stirnrunzelnd die erste Seite des Briefes. Er blätterte um und las völlig versunken weiter. Das Glas an seinem Ellbogen hatte er ganz vergessen. Als er die letzte Seite gelesen hatte, blätterte er zurück und las den ganzen Brief ein zweites Mal. Dann saß er regungslos auf dem Barhocker, völlig in Gedanken versunken. Es machte den Barkeeper nervös, der zufällig den fixen Punkt für McGills starren Blick abgab.

»Stimmt irgend etwas mit Ihrem Drink nicht, Sir?«

»Wie bitte?« McGill kam aus der Versenkung. »Nein, bringen Sie mir noch einen – einen Doppelten!« Er nahm das Glas in die Hand und kippte den Scotch pur in einem Zug hinunter.

Als Ballard ankam, wurde er schon aufgeregt von McGill erwartet. Sofort lotste er ihn in die Bar. Er winkte den Barmixer heran und bestellte. »Noch zwei Doppelte. Ian, wir haben Grund zum Feiern.«

»Was gibt's denn zu feiern?«

»Rate, was ich in der Tasche habe.«

»Wie soll ich das raten?« Ballard musterte McGill kritisch. »Mike, bist du etwa blau? Du siehst aus wie eine Schnapsleiche.«

»In meiner Tasche«, begann McGill ernst. »In meiner Tasche habe ich eine Bombe. Sie ist per Luftpost aus Los Angeles gekommen.« Er zog den Brief aus der Jackentasche und hielt ihn Ballard unter die Nase. »Lies ihn, mein Freund. Lies und weine. Mir ist nicht nach Jubel zumute, obwohl er deine Rettung bedeutet.«

»Ich glaube, du bist tatsächlich betrunken.« Ballard nahm den Umschlag und machte ihn auf. Er sah den Scheck und fragte: »Was zum Teufel ist das nun? Bestechungsgeld?«

»Lies erst mal«, drängte McGill.

Ballard begann zu lesen und suchte dann verwundert nach der Unterschrift. Der Brief kam von Miller, dem Amerika-

ner. Der Inhalt war erschütternd.
»Lieber Dr. McGill,
ich wollte schon lange diesen Brief schreiben, aber ich habe es immer wieder aufgeschoben, wahrscheinlich, weil ich Angst hatte. Das, was passiert ist, lastet seither schwer auf meinem Gewissen, denn die Lawine hat so viele Opfer gefordert, auch meinen guten Freund Ralph Newman. Ein Freund hat mir Zeitungsausschnitte über die Untersuchung der Katastrophe von Hukahoronui geschickt. Beim Lesen der Ausschnitte erlebte ich das Furchtbare noch einmal, und nun weiß ich, daß ich reden muß. Ich lasse diesen Brief von einem Notar beglaubigen, damit er als Beweisstück verwendbar ist, falls Sie es für notwendig halten – in der Hoffnung jedoch, daß Sie es nicht für notwendig halten werden. Die Entscheidung überlasse ich ganz Ihnen.
Früh am Morgen jenes schrecklichen Sonntags fuhr ich mit Charlie Peterson Ski. Im Tal war es nebelig, aber er sagte, auf den höheren Hängen würde die Sonne scheinen. Ich war etwas nervös, denn im Hotel hatte ich etwas von Lawinengefahr gehört; aber Charlie lachte mich aus und sagte, es hätte mich jemand auf den Arm nehmen wollen. Wir stiegen in die Hänge des Talendes auf und liefen ein bißchen Ski. Die Hänge waren nicht besonders gut da, deshalb machte Charlie den Vorschlag, zu den Hängen oberhalb von Hukahoronui hinüberzugehen. Das taten wir dann auch.
Wir kamen dann endlich auf den Westhang oberhalb des Städtchens und stießen auf ein Schild ›Skilaufen verboten‹. Ich wollte woanders hingehen, aber Charlie sagte, das Land gehöre den Petersons, und niemand könne ihn daran hindern, auf seinem Land zu tun und zu lassen, was er wollte. Er sagte weiter, das ganze Gerede über Lawinen sei Unsinn, es habe in Hukahoronui nie eine gegeben. Lachend meinte er, das Schild hätten Pfadfinder aufgestellt, und das entspräche genau ihrer Kragenweite. Wir stritten uns richtig dort oben auf dem Berg. Ich meinte, die Pfadfinder

seien beauftragt gewesen, das Schild dort aufzustellen, und ich konnte mir auch vorstellen, daß Sie derjenige gewesen waren, der es angeordnet hatte. Ich war der Meinung, daß Sie mit der Lawinengefahr vielleicht doch recht hätten. Aber Charlie stand nur da und lachte, und irgend etwas schien in dem Moment mit ihm nicht zu stimmen. Er sagte, eine Lawine wäre vielleicht gar nicht so schlecht; denn alles, womit man Ballard loswerden könnte, könnte nicht so schlecht sein.
Er ließ sich noch länger über Ballard aus, eine Menge wirres Gerede. Ballard hätte seinen Bruder umgebracht und seinem Vater die Grube gestohlen, und es wäre endlich Zeit, daß jemand ihn daran hindere, ganz Hukahoronui zu stehlen. Er geiferte vielleicht noch fünf Minuten so weiter, dann sagte er, die Grube würde Ballard nicht viel nutzen, wenn es sie nicht mehr gäbe.
Ich warf ihm vor, er rede verrücktes Zeug, und fragte ihn, wie er es anstellen wollte, die ganze Goldgrube verschwinden zu lassen. Plötzlich rief er: ›Das werde ich dir zeigen!‹ und lief augenblicklich los. Er fuhr nicht sehr schnell, aber er sprang immer wieder mit voller Kraft hoch und rammte die Skier in den Schnee. Ich lief hinter ihm her und versuchte, ihn daran zu hindern. Dann hörte ich plötzlich ein Knistern, ungefähr so wie Pommes frites in Fett brutzeln, und Charlie rief mir etwas zu. Ich blieb stehen und sah, wie er einen Sprung seitlich zum Hang hin machte.
Zuerst schien nichts weiter zu passieren, aber dann sah ich die Schneedecke an der Stelle, wo Charlie gewesen war, springen. Mehrere Risse liefen im Zickzack mit ziemlicher Geschwindigkeit talwärts, und ein bißchen Schnee stob auf. Dann begann der Rutsch. Charlie und ich waren in Sicherheit, denn wir standen oberhalb. Wir blieben einfach stehen und beobachteten, wie es losging. Ich habe noch nie so etwas Schreckliches gesehen.
Wir sahen, wie der Schnee in die Nebelbank oberhalb des Städtchens eindrang, und ich fing plötzlich an zu weinen.

Ich schäme mich deswegen nicht. Charlie schüttelte mich und nannte mich eine Heulsuse. Er sagte, ich sollte den Mund halten. Und wenn ich irgend jemandem ein Wort davon erzählen würde, dann würde er mich umbringen. Ich nahm es ihm damals ab – er hätte so was Verrücktes tun können.
Ich fragte ihn, was wir nun tun sollten. Er antwortete, wir sollten ins Städtchen fahren und sehen, was geschehen war. Er meinte, es sei nur eine Masse federleichten Zeugs gewesen, das heruntergefallen war, und es hätte den Leuten nur einen ordentlichen Schrecken eingejagt. Die Grube, so hoffte er, sei aber erledigt. Er lachte sogar darüber. Wir fuhren also ab und sahen uns das Schreckensbild an. Dabei bedrohte Charlie mich erneut. Er sagte, wenn ich auch nur in seine Richtung blinzeln würde, wäre die Welt für uns zwei nicht groß genug. Er würde mich so lange suchen, bis er mich gefunden hätte, egal wo.
So wahr mir Gott helfe, ich erzähle die Wahrheit über jenen Sonntagmorgen. Ich schäme mich zutiefst meines Schweigens. Ich hoffe sehr, dieser Brief trägt zu einer Berichtigung bei. Ich nehme an, es gibt ein Spendenkonto für die Familien der Opfer, das ist ja meist der Fall. Anbei finden Sie einen Scheck über zehntausend Dollar. Das sind fast meine ganzen Ersparnisse, mehr kann ich leider nicht schicken.«
Ballard blickte auf. »Mein Gott!«
»Der Brief ist wie eine Bombe, die jederzeit losgehen kann, nicht wahr?«
»Aber den Brief können wir nicht gebrauchen.«
»Aber wieso nicht? Stenning würde sich riesig freuen.«
»Zum Teufel mit Stenning. Das kann ich keinem antun. Außerdem...«
Er sprach den Satz nicht zu Ende, aber McGill hakte ein: »Der Weg zur Liebe muß gerade und ehrlich sein? Ian, du hast das Schicksal der Ballard-Treuhand in deiner Hand.«
Ballard starrte auf das Glas vor sich. Er streckte die Hand

danach aus, schob es aber wieder beiseite. An McGill gewandt, fuhr er fort: »Mike, sag mir offen und ehrlich deine Meinung. Vor der Lawine haben wir jede nur denkbare Vorkehrung getroffen. Wir haben mit einer Lawine *gerechnet*, oder nicht? Macht dieser Brief jetzt einen Unterschied?« Er klopfte zur Bekräftigung auf die Theke und als der Barkeeper angelaufen kam, schüttelte er heftig verneinend den Kopf. »Den Piloten des Flugzeuges hast du von jeglicher Schuld entlastet – du sagtest, der Schnee *mußte* herunterkommen. Bist du immer noch der Meinung?«

McGill seufzte: »Ja, ich bin es immer noch.«

»Dann vergessen wir den Brief.«

»Dir steht deine eigene Ehrenhaftigkeit im Wege. Ian, wir leben in einer harten Welt.«

»Ich möchte nicht in einer solchen Welt leben, in der ich von einem solchen Brief Gebrauch machen müßte.«

»Dein Argument zieht nicht«, erwiderte McGill entschieden. »Ich weiß genau, woran du denkst. Wenn dieser Brief veröffentlicht wird, kannst du Liz auf Nimmerwiedersehen sagen. Aber das ist kein ausreichender Grund. Dieser Dreckskerl hat vierundfünfzig Menschen auf dem Gewissen. Hätte Miller gesagt, daß es sich um einen Unfall gehandelt hätte, wäre ich vielleicht deiner Meinung, aber er sagt, daß Charlie es mit Absicht getan hat. Das kannst du nicht einfach verheimlichen.«

»Was soll ich tun, Mike?«

»Du hast überhaupt nichts zu tun. Das ist meine Entscheidung. Der Brief ist an mich gerichtet.« Er nahm ihn Ballard aus der Hand, steckte ihn in den Umschlag zurück und schob ihn in seine Tasche.

»Liz wird nie glauben, daß ich dagegen war«, meinte Ballard deprimiert.

McGill zuckte die Achseln. »Wahrscheinlich nicht.« Er griff nach seinem Glas. »Und außerdem – du wärst mir bestimmt nicht so sympathisch, wenn du dich auf diese

Gelegenheit gestürzt und die Petersons voll Wonne zerstampft hättest. Du bist ein blöder Hund, aber ich mag dich trotzdem.« Er hob sein Glas zum Toast. »Trinken wir auf die Ritterlichkeit – sie lebt noch – und ist in Christchurch zu besichtigen!«

»Ich glaube, du bist doch blau!«

»Das bin ich auch, und ich werde noch viel mehr trinken, verdammt noch mal – nur um zu vergessen, wieviel Arschlöcher es auf dieser Welt gibt.« Er kippte sich den Inhalt des Glases herunter und setzte es mit einem Knall wieder auf.

»Wann wirst du Harrison den Brief geben?«

»Natürlich morgen.«

»Warte noch ein bißchen«, drängte Ballard. »Ich möchte die Sache zuerst mit Liz klären. Ich möchte nicht, daß sie das bei der Untersuchung so unvorbereitet an den Kopf geworfen kriegt.«

McGill überlegte. »In Ordnung. Ich halte ihn vierundzwanzig Stunden zurück.«

»Danke.« Ballard schob McGill sein noch unberührtes Glas zu. »Wenn du darauf bestehst, dich zu betrinken, hier hast du meinen Beitrag.«

McGill drehte sich auf dem Hocker und sah Ballard nach, wie er eilig davonging. Dann wandte er sich wieder dem wartenden Barkeeper zu. »Noch zwei Doppelte.«

»Kommt der Gentleman zurück?«

»Nein, er kommt nicht zurück«, antwortete McGill abwesend. »Aber in einem Punkt haben Sie recht: Er ist ein Gentleman, und davon gibt es heutzutage verdammt wenige.«

An diesem Abend nahmen Ballard und Stenning zusammen ihr Dinner ein. Ballard war zerstreut und offensichtlich nicht in der Stimmung, über belanglose Dinge zu plaudern. Stenning war dies aufgefallen, und er hatte während des Essens geschwiegen. Aber beim Kaffee rang er sich zu einer Frage durch: »Ian, wie ist Ihr Verhältnis zu

Miss Peterson?«
Ballard zuckte zusammen, von der aufdringlichen Frage etwas aufgeschreckt. »Wieso? Geht Sie das etwas an?«
»Warum nicht?« Stenning rührte den Kaffee um. »Sie haben die Sache mit der Ballard-Treuhand vergessen. Ich habe sie keineswegs vergessen.«
»Was hat Liz damit zu tun?« Er grinste verkrampft. »Sagen Sie nur, ich soll auch sie niedertrampeln.«
»Sie sollen gar nichts tun, wozu Sie keine Lust haben.«
»Aber Sie sollten es auch nicht versuchen!« warnte ihn Ballard. »Dennoch muß ich Bens Wünsche richtig interpretieren, und das ist weit schwieriger, als ich mir vorgestellt hatte. Ben hat mir von Liz Peterson nichts gesagt.«
»Der alte Herr hielt nicht allzuviel von Frauen«, erklärte Ballard. »Er lebte fürs Geschäft, und da für ihn Frauen in der Geschäftswelt nichts zu suchen hatten, existierten sie einfach nicht. Er hat Ihnen von Liz nichts erzählt, weil sie für ihn eine Nichts war.«
»Sie kennen Ben besser, als ich dachte.« Stenning hielt inne, die Kaffeetasse noch in der Hand, dann setzte er sie ab. »Ja, das muß man ernsthaft miterwägen.«
»Ich weiß nicht, was Sie jetzt meinen.«
»Das hängt von Ihrem Verhältnis zu Miss Peterson ab. McGill hat mich danach gefragt – er wollte wissen, ob eine Heirat mit ihr irgendeinen Einfluß hätte auf dies ›Kill-die-Petersons-Match‹, wie er es nannte.«
»Und Ihre Antwort darauf?«
»Eine vage Antwort«, gestand Stenning. »Ich müßte es mir erst überlegen.«
Ballard lehnte sich vor. »Eins möchte ich klarstellen!« begann er mit leiser, aber eindringlicher Stimme. »Ben hielt sich für den Herrgott höchstpersönlich. Er hat mich manipuliert, und er manipuliert die Familie durch die Treuhand-Gesellschaft. Das mag ja in geschäftlichen Dingen in Ordnung sein, aber wenn das alte Schlitzohr mein Privatleben noch vom Grab aus kontrollieren will, dann steht das

auf einem ganz anderen Blatt.«
Stenning nickte zustimmend. »Ihre Darlegung von Bens Einstellung zu Frauen war sehr einleuchtend. Ich bin völlig Ihrer Meinung, daß Ben Miss Peterson nicht erwähnt hat, weil er sie ganz einfach nicht berücksichtigt hatte. Diese Tatsache wiederum hat natürlich großen Einfluß auf meine Auslegung seiner Wünsche. Meine Schlußfolgerung lautet also: Sie können heiraten oder nicht – Sie können sogar Miss Peterson heiraten oder nicht. Was auch immer Sie in dieser Hinsicht tun, es hat keinen Einfluß auf meine Entscheidung bezüglich Ihrer Eignung als Treuhandverwalter. Wenn Ben Miss Peterson nicht berücksichtigt hat, werde ich es auch nicht tun.«
»Vielen Dank«, antwortete Ballard unberührt.
»Das Problem mit den Brüdern Peterson besteht selbstverständlich nach wie vor.«
»Nochmals Dank«, wiederholte Ballard. »Für nichts. Glauben Sie im Ernst, daß ich, wenn ich die Petersons überrumpele, wie Sie es so feinfühlig ausdrücken, noch eine Chance bei Liz hätte? Verdammt noch mal, sie verträgt sich zwar mit ihren Brüdern nicht, aber sie wäre nicht die Frau, für die ich sie halte, nicht die Frau, die ich heiraten möchte, wenn sie nicht ein bißchen Loyalität für ihre Familie empfände.«
»Ja, das könnte ein ziemliches Problem für Sie sein.«
Ballard stand auf. »Zum Teufel mit Ihnen, Mr. Stenning!« Er warf die Serviette hin. »Und die Ballard-Treuhand ebenso!«
Stenning blickte ihm fassungslos nach. Er setzte seine Tasse an den Mund und stellte fest, daß der Kaffee kalt geworden war. Er bestellte sich einen neuen.

Das Hearing
Zwölfter Tag

28. Kapitel

Harrison und seine Sachverständigen nahmen Aussage nach Aussage auf. Aktionen wurden minuziös untersucht, Behauptungen unter die Lupe genommen. Eine lange Reihe von Zeugen wurden vernommen: Dorfbewohner, Polizisten, Bergwacht, Ärzte, Ingenieure, Wissenschaftler, Soldaten und Mitarbeiter des Zivilschutzes.

Dan Edwards, der sich auf der Pressegalerie langweilte, bemerkte zu Dalwood: »Ich glaube, der alte Gauner arbeitet auf einen neuen Job nach dem Tod hin – er probt den Engel, der die guten und bösen Taten registriert.«

Im Tal tat sich einiges. Zuerst war nur eine Handvoll Helfer da, aber es wurden von Stunde zu Stunde mehr, von Hubschraubern und kleinen Flugzeugen eingeflogen. Bergpatrouillen kamen von Mount Cook, von Coronet Peak, von Mount Egmont, von Tongariro – Männer, geübt und erfahren in ihrer Arbeit, der Bergrettung. Die Hubschrauber der Luftwaffe und US-Marine brachten Ärzte und nahmen die Kinder und Schwerverletzten mit hinaus.

Die Schneemassen, die den Paß blockierten, wurden in Angriff genommen. Treppen wurden hineingeschnitten und Halteseile angebracht, so daß innerhalb weniger Stunden jedem relativ beweglichen Menschen möglich war, das Tal zu verlassen oder zu betreten. Die Arbeit wurde von Freiwilligen der Bergvereine ausgeführt, die zu Dutzenden an den Katastrophenort geeilt waren, einige sogar von der

weit entfernten Nordinsel.
Diese Männer wußten genau, was sie zu tun hatten, und sobald sie im Tal waren, formierten sie sich zu Suchmannschaften, die systematisch den Schnee absuchten, anfangs unter der Oberaufsicht von Jesse Rusch. Ihnen standen ein Polizeiaufgebot und ein noch größeres Sonderkommando der Armee zur Verfügung. Trotzdem waren sie keineswegs zu viele. Das Gebiet mußte mit größter Sorgfalt, das heißt Quadratmeter für Quadratmeter abgesucht werden, ein Gebiet von über vierhundert Morgen.
Zuerst spielte Ballard den Koordinator, doch er war froh, als ein Mann vom Zivilschutz, der von Christchurch eingeflogen wurde, ihn ablöste. Ballard blieb da und half Arthur Pye. Die Identifizierung der Überlebenden und der Toten, und die Zusammenstellung einer Liste der noch Vermißten waren Arbeiten, die ohne Ortskundige nicht möglich waren. In seinem Blick lag Trauer, als er Stacey Camerons Namen auf der Liste der Toten fand.
Er fragte: »Irgend etwas von Joe Cameron?«
Pye schüttelte den Kopf. »Noch kein Lebenszeichen von ihm. Er muß irgendwo draußen verschüttet sein. Dobbs wurde tot aufgefunden. Etwas Komisches ist da: Der Mann, der ihn rausgebuddelt hat, berichtete, Dobbs Hals wäre durchgeschnitten gewesen. Die Leiche war blutleer.«
Er rieb sich die Augen. »Mein Gott, ich bin hundemüde.«
»Machen Sie mal eine Pause, Arthur«, schlug Ballard vor. »Essen Sie etwas und legen Sie sich aufs Ohr. Ich mache weiter.«
»Ich habe das Gefühl, wenn ich mich jetzt schlafen legte, würde ich nie wieder aufwachen.« Pye stand auf und reckte sich. »Ich gehe ein bißchen draußen spazieren. Die frische Luft wird mir guttun.«
Ballard vergewisserte sich, daß er augenblicklich nicht gebraucht wurde, und ging dann zu einer Bank, auf der Liz Peterson in Decken eingehüllt lag. Ihr Gesicht war leichenblaß, und sie schien noch sehr benommen. Er kniete sich

neben sie und fragte: »Wie fühlen Sie sich, Liz?«
»Ein bißchen besser.«
»Haben Sie Suppe gehabt?«
Sie nickte und befeuchtete mit der Zunge ihre Lippen.
»Hat man Johnnie inzwischen gefunden?«
Er zögerte, unsicher, ob er ihr die Wahrheit sagen sollte. Aber früher oder später mußte sie es ja erfahren, deshalb sagte er sanft: »Er ist tot, Liz.« Sie schloß stöhnend die Augen. »Er opferte sich auf. Die kleine Mary Rees sagt, er versuchte, Mrs. Scanlon aus der Telefonzelle zu holen, als es passierte.«
Liz schlug die Augen wieder auf. »Und Stacey?«
Ballard schüttelte den Kopf.
»Aber sie war bei mir – sie stand direkt neben mir. Wie kann sie tot sein, und ich nicht?«
»Sie hatten Glück. Sie gehörten zu den ersten, die wir fanden. Stacey war nur einige Meter entfernt, aber das wußte niemand. Als wir genug Männer für eine systematische Suche zusammen hatten, war es für Stacey zu spät. Und Joe wird noch vermißt.«
»Arme Stacey. Sie machte hier Ferien.«
»Ich weiß.«
»Sie hielt viel von Ihnen, Ian.«
»Ja?«
»Mehr als Sie ahnen.« Liz stützte sich auf den Ellbogen. »Erik habe ich gesehen, aber wo steckt Charlie?«
»Ihm geht's gut. Beruhigen Sie sich, Liz. Er hat Mike freiwillig angeboten, mit ihm auf den Berg zu steigen. Mike fürchtet, es könnte einen weiteren Rutsch geben. Er wollte nachsehen.«
»Mein Gott!« hauchte Liz. »Das wäre entsetzlich, wenn es noch mal losginge.« Sie begann am ganzen Leib zu zittern.
»Machen Sie sich keine Sorgen. Mike wäre nicht auf dem Berg, wenn er es für wirklich gefährlich hielte. Das ist eine ganz normale Vorsichtsmaßnahme, weiter nichts.« Er legte seine Hände auf ihre Schultern und schob sie sanft zurück.

Dann legte er die Decken noch fester um sie. »Ich glaube, Sie werden mit der nächsten Maschine rausgeflogen.« Er blickte zu seinem Arbeitsplatz hinüber. »Ich muß jetzt gehen, aber wir sehen uns noch, bevor Sie gehen!« Er ging zurück an den Tisch, wo Bill Quentin stand. »Hoffentlich haben Sie Gutes zu berichten, Bill.«
Quentin nickte. »Mrs. Haslam – man hat sie gefunden. Sie lebt noch, aber ihr Zustand ist sehr schlecht. Der Arzt meint allerdings, sie wird durchkommen.«
Ballard strich den Namen von einer Liste und übertrug ihn auf eine andere. »Irgend etwas von ihrem Mann?«
»Noch nichts.« Quentin zögerte. »Vor der Lawine habe ich mich benommen wie ein Idiot, Mr. Ballard. Es tut mir leid.«
Ballard blickte auf. »Ist schon gut, Bill. Auch ich habe in meinem Leben einige elementare Fehler gemacht. Und übrigens – sagen Sie doch Ian. Wir alle, die wir dies zusammen durchgemacht haben, sollten nicht so förmlich miteinander sein.«
Quentin schluckte. »Danke. Ich muß jetzt zurück.«
»Bringen Sie gute Nachrichten zurück.«
Miller kam auf Ballard zu. Er war kreideweiß im Gesicht, und seine Augen sahen aus wie zwei Brandlöcher in einer Decke. »Noch nichts über Ralph Newmann?«
»Tut mir leid, Mr. Miller. Noch nicht.«
Miller zog wieder ab und murmelte etwas vor sich hin. Etwa alle zehn Minuten hatte er immer wieder dieselbe Frage gestellt. Ballard sah die Listen durch. Die Blätter hatten Eselsohren, die Aufstellung war die reinste Schmiererei, viel Gekritzel und Ausradiertes. Er nahm ein frisches Blatt und begann eine neue Aufstellung in alphabetischer Reihenfolge, eine langweilige und phantasielose, aber notwendige Aufgabe. Brewer, Anderson, Jenkins, Castle, Fowler und Haslam – sieben Mann – einer davon tot – eingeschlossen in eine Höhle von Schnee und Eis und ohne eine Lösung, wie sie hinausgelangen könnten.

»Verflucht kalt! Das würde einem Bronzeaffen glatt die Eier abfrieren!« bemerkte Anderson.
Newmann erwiderte nichts. Anderson hatte diesen unschätzbaren Diskussionsbeitrag nun bereits zum achten Mal von sich gegeben, und das machte ihn durchaus nicht origineller. Er zog den Anorak enger um sich und versuchte, die Anfälle von Zittern unter Kontrolle zu bekommen.
»Wie lange schon?« fragte Brewer.
Newmann sah auf die Uhr. »Fast sechs Stunden.«
Jenkins bekam einen Hustenanfall. Schließlich brachte er keuchend hervor: »Wo sind die denn? Wo zum Teufel stecken sie?«
Newman wandte sich an Brewer. »Wie wär's mit einem neuen Versuch?«
»Einfach nutzlos. Wir graben uns durch den Schnee, und er rutscht von oben wieder nach. Das ist wie eine Falle.«
»Funktioniert das Licht noch?« Als Antwort knipste Brewer die Taschenlampe an, die ein schwaches Glimmern abgab. »Und wenn ich's versuche?«
»Zu gefährlich.«
Newmann zitterte heftig. »Ich möchte es trotzdem.«
»Sie sind hier in der Höhe sicherer. Sie werden uns bald rausholen.«
»Falls es noch jemanden gibt. Wollen wir wetten, Brewer?«
»Ich bin kein reicher Ami«, antwortete Brewer. »Ich habe kein Geld für Wetten.«
»Nur Ihr Leben«, meinte Newman. »Wenn wir hier bleiben, werden wir sowieso sterben.«
»Halt's Maul!« rief Jenkins. »Halt dein verfluchtes Maul!«
»Ja, stimmte Brewer zu. »Solches Gerede hilft uns auch nicht.« Er hielt inne. »Singen wir noch eins.«
»Singen bringt uns auch nicht raus«, sagte Newman. »Wir müssen etwas tun. Wir können uns nicht darauf verlassen, daß man uns rausbuddelt. Woher sollen sie denn wissen, wo sie uns suchen sollen?«
»Jenkins hat Recht«, erwiderte Brewer scharf. »Wenn Sie

nur miese Stimmung verbreiten können, halten Sie den Mund.«

Newman seufzte. Was soll's? dachte er. Plötzlich kam ihm ein Gedanke, und er befahl eindringlich: »Melden!«

»Wieso?«

»Ruft eure Namen! Ich habe Fowler und Castle seit einiger Zeit nicht gehört.«

Castle meldete sich: »Fowler schläft.«

»Dann wecken Sie ihn lieber, bevor er stirbt.« Newman kochte vor Wut. »Brewer, wieviel Schnee, meinen Sie, liegt über uns?«

»Zuviel, verdammt nochmal.«

»Vielleicht sind es nur drei Meter – oder nur zwei. Das ist nicht viel.«

»Zum letzten Mal«, begann Brewer, »halt den Mund!«

Newman bewegte sich und berührte versehentlich Haslams Gesicht. Sein Hut fiel herunter. Sein Gesicht war eiskalt. Newman hatte unrecht.

Die Höhle befand sich in einem Gewirr von riesigen Felsbrocken, Trümmern längst vergangener Vergletscherung. Der Fels direkt über der Höhle war sehr groß, mehr als zwanzig Meter hoch, der Grund, weshalb man den Ort als lawinensicher ausgesucht hatte. Man hatte angenommen, der Schnee würde über den Felsen hinwegrutschen und alles darunter einigermaßen unversehrt zurücklassen.

So war es auch – nur hatte sich die Mulde direkt vor dem Felsen mit Schnee gefüllt. Der Schnee war höhengleich mit der Oberkante des Felsen. Newman hatte also völlig unrecht. Die Höhe des Schnees vor dem Höhleneingang betrug nicht drei Meter, auch nicht zwei Meter, was eine sehr optimistische Annahme Newmans war.

Sie betrug zwanzig Meter.

Cameron rief um Hilfe.

Er hatte schon eine ganze Weile gerufen, doch das hatte ihm nur Halsschmerzen und eine heisere Stimme eingebracht. Der Lastwagen stand kopf, und sein Fuß war immer noch zwischen Gas- und Bremspedal eingeklemmt. Er hatte versucht, ihn herauszuziehen, aber jede Bewegung war so schmerzhaft, daß er bald damit aufhörte. Er stand daher mit dem Lkw kopf, und er hatte das Gefühl, von dem starken Blutandrang müsse ihm der Kopf platzen. Seine Kopfschmerzen waren so stark, daß sie Übelkeit hervorriefen.

Er rief noch einmal. Ihm selbst kam sein Rufen sehr schwach vor, und als er auf den Schnee vor der zersprungenen Windschutzscheibe starrte, die vom letzten schwachen Schein der Innenraumbeleuchtung erhellt wurde, wußte er, daß das watteartige Weiß jeden Laut verschluckte. Zum zehnten Mal nahm er sich vor, nicht mehr zu rufen, um seine Kräfte zu sparen. Er wußte auch, daß er das sich selbst gegebene Versprechen nicht halten würde. Der Gedanke, daß irgend jemand ganz in der Nähe sein könnte, ohne etwas von ihm zu ahnen, war zu erschreckend. Aber er hörte eine Zeitlang auf zu rufen.

Er fragte sich, wieviel Schnee über ihm lag. Ein Meter? Zwei Meter? Drei Meter? Er konnte es nicht wissen. Er glaubte wahrzunehmen, daß die Luft im Fahrerhäuschen stickig wurde, und das machte ihm Angst. Es würde die reinste Hölle werden, einen langsamen Tod durch Sauerstoffmangel zu sterben. Im Geiste begann er, der Techniker, Kalkulationen über die wahrscheinliche Luftdurchlässigkeit des Schnees aufzustellen; aber er war zu verwirrt, und in jedem Falle wußte er nicht genug über die Variablen. *McGill würde es wissen,* dachte er düster.

Da war noch etwas anderes, was Cameron nicht wußte, und es war auch besser so. Der Lastwagen lag kopfüber im Flußbett. Der Schnee, der den Abfluß des Wassers behinderte und den Fluß aufgestaut hatte, wurde allmählich stromabwärts weggefressen. Langsam aber unaufhaltsam kam der Fluß auf ihn zu.

McGill hoch oben auf dem Westhang legte, auf die Skistökke gestützt, eine Atempause ein. »Das reicht«, sagte er.

»Wir können hier unsere Proben machen.«
Charlie Peterson schaute den Hang hinunter. »Eine Menge los da unten.«
McGill beobachtete, wie ein weiterer Hubschrauber landete. »Ja, die kommen immer schneller.« Er blickte zu Charlie. »Wir wollen nicht unnötig herumstampfen. Stellen Sie sich vor, Sie gehen auf Pudding und wollen die Haut nicht durchbrechen.«
»Ich werde leichtfüßig gehen«, versprach Charlie und lachte. »Ich hätte nie gedacht, daß ich mal einen blöden Ballettänzer nachäffen würde.«
McGill brummte und sah sich den Hang an. »Ihr Bruder hat mir erzählt, er hätte hier Gras für Heu gesät. Hatten Sie auch Vieh hier weiden?«
»Aber nicht doch. Es ist viel zu steil. Dazu müßte man Kühe mit kurzen Beinen auf der einen und langen Beinen auf der anderen Seite züchten.«
»Leuchtet mir ein«, meinte McGill. »Professor Roget hatte recht mit seiner Kuhprobe.«
»Was ist das für eine Probe?«
»Das war in den Anfängen des Skisports in der Schweiz. Roget wurde gefragt, wie man feststellen könnte, ob ein Hang zum Skilaufen geeignet war. Er antwortete, man müßte sich vorstellen, man wäre eine Kuh, und wenn man das Gefühl hätte, nicht besonders bequem weiden zu können, sei der Hang auch nicht sicher.«
»Ich nehme an, wir werden eine Menge Vieh verlieren.« Charlie zeigte ins Tal weiter oberhalb. »Da hinten die Farm ist ziemlich überflutet.«
»Der Fluß ist blockiert, aber das wird nicht mehr lange dauern.« McGill schob einen Skistock umgekehrt in den Schnee, wobei er einen gleichbleibenden Druck auf ihn ausübte. »Ich treibe Wissenschaft auf Augenschein hin«, bemerkte er ironisch. »Meine Ausrüstung ist verlorengegangen.« Als er auf Grund stieß, markierte er die Höhe mit dem Daumen und zog den Stock wieder heraus. »Weniger

als ein Meter – nicht schlecht.« Er starrte angestrengt in das Loch. »Ich wüßte zu gern, was dort unten steckt.«
»Warum graben wir nicht und sehen nach?«
»Genau das werde ich auch tun. Charlie – stellen Sie sich da oben hin, ungefähr zehn Meter hangaufwärts von mir. Behalten Sie mich gut im Auge. Für den Fall, daß das ganze losbricht, markieren Sie die Stelle, wo Sie mich zuletzt gesehen haben.«
»He, Sie glauben doch nicht etwa...?«
»Nur eine Vorsichtsmaßnahme«, versicherte McGill. Er deutete mit dem Daumen auf das Tal. »Wenn ich befürchten würde, hiermit noch mehr Schaden dort unten anzurichten, würde ich's nicht machen.«
Charlie stieg den Hang hinauf und wandte sich dann McGill zu, der begonnen hatte, ein Loch auszuheben. Seine Bewegungen waren vorsichtig, aber er arbeitete schnell und türmte den Schnee hangaufwärts oberhalb des Loches auf. Schließlich schob er den Arm so weit hinein wie es ging und brachte ein Büschel brauner Fäden hervor. »Langes Gras. Das ist schlecht.«
Er richtete sich wieder auf. »Wir steigen jetzt im Zickzack auf und graben alle hundert Meter ein Loch.« Er schirmte die Augen ab gegen die Sonne und zeigte die Richtung an. »Ich habe so eine Ahnung, daß die Lawine da oben bei den freiliegenden Felsbrocken abgebrochen ist. Ich möchte mir die Stelle gerne ansehen.«
Charlies Augen folgten der Richtung, die McGill andeutete. »Ist das notwendig?«
»Nicht unbedingt, aber ich möchte es sehen.« Er grinste. »Das ist nur etwa sechs Löcher entfernt. Los, Charlie.«
Sie traversierten den Hang immer weiter aufwärts. Als sie etwa hundert Meter weiter waren, blieb McGill stehen und bohrte ein weiteres Loch. Dann zogen sie weiter. Zum ersten Mal zeigten sich bei Charlie Anzeichen von Nervosität. »Halten Sie es wirklich für sicher?«
»So sicher wie eine Straße zu überqueren«, antwortete

McGill ironisch.
»Ein Kumpel von mir wurde in Auckland auf der Straße überfahren.«
McGill machte wieder ein Loch. Charlie fragte: »Wie ist Ihre Diagnose?«
»Genau dasselbe. Nicht zuviel Schnee, aber darunter glatt. Wenn es jetzt losginge, würde das nicht allzuviel Schaden anrichten, aber ich hoffe inständig, daß wir nicht noch mehr Schnee bekommen, bevor wir da unten fertig sind.«
Sie arbeiteten sich weiter hinauf. Charlie beobachtete McGill beim Ausgraben und blickte über die Schulter zu den Felsen hin, wo McGill den Abbruch der Lawine vermutete. Dazwischen lagen nur noch zweihundert Meter. Er wandte sich wieder McGill zu und rief: »Was macht es so glatt?«
»Das Gras.«
»Ich finde, wir sollten vom Hang verschwinden.«
»Das tun wir auch«, erwiderte McGill ruhig. »Es ist nicht mehr weit. Nur bis zu den Felsen.« Er stand wieder auf. »Ich glaube, wir können das Buddeln jetzt lassen. Wir gehen direkt hoch.«
»Ich finde das nicht gut«, widersprach Charlie. Sein Ton war gereizt.
»Was haben Sie denn?« fragte McGill. »Wieso das plötzliche Bibbern?«
»Mir gefällt es nicht, hier draußen zu stehen. Ich habe gesehen, was passiert ist.«
Ein Flugzeug flog sehr niedrig direkt über ihnen hinweg. McGill konnte ein verschwommenes Gesicht hinter einem Fenster erkennen. Wer auch immer es war, er schien zu fotografieren. Er schüttelte den Kopf. Zu Charlie gewandt, sagte er: »Es ist vollkommen sicher. Sie können mir glauben.«
Ein knirschendes Geräusch drang aus dem Tal herauf.
»Was war das?«
Charlie schaute angestrengt hinunter. »Weiß ich nicht. Es

ist zu weit weg.«

Die schwarzen Punkte auf der schneeweißen Talsohle setzten sich plötzlich auf ein gemeinsames Ziel hin in Bewegung, wie Ameisen, die sich auf einen toten Käfer stürzten. McGill konnte nicht erkennen, was es an diesem Punkt gab. »Irgend etwas ist passiert. Sie haben bessere Augen als ich, nicht wahr, Charlie? Wohin gehen die?«

Charlie legte seine Hand über die Augen. »Kann ich nicht ausmachen.«

Sie schauten eine Zeitlang zu, konnten aber die Ursache der plötzlichen Geschäftigkeit nicht feststellen. Schließlich sagte McGill: »Also weiter.« Charlie rührte sich nicht. Er blieb regungslos stehen, den Blick aufs Tal gerichtet. »Aufwachen, Charlie!«

»Oh, mein Gott!« rief er. »Sehen Sie!«

McGill wandte sich um. Im Tal sah er leuchtendrote Flammen auflodern, die zusehends größer wurden. Öliger schwarzer Rauch schlängelte sich senkrecht hoch wie ein riesiger Baum und schmierte einen häßlichen Fleck in die Landschaft.

McGill stieß den Atem pfeifend durch die Zähne. »Was zum Teufel ist das?« dann erreichte sie der Lärm einer Explosion. »Los, wir müssen runter.«

»Ist doch klar«, stimmte Charlie zu.

29. Kapitel

Jess Rusch ging auf die Kirche zu, machte aber auf dem Absatz kehrt, als irgend jemand laut rief: »Ich habe einen gefunden.« Er lief auf die Gruppe zu, die nicht mehr in einer Reihe stand, sondern die Bohrsonden weggelegt und Spaten aufgenommen hatte. Er stand etwas abseits und schaute zu, wie sie vorsichtig ausgruben. Er konnte ein Grinsen nicht unterdrücken, als einer aus der Gruppe verächtlich feststellte: »Eine blöde Kuh.«

Einer der Männer stieß gegen einen Huf, und man konnte sehen, daß das Bein steif war wie ein Ladestock. Rusch trat hinzu. »Holt sie trotzdem raus.«
Jemand legte Einspruch ein. »Warum? Das ist doch Zeitverschwendung.«
»Weil jemand *unter* der Kuh liegen könnte«, erklärte er geduldig. »Darum.« Es war zwar möglich, aber insgeheim hielt er es für unwahrscheinlich. Deswegen entschied er: »Drei Mann für die Kuh – die anderen machen mit der Suche weiter.«
Die Männer ließen die Spaten fallen und nahmen eifrig die Bohrstangen wieder auf, den Mann, der gegen das Ausgraben der Kuh gewesen war, allein mit seinem Spaten zurücklassend. Er warf ihnen einen ärgerlichen Blick nach. »He da, *drei* Mann hat er gesagt.«
Er wandte sich an eine Gruppe von Männern, die zwanzig Meter entfernt stand, die Hände in den Hosentaschen. »He, ihr da«, rief er. »Kommt her und helft mir.«
Sie sahen ihn ausdruckslos an, drehten ihm den Rücken zu und schlurften langsam davon. Er schmiß den Spaten hin. »Verdammt noch mal«, fluchte er wütend. »Ich fliege vierhundert Meilen, um diesen Kerlen zu helfen, und die verdammten Drückeberger wollen sich nicht einmal selbst helfen.«
»Lassen Sie sie in Ruhe«, sagte Rusch beschwichtigend. »Sie sind nicht zurechnungsfähig. Betrachen Sie sie wie Tote, falls das hilft. Heben Sie Ihren Spaten wieder auf und machen Sie voran. Falls Sie Hilfe brauchen, wenden Sie sich an Ihren Gruppenleiter.«
Der Mann prustete verärgert, nahm dann aber seinen Spaten und stach ihn mit Wucht in den Schnee. Rusch beobachtete die Arbeit zehn Sekunden lang, dann setzte er seinen Weg fort.
Vor der Kirche traf er Harry Baker, einen Hubschrauberpiloten von VXE-6. Er sah mit einem Blick, daß Baker wütend war. Er kochte so, daß man hätte meinen können,

er müßte den Schnee im Umkreis von mehreren Metern zum Schmelzen bringen. Er schnitt Baker das Wort ab, bevor dieser den Mund auftun konnte. »Wenn du mir den Grund für deinen Ärger mitteilen willst, dann bitte leise.«
Baker stieß mit dem Daumen Richtung Himmel. »Irgend so ein gottverdammter Idiot da oben hat mich fast gerammt, als ich zur Landung ansetzte. Er fotografierte.« Seine Stimme überschlug sich fast vor Empörung.
Rusch zuckte gelassen die Achseln. »Das werden die von der Presse sein. Sie werden Maschinen chartern und ab sofort über uns hereinbrechen wie eine Heuschreckenplage.«
»Jesse, da oben ist bald ein Gedränge wie am Times Square«, sagte Baker eindringlich. »Wenn das schlimmer wird, gibt's ganz sicher Ärger.«
Rusch nickte. »Gut, Harry. Ich spreche mit den Leuten vom Zivilschutz und werde zusehen, daß sie die Luftkontrolle ein bißchen strenger handhaben. Falls nötig, werde ich darauf bestehen, sämtliche unautorisierten Flüge zu streichen. Bis dahin, warte mal ab.«
Er betrat die Kirche, nickte Ballard zu, der gerade mit einer Frau auf einer Kirchenbank sprach, und ging vor zum Altar, um einige Worte mit dem Koordinator vom Zivilschutz zu wechseln.
Ballard sagte gerade: »Tut mir leid, Liz. Ich weiß, ich habe Ihnen versprochen, daß Sie bald wegkommen, aber einige Leute sind noch schlimmer dran als Sie. Mrs. Haslam zum Beispiel muß *sofort* ins Krankenhaus – und ein paar Kinder auch.«
»Macht nichts. Ich fühle mich schon viel besser. Ist Charlie noch oben mit Mike?«
»Ja.«
Sie sah besorgt aus. »Hoffentlich sind sie in Sicherheit. Es beunruhigt mich, daß sie dort oben sind.«
»Mike weiß schon, was er tut«, versicherte Ballard.
Die Trage mit Mrs. Haslam wurde gerade von Arthur Pye

315

und Bill Quentin in den Hubschrauber geladen. Sie stöhnte und fragte schwach: »Wo ist Jack? Ich will Jack sehen.«
»Sie werden ihn bald sehen, Mrs. Haslam«, tröstete sie Pye, und er wußte nicht einmal, ob es eine Lüge war oder nicht.
Harry Baker zog den Helm über und wandte sich an den Bodenkontrollposten. »Wenn ich abhebe, möchte ich, daß diese Leute zurückgehen. Beim letzten Mal waren sie viel zu nah. »Er deutete mit dem Daumen auf den Himmel. »Schlimm genug, daß da oben kein Platz mehr ist.«
Der Mann von der Bodenkontrolle nickte. »Ich verscheuche sie schon.« Er blickte zum Hubschrauber. Pye und Quentin waren fertig, und der Lademeister schloß die Schiebetür. Er winkte und sagte: »Es sind alle drin. Sie können abheben.« Baker stieg in das Cockpit und hörte den Kontrollposten rufen: »Alles klar, *bitte zurücktreten. Gehen Sie weiter zurück! Zurück bitte!«*
Baker meinte zum Ko-Piloten: »Zischen wir ab! Wir schaffen noch drei Runden vor Dunkelheit.«
Pye und Quentin gingen mit den anderen fort, die der Kontrollposten weggedrängt hatte. Der Motor des Hubschraubers sprang an, und die Rotorblätter begannen sich zu drehen. Er sah unbeholfen aus, wie er abhob und langsam seine vertikale Geschwindigkeit steigerte. Quentin sah nicht, wie er abstürzte, aber Pye. Der Hubschrauber stieg direkt in den Kurs eines tieffliegenden Kleinflugzeuges auf, das wie aus dem Nichts aufgetaucht war, und traf auf sein Heck. Mit einem berstenden Geräusch stürzten die zwei ineinander verkeilten Maschinen in den Schnee.
Augenblicklich rannten alle auf die Absturzstelle zu, allen voran Pye und Quentin. Pye stemmte sich gegen die Schiebetür des Hubschraubers, aber sie war verzogen und rührte sich nicht. »Hilf mir, Bill«, keuchte er, und Quentin stemmte sich mit ihm gegen die Tür. Quietschend öffnete sie sich zur Hälfte und klemmte dann endgültig.
Direkt hinter der Tür saß der Lademeister, dessen Helm ihn vor einer schweren Kopfverletzung bewahrt hatte. Er

schüttelte benommen den Kopf, als Pye ihn am Arm packte und herauszog. Pye stieg in die Maschine, Quentin hinterher.
Zwei Kinder waren auf einem Sitz festgeschnallt, ihre Körper baumelten vornüber, nur von den Gurten festgehalten. Pye wußte nicht, ob sie noch lebten, als er versuchte, die Gurte zu lösen. Aber er hatte keine Zeit, das zu untersuchen. Er befreite ein Mädchen und übergab sie Quentin. Dann bemühte er sich um das zweite Kind, einen Jungen. Aus der Ferne hörte er das Gebrüll des Kontrollpostens: »Macht schnell! Sie könnte hochgehen.«
Er machte den Jungen los, der von wartenden Händen aufgefangen wurde, und sagte zu Quentin: »Ich muß weiter rein, um hinter die Trage zu kommen. Nimm das Ende hier.«
Es gab zwei Tragen, und Pye sah augenblicklich, daß für den Mann auf der einen jede Hilfe zu spät kam. Sein Kopf war so stark verdreht, daß Pye nur einen Halswirbelbruch annehmen konnte. Er wandte sich der anderen Trage zu und hörte Mrs. Haslam ächzen: »Bis du es, Jack?« Ihre Augen starrten ihn blicklos an.
»Ja, ich bin's. Ich bringe dich nach Hause.« Seine blutigen Finger rissen verzweifelt an den Haltegurten, die die Trage festhielten. Als er ihn endlich gelöst hatte, hatte Quentin inzwischen bereits den anderen geöffnet. »Gut. Vorsichtig.« Er beugte sich über Mrs. Haslam und versicherte ihr: »Wir werden Sie bald raus haben.« In diesem Augenblick ging das Benzin in Flammen auf. Pye sah einen gleißenden Blitz und spürte das sengende Feuer. Beim nächsten Atemzug inhalierte er nur flammende Benzindämpfe in die Lunge. Er empfand keine Schmerzen mehr und war sofort tot. Ebenso Bill Quentin, Mrs. Haslam, Harry Baker und der Kopilot, den niemand in Hukahoronui zu Gesicht bekommen hatte.
Bis auf das Knarren des alten Fußbodens war im Untersuchungssaal kein Laut zu hören. Harrison brach das Schwei-

gen: »Eine öffentliche Untersuchung der Gründe, die zu diesem Absturz führten, wurde bereits durchgeführt. Sie wurde vom Inspektor für Flugunfälle pflichtgemäß durchgeführt. Ihre Ergebnisse werden Bestandteil unserer Ergebnisse sein. Doch möchte ich jetzt zu diesem Punkt ein paar Worte sagen.«

Seine Stimme war gleichmäßig, sein Gesichtsausdruck ernst. »Korvettenkapitän Rusch hat schon ausgesagt, daß der verstorbene Hubschrauberpilot sich über den gefährlichen Stand der Flugbedingungen und die Ursache derselben beschwert hatte. Im Augenblick des Absturzes sprach Korvettenkapitän Rusch mit den Verantwortlichen im Flughafen Harewood, und wie Sie seiner und der Aussage anderer entnehmen konnten, handelte er umgehend und in der Tat sehr energisch auf die berechtigte Kritik seines Begleitoffiziers hin.

Zur Zeit des Absturzes wurde angenommen, daß das Flugzeug, welches den Unfall verursacht hatte, von einer Zeitung gechartert worden sei. Tatsächlich aber handelte es sich um einen offiziellen Flug eines Unterstaatssekretärs der Regierung, der sich einen Überblick über das Ausmaß der Katastrophe von Hukahoronui verschaffen wollte. Ungeachtet dessen, ob der Flug offizieller oder inoffizieller Natur war, gab es offensichtlich einen ernsthaften Zusammenbruch der Nachrichtenverbindung zwischen dem Ministerium für Zivilschutz und den zivilen und militärischen Luftfahrtbehörden, was wiederum zu dem geführt hatte, was man als kriminelle Fahrlässigkeit auslegen könnte.«

Er warf einen eiskalten Blick zur Pressegalerie hin, worauf Dan Edwards unruhig auf seinem Stuhl hin und her rutschte. »Ich möchte hinzufügen, daß sich die Vertreter der Presse mit Flügen über dem Katastrophengebiet höchst unverantwortlich verhalten haben. Wenn auch ein Journalist denken mag, daß es seine Pflicht sei, Tatsachen zu bringen, so hat er doch eine noch höhere Verpflichtung der Allgemeinheit gegenüber als der Zeitung, die ihn bezahlt.

Während, soviel ich weiß, bestimmte Zivilpiloten gerügt und mit Fluglizenzentzug angemessen bestraft wurden, bedaure ich sehr, daß keine gesetzliche Handhabe besteht, eine ähnliche Bestrafung denjenigen zuteil werden zu lassen, die so verantwortungslos die Flugzeuge charterten und die Aufträge gegeben hatten.«

Er wandte sich nun Smithers zu. »Ich hoffe sehr, daß das Ministerium für Zivilschutz seine Verfahrensrichtlinien sofort überarbeitet und nicht auf die Veröffentlichung der Ergebnisse der Kommission wartet. Mr. Smithers, es könnte schon morgen eine ähnliche Katastrophe geben.«

Harrison wartete eine Erwiderung Smithers nicht ab, sondern klopfte mit dem Holzhammer aufs Pult. »Wir vertagen bis morgen früh, zehn Uhr.«

30. Kapitel

Als Ballard den Saal verließ, sah er McGill im Gespräch mit einem Mann in mittleren Jahren mit Brille, den er schon früher in der ersten Reihe der Pressegalerie bemerkt hatte. Als er auf die beiden zutrat, hörte er McGill sagen: »Ich wäre Ihnen sehr dankbar, wenn Sie mir das besorgen könnten.«

Dan Edwards kratzte sich an der Wange. »Eine Hand wäscht die andere«, sagte er. »Wenn es eine Story gibt, möchte ich sie exklusiv haben.« Er lächelte. »Der alte Harrison mag noch so würdevoll daherreden, ich bin Zeitungsreporter.«

»Wenn es eine Story gibt, kriegen Sie sie zuerst«, versprach McGill. »Selbst Harrison würde zustimmen, daß es im Interesse der Allgemeinheit ist.«

»Wann brauchen Sie sie?«

»Gestern – aber heute tut's zur Not auch. Kann ich Sie in einer halben Stunde in Ihrem Büro treffen?«

Edwards verzog das Gesicht. »Ich hatte mich auf ein Bier

gefreut, aber das muß dann wohl warten.«
»Wenn ich das finde, was ich suche, kaufe ich Ihnen einen ganzen Kasten Bier.«
Edwards erwiderte: »Abgemacht«, und ging fort.
Ballard fragte: »Worum geht's, Mike?«
»Nur etwas zu überprüfen – Fachkram. Hast du Liz schon gesehen?«
»Nein. Ich treffe sie später.«
»Vergeude deine Zeit nicht«, warnte ihn McGill. »Die Bombe platzt morgen. Wenn Harrison wüßte, daß ich darauf sitze, würde er mir mit Sicherheit den Kopf abreißen.« Er sah an Ballard vorbei. »Ah, da ist der Mann, den ich sprechen wollte.« Er ging mit Flugoffizier Hatry fort, auf den er heftig gestikulierend einredete. Ballard blickte ihm neugierig nach, zuckte die Achseln und ging zu seinem Auto.
Mittags hatte er Liz verpaßt – sie war mit Erik und Charlie eilig davongegangen –, und zur Nachmittagssitzung war sie nicht erschienen. Während einer Pause am Nachmittag hatte er sie in ihrem Hotel angerufen und versucht, sich mit ihr zu verabreden. »Es ist besser, du kommst nicht hierher«, hatte sie geraten. »Charlie würde wieder Krach schlagen. Ich komme heute nach dem Abendessen in dein Hotel. Wie wär's um neun Uhr?«
Im Hotel ging er Stenning dadurch aus dem Weg, daß er auf seinem Zimmer blieb. In Anbetracht der Ereignisse des gestrigen Abends hatte er keinerlei Verlangen nach weiteren Gesprächen mit Stenning. Er vertrieb sich die Zeit mit einem Roman, der ihn jedoch langweilte. Seine Gedanken wanderten immer wieder vom Text ab, der ihn eigentlich hätte ablenken sollen.
Er fragte sich, wo McGill steckte und was er wohl tat. Er machte sich Gedanken, wie er Liz die Neuigkeit beibringen wollte – das würde verdammt schwer werden. Wie sagte man der Frau, die man liebte, daß ihr Bruder im Grunde ein mehrfacher Mörder sei?

Sein Abendessen nahm er auf dem Zimmer ein. Um Viertel nach neun ging er im Zimmer auf und ab, und als um halb zehn Liz noch immer nicht erschienen war, dachte er daran, sie noch einmal anzurufen. Um Viertel vor zehn klingelte das Telefon, und er stürzte sich darauf.
»Ballard.«
»Sie haben Besuch, Mr. Ballard.«
»Ich komme sofort.«
Ballard ging in die Hotelhalle und schaute sich suchend um. In einer Ecke sah er Stenning eine Zeitung lesend, aber kein Anzeichen von Liz. Eine Stimme hinter ihm sagte: »*Mich* haben Sie bestimmt nicht erwartet, Ballard.«
Er wandte sich um und erblickte Charlie Peterson. »Wo ist Liz?« fragte er.
Charlie schien leicht zu schwanken. Sein Gesicht war gerötet und verschwitzt. Unter seinem linken Auge zuckte es krampfartig. »Sie kommt nicht«, schnaubte er. »Ich habe dafür gesorgt. Ich habe Ihnen schon mal gesagt – Hände weg von meiner Schwester, Sie Dreckskerl.«
»Was haben Sie mit ihr gemacht?«
»Sie hat nichts mit Ihnen zu schaffen – jetzt nicht und auch nicht später. Sie müssen entweder dumm sein oder taub. Hat McGill Ihnen meine Nachricht nicht weitergegeben?«
»Ja, das hat er.« Ballard musterte Charlie einen Moment lang, bevor er sagte: »Ich habe Liz gebeten, hierher zu kommen, weil ich ihr etwas Wichtiges mitzuteilen habe. Da sie nicht hier ist, werde ich's Ihnen sagen.«
»Mich interessiert überhaupt nicht, was Sie zu sagen haben.« Charlie blickte sich in der Halle um. »Wenn wir woanders wären, würde ich Sie auseinandernehmen. Sie sind immer ziemlich darauf bedacht, nicht allein zu sein, stimmt's?«
»Sie sollten lieber zuhören, Charlie, es ist in Ihrem Interesse. Und setzen Sie sich besser, bevor Sie zusammenklappen.«
Irgend etwas in Ballards Stimme erweckte Charlies Auf-

merksamkeit. Er kniff die Augen zusammen und sagte: »Nun gut, sagen Sie, was Sie zu sagen haben.« Er ließ sich schwerfällig auf eine Sitzbank fallen.
Während Ballard Platz nahm, bemerkte er Stenning, der verwirrt zu ihnen herüberschaute. Er ignorierte Stenning und sagte zu Charlie: »Sie sind in Schwierigkeiten – in argen Schwierigkeiten.«
Charlie grinste bissig. »*Ich* in Schwierigkeiten? Warten Sie nur ab, was für Schwierigkeiten auf *Sie* warten!«
»Wir wissen, was oben auf dem Westhang passiert ist, bevor die Lawine losging. Wir wissen, was Sie getan haben, Charlie.«
Das Grinsen verschwand aus Charlies Gesicht. »Ich war nicht auf dem Westhang, und das kann auch niemand behaupten. Wer sagt das denn?«
»Miller«, antwortete Ballard ruhig. »Wir haben einen Brief.«
»Er lügt«, stritt Charlie ab.
Ballard zuckte die Achseln. »Warum sollte er lügen? Warum sollte er zehntausend Dollar an den Katastrophen-Fonds schicken? Können Sie mir das sagen?«
»Wo ist dieser Brief? Ich will ihn sehen!«
»Sie werden ihn noch zu Gesicht bekommen. Morgen früh wird er Harrison überreicht.«
Charlie schluckte. »Und was soll ich angeblich gemacht haben? Sagen Sie's mir, ich weiß es nicht.«
Ballard blickte ihn unverwandt an. »Er sagt, Sie hätten die Lawine mit Absicht ausgelöst.«
Charlies Gesichtsmuskeln zuckten stark. »Das ist gelogen!« schrie er. »Er ist ein dreckiger Lügner!«
»Nicht so laut«, bat Ballard.
»Nicht so laut...« rief Charlie mit schlecht unterdrückter Wut. »Ich werde des Mordes bezichtigt, und Sie sagen, ich soll nicht so laut sein!« Trotzdem sprach er jetzt leiser und sah sich rasch in der Halle um.
»Jetzt hören Sie mir gut zu. Ich bat Liz hierherzukommen,

um es ihr schonend beizubringen, damit sie es nicht zum ersten Mal morgen vor Gericht hört. Ich weiß nicht, wie Sie sie daran gehindert haben, herzukommen, aber da Sie nun einmal hier sind, wollte ich es Ihnen sagen. Ich gebe Ihnen eine Chance, Charlie.«

»Was für eine Chance?« fragte er mit heiserer Stimme.

»Vielleicht lügt Miller, vielleicht auch nicht. Wie auch immer – ich lasse Ihnen die Chance, morgen sofort nach Eröffnung der Sitzung Harrison schleunigst *Ihre* Version der Geschichte vorzutragen, bevor er den Brief bekommt. Und glauben Sie ja nicht, daß ich es Ihretwegen täte. Ich tue es nur für Liz.«

»Was für eine Chance!« höhnte Charlie. »Sie haben sich das alles aus den Fingern gesogen, Ballard, Sie und McGill.«

»Ich weiß, wie wahr diese Benauptung ist«, antwortete Ballard gelassen. »Und Sie auch, meine ich. Und noch etwas – ich weiß nicht, wie Sie Liz gehindert haben, herzukommen, aber wenn Sie ihr etwas angetan haben, werde ich Sie dafür zur Rechenschaft ziehen.«

Charlie stand ruckartig auf. »Sie verdammtes Schwein, keiner ist für Liz verantwortlich außer mir, und kein fremdes Arschloch wird in ihre Nähe kommen, am allerwenigsten jemand, der Ballard heißt.« Er warf einen flüchtigen Blick über die gutbesetzte Halle und stieß Ballard mit dem Zeigefinger. »Ich sage Ihnen, wenn ich Sie irgendwo erwische, wo ich an Sie rankann, dann werden Sie noch mal wünschen, nie von der Familie Peterson gehört zu haben!« Er dreht sich abrupt auf dem Absatz um und verließ im Sturmschritt die Halle.

»Fast wünsche ich mir das jetzt schon«, murmelte Ballard vor sich hin. Er sah zu Stenning hinüber, der seinen Blick ausdruckslos erwiderte.

McGill arbeitete bis tief in die Nacht, hauptsächlich in der Dunkelkammer des Deep Freeze Hauptquartiers. Es war eine knifflige und minuziöse Arbeit, die exakte Messungen erforderte; aber eine große Hilfe für ihn war ein Fotograf der US-Marine. Trotzdem war es weit nach Mitternacht, als er fertig war, und die ganze Ausbeute seiner Mühe war ein Umschlag mit ein paar 18×24-Hochglanzvergrößerungen und einigen Dias.

Er fuhr zum Hotel zurück und stellte seinen Wagen auf dem Parkplatz neben Ballards Auto ab, nahm den Umschlag und stieg aus. Er wollte auf das Hotel zugehen, zögerte dann aber plötzlich und ging zu Ballards Wagen. Er war leer, und die Tür war abgeschlossen. Er zuckte die Achseln und wollte gerade wieder umkehren, als er einen sehr schwachen Laut hörte, der, hätte er sich schon in Bewegung gesetzt, vom Geräusch seiner Schuhe auf den Kieselsteinen übertönt worden wäre. Er blieb stehen, ohne sich zu rühren, und horchte. Er spitzte die Ohren, hörte aber nichts mehr.

Als er um Ballards Wagen herumging, trat er in der Dunkelheit auf etwas Weiches. Er knipste sein Feuerzeug an, schaute nach unten und hielt entsetzt den Atem an. So schnell er konnte, rannte er ins Hotel.

Der Nachtportier blickte alarmiert hoch, als McGill in die Empfangshalle hineinplatzte und außer Atem hervorstieß: »Rufen Sie schnell einen Arzt und einen Krankenwagen«, forderte McGill außer Atem. »Ein schwerverletzter Mann liegt auf dem Parkplatz.«

Der Portier in seiner frühmorgendlichen Benommenheit war wie gelähmt. McGill rief aufgeregt: »Los, machen Sie schon!«

Der Portier griff unsicher nach dem Telefon. Eine Minute später hämmerte McGill an Stennings Tür. »Wer ist da?« Stennings Stimme klang gedämpft und verschlafen.

»McGill. Machen Sie auf.«

Nach ein par Sekunden schloß Stenning auf. Sein weißes Haar war durcheinander, seine Augen noch schläfrig. Er zog sich gerade seinen Morgenmantel an. »Was ist los?« McGill machte es kurz. »Kommen Sie mit und sehen sich

an, was Sie mit Ihrer verfluchten Einmischung angerichtet haben!«
»Was meinen Sie?« Stenning war augenblicklich hellwach.
»Sie werden schon sehen. Kommen Sie. Es ist nicht weit, Sie brauchen sich nicht anzuziehen.«
»Schuhe«, sagte Stenning. »Ich brauche Schuhe.« Er ging ins Zimmer zurück und erschien nach wenigen Sekunden wieder. Als sie durch die Empfangshalle hasteten, rief McGill dem Portier zu: »Wie sieht's mit dem Arzt aus?«
»Ist auf dem Weg mit einem Krankenwagen«, antwortete der Portier.
»Können Sie die Beleuchtung vom Parkplatz anmachen?«
»Jawohl.« Er wandte sich um, öffnete den Lichtkasten und drückte verschiedene Schalter. »Ein Autounfall?«
McGill antwortete nicht auf die Frage. »Wecken Sie den Geschäftsführer! Kommen Sie, Stenning.«
Sie eilten über den Parkplatz, der jetzt hellerleuchtet war. Stenning fragte: »Irgend jemand verletzt?«
»Ian – und ziemlich *schwer* verletzt. Dort drüben.«
Stenning schrie entsetzt auf, als er Ballards blutenden Körper erblickte. »Mein Gott! Was ist passiert?«
»Das war kein Autounfall, mit Sicherheit nicht.« McGill faßte nach Ballards Puls. »Ich glaube, er lebt noch – ich bin nicht sicher. Wo bleibt denn der Arzt?«
»Was meinen Sie damit – kein Autounfall? Schlimm genug sieht er aber dafür aus.«
»Wie kann er hier von einem Auto getroffen werden?« McGill fuchtelte mit den Armen. »Zwischen diesen Autos ist gerade ein Meter Platz.«
»Vielleicht ist er hier reingekrochen?«
»Dann müßte man eine Blutspur sehen.« McGill stand auf. »Stenning, was Sie vor sich sehen ist ein Mann, der fast zu Tode geprügelt worden ist – und über das *fast* bin ich mir noch gar nicht so sicher. So sieht ein Mensch aus, der *niedergetrampelt* worden ist, Stenning.« Sein Ton war hart und anklagend.

Stennings Gesicht war kreidebleich. McGill fuhr mit zitternder Stimme fort: »Sie sitzen in Ihren Luxusbüros in der Londoner City und manipulieren Menschen und planen das, was Sie *Experimente* nennen, am grünen Tisch. Herrgott noch mal, und Sie reden noch davon, Menschen niederzuwalzen.« Er zeigte mit dem Finger auf Ballards Körper. »Das ist die Wirklichkeit, Stenning! Verdammt noch mal! Sehen Sie sich's genau an!«
Stenning schluckte trocken, der Adamsapfel an seinem dünnen Hals hüpfte auf und nieder. »Das war nicht die Absicht...«
»Keine Mordabsicht?« McGill lachte höhnisch – ein häßlicher Klang in der stillen Nacht. »Was erwarten Sie denn anderes, wenn Sie einem so Verrückten wie Charlie Peterson einen Knüppel zwischen die Beine werfen?«
Stenning war Anwalt und seine Gedanken arbeiteten in Bahnen, die schnurgerade verliefen wie Eisenbahnschienen. »Ich habe Charlie Peterson und Ballard heute abend im Hotel gesehen. Sie führten ein langes Gespräch, kein freundliches – aber das beweist nichts.« Er wandte sich an McGill. »Sind Sie sicher, daß es Peterson war?«
»Ja«, antwortete McGill prompt.
»Woher wissen Sie das?«
McGill dachte nach. Plötzlich wurde ihm bewußt, daß er den Umschlag mit den Fotos noch in der Hand hielt. Er warf einen Blick darauf, und seine Gedanken kreisten fieberhaft.
»Ich weiß es«, sagte er und log in voller Absicht. »Ich weiß es, weil Ian es mir gesagt hat, bevor er das Bewußtsein verlor.«
Aus der Ferne war die Sirene des näherkommenden Krankenwagens zu hören.

Das Hearing
Letzter Tag

31. Kapitel

Um zehn Uhr früh betrat Harrison den Saal und nahm auf dem Podium Platz, Rolandson und French saßen rechts und links neben ihm. Er wartete, bis sich die Unruhe gelegt hatte, sagte dann: »Ich muß Ihnen leider mitteilen, daß Mr. Ian Ballard heute früh bei einem Autounfall schwer verletzt wurde und zur Zeit im Princess Margaret Hospital liegt. Er ist bewußtlos, und Dr. McGill ist verständlicherweise bei ihm.«
Ein Raunen erhob sich. Dan Edwards auf der Pressegalerie runzelte die Stirn und sagte: »Verdammt! Hoffentlich krieg' ich meine Story jetzt.«
»Welche Story?« wollte Dalwood wissen.
»Ach, nichts. Nur ein paar Informationen, die ich bekommen sollte.« Er stieß Dalwood an. »Sehen Sie sich Charlie Peterson an. Er lacht sich halb kaputt.«
Harrison klopfte mit dem Hammer aufs Podium, um wieder Ruhe herzustellen. »Wir sind jetzt an einem Punkt der Untersuchung angelangt, an dem Aussagen von Mr. Ballard und Dr. Mc Gill nicht unbedingt notwendig sind, wir brauchen daher nicht zu vertagen. Mr. Reed, rufen Sie den ersten Zeugen aus.«
Vierundzwanzig Stunden nach der Lawine war die Zahl der noch Vermißten auf einundzwanzig zusammengeschrumpft. Alle anderen waren inzwischen – tot oder lebendig – aufgefunden worden. Ballard sagte deprimiert:

»Immer noch kein Zeichen von Joe Cameron.«
»Ein Freund von Ihnen?« fragte Jesse Rusch.
»Könnte man sagen. Ich kenne ihn noch nicht allzulange. Wahrscheinlich besteht nicht mehr viel Hoffnung für ihn. Vielleicht ist es besser so. Seine Tochter ist tot.«
»Viel zuviele Leute sind hier gestorben«, meinte Rusch und dachte dabei an Baker. »Zum Teil völlig unnötig.«
»*Alle* unnötig«, fügte Ballard traurig hinzu.
Turi Buck ging auf die beiden zu und hielt ihnen wortlos ein Stück Papier hin. Ballard las es und blickte auf. »Die Familie Marshall – alle vier?«
»Wir haben sie gerade im Haus – oder aus dem, was davon noch steht – ausgegraben.«
»Tot! Alle?«
»Ja.« Turi ging, gramgebeugt.
Ballard machte vier grimmige Striche auf seiner Liste. »Siebzehn.«
»Heute nachmittag bekommen wir die Bulldozer«, erklärte Rusch. »Dann geht das alles schneller.«
»Und auch gefährlicher«, meinte Ballard. »Der Planierschild eines Bulldozers kann einen Menschen glatt durchtrennen.«
»Wir werden vorsichtig sein«, versprach Rusch. »Sehr vorsichtig. Aber jetzt kommt es auf Schnelligkeit an. Jemand, der begraben ist und jetzt noch lebt, kann nicht mehr lange durchhalten.« Man hörte seinem Ton an, daß er bezweifelte, ob überhaupt noch jemand am Leben sein konnte.
Cameron war völlig erschöpft. Er hatte geschlafen, oder war vielleicht bewußtlos gewesen – das war eigentlich egal –, aber jetzt war er wieder wach. Sein ganzer Körper verkrampfte sich vor Schmerz und die unerträglichen Kopfschmerzen hatten nicht nachgelassen. Ihm war während der Nacht schlecht geworden, und er hatte Angst gehabt, an dem Erbrochenen zu ersticken. Er hatte es aber fertiggebracht, den Kopf zur Seite zu drehen. So war ihm ein so besonders häßlicher Tod erspart geblieben. Während der

Nacht hatte er auch unwillkürlich Blase und Darm geleert, und sein eigener Gestank verursachte ihm Übelkeit.
Ein Geräusch drang in sein Bewußtsein, und zuerst glaubte er an einen Retter. Er schöpfte neue Hoffnung. Es klang, als ob jemand leise kicherte. Cameron rief schwach, hörte aber nur das ununterbrochene Lachen. Er dachte, jetzt sei er endgültig verrückt geworden, denn wer sollte mitten in Schneeverwehungen lachen?
Ihm wurde wieder schwarz vor Augen, und er verlor für einige Minuten das Bewußtsein. Als er erwachte, hörte er das Geräusch wieder, aber es hatte sich verändert. Jetzt war es eher ein Glucksen als ein Lachen. Es klang wie ein zufriedenes Baby in seiner Wiege. Nach längerem angestrengtem Horchen wußte er, was es war, und wieder überfiel ihn Angst. Was er hörte, war das Gluckern von Wasser.
Dann spürte er, wie sein Kopf naß wurde. Wasser sickerte in das Fahrerhäuschen und umspülte seinen Kopf, da er noch kopfstand. Jetzt wußte er, er würde ertrinken. Es war nicht mehr viel Wasser nötig, um Mund und Nase zu bedecken – nicht viel mehr als fünzehn Zentimeter.
Oben am Fluß fuhren zwei junge Männer einen Bulldozer durch Schneehügel am Ufer. Der Fahrer war John Skinner, Bauarbeiter aus Auckland. Er war auch Mitglied eines Bergvereins. Sein Begleiter, Roger Halliewell, war Dozent und Mitglied des Skiclubs der Universität von Canterbury.
Skinner brachte den Bulldozer in der Nähe des Flusses zum Stehen und sagte: »Die Überflutung stromabwärts wird zurückgehen, sobald der Fluß sich durch den Schnee gefressen hat.«
»Ich habe gehört, eine Menge Vieh ist ertrunken«, erzählte Halliewell.
»Aber keine Menschen. Diese verdammte Lawine war schlimm genug, ohne daß auch noch eine Flutkatastrophe hinzukommen muß.« Skinner sah sich um. »Wo hat dieser Ami gesagt, sollten wir graben?«

Ein Teil des Schnees im Flußbett brach zusammen, nachdem das Wasser ihn unterhölt hatte. Halliewell beobachtete interessiert den Vorgang. Dann meinte er: »Ich glaube, ich habe da unten etwas gesehen.«
»Was denn?«
»Weiß ich nicht. Etwas dunkles, Rundes.«
»Vielleicht ein Felsbrocken.«
»Vielleicht.« Halliewell runzelte die Stirn. »Ich werd's mir mal näher ansehen.«
Er sprang von der Planierraupe hinunter und ging zum Flußufer. Vorsichtig tappte er über den Schnee. Er war zwar weich, trug aber Halliewells Gewicht, ohne daß er allzutief einsank. Er ging langsam weiter und hob das Bein jedesmal hoch. Je weiter er kam, um so matschiger wurde der Schnee, da er mit Flußwasser vermischt war. Plötzlich sackte Halliewell bis zur Taille ab. In einem sekundenschnellen Alptraum sah er sich schon ganz absinken; aber dann fühlte er, daß er auf irgend etwas Festem stand.
Er scharrte mit der Hand im Schnee und tastete es ab. Es war ein Reifen. »Hier liegt ein Auto«, rief er.
Skinner sprang ebenfalls herunter und holte ein Drahtseil aus dem Bulldozer. An beiden Enden des Seils war ein Schnappverschluß. Den einen hakte er in die Kuppelstange der Raupe. »Hier, schnappen Sie.« Er schwang das andere Ende des Seils wie ein Lasso über seinem Kopf.
Der erste Versuch mißlang, aber beim zweiten Mal fing Halliewell das Seil. Es bereitete einige Schwierigkeiten, eine geeignete Stelle zum Befestigen zu finden. Halliewell wußte, daß er das Seil an einem möglichst großen zusammenhängenden Teil des Fahrgestells anbringen mußte, und eine Zeitlang tastete er erfolglos im Schnee herum.
Cameron im Fahrerhäuschen war kurz vor dem Ertrinken. Das Wasser bedeckte bereits seine Nase, obwohl er den Kopf eingezogen hatte wie eine Schildkröte. Nur noch zwei, drei Zentimeter, und das Wasser würde seinen Mund bedecken. Solange er noch die Möglichkeit hatte, atmete er

tief durch.
Der Lastwagen schwankte, und das Wasser schwappte ihm über den Kopf. Als der Wagen wieder stillag, war Camerons Kopf ganz unter Wasser, und schon fiel es ihm schwer, den Atem länger anzuhalten. Dann kam der Wagen wieder in Bewegung, diesmal aufwärts. Cameron schrie vor Schmerzen und meinte, es würde ihm das Rückgrat brechen. Der Bulldozer zog den Wagen aus dem Flußbett ans Ufer, wo er auf der Seite liegenblieb.
Halliewell rannte zum Wagen. »Da liegt einer drin«, sagte er verwundert. »Und er lebt noch – mein Gott!«
Noch in derselben Stunde lag Cameron in einem Hubschrauber nach Christchurch. Er war ein gebrochener Mann.
Newman hatte Pech.
Die ganze Nacht hindurch hatte er sich in völliger Dunkelheit aufwärts gegraben. Er mußte ein Loch von mindestens sechzig Zentimeter Durchmesser ausheben, Platz genug für die Schultern eines ausgewachsenen Mannes. Es mußten auch Stufen hineingeschnitten werden, auf denen er stehen konnte. Zum Graben benutzte er alles, was ihm in die Hände kam. Das nützlichste Werkzeug war ein Kugelschreiber, mit dem er in den Schnee über ihn hineinhackte und so Stückchen für Stückchen herausbrach. Dabei geriet ihm wiederholt Schnee in die Augen; aber das war egal, denn es war ohnehin dunkel. Zweimal ließ er den Kugelschreiber fallen, und das war nicht egal, denn er mußte wieder absteigen und ihn mit behandschuhten Händen ertasten. Das kostete viel Zeit.
In einem Punkt hatte er in gewissem Sinne Glück. Er wußte nicht, wie weit er graben mußte; hätte er gewußt, daß es zwanzig Meter waren, hätte er zweifellos nie damit angefangen. Inzwischen hatte sich der Schnee gesetzt und verdichtet, da die Luft herausgepreßt wurde. Wenn der Schnee dadurch auch schwerer zu durchdringen war, bedeutete es aber gleichzeitig, daß die Entfernung, durch die Newman

sich hindurchgraben mußte, sich auf etwas mehr als sechzehn Meter verringert hatte.
Er arbeitete allein. Die anderen in der Höhle waren in völlige Apathie verfallen.
Zweiundfünfzig Stunden nach der Lawine verdunkelte sich der Himmel. Sam Foster, Forstaufseher aus Tongariro, erwog das Für und Wider, mit seiner Mannschaft die Suche fortzusetzen. Immer noch wurden einige Leute vermißt, aber es war fast unvorstellbar, daß sie noch am Leben waren. Vielleicht wäre es besser, die Suchaktion bis zum nächsten Morgen abzublasen.
Er stapfte gerade durch eine sich sanft neigende, tassenförmige Mulde und war etwa bis zur Mitte gekommen, als der Schnee unter ihm nachgab. Newman hatte sich bis auf dreißig Zentimeter an die Oberfläche herangegraben. Als Forster durch den Schnee brach, rammte er mit einem Stiefel Newmans Kopf. Er stürzte in das Loch zurück, das er selbst gemacht hatte. Er fiel nicht weit, da das Loch mit dem ausgegrabenen Schnee gefüllt war. Aber es war tief genug, um ihm das Genick zu brechen.
Die anderen wurden natürlich gerettet. Haslam war schon tot. Newman war der letzte, der im Tal starb. Die letzte, die an den Folgen der Lawine von Hukahoronui starb, war Mrs. Jarvis, die älteste Bewohnerin, die noch eine Woche lang im Krankenhaus hartnäckig mit dem Tode rang.
Im selben Jahr noch ging am Westhang von Hukahoronui eine zweite Lawine nieder, jedoch erst während des Tauwetters im Frühjahr. Es war niemand mehr da, der dabei hätte umkommen können.

32. Kapitel

Um halb vier Uhr nachmittags stellte McGill seinen Wagen ab und eilte über die Durham Street auf das Landtagsgebäude zu. Anstatt in den Saal zu gehen, in dem das Hearing stattfand, stieg er die Treppen zur Pressegalerie hoch und wechselte eilig ein paar Worte mit einem Gerichtsdiener. Kurz darauf kam Dan Edwards zu ihm heraus.

»Ich halte mein Versprechen«, begann McGill. »Hier haben Sie Ihre Story.« Er reichte Edwards einen Umschlag. »Eine Fotokopie eines Briefes, der keiner weiteren Worte bedarf, und einige Fotos, die ich noch dem Vorsitzenden erläutern werde. Was ist im Augenblick los da unten?«

»Harrison bringt die Sache allmählich zum Schluß. Ein Pathologe gibt ein medizinisches Gutachten.« Edwards war in Gedanken, den Daumen an der Lasche des Umschlages. »Übrigens – wie geht es Ballard?«

»Nicht gut.«

»Es sind verfluchte Schweine, Leute, die Fahrerflucht begehen!« Er bemerkte McGills überraschten Gesichtsausdruck und fügte erklärend hinzu. »Einer der Jungs hat im Hotel nachgefragt. Es war doch Fahrerflucht, oder?« Er beobachtete McGill gespannt. »Oder habe ich etwas übersehen?«

McGill zeigte mit dem Finger auf den Umschlag. »Sie übersehen Ihre Story.«

Edwards zog die Kopie des Briefes heraus und überflog ihn schnell. Sein Mund stand weit offen. »Mein Gott! Ist das auch echt?«

»Das Original werde ich Harrison in weniger als fünf Minuten überreichen.«

»Danke, McGill. Vielleicht spendiere ich *Ihnen* einen Kasten Bier.«

Er ging auf die Pressegalerie zurück und sprach mit einem jungen Reporter. »Bring das in die Redaktion. Gib es dem Chefredakteur und keinem anderen! Klar? Los!«

Er setzte sich wieder, und Dalwood fragte neugierig: »Irgend etwas Neues?«

Edwards grinste breit und nickte. »Das Feuerwerk fängt in wenigen Minuten an.«

McGill durchquerte die Vorhalle und passierte die beiden

Polizisten vor dem Saal. Als er in den Saal trat, wandte Harrison den Kopf und sagte zu dem Zeugen: »Entschuldigen Sie einen Moment, Dr. Cross. Guten Tag, Dr. McGill. Wie geht es Mr. Ballard?«
»Er ist noch bewußtlos, Herr Vorsitzender.«
»Das tut mir leid. Es ist gut, daß Sie gekommen sind, aber unter den Umständen wäre es nicht unbedingt nötig gewesen.«
»Ich glaube, es war sehr nötig, Herr Vorsitzender. Ich bin im Besitz von neuem Beweismaterial.«
»Wirklich? Kommen Sie, Dr. McGill. Dr. Cross, Sie sind vorläufig entlassen.«
Der Pathologe verließ den Zeugenstand, und McGill stellte sich vor dem Podium auf. Er nahm den Umschlag aus der Tasche. »Ich habe diesen Brief erhalten und den Inhalt mit Mr. Ballard besprochen. Wir waren beide der Meinung, daß er zu wichtig war, um ihn zu verschweigen, obwohl er möglicherweise den Ruf eines Menschen zerstören wird.«
Er reichte Harrison den Brief, der ihn öffnete und zu lesen anfing. Er nahm sich Zeit, und die Falten in seinem Gesicht wurden beim Lesen immer tiefer. Schließlich hob er den Kopf und sagte: »Ich verstehe. Ja, es wäre falsch gewesen, ihn zu unterschlagen.« Er blickte erneut auf den Brief. »Wie ich sehe, ist jede einzelne Seite unterschrieben und gegengezeichnet und mit einem Notariatsstempel versehen. Würde das unserem Amt für eidesstattliche Erklärungen in etwa entsprechen?«
»Sie sind fast identisch, Herr Vorsitzender.«
Harrisons Augen schweiften über den Saal. »Mr. Lyall, würden Sie bitte vortreten?«
Lyall sah erstaunt aus, antwortete aber: »Aber gern, Herr Vorsitzender.« Er stand auf und gesellte sich zu McGill.
Harrison fuhr leise fort: »Dieser Brief bezieht sich auf einen Ihrer Mandanten. Ich finde, Sie sollten ihn lesen.« Er hielt Lyall den Brief hin.
Einige Minuten später meinte Lyall nervös: »Ich weiß

nicht, was ich sagen soll, Herr Vorsitzender.« Er war blaß. »Am liebsten würde ich mich von dem Fall zurückziehen.«
»Ach, wirklich?« Harrisons Stimme war schneidend. »Dies ist kein *Fall*, Mr. Lyall. Wir sind eine Untersuchungskommission. Abgesehen davon bezweifle ich sehr, ob irgend jemand einen Anwalt respektieren würde, der seinen Mandanten im Stich läßt, wenn es brenzlig wird.«
Zwei rote Flecken prangten auf Lyalls Wangen. »Nun gut«, sagte er kurz. »Ist das Beweismaterial aber zulässig?«
»Das ist ein Punkt, über den ich und die Beisitzer entscheiden müssen«, antwortete Harrison bedrückt. Er nahm Millers Brief und reichte ihn an Rolandson weiter.
McGill meldete sich wieder zu Wort: »Ich habe weiteres erhärtendes Beweismaterial.«
»Beweismaterial, das diesen Brief erhärten soll, ist nicht zulässig, wenn der Brief selbst nicht zulässig ist«, meinte Lyall. »Und wenn Sie den Brief für zulässig erklären, kann das Anlaß zur Berufung sein.«
»Es wird keine Berufung geben«, erwiderte McGill. »Das wissen Sie genausogut wie ich.«
»Es ist nicht Ihre Aufgabe, Dr. McGill, hier den Anwalt zu spielen«, wies Harrison ihn mit eisiger Stimme zurecht. Er wandte sich an Rolandson. »Was meinen Sie dazu?«
»Ich finde es entsetzlich!« brauste Rolandson auf.
»Ich meine, ist er zulässig?«
»Lassen Sie mich erst auslesen.« Nach einiger Zeit sagte Rolandson: »Es ist eine eidesstattliche Aussage. Er ist zulässig.«
Harrison gab den Brief an French weiter, der beim Lesen sehr bald sein Gesicht verzog, als läge etwas Übelriechendes direkt unter seiner Nase. Er warf den Brief hin. »Ganz gewiß zulässig.«
»Ich bin auch der Meinung. Tut mir leid, Mr. Lyall.« Harrison reichte den Brief an den Schriftführer der Kommission. »Mr. Reed, lesen Sie den Brief bitte vor.«
Reed überflog den Text, bevor er mit dem Vorlesen be-

gann. »Es handelt sich hier um einen Brief von Mr. George Albert Miller aus Riverside, Kalifornien, adressiert an Dr. Michael McGill.«
Er las den Brief langsam und mit ruhiger Stimme vor, ein seltsamer Gegensatz zu den Darstellungen von Miller. Als er zu Ende gelesen hatte, bemerkte er ausdruckslos: »Jede einzelne Seite ist von Mr. Miller unterzeichnet und von Mr. Carl Risinger gegengezeichnet. Jede Seite trägt das Amtssiegel eines Notars.«
Das Schweigen im Saal war absolut. Es schien nicht enden zu wollen. Es war, als ob die Zeit stillstünde. Eine seltsame Bewegung entstand, als alle Anwesenden sich synchron in eine Richtung wandten. Es war, als ob Charlie Peterson eine plötzliche Anziehungskraft entwickelt hätte – alle Augen richteten sich auf ihn wie Kompaßnadeln auf einen Magneten.
Er saß zusammengesackt auf seinem Stuhl, mit kreideweißem Gesicht und starrem Blick. Erik war von ihm abgerückt und blickte Charlie völlig verwirrt an. Liz saß kerzengerade, die Hände im Schoß, und starrte regungslos vor sich hin. Ihre Stirn lag in Falten und ihre Lippen hielt sie wütend zusammengepreßt.
Charlies Augen wanderten unruhig hin und her, und plötzlich wurde ihm bewußt, daß alle ihn schweigend beobachteten. Er sprang auf. »Eine Lüge!« rief er. »Miller ist ein Lügner! *Er* hat die Lawine ausgelöst, nicht ich!«
Das Schweigen war gebrochen, und zunehmender Lärm umbrauste Charlie. Harrison hämmerte pausenlos um Ruhe, die er schließlich nur mit Mühe wiederherstellte. Streng verkündete er: »Noch weitere Störungen dieser Art, und ich werde die Sitzung vertagen.« Er warf Charlie einen eiskalten Blick zu. »Setzen Sie sich, Mr. Peterson.«
Charlie stieß seinen Finger in Richtung Harrison. McGill entdeckte ein Stück Heftpflaster, das seine Knöchel zierte, und kniff die Augen zusammen. »Wollen Sie mich nicht anhören?« Charlie schrie. »Ballard haben Sie sich allzugern

angehört, als es um seinen Ruf ging!«
Harrison wandte sich an Lyall. »Sie müssen Ihrem Klienten Einhalt gebieten, Mr. Lyall. Entweder er setzt sich, oder er verläßt uns – wenn nötig, mit Gewalt.«
Lyall rief Charlie zu: »Setzen Sie sich, Charlie. Sie bezahlen mich dafür, daß *ich* diese Sache regele.«
»Mit nicht sehr großem Erfolg«, knurrte Charlie. Aber er nahm Platz und Erik flüsterte wütend auf ihn ein.
Lyall fuhr fort: »Ich muß in aller Form gegen die Zulassung dieses unglaubwürdigen Briefes als Beweismaterial protestieren. Er stellt den Ruf meines Mandanten ernsthaft in Frage, und zwar meiner Meinung nach ungerechtfertigterweise. Mr. Miller steht uns für ein Kreuzverhör nicht zur Verfügung, und ich muß Protest einlegen. Ich melde weiterhin hiermit in aller Form an, daß sofort ein Revisionsantrag eingereicht wird.«
Harrison reagierte gelassen. »Wie ich Mr. Rickman schon in einer früheren Sitzung mitgeteilt habe, finden Sie das dazu notwendige Verfahren im Parlamentsbeschluß verzeichnet, der die Verfahrensweise von Untersuchungskommissionen regelt. Dr. McGill, Sie haben weiteres Beweismaterial erwähnt. Erhärtet dieses Beweismaterial die Darstellung von Mr. Miller?«
»Jawohl.«
»Dann werden wir es uns anhören.«
»Einspruch!«
»Abgelehnt, Mr. Lyall.«
»Es handelt sich um fotografisches Beweismaterial, Herr Vorsitzender«, erklärte McGill. »Ich habe mir erlaubt, den nötigen Projektor zu besorgen. Ich möchte ihn gern selbst bedienen.«
Harrison nickte kurz. »Mr. Reed, kümmern sie sich bitte darum.«
Während der wenigen Minuten, die zur Aufstellung des Apparates erforderlich waren, nahm der Lärm im Saal wieder erheblich zu. Dalwood sprach mit Edwards. »Sie

wußten im voraus, was kommen würde, Sie alter Fuchs.«
Er machte sich eifrig Notizen.
Edwards blickte mit einem selbstzufriedenen Grinsen auf.
»Mein Chef läßt die Titelseite jetzt neu setzen. Wir haben eine Fotokopie von Millers Brief.«
»Wie sind Sie denn daran gekommen?«
»McGill brauchte etwas von uns.« Er deutete mit einem Kopfnicken auf den Saal unter ihnen. »Warten Sie ab.«
Harrison bat um Ruhe. Augenblicklich war es still im Saal.
»Fangen Sie an, Dr. McGill.«
McGill stand neben einem Filmprojektor. »Ich habe den ursprünglichen Film der Lawine, wie er von Flugoffizier Hatry aufgenommen wurde. Der Film, den er der Kommission zur Verfügung stellte, war eine Kopie. Das Original ist viel besser. Ich finde, man sollte Flugoffizier Hatry deswegen keinen Vorwurf machen, weder die Kommission noch seinen Vorgesetzten bei der Lufwaffe. Es wäre höchst unnormal, wenn ein begeisterter Amateurfilmer sich von seinem Original trennen würde.«
Er schaltete den Projektor ein. »Ich werde nur den Teil des Filmes vorführen, der für uns wichtig ist.»
Ein verwackeltes Bild erschien auf der Leinwand, erkennbar das Weiß des Schnees, dazwischen einige verstreute Felsen, dahinter der blaue Himmel. Etwas wie ein Rauchfähnchen stieg auf, und McGill drückte auf den Knopf für Einzelbildschaltung. Er ging mit einem Zeigestock auf die Leinwand zu.
»Wie Sie sehen können, brach die Lawine direkt hier bei diesen Felsen ab. Die Sonne schien und es war ein klarer Tag. Unter diesen Umständen nehmen Felsen und Schnee Hitze unterschiedlich auf. Die Felsen erwärmen sich schneller. Eben dieser Unterschied kann eine Einwirkung auf den Schnee bedeuten, der gerade ausreicht, um ein vorhandenes empfindliches Gleichgewicht der Kräfte zu zerstören. Das war meine Vermutung, als ich den Film das erste Mal sah.«

Er stellte den Filmprojektor ab. »Und hier habe ich einen sehr stark vergrößerten Ausschnitt dieser Szene, den ich mit diesem Spezialprojektor hier zeigen werde. Ein sogenannter Komperator.« Er stellte den Apparat an. »Die extrem starke Vergrößerung hat ein grobkörniges Bild zur Folge, aber für unseren Zweck wird es reichen.«
McGill trat wieder mit dem Zeigestock zur Leinwand. »Hier sehen wir die Felsen, und dort ist die Staubfahne aus Pulverschnee, die den Beginn der Lawine markiert. Diese Vergrößerung stammt von einem Einzelbild des Filmes, das wir nun Bild eins nennen wollen. Die nächste Aufnahme, die Sie sehen werden, ist ein ähnliches Bild, das aber sechsunddreißig Bilder weiter kommt. Das heißt, zwischen der Aufnahme der zwei Fotos liegen zwei Sekunden.« Er ging zum Projektor zurück und steckte das zweite Bild hinein.

»Der Unterschied ist nicht sehr groß, wie Sie sehen können. Der Schneestreifen ist nur geringfügig breiter.« Er hielt inne. »Wenn wir aber diese Bilder sehr schnell abwechselnd zeigen, wie es dieser Apparat ermöglicht, werden Sie etwas merkwürdiges feststellen.«

Das Bild auf der Leinwand flimmerte kurz, und der Schneestreifen geriet in Bewegung. McGill benutzte den Zeigestock. »Diese zwei Punkte hier, die ich für Felsen hielt, bewegen sich offensichtlich. Dieser hier unten legt eine sichtbare Strecke bergaufwärts zurück. Ich stelle die Behauptung auf, daß der Punkt oben Mr. Miller ist und der Punkte unten Peterson, der zu ihm wieder aufsteigt, nachdem die Lawine ausgelöst wurde.«

Der aufkommende Lärm im Saal hörte sich an wie das Knuren eines wilden Tieres, und Harrison benutzte seinen Hammer. »Ich muß erneut energisch protestieren«, begann Lyrall. »Zwei sehr körnige Umrisse auf einem Film, die man nicht einmal als Menschen identifizieren kann! Was ist das für Beweismaterial? Es könnte sich genausogut um fehlerhafte Stellen im Film handeln.«

»Ich bin noch nicht fertig«, erwiderte McGill ruhig.
»Ich auch nicht«, schoß Lyall zurück. »Herr Vorsitzender, ich möchte Sie unter vier Augen sprechen.«
Harrison hörte sich die aufgeregten Stimmen im Saal kurz an. »Ich glaube, wenn Sie leise genug sprechen, werden wir hier wie unter vier Augen sein.«
»Ich muß Einspruch erheben«, begann Lyall heftig. »Dr. McGill macht Aussagen über Dinge, die er gar nicht wissen kann – Aussagen, die meinen Klienten verunglimpfen. McGill hat hier im Saal in aller Öffentlichkeit zu Protokoll gegeben, daß einer der Punkte auf dem Film Charlie Peterson sei und daß er die Lawine ausgelöst habe. Kann er dies beweisen?«
»Nun, Dr. McGill?« fragte Harrison.
McGill blieb einen Augenblick lang still. »Nein«, gab er schließlich zu.
»Nehmen wir theoretisch einmal an, daß diese Punkte tatsächlich Menschen sind«, meinte Lyall. »Sie können irgend jemand sein und müssen nichts mit meinem Klienten zu tun haben.«
»Augenblick mal«, unterbrach ihn McGill. »Charlie hat gerade gesagt, daß Miller die Lawine ausgelöst hätte. Wenn er das weiß, dann muß er logischerweise dabei gewesen sein. Und wir haben auch Millers vereidigte Aussage.«
»Ich bin durchaus in der Lage, meine eigenen Schlüsse zu ziehen«, wies Harrison McGill zurück. »Ich glaube, Dr. McGill, Sie sollten Ihre Aussage beschränken auf das, was Sie *wissen*.«
Lyall fuhr fort. »Wie ich die Sache sehe, steht Millers Aussage gegen die Aussage meines Mandanten. Und Miller ist zum Kreuzverhör nicht hier.«
»Was sollte er davon haben, daß er Charlie anklagt?« wollte McGill wissen. »Es wäre für ihn besser gewesen, wenn er den Mund gehalten hätte. Jetzt ist er nur um zehntausend Dollar ärmer.«
»Das reicht«, unterbrach Harrison scharf. »Wie ich schon

gesagt habe, Dr. McGill, Sie sind nicht hier, um Plädoyers zu halten. Haben Sie sonst noch Beweismaterial?«
»Jawohl.«
»Fotografisches Beweismaterial?«
»Das und meine eigene Aussage.«
»Dann bin ich dafür, daß wir weitermachen.« Harrison hämmerte aufs Pult, bis wieder Ruhe im Saal herrschte. Er wartete, bis absolute Stille hergestellt war, und sagte dann leise: »Dr. McGill, fahren Sie bitte fort.«
McGill ging zum Projektor zurück. »Nach der Lawine bin ich auf den Westhang aufgestiegen, da ich sehen wollte, ob weitere Gefahr drohte. Es erwies sich, daß für die nächste Zukunft kaum Gefahr bestand. Charlie Peterson begleitete mich freiwillig. Wir untersuchten den Hang, und Mr. Peterson war sehr gelassen dabei und zeigte keinerlei Nervosität. Erst nachdem ich ihm gegenüber äußerte, daß ich die Stelle untersuchen wollte, an der die Lawine losgebrochen sein mußte, zeigte er Anzeichen von Nervosität. Zu diesem Zeitpunkt glaubte ich jedoch, die Ursache sei eine verständliche Angst vor einer möglicherweise gefährlichen Lage.
Während wir den Berg weiter hochstiegen, nahm seine Nervosität immer mehr zu, und er schlug vor, wieder abzufahren. Wir waren nicht sehr weit von der Stelle entfernt, die ich mir ansehen wollte, deshalb beachtete ich seinen Vorschlag nicht weiter. Wir erreichten die Stelle sowieso nie, da sich in dem Augenblick im Tal diese Flugzeugkollision ereignete und wir augenblicklich hinunterfuhren.«
»Interessant«, meinte Harrison. »Aber ich sehe nicht, wohin Sie hinauswollen.«
»Die Sache ist die«, begann McGill. »Während wir oben auf dem Hang waren, flog eine Maschine sehr tief über uns, und ich sah, wie jemand fotografierte. Später erfuhr ich, daß das Flugzeug von einer Zeitung hier in Christchurch gechartert worden war. Gestern abend war ich in der

Redaktion und sah mir die ganzen Fotos an. Hier sind einige davon.«

Der Projektor klickte und leuchtete auf, und ein Schwarzweißbild erschien auf der Leinwand. McGill erläuterte: »In der unteren rechten Ecke können Sie Peterson und mich erkennen. In der Nähe der Felsen sind Skispuren – und auch hier. Ich glaube, Peterson wollte nicht, daß ich die Spuren sehe, und deswegen war er so nervös.«

»Das ist ja völlig aus der Luft gegriffen!« fuhr Lyall dazwischen.

McGill ignorierte ihn und ließ ein weiteres Bild auf der Leinwand aufleuchten. »Hier sehen wir eine Vergrößerung von der Abbruchstelle der Lawine. Eine Skispur führt zu ihr hin. Diese gezackte Linie, und diese zweite hier, markieren Stellen, wo jemand am Hang herumgesprungen ist. Während der ganzen Nacht hatte es heftig geschneit, die Spuren können nur frühmorgens am Tag der Lawine entstanden sein.«

Er schaltete den Projektor ab. »Ich gebe hiermit unter Eid zu Protokoll, daß Miller und Peterson an dem Sonntag, als ich sie zum ersten Mal sah, auf Skiern ankamen.«

Der verdunkelte Raum schien zu explodieren. »Licht!« rief Harrison. »Bitte Licht anmachen!«

Ein Kronleuchter funkelte plötzlich auf, und dann überflutete Sonnenlicht den Raum, als ein Gerichtsdiener einen Vorhang zurückzog. Charlie stand schon. »Sie Schwein!« schrie er und drohte McGill mit der Faust.

»Halten Sie den Mund, Charlie!« rief Lyall energisch, aber er konnte ihn nicht mehr halten.

»Alles Schweine!« schrie Charlie. »Es war Ballard, der meinen Bruder umgebracht hat – das wissen alle! Niemand wäre gestorben, wenn sie alle in die Grube gegangen wären, wie Erik wollte. Und Alec wäre nicht ertrunken, wenn Ballard nicht gewesen wäre. Er ist ein dreckiger Mörder, sage ich!« Schaum stand vor seinem Mund. »Er hat die Lawine ausgelöst – er und Miller!«

Lyall sackte in sich zusammen, und McGill hörte ihn sagen: »Er ist verrückt.«

Charlies Kehle arbeitete krampfartig. »Ballard mochte Huka nicht, und die Leute dort auch nicht!« Er warf die Arme hoch. »Er wollte es zerstören – und das hat er auch getan. Am wenigsten konnte er uns Petersons ausstehen. Zwei von uns hat er schon auf dem Gewissen – und meine Schwester hat er zur Hure gemacht.« Sein Arm wirbelte herum und zeigte auf Liz.

Harrisons Hand krachte nieder und er rief: »Dr. Cross, können Sie irgend etwas tun?«

Erik packte Charlie am Arm, aber Charlie schüttelte ihn mühelos ab. »Und McGill steckt unter einer Decke mit ihm, und ich werde diesen Saukerl umbringen!« Er stürzte durch den Saal auf McGill zu, aber bevor er ihn erreichte, war Erik da und warf sich auf Charlie.

»Laß mich los!« schrie er. »Laß mich zu ihm!« Wieder entkam er Erik und ging auf McGill los, aber jetzt waren einige Männer bei ihm, um ihn zu bändigen. Es gab ein kurzes Gerangel, dann brach Charlie wieder aus, rannte zur Seite und lief auf die Tür zu. Kurz bevor er sie erreichte, wurde sie geöffnet, und er lief in die Arme der beiden Polizisten. Sie faßten ihn an den Armen und führten ihn aus dem Saal.

Harrison polterte vergeblich mit seinem Hammer. In den Aufruhr hinein murmelte er leise vor sich hin: »Das Hearing ist vertagt.«

33. Kapitel

Eine halbe Stunde später war McGill, der noch im Saal war, immer noch von Zeitungsleuten belagert. »Kein Kommentar«, wiederholte er mehrmals. »Ich habe alles während der Verhandlung gesagt. Es gibt nichts mehr zu sagen.«

Er löste sich endlich von der Menge und verließ den Saal

durch die erstbeste Tür, die er sah. Als er sie hinter sich zugeschlagen hatte und sich umwandte, erblickte er Harrison und Stenning. »Entschuldigen Sie bitte, aber haben Sie etwas dagegen, wenn ich hier Zuflucht suche. Nur für ein paar Minuten. Diese Reporter machen mich wahnsinnig.«
»Aber bitte«, antwortete Harrison. »Sie haben ziemlich viel Aufregung verursacht, Dr. McGill.«
McGill zog eine Grimasse. »Nicht soviel wie Charlie. Wie geht es ihm?«
»Dr. Cross hat ihm ein Beruhigungsmittel verpaßt.« Er hielt inne. »Ich glaube, er ist ein Fall für eine Zwangseinweisung.« Harrison erinnerte sich an die Etikette. »Ach ja, darf ich Mr. Stenning vorstellen – ein Besucher aus England. Er möchte kennenlernen, wie unsere Verwaltungsjustiz funktioniert. Ich habe ihm gerade erklärt, daß nicht alle Untersuchungen so wild verlaufen. Aber ich fürchte, er glaubt mir nicht.«
»Ich kenne Mr. Stenning«, sagte McGill. »Wir wohnen im gleichen Hotel.«
Harrison nahm seine Aktentasche in die Hand. »Ich glaube, meine Herren, wir können uns durch die Hintertür davonmachen.«
Aber Stenning fragte: »Dr. McGill, kann ich Sie kurz sprechen?«
»Aber natürlich.«
»Sie können mein Büro gerne benutzen«, bot Harrison an. »Sind Sie morgen bei der Untersuchung, Mr. Stenning?«
»Ich glaube nicht. Ich habe dringende Geschäfte in England. Ich kann Ihnen aber versichern, daß es sehr interessant gewesen ist.«
»Nun ja, dann müssen wir uns jetzt verabschieden.« Sie schüttelten sich die Hände.
Als Stenning und McGill allein waren, begann Stenning: »Harrison hat unrecht – der Brief ist nicht zulässig, da Miller nicht zu einem Kreuzverhör zur Verfügung stand. Ich glaube, die Untersuchung wird vertagt, damit Harrison

juristischen Rat hinzuziehen kann. Das beweist wieder, daß es unratsam ist, einem Laien juristische Arbeit zu übertragen.«
McGill zuckte die Achseln. »Ist das jetzt wichtig? Wir haben gesehen, daß Charlie reif für die Klapsmühle ist.«
Stenning betrachtete ihn nachdenklich. »Sie sagten vorhin aus, daß Ian der Bekanntmachung des Briefes zugestimmt hat.«
»Das ist richtig.«
»Seltsam. Am Schluß unseres letzten Gesprächs hat mich Ian zum Teufel geschickt. Und die Ballard-Treuhand hat er an dieselbe Adresse verwünscht. Er muß es sich anders überlegt haben. Es wäre interessant zu wissen, zu genau welchen Zeitpunkt dies geschehen ist.«
»Ich glaube es war, als Charlie Peterson anfing, ihn zu verprügeln.«
»Sie meinen, es *war* Peterson?«
»Mein Gott, Sie etwa nicht? Sie haben Charlie in Aktion gesehen. Er schmiß Erik wie eine Stoffpuppe herum, und Erik ist kein Zwerg. Heute nachmittag habe ich mir seine Hände genau angesehen, die Knöchel waren ziemlich mitgenommen.«
»Ist das der einzige Grund, weswegen Sie annehmen, daß es Peterson war? Ich muß es genau wissen, Dr. McGill!«
»Natürlich nicht«, antwortete McGill, der mutig und mit dem ehrlichsten Gesicht der Welt drauflos log. »Ian hat's mir erklärt, als ich ihn auf dem Parkplatz fand. Er sagte, und ich kann mich genau an seine Worte erinnern: ›*Es war Charlie. Benutz den Brief und mach ihn fertig.*‹ Dann verlor er das Bewußtsein.«
»Aha.« Stenning lächelte und bemerkte etwas vage: »Ich finde, Ian hat großes Glück, Sie zum Freund zu haben.«
»Ich würde dasselbe für jeden tun, Mr. Stenning, dem man so übel mitgespielt hätte. Und er hat's von zwei Seiten bekommen, Mr. Stenning. Sie können Ihre Hände in dieser Sache auch nicht gerade in Unschuld waschen.«

Er drehte Stenning abrupt den Rücken zu und verließ das Zimmer. Er durchquerte den Saal, der nun verlassen war, und ging in die Vorhalle, wo er Liz Peterson fast in die Arme lief. Sie holte weit aus und verpaßte ihm eine Ohrfeige, in die sie die ganze Kraft legte, die ihr zur Verfügung stand, und die war erheblich.
Sein Kopf kippte zur Seite, und er packte sie beim Handgelenk. »Immer mit der Ruhe, Liz.«
»Wie konnten Sie nur?« fragte sie hitzig. »Wie konnten Sie Charlie das antun?«
»Irgend jemand mußte ihm endlich das Handwerk legen.«
»Aber doch nicht so! Sie brauchen ihn doch nicht in aller Öffentlichkeit zu kreuzigen!«
»Wie hätten Sie's denn gemacht? Er war nicht mehr bei Sinnen, Liz. Er war dabei, den Verstand zu verlieren. Selbst Erik hat das geglaubt. Erik hat ihm ins Gesicht gesagt, daß er nicht mehr bei Trost sei. Die Schuld hat ihn erdrückt, und er wollte sie auf Ian abwälzen.«
»Ian!« Liz spuckte den Namen verachtungsvoll aus. »Und dieser Mann wollte mich heiraten! Ich will ihn nie wieder sehen! Er hätte den Brief für sich behalten können.«
»Das wollte er ja auch«, erklärte McGill. »Ich hab's ihm ausreden müssen. Es wäre nämlich sehr dumm gewesen. Er wollte Sie gestern abend noch sprechen. Hat er das nicht getan?«
Sie schüttelte den Kopf. »Charlie hat mich wieder reingelegt. Er hat mich unter irgendeinem Vorwand ins Auto gelockt und mich wie ein Besessener aus der Stadt herausgefahren.« Sie hielt inne, als sie ihrer eigenen Worte plötzlich gewahr wurde, und schluckte. »Jedenfalls hat er mich draußen auf der Landstraße rausgeschmissen und ist einfach weggefahren. Es war fast Mitternacht, als ich wieder in der Stadt war. Ich rief Ian an, aber er war nicht da. Ich dachte, ich würde ihn heute morgen sehen, aber er hatte den Unfall.«
»Wußte Charlie, daß Sie Ian treffen wollten?«

»Nicht, wenn Erik es ihm nicht gesagt hat.«
»Sie haben's also Erik gesagt, und Erik hat es Charlie gegenüber erwähnt. Das war sehr dumm von Ihnen.« Er umfaßte ihren Arm. »Ich glaube, ich muß Ihnen einiges erzählen, mein Fräulein, und sie werden einen guten Drink dabei brauchen.«
Fünf Minuten später saßen sie an einen intimen Tisch in der Hotelbar. McGill begann: »Es ist eine ziemlich verzwickte Geschichte. Als Millers Brief eintraf, las Ian ihn und stellte mir eine einzige Frage. Er wollte wissen, ob die Lawine sowieso heruntergekommen wäre, ganz abgesehen von dem, was Charlie getan hat. Ich mußte zugeben, daß es so war. Es war nur eine Frage der Zeit, Liz.«
Er nahm das Glas in die Hand und starrte es an. »Nachdem Ian das wußte, wollte er den Brief verheimlichen. Ich redete es ihm aus, aber er meinte, er wolle vorher mit Ihnen alles klarstellen.«
»Und ich bin nicht erschienen«, bemerkte Liz matt.
»Als ich ihn das nächste Mal sah, war er reif fürs Krankenhaus. Und ich habe einen Mann namens Stenning auf Teufel komm raus belogen – Sie kennen ihn, glaube ich.«
»Was hat *er* damit zu tun?«
McGill erzählte er vom alten Ben Ballard, von der Ballard-Treuhand und von der Aufgabe, die Stenning auf sich genommen hatte. Das nahm einige Zeit in Anspruch. Zum Schluß sagte er: »Selbst als Ian von Millers Brief wußte, jagte er Stenning zum Teufel. Stenning hat es mir gerade erzählt.«
»Das wollte er alles aufgeben?« fragte Liz nachdenklich.
»Nicht, weil er Charlie nicht verletzen wollte, sondern weil er Sie nicht verletzen wollte. Machen Sie Ian keinen Vorwurf. Nun ja, es ist sowieso egal. Stenning kann beweisen, daß Ian die Petersons letzten Endes niedergerollt hat. Er könnte etwas Mogelei argwöhnen, aber er kann nichts nachweisen, und da er Anwalt ist, wird er es akzeptieren.« McGill lächelte. »Wenn ich ihn richtig verstande habe,

gefällt es ihm auch nicht schlecht, glaube ich.«
»Beschwindeln Sie Stenning nicht?« fragte Liz schwach lächelnd.
»Eigentlich nicht. Ich finde, der alte Ben war im Unrecht. Er meinte, ein Mann müßte hart wie Stahl sein, um die Ballard-Gruppe zu führen; aber ich finde, es gibt genug Männer aus Stahl in dieser Welt – wahrscheinlich sogar zu viele. Sie scheinen aus der Mode zu kommen. Der Konzern braucht jetzt viel mehr einen Manager, einen Verwalter, einen Diplomaten – und Ian hat etwas von jedem. Und wenn er einmal stahlhart sein muß, kann er es auch, wenn ihm eine Peterson zur Seite steht.«
»Oh, Mike, glauben Sie...?« Liz legte ihre Hände auf McGills; ihre Augen glänzten vor zurückgehaltenen Tränen. »Ich bin hin- und hergerissen, Mike. Die Polizei hat Charlie wegen der Lawine abgeführt...«
»Nein!« unterbrach McGill nicht ohne Schärfe. »Nicht wegen der Lawine. Das ist nicht bewiesen – und wird es vielleicht nie sein.«
»Aber warum dann?«
»Ian wollte Sie gestern abend treffen, aber statt dessen traf er Charlie. Stenning hat sie im Hotel zusammen gesehen. Und Charlie hat Ian auf dem Parkplatz halbtot geschlagen, wahrscheinlich, als er Sie suchen wollte. Das war kein Autounfall! Die Polizei wartete auf Charlie, um ihn wegen Körperverletzung zu verhaften, sobald er den Saal verließ.«
Liz war so leichenblaß, wie McGill sie schon einmal nach der Lawine in der Kirche gesehen hatte. Sanft fuhr er fort. »Er mußte aufgehalten werden, Liz. Ich habe mich oft gefragt, was geschehen wäre, wenn er und ich nach der Lawine die siebzig Meter den Westhang weiter hinaufgegangen wären und ich die Skispuren gesehen hätte. Ich könnte mir vorstellen, es hätte ein weiteres Lawinenopfer gegeben. Er ist stark genug, mich in Stücke zu reißen. Ihm mußte Einhalt geboten werden, und ich habe zum schnellsten Mittel gegriffen, das mir zur Verfügung stand.«

Liz seufzte und schüttelte sich. »Ich wußte, daß er gewalttätig war und sehr eigensinnig, und ich wußte, daß es immer schlimmer wurde. Aber doch nicht *so* schlimm. Was soll aus ihm werden, Mike?«

»Es wird ihm schon gutgehen. Man wird sich um ihn kümmern. Ich glaube kaum, daß er wegen irgendeiner Sache vor Gericht gestellt wird. Es ist schon jenseits davon – und wie. Sie haben ihn heute nachmittag gesehen – Sie wissen, was ich meine. Harrison hat das auch angedeutet.«

Sie nickte. »Dann ist alles vorbei.«

»Vorbei«, stimmte er zu. »Meine Meister wollen mich nach Süden ins Eis schicken. Man hat einen Kuppelbau für die geodätischen Tests am Südpol errichtet. Irgend etwas scheint nicht zu stimmen, und nun soll ein Schneemann das Fundament überprüfen.«

McGill lehnte sich in seinem Stuhl zurück und griff nach dem Glas. Beiläufig erwähnte er: »Ian liegt im Princess Margaret Krankenhaus – dritte Etage. Die Stationsschwester ist ein alter Drache, aber wenn Sie sagen, daß Sie Ians Verlobte sind, wird sie Sie vielleicht...«

Ihm wurde bewußt, daß er bereits in die Luft sprach. »He, Sie haben noch nicht ausgetrunken!«

Aber Liz war schon durch den halben Raum geeilt. Neben ihr her trottete Viktor, stolz mit dem Schwanz wedelnd.

Roman

Als Band mit der Bestellnummer 11 164 erschien:

Bonnecarrère

DIE TARNUNG

1939. Hitler entfesselt den Zweiten Weltkrieg. Die Westmächte fürchten vor allem die Entwicklung einer deutschen Atombombe und wollen dem Diktator beim Bau einer solch kriegsentscheidenden Waffe unbedingt zuvorkommen.
Aber nur ein Mann kennt die Formel für diese Bombe: Jacob Wymiss, der jüdische Atomphysiker – und der ist spurlos verschwunden. Alles deutet darauf hin, daß er sich in Deutschland aufhält.
Mitten im Krieg erhält Rudolf Dietrich, ein ehemaliger deutscher Offizier, von Präsident Roosevelt den Auftrag, Wymiss zu finden und in die USA zu bringen. Auf abenteuerliche Weise schleust er sich nach Deutschland ein. Aber als er den Wissenschaftler endlich aufspürt, haben auch die Verfolger das Netz um die beiden eng geknüpft. Nur eine Masche ist noch offen . . .

BASTEI LÜBBE

Roman

Als Band mit der Bestellnummer 17 056 erschien:

Wilbur Smith

WILD WIE DAS MEER

Nicholas Berg, von seiner Frau eines anderen Mannes wegen verlassen, versucht als Kapitän eines Bergungsschiffes ein neues Leben zu beginnen. Bei einer Aktion in der Antarktis rettet er Samantha, eine bildhübsche junge Meeresbiologin, aus den eisigen Fluten.
Aus der Begegnung entwickelt sich ein Liebesverhältnis. Doch Nicholas' Frau sehnt sich inzwischen nach ihm zurück, und so gerät er in einen tiefen Zwiespalt. Erst durch ein dramatisches Ereignis wird ihm klar, wie er sich entscheiden muß.

BASTEI LÜBBE

Desmond Bagley

SCHNEETIGER
Roman, 308 Seiten, gebunden

„Desmond Bagley ist ein Spitzenmann unter den Autoren jenes Genres, das man spannende Unterhaltung nennt. In seinem Roman SCHNEETIGER geht es um eine Lawinenkatastrophe, bei der 54 Menschen den Tod finden. Es wäre schade Näheres zu verraten, denn der Autor versteht sich auf sein Geschäft, den Leser zu unterhalten, ihn in Spannung zu halten!"
ORF, Wien

KIDDER
Roman, 320 Seiten, gebunden

„Ein Spionage-Thriller, mitreissend und gespickt mit unvergleichlich spannenden Überraschungen. Wer dieses Buch liest, vergißt zu essen, versäumt Termine - man ist von einer unvorstellbar fesselnden Handlung gepackt."
Deutsche Zeitung

LEBENSLÄNGLICH MIT RÜCKFAHRKARTE
304 Seiten, gebunden

„Ein Agententhriller, der bereits verfilmt wurde und sich in einer Starbesetzung zeigt. Eine Jagd auf Leben und Tod - von geradezu vertrackt niederträchtiger Spannung. Ein Buch wie dieses macht jeden müden Leser sofort überaus lebendig."
Europa-Korrespondenz

mvs

marion von schröder verlag
Postfach 9229, 4000 Düsseldorf 1